LA FILLE DU PIRATE

ROBERT GIRARDI

LA FILLE DU PIRATE

TRADUIT DE L'ANGLAIS PAR JEAN-CHARLES PROVOST

J'AI LU

... et dans ces eaux à jamais exilées,
j'avais perdu les misérables
souvenirs trompeurs
des traditions et des cités...

Herman MELVILLE

Le *Compound Interest* de Santa Barbara (future *Terreur* de Quatre-Sables)

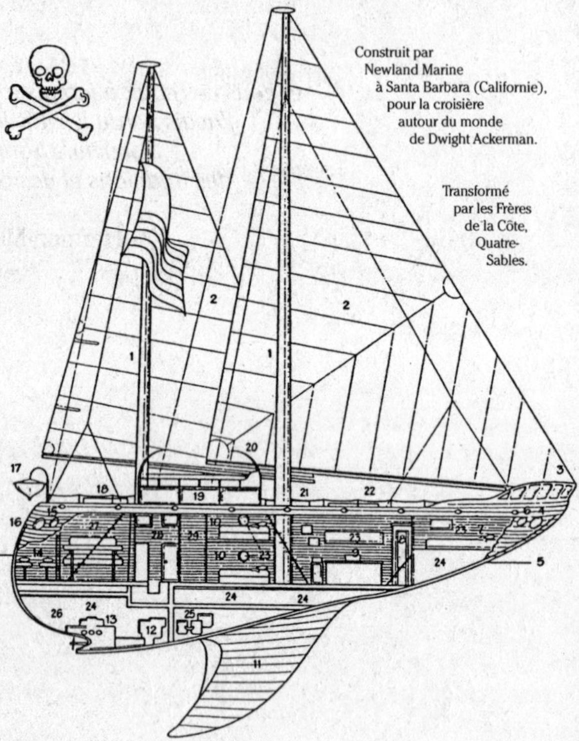

1 Mâts escamotables
2 Voiles en Mylar à déploiement automatique
3 Proue
4 Feux de proue
5 Ligne de flottaison
6 Caméra de proue
7 Cabine de proue
8 Local de télécommunications
9 Bureau
10 Cabines
11 Quille réglable
12 Générateur
13 Moteurs Mercedes-Benz jumeaux (turbodiesels)
14 Cabine de poupe
15 Caméra de poupe
16 Feux de poupe
17 Dinghy
18 Écoutille arrière
19 Octogone de navigation
20 Bulle de protection pour gros temps
21 Écoutille avant
22 Emplacement du barbecue
23 Hublots
24 Magasin
25 Système de purification d'air
26 Salle des machines
27 Office
28 Cuisine
29 Cellier réfrigéré

PREMIÈRE PARTIE

L'Empereur et l'Hermite

1

En rentrant du travail, un lundi soir d'août, Wilson Lander trouva par terre deux cartes de tarot, face vers le haut, dans une rue transversale du quartier reculé où il vivait. L'Empereur et l'Hermite. Dans la lumière particulière de cette heure-là, les cartes semblaient rayonner d'un sens caché. Deux rectangles clairs sur la brique grise du trottoir.

Wilson s'arrêta, desserra sa cravate, se pencha vers elles. La rue déserte palpitait comme une horloge. L'Empereur était un vieillard sévère à barbe blanche juché sur un trône, sur fond de montagnes arides évoquant l'Afrique. Le IV romain flottait dans le ciel, au-dessus de la tête de ce mystérieux potentat. L'Hermite était un jeune homme vêtu d'une cape rouge. Il tenait un long bâton sur lequel avaient poussé de nouvelles feuilles. On apercevait dans le fond les mêmes pics arides de type africain.

Wilson étudia les cartes pendant presque cinq minutes, un curieux picotement au creux de la nuque. Ce n'était pas un homme irrationnel. Mais une enfance tragique avait imprimé dans sa vie d'adulte une tendance envahissante à s'abandonner à la terreur. Pour Wilson Lander, la terreur était un mode de vie. Il la respirait comme il respirait l'air autour de lui ; il la portait comme d'autres portent des caleçons ou des chaussettes. Il considéra donc ces tarots comme un signe annonciateur d'événements affreux. Presque sans y penser, il les ramassa et les glissa dans la poche de poitrine de son blazer.

— Ça pourrait être un signe de chance, déclara-t-il aux façades nues des entrepôts et à la puanteur de l'air. Pourquoi pas, bon Dieu ? La chance et la malchance ne sont pas plus rares…

Mais il n'avait pas l'habitude de soliloquer, et il ne croyait pas à ses propres fanfaronnades. Comment ces cartes étaient-elles arrivées là, pour commencer ? Pendant la journée, les rues du quartier de Rubicon étaient pleines de rudes camionneurs en chemises écossaises et d'ouvriers aux brodequins à bout renforcé… Pas le genre d'hommes à perdre leur temps avec des superstitions ridicules. La terreur retentit dans la tête de Wilson comme une grosse cloche sonnant l'Angélus.

Plus tard, dans son petit appartement surplombant les quais de la Black Star Line dans le Harvey Channel, Wilson essaya d'oublier les tarots. Il but une bière, regarda les nouvelles, se prépara une quesadilla et une salade en guise de dîner et se coucha tôt, en pyjama. La petite chambre à coucher baignait dans une lumière bleue déclinante. La sensation de terreur était si forte, maintenant, qu'il avait mal à l'estomac. Il resta éveillé pendant des heures sous ses draps légers. Il écouta le vacarme du climatiseur placé dans la fenêtre. Il imagina sa mort en train de prendre forme, juste au-delà de la fine membrane des événements ordinaires. Des griffes s'allongeaient, des plumes et des écailles poussaient. Un monstre, de l'autre côté, dans les ténèbres de l'Apocalypse.

2

Le lendemain, Wilson appela sa maîtresse pour lui annoncer qu'il ne viendrait pas travailler.

— De quoi s'agit-il, cette fois? demanda Andrea, la voix tendue, dans le grésillement de son téléphone portable. Encore une crise de panique?

— Ne me pose pas de questions, dit Wilson, qui n'avait pas envie de lui parler des tarots.

— Parce qu'on fabrique des comprimés pour l'angoisse, tu sais. J'ai lu que l'angoisse venait de l'accumulation, dans le cerveau, de mauvais composants chimiques. Tu avales un comprimé, et ça se dissipe comme un nuage.

— Ce n'est pas aussi simple.

— Je suis vraiment inquiète à ton sujet, dit Andrea d'une voix un peu plus douce. Tu devrais retourner voir ce toubib.

— Ne recommence pas.

Andrea était persuadée que la sensation de terreur de Wilson était une maladie, comme la grippe. Elle croyait qu'on pouvait la soigner en effectuant de subtiles modifications de la chimie du cerveau, à l'aide de remèdes agissant sur le caractère. Pour Wilson, il s'agissait de tout autre chose. Une tragique malédiction le poursuivait par-delà les générations. Il avait neuf ans lorsque son père avait péri dans la catastrophe du seize heures quarante-cinq, l'express surchargé qui avait déraillé avant de plonger dans la rivière Potswahnamee du haut du pont de Trohog. Moins d'un an plus tard, sa mère fut réduite en bouillie dans un accident. Puis il y avait eu ce grand-oncle qui était parti faire fortune dans les mines de diamants péruviennes, un demi-siècle plus tôt – on ne connaissait pas les détails –, et qui avait disparu sans laisser de traces.

— Donne-moi une journée, c'est tout, dit Wilson. Demain, cela ira mieux.

Il y eut un silence tendu. Wilson entendait le faible crépitement informatique du bureau d'Andrea, la circulation sur Commerce Avenue, et son souffle régulier. Enfin, elle lâcha un soupir avant de déclarer sèchement :

— Parfait. À demain, à la première heure !

Elle raccrocha.

Andrea était la maîtresse de Wilson, mais elle était aussi sa patronne. Elle était vice-présidente associée de Tea Exchange, une firme de courtage petite mais respectée du Financial Mile, où elle spéculait sur des matières premières à terme – des minerais des fonds sous-marins, des troupeaux en Bolivie, des cargaisons de grosses crevettes bleues de la fosse des Mariannes, des silos d'orge ukrainien… Tout, sauf le thé. L'année précédente, comme Wilson était sans emploi, elle l'avait engagé pour en faire son assistant personnel. Mais chacun sait que travail et passion ne font pas bon ménage. Leurs relations s'étaient un peu rafraîchies, ces derniers temps. Désormais, cet emploi était une faveur qu'ils regrettaient tous les deux.

3

Wilson avala un simple bol de céréales en guise de petit déjeuner, enfila des vêtements gris discrets et prit l'autobus de onze heures pour passer le pont et se rendre au centre-ville.

Depuis la gare routière, il remonta une vingtaine de pâtés de maisons, jusqu'à une étrange petite boutique dissimulée entre un nouveau restaurant français et un entrepôt débordant d'élastiques, au fond d'une rue sombre, dans une partie de la ville qui était en train de devenir à la mode. L'établissement n'était signalé que par une enseigne orange avec le dessin d'une sorcière chevauchant un balai. La petite vitrine abritait quelques vieux volumes aux reliures d'or passées et des récipients de céramique contenant des herbes sans nom. Mais le plus remarquable était un singe empaillé et couvert de poussière. L'animal, qui portait un fez et une robe de velours brodée de pentacles et de demi-lunes, montrait ses dents noircies aux passants. On lui avait cousu les yeux. La gale et les termites avaient mangé la moitié de son poil et mis au jour une peau noire et brillante, dure comme l'asphalte.

Wilson contempla cette macabre dépouille à travers la vitre couverte de traînées crasseuses. Derrière lui, une voiture de patrouille de la police longeait le trottoir. Une camionnette chargée d'élastiques tressauta sur un nid-de-poule. Au-dessus du restaurant français, le vent faisait claquer une enseigne jaune montrant une bouteille de vin et une gousse d'ail. Dans le quartier, de récents arrêtés municipaux privilégiaient les enseignes sur tout autre type de publicité. Peut-être voulait-on évoquer une atmosphère de confréries médiévales et d'artisanat traditionnel. Wilson vit le reflet de son visage dans la vitrine. Un spectre pâle, à l'air inquiet.

La boutique formait une longue caverne triangulaire qui s'allongeait en pointe vers le fond. Lorsque Wilson entra, un gros chat orange le toisa depuis l'oreiller rose posé près de la porte. Sur un mur étaient exposés des chaudrons de fonte de tailles diverses, des amulettes d'étain dans des sachets fermés par des agrafes, des monceaux de racines séchées. De l'autre côté, des rayons de livres comme *Le Moulage des runes à la portée de tous, Jouir avec la déesse, Sorcellerie et saphisme, La Sorcellerie en 101 leçons faciles*. Derrière le comptoir placé au milieu de la pièce, une jeune femme se tenait en équilibre sur un tabouret. Elle se peignait les ongles des pieds. Wilson s'approcha avec circonspection. Il était le seul client. Une chaîne stéréo diffusait un chant, fort et sonore.

— Excusez-moi, lança-t-il. Puis-je vous demander un service?

La jeune femme leva les yeux, et Wilson oublia tout le reste. Très jolie. Des yeux vert foncé. Des cheveux cuivrés ébouriffés. Un visage bronzé, sauf à l'emplacement de ses lunettes de soleil qui laissaient comme un masque plus pâle de raton laveur. Elle avait les lèvres craquelées. Elle portait un pantalon de coton blanc à cordon et un sweat-shirt à capuchon avec, sous le sein gauche, l'inscription *USS William Eaton*. Ce n'était pas du tout le genre de femme qu'on s'attendait à trouver dans un tel endroit. Elle aurait été mieux à sa place sur le pont d'un bateau, quelque part au large du cap Vert, quand les embruns arrosent les plats-bords et que le ciel s'assombrit sous l'orage.

— D'accord, dit-elle en fronçant les sourcils. Je vous écoute.

— Êtes-vous... Est-ce que vous pouvez... répondre à des questions?

Wilson jeta un regard désespéré vers les philtres d'amour et les poupées vaudou qui pendaient du plafond.

— Jungle Red, dit la femme en lui montrant le flacon de vernis à ongles qu'elle avait rebouché. Qu'en pensez-vous?

Elle leva ses pieds aux orteils fraîchement repeints.

— Pas mal, dit Wilson.

— Ne vous inquiétez pas. Je suis capable de répondre à toutes vos questions.

Wilson sortit les deux cartes de tarot de sa poche. Il les posa sur le comptoir, à angle droit l'une de l'autre.

— Je les ai trouvées dans la rue, dans cette position, en rentrant chez moi.

— L'Empereur et l'Hermite. Arcane majeur, arcane mineur.

— Bien entendu, je ne crois pas à ces balivernes… Mais peu importe. Cela peut signifier quelque chose, n'est-ce pas?

La jeune femme l'observa longuement, de son regard de raton laveur. Wilson était très mal à l'aise. Sa raison savait parfaitement que deux cartes trouvées dans la rue ne pouvaient pas prédire l'avenir. Mais sa terreur lui suggérait le contraire.

— Bien sûr. Mais avant de vous donner une opinion, dit la jeune femme en montrant les cartes, j'ai besoin de savoir un certain nombre de choses. Votre signe lunaire, votre signe solaire, votre pointure. Ce que vous aimez et ce que vous n'aimez pas, votre couleur préférée, le jour, l'heure et la minute de votre naissance. Je dois savoir si vous avez des signes distinctifs sur le corps. Si vous êtes né coiffé.

— Coiffé?

— Oui. La coiffe est une fine membrane fœtale. Dans un faible pourcentage des cas, elle recouvre la tête du bébé à sa naissance. Ça peut signifier qu'il est marqué par le sort, qu'il est prédestiné pour avoir de la chance ou pas.

— Une coiffe… Je n'en sais rien.

— Il faut demander à votre mère.

— Elle est morte.

— Et votre père?

— Il est mort, lui aussi.

— Comment gagnait-il sa vie?

— Est-ce que c'est important?

— Bien entendu, dit la jeune femme. Tout est important.

Wilson hésita.

— Eh bien… Il était joueur.

— Professionnel?

Brusquement, elle eut l'air intéressée. Ses yeux cillèrent avec une secrète intelligence.

— Oui, dit Wilson, légèrement embarrassé.

— Il était bon?

Wilson haussa les épaules.

— Il gagnait de l'argent.
— Combien ?
— Écoutez…
— Vous êtes joueur, vous aussi ?
Wilson secoua la tête énergiquement.
— Non, pas moi. Je travaille dans un bureau.
— Vous n'avez jamais joué ?
Elle avait l'air déçue.
— Quelques parties de poker…
— Jamais perdu ?
— En y réfléchissant… Non.

La jeune femme sourit, ce qui renforça le malaise et l'angoisse de Wilson. Et quand il la regardait, un nœud se formait dans son estomac, qui n'avait rien à voir avec sa terreur.

Elle poussa les cartes du bout des doigts, autour du comptoir de verre. Son front se plissa sous l'effet de la concentration. Wilson pouvait presque entendre son cerveau fonctionner.

— Commençons par ceci. Portez-vous des boxer-shorts ou des caleçons ?

— Des boxer… (Il comprit qu'elle se fichait de lui.) Je vous remercie.

Il ramassa les cartes, sortit promptement, se retrouva sur le trottoir. Mais il vit la gousse d'ail et la bouteille de vin agitées par le vent, juste à côté. Son estomac se noua de nouveau. Il revint sur ses pas, rentra dans la boutique.

— Voulez-vous que nous déjeunions ensemble ? demanda-t-il depuis la porte, protégé par la distance qui le séparait du comptoir.

— Si ce n'est pas trop loin, dit la jeune femme.

4

La salle à manger blanche était déserte, à l'exception de deux vieux messieurs portant des vestes de crépon amidonnées et des nœuds papillons à rayures. Ils mangeaient la même soupe couleur de potiron. Il aurait pu s'agir de deux frères, sauf qu'ils se trouvaient à des tables très éloignées l'une de l'autre. Le maître d'hôtel, un Français très grand vêtu d'un coûteux costume trois-pièces gris, fit traverser la salle à manger à Wilson et à sa compagne. Il les mena jusqu'à un patio, au fond, équipé de cinq petites tables et planté de rosiers. Son costume lui donnait plus l'air d'un homme d'affaires ou d'un avocat que d'un homme qui travaille dans un restaurant.

— En principe, nous sommes très stricts sur la question de l'habillement, dit-il. C'est pourquoi je vous place ici. D'accord ?

Il les laissa avec le menu et la carte des vins. De l'intérieur leur parvenait le clapotis d'une petite fontaine toute proche. Des rouges-gorges avaient fait leur nid dans le lierre, en haut du mur de l'immeuble opposé. Juste en face de Wilson, un masque mexicain d'argile cuite au soleil était scellé dans la brique ancienne. L'objet le fixait de ses yeux caves.

La jeune femme passa la langue sur ses lèvres craquelées et parcourut le menu. Il était rédigé en français, et tout était très cher. Wilson pensa qu'elle serait plus dans son élément au soleil que dans la triste routine de la boutique, au milieu des têtes réduites et des livres où l'on apprend à réveiller les morts et à conjurer les démons.

— Ce n'est pas bon marché, dit Wilson.

— Prenons quelque chose de léger. Une salade, de la soupe. Du pain français et du fromage.

— Cela me semble parfait.

— Et une bouteille de vin.

— Je n'y connais rien.

— Laissez-moi faire.

Elle jeta un coup d'œil à la carte des vins et la referma d'un coup sec. Quand elle passa la commande, Wilson eut une affreuse vision. Il pensa à Andrea, au bureau, les yeux fixés sur l'écran de son portable, étudiant les clôtures du marché de la veille, passant des heures en téléconférence avec le siège de Denver – les rides imperceptibles se creusant un peu plus chaque jour autour de ses yeux, le front soucieux, les lèvres désormais serrées en permanence.

Le sommelier apporta un côtes-du-rhône, un Montorgueil 1982. Un serveur apporta le pain, un second servit le fromage. C'était un de ces restaurants où chaque table mobilise une demi-douzaine de loufiats.

Elle s'appelait Criquet.

— Comme l'insecte ? demanda Wilson.

— Oui.

— C'est votre vrai nom ?

— Mon vrai nom est Susan. Mais on m'appelle Criquet.

Sous la crinière cuivrée, Wilson aperçut de lourdes boucles d'oreilles en or, montées avec des perles et des rubis. Elles semblaient très anciennes, l'air espagnol, et elles se balançaient au-dessus de la table quand Criquet se penchait sur son assiette. Elle lui expliqua qu'elle travaillait à la boutique d'occultisme pour rendre service à une amie et gagner un peu d'argent.

— Le chaudron et la bave de crapaud, ce n'est pas vraiment ma tasse de thé. Je connais un peu le truc, et je crois que j'ai les idées larges. Mais vous devriez voir les personnages qui entrent dans cette boutique ! On dirait qu'ils sortent en rampant de sous leur rocher !...

Wilson avait les oreilles en feu.

— Je ne dis pas cela pour vous, chéri. Vous avez l'air gentil, normal... Juste un type avec des tas de problèmes.

— Qu'est-ce qui vous permet de dire cela ?

Criquet haussa les épaules.

— En tout cas, j'attends un bateau.

— Vous êtes dans la marine marchande ?

— Non, je suis membre d'équipage sur des yachts privés. Je fais un peu de navigation, je m'occupe des cartes. Je maintiens la discipline.

— Je le savais, dit Wilson. Vous êtes marin.

— Si vous voulez. J'ai fait le tour du globe, comme Magellan.

— Magellan ne l'a pas fait. Les indigènes lui ont réglé son compte avant, aux Philippines.

— Vous êtes sinistre, dit Criquet.

— Je sais.

Un troisième garçon leur servit une salade paysanne française. Endives et jambon cru, avec des pépites de fromage de chèvre. Ils lui firent un sort, puis finirent le vin. Criquet fit signe au sommelier et commanda une autre bouteille, sans consulter Wilson. C'était un Château Maronne 1977, un bourgogne blanc avec une étiquette à liseré d'or, que le sommelier apporta dans un seau à glace.

— Mon histoire vous intéressera, à cause de votre père.

Elle lui servit du vin.

— Mon père ?

— C'était un joueur, non ?

Wilson haussa les épaules.

Ils burent en grignotant le reste du pain. Criquet raconta à Wilson qu'elle avait grandi dans les Palmetto Keys, une petite grappe d'îles ovales où l'on trouve surtout du sable, des coquillages et quelques chênes, à quatre-vingts kilomètres au sud-est de l'embouchure du Mississippi, dans le golfe du Mexique.

— À Outer Key, il y a une petite ville, Saint George. C'est là que je suis née. Mon père y possédait un hôtel et un service de charter nautique. Cela faisait de lui le seul homme de la région, à peu de choses près, qui avait un boulot régulier sans rapport avec le jeu. Je me suis laissé dire que la grande affaire, de nos jours, c'est le tourisme. Mais à l'époque, avant qu'ils ne changent la loi, c'était le jeu. Les Keys appartiennent pour moitié à la Floride, pour moitié à l'Alabama. Pendant des années, côté Alabama, les grosses parties privées de poker étaient autorisées. Votre père a peut-être joué là-bas.

— Il préférait les chevaux, dit Wilson.

— En tout cas, vous pouviez jouer des millions de dollars, à condition de ne pas diriger un casino. Ce qui voulait dire : ne pas avoir d'employés, et ne pas jouer chez vous… Presque tous les week-ends, on voyait débarquer de La Nouvelle-Orléans et de Miami, voire de Chicago ou de New York, des types aux airs de gangsters, avec d'énormes liasses d'argent liquide. Les grosses parties de poker se déroulaient dans les belles maisons privées le long du lagon, côté sous le vent. Après le divorce de mes parents, mon père a passé beaucoup de temps dans le coin avec un joueur du cru. Celui-ci, un certain Johnny Mazep, organisait une partie de haute volée, tous les dimanches, de septembre à mai.

« J'avais près de sept ans lorsqu'un jour… Mon père, complètement saoul, s'est amené à ma fenêtre au milieu de la nuit. Il a découpé la moustiquaire avec son couteau de poche, il m'a enveloppée dans un pull et embarquée sur son hors-bord. Nous avons pris le détroit de Palmetto, entre Outer Key et Inner Key. Je me rappelle encore l'odeur du diesel et de la cigarette de mon père, et le ciel noir comme de l'encre, sans étoiles, rien…

« Nous nous sommes amarrés au quai privé de Mazep, et nous sommes entrés dans un bungalow rose, très tape-à-l'œil, grand comme un parking. Dans le salon, il y avait près de vingt-cinq types en costume. Ils avaient tous sorti leurs revolvers. L'atmosphère était tendue. L'argent se trouvait dans une piscine d'enfant gonflable… Près de deux millions de dollars en liquide, comme mon père me le dirait plus tard. Tout cela était remis en jeu sur une seule coupe, entre Mazep et je ne sais quel gros bonnet de Chicago. Ils voulaient que quelqu'un de totalement innocent coupe les cartes. Ils n'avaient pu se mettre d'accord sur personne, c'est pourquoi mon père était venu me chercher.

« J'étais morte de peur, je tremblais comme une feuille, mais je ne pleurais pas. On a ouvert un paquet neuf. J'entends encore le bruit de la Cellophane. Je sens encore la bière, l'odeur des corps, et le whisky, et leurs gros cigares de gangsters. J'ai coupé les cartes. Le roi de cœur est sorti. Mazep avait parié sur les cartes basses, le gros bonnet sur les figures.

Johnny Mazep a tout perdu. Sa femme, une Brésilienne qui, de toute façon, avait toujours été un peu dingue, s'est suicidée. Deux mois plus tard, il vendait sa maison et quittait les Palmetto pour de bon. Sa famille était là depuis deux cents ans, d'abord des naufrageurs et des corsaires, puis des contrebandiers et des joueurs professionnels. Toujours quelque chose de ce genre-là.

« Le gros bonnet de Chicago m'a donné quatre billets de cinq cents dollars, parce que j'avais coupé les cartes pour lui. Je les ai gardés bien serrés dans ma main durant tout le voyage de retour en hors-bord – la lune s'était levée et éclairait l'eau sombre. Le lendemain matin, ma mère a trouvé la moustiquaire découpée et les deux mille dollars sous mon oreiller. Je lui ai dit que la petite souris était passée pendant la nuit. "Rudement cher, pour une dent", elle m'a dit. Elle a réparé la moustiquaire et placé l'argent sur un compte d'épargne, et elle n'en a plus jamais reparlé. Dès que j'ai pu, dix ans plus tard, j'ai retiré cet argent de la banque, j'ai pris la mer, et je ne suis plus jamais retournée aux Palmetto...

La seconde bouteille était presque vide. Des fragments de bouchon flottaient dans le doigt de vin restant. Wilson se sentait bien. Il versa les dernières gouttes dans le verre de Criquet. Quand elle porta le verre à ses lèvres, il ne put réprimer un sursaut. Elle avait les mains rugueuses, abîmées par le travail, laides, les ongles cassés. Cela ne s'accordait pas aux cheveux cuivrés, à ces yeux verts dont la couleur rappelait celle des hauts-fonds tropicaux peuplés de poissons et de corail. Criquet surprit le regard de Wilson. Elle rougit légèrement et dissimula ses mains sous la nappe.

— Pourquoi êtes-vous restée si longtemps loin de chez vous? demanda-t-il pour effacer le malaise.

Criquet haussa les épaules, les cheveux chatoyant à la lumière du soleil.

— Je préfère la mer. Elle est si instable... Elle peut être démontée et, un instant plus tard, aussi lisse qu'une surface huileuse. C'est dans la nature des choses, et l'on est donc prêt à tout. À terre, on a l'illusion de la stabilité. Mais c'est un énorme mensonge. Tout peut se jouer sur une seule carte. En mer, au moins, on sait à quoi s'en tenir. Je vais vous dire ce que c'est qu'un marin...

Elle fut interrompue par le maître d'hôtel en habit, qui leur présenta la note sur un plateau laqué noir.

— *L'addition,* dit-il avec la gravité d'un cardinal prononçant une bénédiction.

— Combien ? demanda Criquet.

Wilson l'escamota.

— C'est pour moi.

178,29 dollars. Taxes et service non compris. Plus que son budget nourriture pour le mois.

— Bon Dieu ! Pour de la soupe et de la salade... C'est sans doute le vin...

Il vérifia la carte des vins. La première bouteille que Criquet avait commandée coûtait soixante-cinq dollars, la seconde soixante-dix-huit dollars.

Pendant qu'il réglait avec sa carte de crédit, elle se leva très vite.

— Merci pour le déjeuner, lui dit-elle. Je dois retourner à la boutique.

Wilson, occupé à calculer le montant du pourboire, l'entendit à peine. Lorsqu'il leva les yeux, elle n'était plus là.

5

Deux jours plus tard, Wilson devait retrouver Andrea pendant la *happy hour,* au Marina's in the Marina. Ce grand restaurant-bar bruyant et surpeuplé était fréquenté, après les heures de travail, par la foule des employés du Financial Mile.

C'était le genre d'endroit que Wilson haïssait. Trop net, trop propre, trop réglementé. Interdit de boire au patio sans commander à manger. Impossible d'obtenir un box entre cinq heures et huit heures du soir pour moins de quatre personnes. Facturation minimum de dix dollars au bar, où l'on n'acceptait les chèques que sur présentation d'un permis de conduire et de deux cartes de crédit. Des costauds aux cheveux en brosse, short bleu et tee-shirt rouge au logo du Marina's, munis de talkies-walkies, patrouillaient dans le périmètre réservé de la terrasse à ciel ouvert, traquant les clients qui seraient parvenus à se saouler avec les cocktails coupés d'eau (quoique hors de prix) et les rares imprudents qui oseraient s'asseoir sans s'adresser d'abord aux hôtesses. À chaque fois que Wilson allait au Marina's, il avait l'impression d'être un prisonnier politique dans un État fasciste.

Il retrouva Andrea au bar du premier étage. Elle semblait tourmentée et fatiguée. Sa serviette, bourrée de mémos, de tableaux, de rapports de la Commission des changes du matin, était posée sur le comptoir à côté d'elle. Depuis trois jours, elle faisait faire le travail de Wilson par un intérimaire qui ignorait où se trouvaient les dossiers importants et ne connaissait pas les procédures du bureau, et qui était incapable d'accéder à la base de données de l'ordinateur de Wilson.

— Grâce à toi, depuis deux jours, les choses tournent à la folie pure !

Ce furent ses premiers mots quand Wilson arriva au bar. Il avait une demi-heure de retard. Un Caipirinha noyé attendait sur le comptoir. Les glaçons fondaient dans le verre.

— C'est le mien ? s'enquit-il.

— Tu étais censé arriver à six heures. Je l'ai commandé parce que les tarifs de la *happy hour* finissaient il y a un quart d'heure. (Elle lui jeta un regard mécontent, depuis son verre de vin blanc du patron.) J'ai renvoyé l'intérimaire.

— Pourquoi as-tu fait cela ? demanda Wilson, surpris.

— Parce que c'est un nullard. Il n'a pas trouvé le dossier des Sucres Marti, qui était là, sur le disque S…

— Bon Dieu, tu ne lui as pas laissé une chance. C'est sans doute un étudiant…

Elle l'ignora :

— Et parce que tu reviens demain. Assez de ces histoires de maladie. Je te trouve en pleine forme.

Wilson secoua la tête. Par la vitre teintée verte, il regarda les bateaux blancs qui entraient et sortaient de la marina. Il ne dit rien. Depuis deux jours, il passait son temps à la bibliothèque publique du City Center. Il lisait des livres sur l'interprétation des tarots. D'un texte à l'autre, la combinaison de l'Empereur et de l'Hermite pouvait signifier beaucoup de choses, bonnes ou mauvaises. Mais le sens n'était pas donné une fois pour toutes. Il variait en fonction de la position des cartes dans le motif classique en forme de H qu'on utilise en divination. Les livres ne disaient rien de ce que signifiait le fait de trouver ces deux cartes sur le trottoir, à la fin d'un après-midi poussiéreux, au retour du travail, au milieu de votre vie.

— Tu reviens, ou je dois chercher quelqu'un d'autre ? lui demandait Andrea avec un regard noir.

— Ils mettent du sel dans les Caipirinhas, dit Wilson en secouant les glaçons fondus dans son verre. Il faudrait dire au barman de ne pas confondre les Caipirinhas et les margaritas. Pas de sel. Pas de tequila. Rien que du Pitú, du citron vert et du sucre.

— Depuis le début, je savais que c'était une mauvaise idée, dit Andrea. Non professionnelle. Une femme avec mes responsabilités ne doit pas prendre son amant comme assistant. Mais tu étais fauché, il te fallait un boulot. Le truc classique…

C'était une querelle familière, qu'ils traînèrent comme un ami malade : dans le taxi qui les déposa devant la Pond Park Tower où se trouvait l'appartement d'Andrea, dans le hall d'entrée de ce monolithe ironique, et jusque dans l'ascenseur express qui les mena au trentième étage (le liftier fit une grimace en direction de son tableau de commandes, pour montrer son ennui de les entendre se disputer une fois de plus). Derrière la porte blindée du 3017, ils abandonnèrent momentanément leur discussion. Andrea prit connaissance des huit messages déposés sur son répondeur depuis qu'elle avait quitté son bureau, une heure et demie plus tôt.

Ils s'étaient rencontrés six ans plus tôt chez Straight & Straight, la firme de courtage boursier qui occupe dix étages de la Maas Tower, au centre-ville. Wilson venait de recevoir l'autorisation de prendre un congé exceptionnel, pour raisons financières, du programme d'archéologie du troisième cycle d'Ashland College. Il avait sollicité un poste d'assistant administratif au service matières premières chez Straight & Straight. Une solution provisoire, le temps de gagner assez pour retourner à l'école. À l'époque, Andrea était un jeune et brillant courtier de vingt-quatre ans titulaire d'un MBA. Elle était en pleine ascension et possédait pour tout bagage deux ensembles à trois cents dollars et cinq paires de souliers d'imitation italienne, une intelligence intuitive du marché des obligations municipales, un joli cul et un agréable sens de l'humour. La poussière de la ville n'avait pas eu le temps de se déposer sur elle comme sur tant d'autres. Elle était maintenant vice-présidente de Tea Exchange, possédait sept ensembles à six cents dollars, vingt-deux paires de véritables souliers italiens et huit semaines par an d'une résidence en copropriété sur la côte Atlantique mexicaine, à Sangre de Oro – dont elle n'avait d'ailleurs jamais le temps de profiter. Depuis deux ans, l'avenir de Wilson constituait leur principal motif de dispute. Andrea ne comprenait pas pourquoi il ne faisait rien de sa vie… Il aurait pu retourner à Ashland pour y achever ses études, par exemple, ou prendre un emploi apte à lancer sa carrière, à la Société nationale d'histoire. Wilson ne se décidait pas. Il ne donnait pas ses raisons. Elles avaient à voir avec cette terreur qui l'affligeait même dans ses meilleurs jours. Il n'avait aucun goût particulier pour l'oisiveté. Mais il attendait quelque chose – et il aurait été bien incapable de préciser quoi. Pour attendre dans les meilleures conditions, il faut être prêt, et l'on doit être libre de toute attache inutile. Et puis il avait décidé que les archéologues étaient des gens horribles. Ils ramènent à la surface des choses que la terre est supposée dissimuler aux regards et garder au repos. Des ossements de morts anciens enfouis dans des tombes creusées dans le sable, avec les objets pitoyables (des pots, des cuillers, des peignes) qui leur avaient été utiles durant leur vie. Des fragments de monuments élevés à la gloire de rois cruels oubliés. Des cités disparues de terrible mémoire, dont l'emplacement n'est marqué que par quelques excavations remplies de gravats et par une tache sombre dans l'argile. Wilson estimait que cette discipline n'était pas sans rapport avec la violation de sépultures.

Mais les dents avaient fait déborder le vase. L'année avant son départ de l'école, Wilson avait participé à des fouilles à Asidonhoppo, dans le Brokopondo, au Surinam. Ils avaient ouvert une caverne sacrée dédiée à Ampuka, dieu de la bouche des Indiens warrou. Lorsque les travaux prirent fin, deux mois plus tard, on avait extrait de ce trou humide près de trois cent mille dents sacrificielles. Molaires, incisives et canines humaines. Elles fournissaient des informations très intéressantes sur le régime alimentaire, la condition physique, etc., de leurs propriétaires d'origine. Mais pour Wilson, c'était la chose la plus terrifiante qu'il eût jamais vue. Des années plus tard, ses rêves étaient toujours hantés par les millions de dents d'une gueule de monstre enfournant et mastiquant des familles, des villages entiers et jusqu'au paysage lui-même.

Après avoir pris note de ses messages et répondu à certains d'entre eux, Andrea se débarrassa de ses vêtements d'une secousse qui projeta sur le tapis blanc du salon son costume, son corsage de soie, ses souliers et son collier de perles. Elle fit un geste qui voulait dire : « Attends-moi ! », puis longea à pas feutrés le couloir qui menait à la salle de bains.

Wilson regarda la porte se fermer, écouta le bruit de la douche, puis erra dans l'appartement, les mains dans les poches. Il ne pouvait se résoudre à s'asseoir sur un des sièges élégants et inconfortables du salon. Il s'accroupit sans raison, posa la main à plat sur les coûteux habits d'Andrea, empilés sur le tapis. Ils avaient gardé la chaleur de son corps. Wilson sortit sur le balcon de pierre et contempla le panorama qui s'étendait devant et au-dessous de lui.

Du trentième étage de la Pond Park Tower, le regard portait loin – du Harvey Channel, à l'est, aux vagues collines du comté de Warinocco, au nord de l'autoroute. C'était le dernier moment avant le soir. Au-dessus de la ville, le ciel semblait prêt à éclater sous l'effet de la couleur. La terre s'incurvait jusqu'à la mer, vers les îles lointaines dont chacune recelait une vie secrète, une histoire : une maison sur un bout de plage inconnu, surplombé de palmiers royaux et de tamariniers, une chambre aux stores de rotin tirés contre le brillant crépuscule, un lit blanc protégé par une moustiquaire, un bol de bois plein de grenades posé sur une table. Dans le jardin, les larges feuilles d'un bananier craquent au vent tandis qu'une jolie femme émerge de la vague… En cette heure qui baisse, on s'abandonne volontiers à des désirs ridicules. Wilson, pas meilleur qu'un autre, se trouva aussi vulnérable qu'un enfant devant la tragique immensité du monde au bord de la nuit. La ville fourmillante aux ponts, la forme vague des montagnes à l'arrière-plan, la houle monotone de l'océan, tous ces visages qu'il ne connaîtrait jamais…

Dans la salle de bains, la douche se tut. Wilson rentra et tira la lourde baie coulissante. Andrea réapparut au salon, nue, séchant ses cheveux bruns dans une serviette bleue. Sur le tapis, elle s'immobilisa et laissa tomber la serviette. Son corps était parfait. Wilson ne pouvait la voir nue, surtout à cette heure du jour, sans avoir envie de faire l'amour. Si l'effet était calculé – des centaines d'heures à son club avec entraîneur privé, sur le StairMaster, sur la petite piste dont il fallait faire cent vingt-cinq fois le tour pour parcourir un kilomètre –, le résultat justifiait tous ses efforts.

— Tu es splendide, ma chérie. Tu…

Elle l'interrompit :

— Il est temps que tu t'en rendes compte ! J'ai perdu du poids, dernièrement. Plus de deux kilos depuis juillet.

La lumière était si faible que Wilson ne distinguait plus les yeux d'Andrea.

— J'aurais aimé que tu sois là, l'autre soir, dit-elle d'une voix de petite fille. J'ai failli t'appeler. Deux fois.

— Pourquoi ne l'as-tu pas fait ?

— Je ne sais pas.

— C'était quand ?

— Il y a huit… non, il y a dix jours.

— Pardonne-moi, dit Wilson en se dirigeant vers elle. Cela fait trop longtemps.

Une douce lumière jaune s'éleva au-dessus du divan de cuir, grâce au minuteur automatique. Andrea se renversa en arrière sur la serviette mouillée qui recouvrait la pile de vêtements en désordre sur le tapis, les jambes ouvertes. Ses cheveux humides, fleurant le shampooing, frisaient entre les doigts de Wilson.

Plus tard, sur le grand lit, dans la chambre plongée dans l'obscurité, ils s'embrassèrent et échangèrent des mots d'amour répercutés par l'écho de l'appartement. Enfin ils s'endormirent, l'horloge digitale émettant une lueur ambrée et vigilante sur la table de nuit à côté d'eux.

6

Le vendredi, Wilson reprit le travail à Tea Exchange. Il se retrouva sur-le-champ plongé dans les mêmes futilités : listes d'adresses, dispenses d'affranchissement, photocopieuses, documents égarés, software et hardware, autant d'âneries – se disait-il amèrement – inventées par les philistins pour empêcher l'humanité de se poser des questions. Un jour, vous levez la tête, les années ont passé, vous êtes déprimé, et aucune des Questions fondamentales n'a été sérieusement envisagée.

À la fin de la journée, épuisé par ses efforts pour rattraper son retard, par la routine, par le simple fait de s'asseoir dans des sièges où il s'était déjà assis, il monta dans le bus de Rubicon, desserra sa cravate et s'endormit contre la surface graisseuse de la vitre en plastique rayée.

La température de son corps s'éleva. Transpirant sous le col de sa chemise de chez Brooks Brothers, il commença à rêver.

Un bel après-midi au début du printemps. Il a dix ans. Sa mère, qui est jeune et jolie, a ramassé en chignon ses beaux cheveux noirs. Elle porte un manteau léger imprimé de motifs léopard et une toque assortie. Elle lui tient la main bien serrée, pour traverser la rue en sortant du grand magasin Lazar & Martin, où elle vient de lui acheter un pistolet à rayons qui vrombit quand on appuie sur la détente. La Maas Tower est en construction, carcasse de poutres noires s'élevant vers le ciel. Alors qu'ils passent sous l'échafaudage, il est le premier à voir l'ombre qui s'allonge sur le trottoir. Il lève les yeux et n'a pas le temps de crier avant l'attaque mortelle, avant que le trottoir se cambre tel un tremplin. Il est soulevé, précipité dans les airs – le cœur rempli du secret plaisir de voler –, au-dessus des files de voitures se déplaçant au ralenti, au-dessus des badauds, au-dessus de l'agent de police à cheval. Mais il n'atterrit pas avec un bruit sourd sur un sac de ciment, comme dans la réalité. Non, il étend les bras et s'élève en flèche au-dessus de la crête des immeubles, il passe devant le câble rompu de la grue, devant les ouvriers frappés d'horreur sous leurs casques jaunes, bouche bée, leur regard comme aimanté, vers le bas, vers la femme écrasée, tel un insecte, sous la poutre, il passe devant l'aiguille d'argent art déco du Rubicon Building, plus loin encore, au-dessus du Harvey Channel, au-dessus de Blackpool Island, au-dessus de la mer bleu-gris bouillonnante, ses moutons d'écume et ses navires voguant vers le port. Enfin, tandis qu'il laisse la terre hors de vue, le vent le dépouille de ses vêtements d'enfant… Une seconde plus tard, il est un adulte précipité à mille six cents mètres du sol, nu. Il va à la rencontre de l'obscurité qui approche – mais ce n'est ni tempête ni crépuscule, c'est un espace vide sur l'horizon, d'où l'avenir fait irruption comme un coup de tonnerre, au-dessus des cœurs las des hommes et des femmes.

1

Wilson descendit du bus un peu étourdi, et prit Overlook Avenue en trébuchant. Les rues industrielles du quartier de Rubicon étaient pleines d'un silence un peu triste évoquant le bruit de l'eau tombant sur les rochers, dans la nature. Depuis son rêve, sa chemise était trempée de sueur jusqu'au dos. Son esprit encore embrumé. Il parvint devant son immeuble, monta les escaliers aux marches défoncées et ouvrit les doubles serrures de sa porte blindée. Juste derrière se trouvait une autre porte, à petits carreaux, qui délimitait un espace juste assez large pour abriter un porte-parapluies et une table basse cassée. Les tarots se trouvaient sur celle-ci, entre un jeu de clés de rechange et quelques pièces de monnaie. Wilson les contempla. Une fois de plus, il sentit la terreur lui ronger les entrailles.

Dans le salon, l'air sentait le renfermé et les chaussettes sales, bien que les fenêtres fussent toujours ouvertes sur le Harvey Channel. Seule la chambre à coucher était équipée d'un appareil de climatisation. Une fine couche de poussière recouvrait la vie de Wilson, comme elle recouvrait ses livres entassés sur chaque mur jusqu'au plafond et dans la cheminée murée. Pour la première fois, il regretta de ne pas avoir un chat qui l'accueillerait à son retour. Mais il savait qu'il serait cruel de laisser un chat toute la journée seul dans l'appartement. Brusquement, tout lui fut intolérable – le fait de respirer, le temps qui passait… Il prit un livre, *La Conquête de la Nouvelle-Espagne* de Bernal Diaz, essuya du doigt la poussière accumulée sur la couverture, et le reposa. Un moment s'écoula. Il passa dans sa chambre, se changea, prit une bière dans le réfrigérateur et alluma la télévision, comme il le faisait chaque soir de la semaine.

À la moitié du journal télévisé, alors qu'il commençait à s'assoupir, le téléphone sonna. Il se redressa, sur ses gardes. Andrea était en route pour Denver, où elle devait participer pendant le week-end à un séminaire de gestion. Il ignorait qui pouvait bien l'appeler. Il ne savait trop comment, au gré des ruptures successives de sa vie de tous les jours, il avait perdu le contact avec tous ses amis. Il attendit cinq sonneries avant de décrocher, les paumes moites sous l'effet de la terreur.

— Oui ?

— Wilson ?

Une voix de femme.

Silence.

— Wilson Lander ?

— Oui, qui est là ?

— Wilson, c'est Susan Page.

— Page ?

— Criquet, vous savez bien… Vous ne vous souvenez pas de moi ? Vous êtes venu à la boutique de Nancy, mardi, et nous avons déjeuné ensemble. C'est moi qui ai commandé tout ce vin hors de prix.

— Oui, je me souviens.

Wilson essaya d'avoir l'air ennuyé. Mais il réalisa qu'il cherchait à retrouver l'image de ses cheveux cuivrés à la lumière du soleil.

— Écoutez, j'aimerais vous rendre la politesse.

Wilson hésita. Il sentit la terreur le tirailler quelque part au fond de lui. Pendant un bref instant, il pensa à Andrea dans l'avion qui l'emportait vers l'Ouest, des tableaux sur les genoux, cet air professionnel sur le visage tandis qu'elle composait une fois de plus des chiffres sur sa calculatrice. Puis il effaça complètement cette image de son esprit.

8

Dans le Bend, c'était le spectacle habituel du samedi soir. Les haut-parleurs hurlaient à l'arrière de jeeps décorées, si nombreuses que la circulation était bloquée en haut de Cooper Avenue. Le long du trottoir crasseux, des immigrants de pays lointains où les hommes portent des turbans et les femmes des masques vendaient des lunettes de soleil à bon marché, des colliers de perles et des tee-shirts sur des étals de contreplaqué. Au coin de Morton et de la 5e Rue, un homme au bras atrophié grattait avec ses dents une guitare à trois cordes. De l'autre côté de la rue, une femme en fauteuil roulant chantait des airs de *Brigadoon* d'une voix suraiguë, accompagnée par un nain qui jouait d'un ocarina sculpté dans une pomme de terre. Des bohémiennes disaient la bonne aventure sur des tables pliantes installées dans de minuscules guérites. Un nuage jaune de gaz d'échappement flottait dans l'air.

Wilson se fraya un chemin à travers cette pagaille, à travers la foule, remonta McDermot jusqu'à l'hôtel Orion, et passa par-derrière. Il retrouva Criquet au bar, sous la grosse horloge au néon.

— Salut, dit-il. Où est mon vin ?

Elle se retourna et lui sourit.

— Des martinis, dit-elle en lui montrant son verre. Que voudriez-vous boire d'autre à l'Orion ?

Elle se pencha vers lui et l'embrassa au coin des lèvres.

Wilson fut un peu surpris par ce geste, mais Criquet sembla ne rien remarquer.

— Oh ! Je vous ai mis du rouge !

Elle s'humecta le pouce et lui essuya la lèvre inférieure.

Wilson commanda un martini avec un supplément d'olives. Dès qu'il fut servi, il but une longue gorgée et observa Criquet par-dessus le bord de son verre. Elle avait troqué le sweat-shirt et le pantalon de toile, peu avantageux, qu'elle portait la première fois, pour un corsage collant à rayures et un pantalon à pattes d'éléphant très chic, d'une matière légère qui laissait deviner à travers l'étoffe les courbes délicates de ses hanches et de ses jambes. Une large ceinture de cuir à boucle carrée serrait sa taille étroite. Elle portait une demi-douzaine de bracelets d'argent et du rouge à lèvres brillant. Elle était parvenue à dompter sa crinière cuivrée, tirée en arrière dans un chignon très élaboré. N'étaient ses mains abîmées par le travail et ses bras musclés, se dit Wilson, elle aurait pu sortir directement de la une de *Vogue*. Il sentit un frisson au creux de son estomac, lorsqu'il réalisa qu'elle s'était probablement vêtue ainsi en son honneur.

Ils burent leurs martinis, et regardèrent le bar se remplir. L'hôtel Orion datait de 1915. Calvin Coolidge avait logé dans la suite présidentielle. L'endroit avait été à la mode pendant près de trente ans, mais sa bonne fortune avait décliné en même temps que le reste du quartier. À la fin des années 1960, c'était devenu un asile de nuit réservé aux clochards, aux prostituées et aux toxicomanes. Puis, au début des années 1980, des bohèmes et des homosexuels commencèrent à emménager dans les grands lofts surplombant le Harvey Channel et le haut de Fleet Street. Les restaurants végétariens et les boutiques de produits diététiques, les cafés et les bouquinistes avaient suivi le mouvement, poussant comme de la mauvaise herbe à chaque coin de rue. En 1989, un célèbre architecte d'intérieur français acheta l'hôtel décrépi, démolit le hall aux dorures défraîchies et redécora les chambres avec des lavabos métalliques, des papiers peints à la mode et des meubles recouverts de peau d'ange. Pour deux millions de dollars, il restaura le vieux bar selon ses caractéristiques originelles, y compris la peinture murale de 1928 à la manière de Maxfield Parrish, où l'on voyait Martha et George Washington se détendre devant des mint juleps, à Mount Vernon.

Wilson contempla Martha, son bonnet, son air guindé et travailleur, et il ne put refouler l'image éclair d'Andrea, accompagnée d'un élancement de culpabilité. Il avait beaucoup de mal à ne pas regarder les seins de Criquet sous le corsage collant à rayures. Il n'avait jamais trompé son amie, jusqu'alors. Était-ce cela qui se passait ?

La conversation languissait. Criquet acheva son martini. Elle avala les trois olives enfilées sur l'épée de plastique et posa son verre sur le bar avec un claquement décidé.

— Vous ne me demandez pas comment j'ai trouvé votre numéro de téléphone ?

— Ouais. Je me le demandais. Je ne savais pas que vous connaissiez mon nom.

Criquet sourit.

— Je suis très débrouillarde, ce qui veut dire que je suis dangereuse. Autant vous prévenir tout de suite. Mardi, après mon travail, je suis retournée à l'Ail. J'ai dit au patron que vous étiez mon amant, que nous nous étions disputés, et que je voulais payer le déjeuner – c'était une question de principe. Il a retrouvé le reçu de votre carte de crédit, et voilà ! Votre nom et votre numéro de téléphone.

— Et vous avez payé la facture ?

— Non. Ce n'était qu'un prétexte. J'ai laissé le patron m'en dissuader.

Ils commandèrent une autre tournée de martinis. Wilson commençait à se détendre. La lumière du bar faisait briller les bijoux en argent de Criquet. L'endroit était maintenant bondé de jeunes cadres séduisants en costumes coûteux. Wilson portait une vieille veste sport écossaise, un pantalon kaki informe mais confortable, une paire de mocassins éculés et une chemise blanche chiffonnée au col râpé.

— Je n'ai pas la tenue exigée, dit-il, avec un coup d'œil vers les costumes sur mesure italiens et les robes du soir.

Criquet agita la main.

— Merde, dit-elle, vous avez exactement l'air que vous devez avoir.

— Comment cela ?

— Oh... (Elle réfléchit une seconde.) Comme Gregory Peck dans *La Vallée du jugement*. Vous l'avez vu ?

— Non.

Elle commença à lui raconter l'histoire, puis secoua la tête.

— Faites-moi confiance. C'est un vieux film ridicule, mais il joue le rôle d'un jeune homme très sérieux, et il est plus que convaincant. Je n'ai aucune honte à avouer que j'ai toujours eu le béguin pour Gregory Peck.

Ils parlèrent un long moment de mer et de voyages. Criquet n'avait pas toujours été membre d'équipage sur des yachts de richards. Avant même d'avoir vingt ans, elle avait travaillé sur un tramp appartenant à un ami de son père. Wilson n'avait jamais beaucoup voyagé. Il écoutait, fasciné, ces récits de Rangoon et de Maracaibo, de Santiago du Chili et du Bangladesh. Elle avait vu des duels au couteau dans les barrios de Valparaiso. Elle avait vu des indigènes de Bornéo qui coupaient toujours les têtes de leurs ennemis et vivaient comme il y a quarante mille ans. Elle avait vu des mutineries et la fièvre jaune, de beaux crépuscules et d'étranges poissons sans nom, et des tempêtes dévastatrices au large des côtes africaines.

— Mon Dieu ! Vous menez vraiment une vie excitante, dit Wilson.

— Oui. Si je reste trop longtemps au même endroit, je grossis, je deviens paresseuse et je m'ennuie. En ce moment, je suis à la recherche d'un boulot. Dès qu'un bateau se présente, je disparais.

— Oh, eh bien, dit Wilson, il faudra m'envoyer une carte postale de Tombouctou.

— Cela se pourrait bien.

— J'aime bien *l'idée* du voyage, mais pas le voyage proprement dit. La vérité, c'est que je ne suis vraiment pas doué pour les voyages. Je ne dors pas, je suis constipé. Je dois rentrer chez moi pour aller aux toilettes, ce qui veut dire que les voyages de plus de trois jours peuvent être extrêmement douloureux…

Criquet se mit à rire.

— Mais il y a autre chose. Il y a quelque temps, j'ai passé plusieurs mois au Surinam, sur des fouilles patronnées par Ashland College et la Deutsche Bank. C'est la seule fois où j'ai quitté les États-Unis. Nous avions une caravane climatisée équipée de tous les aménagements, y compris une antenne parabolique pour la télévision. Mais cela ne diminuait en rien mon sentiment d'être loin de chez moi. Je crois que chaque endroit possède une âme. Cela se trouve dans l'eau, comme des bactéries. Et il faut beaucoup de temps pour s'y habituer… Il faut connaître l'odeur de l'air après la pluie, regarder pendant des années comment le soleil frappe les arbres, chaque matin, pour vraiment s'en imprégner. Peut-être même faut-il, pour comprendre un endroit, y enterrer les siens. Bon sang, cela peut prendre des générations.

— Vous êtes d'un romantique…

— Je suis simplement sensible à mon environnement. (Il prenait soin de ne pas faire allusion à la terreur.) C'est une des raisons pour lesquelles j'ai laissé tomber l'archéologie. Crapahuter à travers le monde pour déterrer les os de mon prochain… Je suppose que je ferais mieux de m'abonner au *National Geographic*.

Quelques minutes plus tard, il consulta sa montre digitale. Il était dix heures vingt-deux et le bar était bondé. Ils étaient serrés dans un coin par un groupe bruyant de convives en smokings et robes noires. Les hommes étaient riches et insupportables, les femmes bronzées et ivres. L'une d'elles se mit à rire comme une hyène, en hurlant à l'oreille de Wilson. Elle riait si fort qu'elle recracha un peu de boisson par le nez.

— Voulez-vous que nous allions ailleurs ? demanda Wilson.

Il posa la main sur le dos de Criquet et se pencha vers elle. Il sentit une décharge électrique lui traverser les doigts.

— Oui. Si nous nous dépêchons, nous serons juste à temps pour attraper les deux ou trois dernières courses.

— Des courses ? demanda Wilson.

9

Le cynodrome de Mimosa Park n'était plus qu'un souvenir fané des jours glorieux de jadis. Sur les tours aux formes aérodynamiques, la peinture vert-jaune s'écaillait. Autour du lévrier de néon de l'entrée principale, des tubes lumineux grésillaient. La grosse horloge s'était arrêtée à deux heures et quart, par un après-midi oublié et battu par le vent, quelque trente ans plus tôt. Depuis l'autre côté du parking, la piste avait l'air d'un paquebot qu'on aurait laissé pourrir en cale sèche.

Criquet paya le taxi. Ils franchirent les grilles et empruntèrent l'allée de ciment jonchée de mégots et de talons de tickets. Des lampes à arc bourdonnaient au-dessus de leurs têtes. L'odeur du sable et des cigarettes, le parfum de la nuit et un léger relent acide de pisse de chien flottaient dans l'air. C'était l'entre-deux-courses. Les palefreniers – des adolescents vêtus d'un short relevé jusqu'au nombril, de chaussettes montant aux genoux et de souliers vernis à semelles à clous – firent faire le tour de l'ovale sablonneux à huit lévriers des deux sexes, avant de les amener dans l'aire de départ. Deux douzaines de parieurs flânaient le long de la balustrade du promenoir en observant ce sinistre défilé. Wilson vit des vieillards maussades et décharnés en chemise à manches courtes et chapeau de feutre, des femmes aux cheveux enduits de gel, des adolescents durs à favoris, le blouson de cuir jeté sur l'épaule. Deux enfants crasseux ramassaient les détritus dans l'allée. Un Chinois mâchait un morceau de gras, les yeux fixés sur l'obscurité au-delà de la courbe de l'autoroute.

Les rares mimosas qui ornaient encore le champ de courses fondaient sous le vent léger comme de la barbe à papa sous une lampe halogène. Une délicate fleur rose tomba sur les cheveux cuivrés de Criquet.

— Vous êtes déjà venu ici ? demanda-t-elle.

— Non. J'avais seulement vu cela depuis l'autoroute.

— Qu'en pensez-vous ?

— Minable et déprimant, dit Wilson en regardant autour de lui. C'est sans doute ici que la plupart des gens viennent passer leur samedi soir…

— Cessez d'être aussi sensible à votre environnement. Ou devrais-je dire : ne soyez pas si snob ?

— D'accord. Mais dites-moi ce que nous faisons ici.

Criquet posa sa main sur le bras de Wilson.

— Je vais vous rembourser les bouteilles de vin.

Elle le conduisit vers la tribune vitrée.

Une bande chromée tachée de rouille courait sur la longueur du bar intérieur, désert à l'exception de deux vieux messieurs qui fumaient des cigares et sentaient le whisky. Les chiens se trouvaient au départ. Un système vidéo en circuit fermé transmettait les courses en direct pour les joueurs qui ne voulaient pas quitter leur tabouret. Wilson chercha une table, pendant que Criquet prenait le bar d'assaut. Elle revint avec un programme et deux pintes de lager Colonial dans des gobelets de plastique.

— Au cynodrome, il faut boire ce que boivent les chiens.

Elle posa la bière bon marché sur la table. Wilson en but une gorgée, et fit la grimace. Cela lui rappelait le collège – les virées alcoolisées dans des voitures aux moteurs gonflés, les canettes vides roulant sous le siège arrière.

Elle poussa le programme vers lui.

— D'après le type du bar, il reste deux courses, et nous disposons de sept minutes pour jouer dans la prochaine. Vous choisissez les chiens, j'avance la mise. Les gains sont pour vous. Avec un peu de chance, nous partirons d'ici avec assez d'argent pour couvrir le prix du vin, peut-être même un peu plus. Allons, on va s'amuser !

Wilson baissa les yeux vers le programme aux couleurs vives. La tête encore un peu lourde à cause des martinis de l'Orion, il avait beaucoup de mal à se concentrer sur les noms des chiens. Darcy's Lord, Southwind, Bartholomew Roberts, Honeysuckle Rose, Stinky, Mnemosyne, Battle, Crazy Eight...

— Des courses de chiens... Mon père doit se retourner dans sa tombe.

— Oubliez votre père, lui dit Criquet. Faites ce que vous avez à faire.

Et elle lui sourit, du sourire le plus dangereux et le plus irrésistible qu'il eût jamais vu.

— C'est tellement aléatoire dit-il en regardant à nouveau le programme. Avec les chevaux, on sait que le principal, c'est le jockey. Ici, il n'y a rien d'autre que les chiens et la piste. Et pour ce que j'en sais, ils sont capricieux et imprévisibles.

— Vous voyez bien, que vous êtes joueur! dit Criquet.

— Non, pas moi.

Il parcourut la liste des cotes, et sentit quelque chose se mouvoir en lui. Il choisit Darcy's Lord et Mnemosyne pour le quinella. Criquet plaça le pari in extremis. Ils prirent le programme et leurs pintes de Colonial, et passèrent sur le promenoir pour voir les chiens s'installer. Une brise humide soufflait de la mer. Les chiens entrèrent dans les habitacles et commencèrent à aboyer, à japper et à sauter sur la barrière.

— Et voici Swifty! annonça le présentateur.

Un palefrenier fixa le lapin empaillé sur la poulie, un coup de feu retentit, les barrières se levèrent brusquement et les chiens partirent toutes griffes dehors pour un tour de piste, dans une masse confuse d'arrière-trains, de pattes, de numéros et de sable soulevé.

Les chiens de Wilson arrivèrent premier et second. Criquet avait parié deux dollars. Elle passa à la caisse, revint avec un sourire et tendit à Wilson six billets de dix dollars.

— Voici pour la première bouteille!

— Une chance de débutant, dit Wilson en essayant d'avoir l'air nonchalant.

Il ne pouvait s'empêcher de sourire.

La dernière course prévue au programme était le prix des Demoiselles du Mimosa – un seul tour pour huit jeunes femelles. Wilson sentit au fond de son estomac une torsion étrange, un peu écœurante, familière sans l'être tout à fait. Ses paumes commencèrent à transpirer. Le désir de gagner lui faisait dans la bouche comme un goût de métal. Il ressentit un fort dégoût de lui-même et jeta le programme dans la poubelle la plus proche.

— Allons-nous-en, dit-il. Je ne suis pas d'humeur à cela.

Criquet s'approcha de lui et lui posa la main sur la poitrine. Ses yeux brillaient comme deux émeraudes, dans la lueur verdâtre des lampes à arc.

— Une dernière course, dit-elle doucement. (Sa voix était sérieuse, cette fois.) Faites cela pour moi, je vous en prie.

Le vent faisait claquer les drapeaux. Wilson vit la chair de poule se former sur les bras nus de Criquet.

Il toucha le trifecta dans le désordre grâce à Mysore, Emma et Little Flower. Le rapport était de cinquante contre un, et elle avait misé trois dollars.

Avec le surplus, Criquet loua une limousine pour les ramener en ville – une Lincoln Continental 1941 longue comme une péniche, avec de grosses ailes évasées, des tas de chromes et un compartiment isolé pour le chauffeur. Le champ de courses gardait cette antiquité à disposition des gros parieurs. Mais personne ne l'utilisait, et l'intérieur sentait la poussière et le moisi. Le chauffeur était mal rasé. Il ne portait ni veston ni cravate, rien qu'une chemise blanche aux manches retroussées jusqu'aux coudes et une casquette de base-ball avec le logo de Mimosa Park. Il semblait légèrement irrité de devoir les reconduire en ville et leur remit avec un grognement la bouteille de « champagne » américain à laquelle ils avaient droit.

Tandis que la grosse machine se dirigeait lourdement vers l'autoroute, du swing des années quarante jaillit des haut-parleurs, à l'avant. À travers la vitre de séparation, le tableau de bord projetait une faible lueur verte qui vint frôler les formes du corps de Criquet avec la délicatesse d'un amant timide, jusqu'au moment où elle se laissa aller en arrière, dans la pénombre capitonnée de la Lincoln. Quand ils franchirent la sortie 17, vers Palmyra et East Morea, Wilson avait descendu trois coupes de champagne. Le breuvage avait un goût un peu rance – comme une odeur de poisson –, mais il en but une quatrième. Du coup, il fut tout à fait saoul.

— Je vous l'ai dit, vous avez cela dans le sang.

La voix de Criquet lui parvint, désincarnée, de l'autre bout du siège.

— L'alcool ? bredouilla Wilson.

— Le jeu. Bon Dieu, j'en ai assez vu pendant ma jeunesse pour savoir de quoi je parle ! Et je peux vous dire que la scoumoune, ou la chance – quel que soit le nom qu'on lui donne –, se transmet d'une génération à l'autre. Regardez ce que vous venez de faire, contre toutes probabilités ! Vous avez gagné à la suite le quinella et le prix des Demoiselles ! Stupéfiant ! Vous êtes sans doute un meilleur joueur que votre père.

— Entendons-nous bien là-dessus, dit Wilson. Je suis un archéologue manqué. (Il avait du mal à articuler.) C'est juste que les ossements ont pris le meilleur de moi-même.

— Comment ?

— Excusez-moi… Pas l'habitude de boire comme ça… D'ordinaire, je mène une vie tranquille.

— Plus pour longtemps.

Elle sourit, et Wilson ne vit que ses dents, à la manière du Chat du Cheshire souriant dans l'ombre.

Le paysage défilait, obscur et indistinct. La ville apparut bientôt à l'horizon, nimbée d'une brume orange. Puis il y eut les panneaux verts avec des lettres blanches, et le Lacey Memorial Bridge, puis Overlook. Sans savoir comment, Wilson se retrouva seul, trébuchant dans les rues désertes de Rubicon. Puis il eut conscience que c'était le matin. Il s'éveilla avec une affreuse gueule de bois, chez lui, allongé tout habillé sur le divan.

Il ne se rappelait pas comment il était arrivé là. Mais il savait pourquoi il ne buvait plus. Il était trop vieux pour avoir la gueule de bois et, après cinq ou six verres, il souffrait de trous de mémoire. Il traîna toute la journée pour récupérer, absorba force aspirine et Coca-Cola et essaya de se souvenir comment la soirée s'était terminée. Est-ce que Criquet avait dit quelque chose ? L'avait-elle embrassé avant qu'ils se séparent ? Lui avait-elle donné son numéro de téléphone ? Il ne trouva dans ses poches aucun bout de papier, aucune pochette d'allumettes portant un nombre à sept chiffres. Est-ce qu'ils s'étaient promis de se revoir ? Il ne s'en souvenait pas. À la pensée qu'il pourrait ne jamais la revoir, une partie de lui-même était soulagée.

Mais le vague soupçon qu'il avait oublié quelque chose d'important l'asticota pendant plusieurs jours. Jusqu'à ce qu'Andrea rentre de Denver.

10

Une semaine plus tard, Wilson se traîna chez lui par le bus de Rubicon et se mit au lit en pyjama, un peu après huit heures. Puis les étoiles se levèrent. Elles projetaient une lueur si forte par la fenêtre de sa chambre qu'il fut incapable de s'endormir – problème commun, ce soir-là, à un million d'habitants de la ville. Les étoiles semblaient planer à dix mètres au-dessus des toits, il n'y avait pas de lune, le ciel était magnifique, les seules étoiles illuminant les ténèbres comme des lampes de jardin.

Le matin même, dans le *Times-Chronicle*, Wilson avait lu un article expliquant ce prodige. Mais il ne s'attendait pas à ce que ce soit si magnifique. Il s'agissait d'une distorsion atmosphérique rare, enregistrée pour la première fois au pôle Nord par l'explorateur hollandais W.G. Klett, lors de la désastreuse expédition de 1911. Cette fois, le « Mirage de Klett » devait être visible tout le long de la côte, de Taneville au sud à Saint Charles au nord, c'est-à-dire dans un angle de 42° du méridien où une ligne distincte divisait le ciel entre le sombre et le clair, entre les habitants qui restaient dans l'obscurité et les autres – bénis ou maudits par un excès de lumière stellaire. Selon l'auteur de l'article, la chose en soi n'avait rien d'extraordinaire : des gaz dans l'atmosphère et certains polluants industriels provoquaient une réaction chimique banale qui semblait amplifier la lumière des étoiles. Mais à ce moment précis, les énormes étoiles devant la fenêtre de la chambre de Wilson lui glacèrent les sangs.

Il se leva, s'appuya contre le climatiseur et contempla le ciel. Depuis son excursion au champ de courses, il était surexcité. Depuis des jours, la terreur lui rongeait l'estomac avec une violence inhabituelle, mêlée à un désir qu'il n'avait pas envie d'analyser. Criquet n'avait pas appelé. Peut-être l'avait-il offensée sans le vouloir. Il était incapable de s'en souvenir. Un peu plus tôt dans la semaine, il avait décidé de passer à la boutique d'ésotérisme. Puis il avait décidé de ne pas y passer. Andrea était une fille bien, ils traversaient juste une période difficile, et il n'avait aucune raison de tout gâcher pour quelqu'un qu'il connaissait à peine. Mais dès qu'il commença à penser à Criquet, bien entendu, il fut incapable de trouver le sommeil.

La vaste nuit pleine d'étoiles lui faisait signe.

II

Le bus qui venait à Rubicon par le pont ne roulant qu'aux heures de pointe, Wilson descendit à pied jusqu'à Ferry Point et prit le direct de dix heures qui empruntait le tunnel.

À la demie, les trottoirs de la ville étaient encore encombrés de promeneurs, la tête dans les étoiles. Le long de l'esplanade, les bars étaient bondés. Le bus du tunnel, plein d'employés d'hôtel salvadoriens qui rentraient du travail, se faufila à travers les marchés au poisson et les quais, et rallia son terminus, dans le vieil Alcazar. Cet ancien quartier portugais, rebaptisé « Buptown », était devenu le foyer de milliers de réfugiés chassés par la guerre qui faisait rage au Bupanda.

Wilson décida de marcher jusqu'au Bend, de boire un verre au Tony's et de repasser le tunnel avec le bus d'une heure et demie. Ce soir-là, Buptown grouillait de monde. Des Bupandais étaient accroupis sur de petits tapis devant des tables basses, aux terrasses des cafés aux façades ouvertes – à peine plus que des trous percés dans le mur. Ils mangeaient le *kif* avec les doigts, mélangeant ce plat épicé (présenté sur des plateaux de cuivre poli) avec un pain de riz spongieux appelé *panu*. Ils buvaient du *tejïyaa* et du café dans des gobelets de cuir gras. Le son de leur dialecte, exprimant leurs colères et leurs enthousiasmes, emplissait la nuit. Au coin de Reeve et de Middleton, un orchestre ambulant faisait retentir ses flûtes de fabrication artisanale et ses tambours constitués de bidons de plastique de vingt litres. Des vieux dansaient sur le trottoir, sous les étoiles. À peu de choses près, les Bupandais vivaient à Buptown comme ils avaient vécu dans leur patrie, là-bas en Afrique de l'Ouest. Leur existence s'exposait publiquement, dans la rue, jusque dans leurs actes les plus intimes. En descendant Windermere vers la 5e Rue, les mains dans les poches, Wilson contourna des familles de quinze personnes sur des couvertures étalées devant les vérandas des immeubles. Ils se grattaient, bâillaient, se disputaient. Ils s'habillaient et se déshabillaient. De jeunes couples faisaient l'amour dans des sacs de couchage en lambeaux, sans se cacher, tandis que des enfants nus sautaient à la corde à quelques mètres d'eux.

Soudain, Wilson eut envie de compagnie. De la première cabine qu'il trouva sur la 5e Rue, il appela Andrea. Il tomba sur son répondeur. Est-ce qu'elle était sortie, ou dormait-elle? Il interrogea à distance son propre répondeur, dans l'espoir qu'elle lui avait laissé un message. La machine se déclencha dès la première sonnerie. Il y avait bien un message. Mais pas d'Andrea.

« Wilson, désolée d'être en retard. Je viens d'arriver en ville. Nous avions rendez-vous, vous vous rappelez? (C'était Criquet. Wilson sentit un fourmillement sous sa nuque.) Réveillez-vous! Nous sommes supposés aller aux combats, cette nuit! Ça ne commencera pas avant un bon moment. Et il y a autre chose dont je veux vous parler. Allons, décrochez ce téléphone! Wilson? » Il y eut un soupir, la machine fit entendre trois bips et la communication fut coupée. Elle n'avait pas laissé de numéro.

Wilson reposa le combiné avec précaution. Sa main tremblait légèrement. Il lui suffisait d'entendre la voix de Criquet pour être à cran. Les combats? Il se creusa la cervelle pour se rappeler ce dont ils étaient convenus, mais il ne trouva rien. Est-ce que Criquet parlait de boxe, d'un restaurant, d'un club? Il chercha son nom dans l'annuaire. Il y avait vingt S. Page et aucun Criquet. Il essaya les informations sportives. Aucun combat de boxe, en ville, cette nuit-là. Il se sentit abandonné. Le désir et la culpabilité le submergeaient par vagues successives, comme la fièvre et les frissons de la grippe.

Juste en face de la cabine, un minuscule restaurant en terrasse brillamment éclairé, le Kifto, proposait un repas bupandais complet de sept plats pour 11,75 dollars. Sur un coup de tête, il traversa la rue et s'assit devant une table basse, sur un carré de tapis de tartan couvert de taches. La clientèle se composait d'un groupe de jeunes Bupandais. À la lueur oscillante des lanternes de papier, la transpiration faisait luire leur peau, d'un noir aussi profond que le café en grains. Trois Bupandaises minces portant l'écharpe et la coiffure traditionnelles de leur pays leur servaient d'énormes plats de kif et de panu. Deux bonnes douzaines de bouteilles bleues de tejiyaa trônaient au milieu de la table, vides. Wilson attendit en se morfondant. Il les regarda manger, bavarder et rire. Finalement, un vieil homme aux yeux jaunes en tee-shirt et pantalon de smoking mité s'approcha de sa table.

— Vous voulez manger? demanda-t-il, en fermant les yeux.

— Oui, dit Wilson. Ce plat, là-bas, ça sent très bon.

— Non, non, la cuisine est fermée. Nous n'avons plus que du tejiyaa.

— Un verre de tejiyaa, parfait. Mais vous n'avez rien à me donner pour l'accompagner? Un amuse-gueule?

— Impossible.

— Rien?

Le vieux fit un geste vers la table où les Bupandais dévoraient des montagnes de nourriture.

— Tout est pour eux. Une fête particulière, ce soir.

— Très bien, dit Wilson.

Il devait avoir l'air déçu, car le vieil homme leva une main.

— Attendez, d'accord?

Il se dirigea vers l'autre table. Quelques mots rapides furent échangés en bupandais. Il revint vers Wilson.

— Ils disent que vous pouvez vous joindre à eux si vous en avez envie. Mais vous devez payer votre bouteille de tejiyaa.

— Merci. Mais je ne veux pas m'imposer.

Les yeux jaunes du vieil homme s'éclairèrent un instant.

— Vous pouvez les rejoindre, répéta-t-il. Hospitalité bupandaise.

Wilson n'avait pas le choix. On lui fit une place à la table déjà bondée, et il se retrouva accroupi au beau milieu d'une fête d'anniversaire bupandaise. Le jeune homme bien mis assis à sa droite venait d'avoir vingt et un ans. Il portait son costume d'anniversaire – un short violet, une chemise de soie noire décorée de ballons de football jaunes et des sandales tressées noir et or. Si Wilson avait bien compris, il s'appelait Kuji N'fumi. Son frère, dix ans de plus que lui, était assis à la gauche de Wilson. Il s'appelait Tulj Ra'au. Les autres jeunes gens, au nombre d'une douzaine, se présentèrent un par un, mais Wilson ne saisit guère plus qu'une bouillie de syllabes incompréhensibles. C'était un groupe sympathique. Ils riaient et se racontaient des blagues en bupandais, passant de temps en temps à une sorte d'anglais pittoresque pour le bénéfice de Wilson. Les bouteilles bleues de tejiyaa circulaient. Ils achevèrent le kif, auquel succédèrent bientôt le na'kif et le kif'tu. (Il s'agit de trois formes du même rata épicé contenant respectivement des pois chiches, des betteraves et du poulet.) Ce n'est qu'à la moitié du repas que Wilson remarqua leurs cicatrices.

Chacun de ces hommes en avait – sinistres déchirures rosâtres parfaitement distinctes sur leur peau noire. Il ne s'agissait pas de marques rituelles, mais de souvenirs d'anciennes blessures. On eût dit que quelqu'un les avait attaqués avec un couteau à longue lame. Certains avaient perdu des doigts ou des orteils. La main gauche de Tulj Ra'au n'avait que le pouce et le petit doigt. Le moignon du majeur s'ornait, grotesque, d'une bague criarde faite d'un motif d'or ajouré.

— Ma bague vous plaît ? demanda-t-il à Wilson qui contemplait le bijou.

— Ou… Oui, bafouilla Wilson, sans conviction.

Tulj ôta la bague de son moignon et la lui tendit. Wilson la leva dans la lumière, et hocha poliment la tête avant de la lui rendre.

— C'est très… raffiné.

Tulj renversa la tête en arrière et éclata de rire, montrant des dents très blanches et des plombages en or.

— Pas du tout ! C'est de la merde d'Anda. Vous dites cela par politesse. Les Andas sont de vrais sauvages, des enfants. Ils adorent ce genre de conneries. Je la garde pour me rappeler ce porc d'Anda que j'ai tué. Je lui ai coupé la gorge, et je lui ai pris sa bague. Puis je lui ai coupé les oreilles. Puis je lui ai coupé la tête, comme ça !

Il frappa la table du tranchant de sa main mutilée, avec une rage soudaine. L'atmosphère se modifia instantanément. Tulj se mit à crier en bupandais, agitant la bague en direction de ses compagnons. Certains d'entre eux se couvrirent le visage des mains et se mirent à se balancer d'avant en arrière. Les yeux de N'fumi s'emplirent de larmes. D'autres se levèrent brusquement, marchèrent avec raideur jusqu'au milieu du pâté de maisons et revinrent de même. On eût dit que la tête tranchée dont parlait Tulj venait d'atterrir au milieu de la table. Après quelques minutes de lamentation générale, Tulj dit encore quelque chose, et tout le monde retrouva son calme.

— Je vous en prie, vous devez nous pardonner, pauvres Bupus, dit-il à Wilson. Mais nous sommes tous originaires du village de Lifdawa. Un samedi, au moment où tout le monde se trouvait au marché, les Andas sont descendus des montagnes avec les fusils, les machettes, et leur désir de tuer. Ils ont tué tout le monde, les hommes, les femmes, les enfants. Ils ont tué durant tout le jour, jusqu'à ce que le sol soit trempé du sang bupu. Tous ceux qui étaient là furent laissés pour morts, il y avait partout des monceaux de cadavres égorgés. Pendant la nuit, nous sommes tout de même parvenus à ramper jusqu'à la jungle. Des mois plus tard, nous avons embarqué sur des bateaux pour venir en Amérique. Votre pays est bon pour nous, mais pas assez tout de même. Au Bupanda, je suis allé à l'école de la mission et, avant le Temps du Massacre, j'étais étudiant à l'université de Rigala. J'ai fait des études d'ingénieur. Maintenant (il eut un geste du menton vers sa main mutilée), je conduis une camionnette.

Wilson hocha la tête en signe de respect. Le monde entier se souvenait des terribles massacres qui avaient ensanglanté le Bupanda, cinq ans plus tôt. Les Bupus et les Andas, deux ethnies qui coexistaient dans la région depuis un millier d'années, s'étaient soudain mis à s'entre-tuer avec la violence caractéristique des catastrophes naturelles. Les causes étaient insondables, au-delà de toute compréhension rationnelle – quelles sont les motivations d'un raz de marée ou d'un volcan en éruption ? –, mais les effets furent immédiats. Un million de morts de chaque côté, un million de réfugiés à ce jour, et d'autres suivraient bientôt.

Un peu avant minuit, ils avaient tout mangé. Les femmes vinrent débarrasser la table. On fit venir une dernière bouteille de tejiyaa. Cela avait un goût de kérosène. Wilson avait beaucoup de mal à l'avaler. Il l'avala tout de même, dans la dernière tournée de toasts à la santé de N'fumi, le garçon dont on célébrait l'anniversaire. Les étoiles scintillaient au-dessus d'eux, la foule continuait de circuler dans les rues. Son cœur était plein d'une sensation de chaleur et de confort. Tous ces Bupus étaient des braves types. Il se sentait parmi des amis. Les tragédies dont ils avaient été les témoins ne les empêchaient pas de jouir de l'existence. Que cela soit une bonne leçon pour sa terreur! Il détacha son regard des étoiles, baissa les yeux vers son gobelet de cuir gras. Lorsqu'il releva la tête, il était seul à table avec Tulj et N'fumi.

— Où sont-ils partis?

Tulj se mit à rire.

— Ils sont allés danser à la discothèque Nkifta. Mais nous, nous n'allons pas danser.

— Où allez-vous?

— Nous allons aux combats. De très beaux combats sont prévus, ce soir.

— Vous plaisantez, dit Wilson, très excité. Moi-même, je devais y aller, mais... (Il jeta un coup d'œil à sa montre.) N'est-il pas un peu tard?

— Oh non, ce n'est même pas commencé!

— Vous me permettez de vous accompagner? demanda Wilson.

L'Africain se laissa aller en arrière, en souriant.

— Combien d'argent avez-vous?

12

Tulj conduisait une vieille camionnette Fiat à trois roues pourvue d'un plateau découvert d'un mètre cinquante et d'un unique phare tremblotant. Les deux frères se serrèrent dans la petite cabine, Wilson s'installa à l'arrière, et se tint du mieux qu'il put. À travers les trous de rouille, il pouvait voir le sol défiler sous lui et, dès qu'ils ralentissaient, il ressentait la puanteur des gaz d'échappement. L'air et les étoiles lui faisaient du bien. Il se laissa aller en arrière contre l'arrondi de la cabine, dessaoulant, tandis qu'ils franchissaient le Lacey Memorial Bridge et rejoignaient l'autoroute.

Ce soir-là, sa terreur lui faisait au ventre un léger élancement de douleur comparable à un mal de dents. La plus grande partie de son existence dépendait de programmes établis. Il prenait le même bus à la même heure, se rendait au même bureau et effectuait presque toujours les mêmes gestes. Jusqu'à une période très récente, il avait réussi à éviter toute surprise. Il tentait, à l'aide de cette triste et prudente routine, de tenir la terreur à distance. Mais depuis qu'il avait trouvé ces cartes de tarot, la routine ne le protégeait plus. Il savait que des événements formidables se préparaient, tout proches. Le pincement au fond de son ventre le lui disait. La nourriture la plus anodine, le sandwich à la salade dont il déjeunait chaque jour, lui donnait des brûlures d'estomac. Cette nuit-là, il sentait les étoiles au-dessus de sa tête, ses cheveux agités par le vent, et il décida tout à coup que le moment était peut-être venu de mener une vie différente.

À l'avant, Tulj et N'fumi discutaient bruyamment et se passaient une bouteille de tejiyaa. Le Fiat fit une embardée quand ils s'arrachèrent à l'autoroute, à Lazarus, pour prendre la Route 27 et s'insinuer dans le trafic. Wilson se rassit. Il vit les lumières de la ville s'estomper derrière la ligne d'arbres la plus proche. Bientôt, il n'y eut plus qu'une faible lueur dans le ciel. Dix minutes plus tard, ils quittèrent la 27, empruntèrent une piste coupe-feu. Puis ils durent ralentir et prirent un sentier cahotant qui montait dans la profonde obscurité de la réserve naturelle de Falling Rock. Les étoiles furent bientôt cachées par les branches. Wilson entendait les cris et les grattements des bêtes dans les taillis, et le lent bruissement des sapins. Un bon quart d'heure s'écoula encore sur sa montre digitale avant que la camionnette n'émerge du couvert des arbres, dans une clairière boueuse pleine d'autos. Un grand refuge en parpaings s'élevait en son centre. Juste sous les avant-toits, une rangée de petites fenêtres laissait passer une lumière jaune.

Wilson sauta de la camionnette. Sur le sol gras de la clairière, les mains dans les poches, il attendit que les deux Africains se dégagent de l'étroit habitacle. Le Fiat était aussi petit que ces voitures de clowns qu'on voit au cirque. Un faible bourdonnement – le bruit de voix d'hommes – venait de l'intérieur du refuge. De fins nuages de fumée argentée s'échappaient des fenêtres éclairées et s'élevaient dans l'air pur de la nuit.

— Vous pouvez me donner un coup de main ?

C'était Tulj, à l'avant du Fiat.

Wilson approcha de la vitre, côté passager. N'fumi, ivre mort, dormait contre le tableau de bord, la bouche ouverte.

— Trop de tejiyaa, dit Tulj. Il est encore jeune, et il ne sait pas y faire avec cette boisson.

— Et alors ? dit Wilson. Vingt et un ans… Il a parfaitement le droit d'arroser ses vingt et un ans.

— Certes. Mais je ne veux pas qu'il arrose, comme vous dites, le siège avant de ma camionnette.

Ils réussirent à porter N'fumi à l'arrière. Tulj abaissa le battant. Ils le hissèrent sur le plateau et le recouvrirent jusqu'au menton avec une vieille bâche. Les jambes de N'fumi dépassaient d'au moins soixante centimètres. Une de ses sandales pendait de son pied. Wilson ne parvenait pas à décider si la scène était comique ou sinistre.

— Mon idiot de frère est bien mieux à dormir ici, dit Tulj. Pendant ce temps, nous irons aux combats. Est-ce que vous y avez déjà assisté ?

Wilson allait mentir, mais il se reprit et secoua la tête.

— C'est très amusant, fit l'Africain. (Il se mit à rire.) J'ai gâché ma jeunesse dans des endroits comme celui-ci, dans mon pays, avant le Temps du Massacre.

13

Le refuge était bondé d'hommes de diverses nationalités. Wilson chercha Criquet des yeux. Mais il ne vit pas une seule femme dans l'assistance.

Il y avait des Bupandais, des Nigérians, des Haïtiens, des Salvadoriens, des Mexicains, des Brésiliens, des Vietnamiens, et même quelques péquenauds blancs, des ploucs à chemises à carreaux et casquettes de base-ball ajourées ornées de drapeaux sudistes. Tout le monde se serrait autour d'une arène infecte de douze mètres de diamètre, au sol jonché de paille, de plumes et de sang. Il y avait des plumes partout. On les voyait flotter sur des nuages de fumée de cigarette dans la lumière jaune. L'odeur était accablante. Tout d'abord, Wilson eut du mal à respirer. Puis il s'habitua d'un seul coup à cette atmosphère suffocante et excrémentielle.

Tulj parvint à se frayer un chemin jusqu'à la rampe au-dessus de l'arène. Wilson prit place à côté de lui. De la liqueur de canne à sucre dans des bouteilles de vinaigre troubles leur vint de l'arrière. Wilson but, s'essuya les lèvres du revers de la main comme il l'avait vu faire au cinéma. Il passa la bouteille à Tulj, qui but à son tour et la passa à quelqu'un d'autre. Une atmosphère de danger, chargée de testostérone, flottait dans cet endroit. Mais elle n'était ni étrangère ni inconnue. Wilson eut le sentiment qu'ici les hommes faisaient ce qu'ils savent faire le mieux : boire, se battre, parier sur un sport violent.

Au bout d'un moment, deux Salvadoriens trapus entrèrent dans l'arène. Un rugissement s'éleva de la foule. Les deux hommes portaient des tee-shirts blancs maculés de sang. Chacun tenait une cage métallique abritant un gros coq bleu au plumage luisant. Ils sortirent les oiseaux de leur cage et les maintinrent solidement, bec à bec, contre la paille. Des éperons de fer à l'air vicieux brillaient faiblement aux pattes des coqs. Ils gueulaient, griffaient et se débattaient pour s'attraper mutuellement tandis qu'autour de l'arène on prenait les paris. Une demi-douzaine de jeunes gens à la peau sombre, d'origine indéterminée, parcouraient la foule pour recueillir les mises, qu'ils notaient sur des cartes à jouer déchirées en deux. Le sol de ciment crasseux était jonché de moitiés de cartes et de prospectus roses en cinq langues. Du verre brisé craquait sous les pieds.

Wilson était surpris. Il s'était attendu à voir des hommes se battre, pas des oiseaux. Il se dit qu'il ne s'agissait sans doute pas des combats dont parlait Criquet. Puis il changea d'avis. À part les chiens deux semaines plus tôt, il n'avait pas mis les pieds sur un champ de courses depuis des années. Depuis la mort de son père. C'était la deuxième fois en un mois qu'il se trouvait à un endroit où l'on joue. D'une certaine manière, Criquet était comme une voix qui le rappelait vers son passé.

— À l'école de la mission, le révérend père nous a raconté une histoire sur les combats de coqs, disait Tulj à l'oreille de Wilson.

— Ah bon ?

— Il y avait une fois, au pays des anciens Grecs, un grand soldat nommé Thémistocle. Il était chargé de mener la guerre contre un pays voisin. J'ai oublié lequel…

— La Perse.

— Ah, vous connaissez l'histoire ?

— Continuez.

— Le Grec Thémistocle conduisait son armée au front lorsqu'il tomba sur deux coqs sauvages, dans un pré, qui se battaient à mort. Il s'arrêta et montra à ses soldats ces deux bêtes héroïques. « Regardez bien comme ils se battent, jusqu'à la mort ! Prenez-en de la graine, mes hommes ! » Le lendemain, quoique très inférieure en nombre, son armée gagna la bataille. Une grande bataille. C'est ainsi que nous pouvons nous inspirer des animaux…

Puis Tulj lui expliqua ce qu'il fallait vérifier avant de parier sur un coq : regard clair, bonne position, prestance, et – c'était le plus important – si l'oiseau avait déféqué juste avant le combat.

— S'il fait sa petite affaire, dit-il, c'est vraiment signe de chance. Cela le rend plus léger, plus rapide, plus concentré...

Tulj fit signe à un garçon qui se pressa vers eux pour prendre leurs paris. Il avait le teint très noir, de grands yeux – guatémaltèque ou mexicain. Il ressemblait à Dondi, l'orphelin italien des bandes dessinées que Wilson lisait dans les journaux du dimanche, quand il était petit.

— *¿ Señor ?*

Wilson se tourna vers Tulj, qui haussa les épaules et retourna ses poches.

— Tout dépensé avec le tejiyaa, le kif et le panu, dit-il en posant sa main mutilée sur l'épaule de Wilson. L'honneur du jour du nom de mon frère est entre vos mains, mon nouvel ami.

Wilson sortit son portefeuille. Il avait cent dollars et un peu de monnaie. Son budget courant jusqu'au 15.

— *¿ Cuánto, señor ?* demanda le garçon, impatient. *Andale*.

Wilson regarda l'arène. À cet instant précis, le plus petit des oiseaux lâcha deux crottes parfaitement circulaires.

— Celui-ci, dit Wilson.

Sur un coup de tête, il donna tout ce qu'il avait au garçon. Celui-ci gribouilla quelque chose au dos d'une carte à jouer, la déchira en deux, lui en donna la moitié et s'enfonça dans la foule. Wilson regarda la carte qu'il avait en main. Roi de carreau.

— Les jeux sont faits, dit-il à Tulj.

L'Africain eut un sourire.

Un instant plus tard, les dresseurs lâchèrent leurs oiseaux, reculèrent vivement, et le combat commença. Wilson ne vit guère plus que l'éclair de l'acier, les plumes qui volaient et le sang qui giclait. Tout fut fini en moins d'une minute. Le vainqueur avait une aile hors d'usage. Il recula, battit de son aile valide et lança un affreux cri de triomphe. Puis il se mit à becqueter le cadavre de son adversaire. Wilson gagna six cents dollars. L'animal n'était pas favori, et il était coté à six contre un. Dans le combat suivant, il paria tout ce qu'il avait et gagna à sept contre un. Puis il gagna à trois contre un, puis à cinq contre un. L'argent déformait les poches de sa veste et de son pantalon kaki. Il était hébété, il avait le visage en feu, il avait l'impression de ne pas respirer normalement, il savait à peine ce qu'il faisait, mais il voulait gagner – c'était le même sentiment qu'au cynodrome. Il avait dans la bouche le même goût métallique, il avait de nouveau les paumes moites. Cela ne pouvait être réel... Mais l'argent continuait d'affluer.

Une heure plus tard, pendant une pause, son esprit s'éclaircit un peu. Il s'éloigna de l'arène et découvrit qu'un espace s'était ouvert autour de lui. Il était seul, au centre d'un cercle d'hommes durs et dangereux. De l'autre bout de la pièce, d'autres le regardaient, les couteaux luisant dans les ceintures. Tulj n'était nulle part en vue. Wilson calcula qu'il avait près de huit mille dollars en poche. De l'autre côté de l'arène, un homme en complet de lin tapotait la rampe de ses doigts aux ongles longs. Wilson leva les yeux. Sa peau couleur de sable luisait comme du bois huilé. Il avait des cheveux noirs de jais, et des yeux d'un étrange bleu foncé. Son costume miroitait dans la nuit d'été, en ce lieu où personne ne pouvait s'en offrir un pareil.

— Ainsi, cela vous plaît de parier contre mes oiseaux? dit-il, d'une voix à peine plus audible qu'un chuchotement.

— Hein?

— Qui vous envoie?

— Vous plaisantez, dit Wilson.

L'homme hocha la tête, comme s'il savait quelque chose que Wilson ignorait. Puis il eut un geste de la main et murmura « Bonne chance! » d'une façon qui le fit frissonner.

Quand le garçon vint prendre ses paris, Wilson lui refila un billet de cinquante dollars.

— Ce type, là-bas, avec le complet blanc... Tu sais quelque chose?

Le garçon jeta un coup d'œil rapide par-dessus son épaule, et sa bouche s'affaissa.

— *El Señor Hidalgo*, dit-il en secouant la tête. *Muy peligroso*. Je crois que vous feriez mieux de perdre, cette fois-ci...

Wilson sentit une crispation dans ses entrailles, et décida de suivre le conseil du garçon. Le combat suivant opposait un oiseau efflanqué, qui avait perdu la moitié de sa crête, et un grand et brillant spécimen évoquant le belliqueux volatile qui figure sur les timbres-poste français et symbolise la République. Pour une raison inconnue, les cotes n'étaient que de deux contre un en sa faveur. Wilson misa tout ce qu'il avait – pour le perdre – sur l'oiseau efflanqué. Il gagna seize mille dollars. Un sifflement de colère monta de la foule. L'homme au complet blanc enfonça ses ongles dans le bois tendre de la rampe. Un ongle se brisa avec un petit claquement sec. L'homme s'éloigna. Le cœur de Wilson flancha quand il vit le garçon se diriger vers lui avec un monceau de billets de banque dans un carton déchiré. Il savait qu'il ne sortirait pas vivant de cet endroit, avec ou sans les billets. Le monde ne déteste rien tant que l'homme qui a de la chance. Il regarda autour de lui. Soudain, Tulj fut à ses côtés.

— Si vous aviez l'intention de gagner tout ce foutu pognon, vous auriez dû vous amener avec une armée, dit l'Africain avec colère. Comme Thémistocle, le vieux Grec…

— Bon Dieu, sortons d'ici, dit Wilson.

Mais Tulj recula, les avant-bras en croix.

— Je n'ai pas survécu au Temps du Massacre, chez moi, pour mourir pour une boîte pleine de papier, dans un pays que je n'aime pas.

Il tourna les talons et s'enfonça dans la foule.

Wilson s'attarda désespérément près de la rampe. Il compta l'argent froissé dans la boîte, en fit des piles bien nettes qu'il serra dans les poches de sa veste. Il avait vaguement conscience que l'homme au complet blanc parlait avec animation à un groupe de gangsters près de la porte. Deux d'entre eux portaient des chapeaux de cow-boy et des chemises aux manches retroussées. Un autre, le visage couvert d'étranges excroissances pileuses, arborait ce genre de borsalino de gangster qu'on appelait, jadis, un « petit César ». La terreur de Wilson avait enfin pris une forme concrète. Une foule d'étrangers, un homme en costume de luxe, une demi-douzaine de petits truands, seize mille dollars en liquide. Il faillit éclater de rire. C'était comme l'histoire du rendez-vous de Samarra. Un homme riche, apprenant que la Mort est proche, gagne la ville voisine pour échapper à son destin. Et là, bien entendu, la Mort l'attend sur la place du marché.

Il attendit encore un peu, jusqu'à ce que les lieux s'éclaircissent. Puis il fit mouvement vers la sortie. Avant qu'il ait le temps de contourner l'arène, le jeune Guatémaltèque qui avait pris ses paris apparut à côté de lui.

— *Señor, por favor.*

— Qu'y a-t-il ? demanda Wilson.

— La porte de derrière, dit le garçon. Arbres, noir. *Vámosnos*. Puis il émit entre ses dents une sorte de sifflement.

Wilson le suivit sans penser à rien. Ils passèrent derrière un rideau, entrèrent dans une buanderie où deux Guatémaltèques, assis autour d'une table de pique-nique, comptaient les gains de la maison. Collés sur le mur derrière eux, un nu à l'aérographe découpé dans *Hustler* et une carte de prière catholique représentant la Vierge de Guadalupe en équilibre sur son rayon de lune. En voyant passer Wilson, les deux hommes laissèrent échapper quelques grognements. Mais ils ne dirent rien. La porte de derrière, rouillée, donnait sur le parking. La nuit était illuminée par les étoiles. La forme des arbres se dessinait – refuge obscur – à vingt-cinq mètres au-delà de l'arrière indistinct des voitures. Wilson, sur le seuil, hésita.

— *Vámosnos*, arbres, noir, répéta le garçon en poussant Wilson dans la nuit.

— Hé, doucement !

Wilson ne voulait pas qu'on le précipite là-dedans, vers son dernier ciel étoilé, vers son ultime destination. Quand il fit un pas vers le parking, la porte claqua derrière lui, et il comprit que c'était un piège. Il avança tout de même, lentement, posément, entre les voitures. Bien qu'il ne fût pas un gros fumeur, il aurait aimé une cigarette. C'était ce genre de moments qu'on affronte plus facilement avec une cigarette. Deux groupes d'hommes – près d'une douzaine en tout – sortirent de part et d'autre du bâtiment. Ils se déployèrent, dans un mouvement d'encerclement. Ils avaient l'intention de l'attraper dans les derniers mètres avant les arbres. Leurs bottes faisaient des bruits de succion sur le sol mou. Wilson entendait leur respiration et, quelque part, comme si son espoir s'en allait, le mugissement décroissant d'un train de marchandises. Ils étaient tout près, maintenant. Comme des loups qui progressent par bonds. Wilson atteignit un espace étroit entre les voitures. Deux hommes lui bloquaient le chemin, les bras croisés, immenses, juste devant lui. On y était. L'ultime seconde, le silence, les bois qui attendaient.

Et puis un bruit de verre fracassé, des coups de feu. Un hurlement aigu, inhumain, puis d'autres hurlements, de plus en plus près. Wilson se tourna vers la source du bruit. Les hommes qui le suivaient firent de même. Un Noir portant une seule sandale dépassa en courant le coin du bâtiment, poursuivi par une quinzaine d'autres. Wilson reconnut la chemise aux ballons de football et le short violet. C'était N'fumi. Un peu plus loin, dix autres hommes traînaient Tulj. Il avait un côté du visage ensanglanté et les vêtements en lambeaux.

Les hommes jetèrent N'fumi dans la boue, juste au-delà de la dernière rangée de voitures. Trois d'entre eux le saisirent aux jambes. Deux autres lui prirent les bras. Wilson vit qu'il s'agissait d'Africains. Il lui sembla qu'ils parlaient bupandais. Un des hommes sortit une longue lame en dents de scie, qu'il appliqua sur la gorge de N'fumi. Le pauvre garçon, terrorisé, roulait des yeux à la lueur des étoiles. Un instant plus tard, une véritable foule s'était rassemblée autour d'eux. Cent hommes regardaient entre les voitures, les yeux brillants à l'idée de voir encore le sang couler. On releva Tulj, on le fit s'agenouiller à côté de son frère. Wilson n'avait pas besoin d'explications. Parkerville, non loin de là, abritait une importante communauté anda. À l'instar des Bupus, les Andas n'avaient fui la haine et la tragédie qui avaient balayé leur infortuné pays que pour l'apporter avec eux, intacte, dans leurs ventres et dans leurs cœurs.

Quelqu'un alluma les phares d'une voiture, et la scène se trouva éclairée d'une violente lumière blanche. L'Anda qui tenait le couteau sur la gorge de N'fumi proféra une dernière obscénité et s'apprêta à lui déchirer la jugulaire de sa lame en dents de scie. De l'autre côté, un homme, quel qu'il fût, se léchait les lèvres par anticipation. À cet instant précis, une vertu inconnue monta dans la poitrine de Wilson. Sans réfléchir, il posa le pied sur le pare-chocs d'une Mercury des années 1960 toute cabossée, sauta sur le capot d'une Impala

Chevrolet de la même époque. Un dernier bond lui permit de dominer toute la scène.

— Arrêtez ! cria-t-il. (Quelque chose, dans sa voix, fit hésiter l'Anda.) Vous m'avez entendu ! Posez ce couteau !

Cela lui parut ridicule, mais il ne voyait pas ce qu'il aurait pu dire d'autre.

L'Anda maintint le couteau sur la gorge de N'fumi et leva les yeux, paresseusement.

— Qu'est-ce que vous voulez, m'sieu ? Vous avez l'argent que vous avez gagné. Rentrez chez vous. Si vous en êtes capable, bien sûr !

Il eut une sorte de hennissement – un affreux raclement venu du fond de la gorge.

— Laissez-moi vous poser une question, dit Wilson avec la même autorité. À combien estimez-vous la vie d'un homme ?

L'Anda cligna des yeux, les yeux injectés de sang sous l'effet de l'alcool et du tabac, les paupières ridées comme du vieux cuir marocain.

— Je vous ai posé une question. Combien ?

L'Anda haussa les épaules.

— C'est un porc, dit-il en frappant le cou de N'fumi du plat de sa lame. Un porc, et un fils de porc. Un Bupu puant. Dans mon pays, nous les chassons et nous leur coupons la gorge, comme aux porcs !

— Ici, nous sommes dans mon pays, dit Wilson. Et dans mon pays, la vie d'un homme vaut encore quelque chose. Combien voulez-vous pour celui-ci ?

L'Anda cligna de nouveau des yeux, lentement, comme un hibou.

— Mille, deux mille, six mille dollars ? (Wilson commença à sortir les billets de ses poches et à les jeter aux pieds de l'Anda. Quand il y en eut un joli tas, il fit une pause, théâtral.) C'est assez ?

L'Anda eut un sourire aimable et repoussa doucement les billets du pied.

— Non.

— Parfait. Alors, écoutez… (Wilson plongea les mains dans ses poches et en sortit deux poignées de billets.) J'ai près de seize mille dollars, ici. Je vous donne le tout, pour eux deux.

Mouvement de la tête vers N'fumi et Tulj. Ce dernier lui jeta un regard sans expression.

L'Anda réfléchit un moment. Puis il hocha la tête.

— Affaire conclue, m'sieu.

— Vous les laissez partir?

L'Anda se redressa.

— Quand un Anda donne sa parole…

Wilson écarta les doigts et laissa tomber l'argent, qui voltigea dans le rayon des phares. L'Anda repoussa N'fumi, tête en avant, dans la boue et lui donna un violent coup de pied au derrière. Un éclat de rire retentit dans la foule. La tension retomba. On avait lâché Tulj qui restait là, impuissant, et se frottait le poignet de sa main valide.

— Allez! hurla l'Anda en anglais. Foutez le camp!

Un instant plus tard, les deux frères avaient disparu, dégringolant vers les bois sur les mains et les genoux.

Wilson les suivit des yeux depuis le capot de l'Impala, jusqu'à ce qu'ils aient disparu dans l'obscurité. Puis il descendit. La foule se dispersa, respectueusement. Les mains dans les poches, il retourna au parking de devant en se demandant comment il allait rentrer chez lui. Les gangsters aux chapeaux de cow-boy s'évanouissaient dans la nuit, dans un bruit de voitures et une odeur d'oxyde de carbone. Wilson ne présentait plus aucun intérêt à leurs yeux, depuis que l'argent n'était plus là. Quelqu'un frotta une allumette, tout près de lui. Wilson leva les yeux. L'homme au complet de lin s'appuyait nonchalamment sur le capot d'une limousine Mercedes métallisée dernier modèle. Il alluma un fin cigarillo et secoua lentement l'allumette au moment où Wilson passait devant lui.

— Voilà un geste… (Wilson s'arrêta et lui fit face)… élégant. Réellement élégant. (Il eut un sourire las et entendu, et hocha la tête.) Vraiment. Disposer de la vie des hommes comme un roi, hein? Non! Comme un empereur!

D'un geste théâtral, il avança son cigarillo vers la poitrine de Wilson.

— Un empereur, dit Wilson, en retournant le mot dans sa tête.

L'homme acquiesça.

— Voilà tout le problème des joueurs, dit-il. Ils ont parfois envie de jouer à l'empereur pour une nuit. Mais le lendemain matin, que sont-ils ?

Il montra ses mains vides, paumes vers le haut.

— Je ne suis pas un joueur, dit Wilson. Juste un type comme les autres.

L'homme tira sur son cigarillo et souffla la fumée vers les étoiles étincelantes.

— J'ai perdu soixante-quinze mille dollars en pariant contre vous, cette nuit. Vous êtes un joueur, mon ami.

Wilson était sur le point de s'en aller. Mais il fit un pas en avant et tendit la main.

— Je m'appelle Wilson Lander.

Surpris, l'homme au complet blanc hésita, puis lui serra la main.

— Don Luis Gabriel Hidalgo de la Vaca, dit-il.

— Luis, dit Wilson, peut-être pouvez-vous me rendre un service…

14

Wilson fit le trajet du retour à l'avant, à côté du chauffeur. C'était un géant philippin au visage mangé par l'acné, qui avait mené une carrière de catcheur professionnel sous le nom de Killa from Manila[1]. Il descendait pourtant d'une petite communauté de planteurs de riz des contreforts du Mindanao, et il était même entré au séminaire, il y avait très longtemps, pour se préparer à la prêtrise. Wilson se rappelait le visage de cet homme pour l'avoir vu dans des spectacles de catch à la télévision, le dimanche matin, quand il était petit garçon. Il se rappelait aussi son histoire pour l'avoir lue dans des magazines à la même époque. Il essaya d'entamer la conversation, mais le Killa n'avait pas envie de parler.

— Vous permettez que j'allume la radio ? demanda Wilson, toujours sous l'effet de l'excitation de la soirée.

Le chauffeur secoua son énorme tête.

— Peux pas, dit-il. Patron aime pas la musique.

Wilson jeta un œil par-dessus son épaule. À travers la vitre teintée, il distinguait à peine la silhouette de Luis de la Vaca.

Il descendit à l'entrée du pont. Au-dessus des grandes piles gothiques, les étoiles commençaient à pâlir, et une lueur violacée se levait à l'est. Il fit le tour de la limousine et frappa à la vitre arrière. Au bout d'un instant, elle s'abaissa avec un léger bourdonnement presque musical. Le visage de Luis de la Vaca apparut, moitié dans l'ombre, moitié éclairé.

1. « Tueur de Manille ». *(N.d.T.)*

— Hé, merci de m'avoir ramené ! dit Wilson. À partir d'ici, je me débrouillerai.

Il agita la main en direction du pont. De la Vaca ne répondit pas immédiatement.

— « Si grand soit le danger, l'espoir d'être récompensé est toujours plus grand », déclara-t-il soudain.

Wilson hocha la tête, méditant la formule.

— C'est le prince Henri le Navigateur qui a dit cela à un de mes ancêtres, il y a cinq cents ans. Il s'appelait Gil Eannes. Il a été le premier homme blanc à contourner la pointe de l'Afrique, ce que tout le monde croyait impossible.

— Merci, dit Wilson.

— La prochaine fois, je vous le promets, le danger sera beaucoup plus grand, monsieur Lander.

La vitre remonta, avec le même bourdonnement. La voiture fit demi-tour et partit en cahotant sur les pavés, vers la ville qui s'éclairait.

Wilson suivit les étoiles déclinantes en passant le pont, puis en s'enfonçant dans les rues industrielles désertes de Rubicon. Quelques entrepôts montraient de l'activité. Sur Overlook Avenue, les camions de livraison faisaient chauffer leur moteur. Quand il arriva à son appartement, la pendule sur la cheminée indiquait cinq heures vingt du matin. Il devait être au bureau dans un peu moins de trois heures. Il ôta sa veste et ses chaussures, vida ses poches. Un peigne, son portefeuille et ses clés, une moitié de carte (le valet de cœur)… et deux billets froissés de cinq cents dollars. C'était plus que son salaire pour deux semaines de travail à Tea Exchange.

Une demi-heure plus tard, alors qu'il sortait de la douche, le téléphone sonna. Il attendit dans la salle de bains, jusqu'à ce que le répondeur se déclenche.

— Wilson, je sais que vous êtes là, dit la voix de Criquet. Décrochez ce téléphone.

Il noua une serviette autour de sa taille et passa au salon.

— Est-ce que vous appelez toujours à six heures du matin ?

— Non, mais c'est important. Je voulais vous le dire hier soir, mais vous m'avez laissée tomber.

— Je ne vous ai pas laissée tomber, je…

— Chut, le coupa-t-elle. J'ai un bateau. Un très joli yacht expérimental, le *Compound Interest*[1], de Santa Barbara, Californie. Le propriétaire, un type incroyablement riche, poursuit une croisière autour du monde. Il a fait escale hier pour faire des provisions, et deux membres de l'équipage ont déserté pour se marier. Ils ont besoin d'un second navigateur et d'un aide de cuisine, et je me suis dit…

— Criquet, attendez une minute.

— Quoi ?

— Je ne connais strictement rien à la navigation, et je suis un piètre voyageur. Je vous l'ai dit.

Le téléphone cracha un peu de friture matinale.

— Allô ?

— Wilson, murmura-t-elle enfin, savez-vous ce qu'est un marin ? Je voulais vous le dire quand nous avons déjeuné ensemble, mais je n'en ai pas eu l'occasion. Savez-vous ce qu'est un marin ?

— Quelqu'un qui navigue.

— Faux. Un marin, c'est un type qui cherche une porte de sortie.

Wilson ne répondit rien.

— Les esprits malins sont sur vous, Wilson. Je les sens sur vos vêtements. Quelque chose se nourrit de vos tripes. Il est plus que temps de prendre la mer.

— C'est ridicule, dit Wilson.

Mais sa voix tremblait un peu.

— Est-ce que vous disposez de treize cents dollars ?

— Non.

— Je peux vous les prêter. Vous en aurez besoin pour acheter un peu d'équipement, et pour votre brevet d'aide-cuistot. Il y a une sorte d'examen, en fait, mais nous pouvons contourner cela. J'ai les relations nécessaires au syndicat. Vous êtes capable de peler des patates, ou de faire un œuf sur le plat ? On ne vous demandera rien de plus.

— Criquet…

---

1. « L'intérêt composé ». *(N.d.T.)*

— Rendez-vous à midi au siège du Syndicat des marins, au centre-ville. Je m'occupe des papiers, mais vous devrez signer tout cela et remettre l'argent personnellement.

Wilson jeta un coup d'œil aux deux billets de cinq cents dollars froissés, sur la table basse de l'entrée, avec son peigne et ses clés. Les cartes de tarot étaient toujours là, appuyées contre un vase plein de fleurs fanées. (Elles étaient fraîches, un mois plus tôt, quand Andrea les lui avait offertes.) Il ferma les yeux. Il imagina les cheveux de Criquet éclairés par la lune, brillant dans l'obscurité de mers étranges et incertaines, l'odeur d'îles recouvertes par la jungle, le parfum salé des lagons lointains, la Croix du Sud se levant à l'horizon. La terreur le ramena brutalement à la réalité.

— Non, Criquet. Je ne peux pas partir avec vous.

— Et pourquoi donc ?

Elle avait l'air déçue.

— Je ne peux pas.

— Écoutez, vous êtes heureux, là où vous êtes ? Heureux de la vie que vous menez ? Je n'en ai pas l'impression.

— Trop de choses me retiennent ici.

— Quoi, par exemple ?

— Je ne vais pas vous raconter ma vie à six heures du matin.

— Allons, Wilson…

— Non.

Après avoir raccroché, il alla dans la cuisine et prit son petit déjeuner – un bol de céréales qu'il mastiqua lentement, soigneusement. Puis il passa dans sa chambre, enfila une chemise bleue propre, un pantalon kaki habillé, une cravate à fleurs et une paire de mocassins à glands, qu'il frotta avec une serviette en papier et un peu de salive. Puis il considéra la journée qui se préparait. Les bureaux ont une odeur de renfermé inoubliable. Ils sentent le plastique beige, les tubes au néon, et une fine poussière invisible.

Il était sept heures. Dans une demi-heure, Wilson devrait descendre les six pâtés de maisons jusqu'au rond-point et prendre l'autobus pour le centre-ville. Au lieu de quoi il entra dans sa chambre avec un tournevis qu'il avait sorti de la boîte sous l'évier de la cuisine. Il ôta le climatiseur de la fenêtre de la chambre et ouvrit le battant en grand. Les étoiles éblouissantes avaient disparu pour laisser le matin s'installer – qui pourrait dire quand elles seraient à nouveau ainsi ? – et la ville fumait comme d'habitude, dans la lumière de tous les jours.

Wilson resta longtemps sur sa fenêtre, les jambes pendantes contre la façade de l'immeuble, un courant d'air chaud sur le visage. Il ne vit pas les autobus. Il regardait les pétroliers de la Black Star Line, gros comme des pâtés de maisons, larguer leurs amarres dans le canal, au-dessous de lui.

DEUXIÈME PARTIE

À bord du *Compound Interest*

1

Dans la « cale présidentielle » de la marina Harvey, le *Compound Interest* étincelait, bas sur l'eau.

— « … quatre-vingt-cinq pieds, de la proue à la poupe. Sa coque radicalement nouvelle en forme de carotte a subi, en Californie, des tests en simulation effectués par des chercheurs de la NASA… [Criquet lisait à haute voix la photocopie d'un article paru dans le numéro de juin de *Yachting News*.] Un ordinateur de bord mesure la force des courants, des liaisons satellites permettent de calculer le point de manière précise », bla bla bla, « les voiles coniques expérimentales en fibres Mylar imperméables se hissent et s'amènent automatiquement, comme si elles étaient manœuvrées par un équipage de fantômes… » C'est dégoûtant, vous ne trouvez pas ? (Elle plia l'article, qu'elle glissa dans la poche de son jean.) Et vous devriez voir ce qui se passe *en bas* ! On se croirait dans un foutu hôtel. Cabines de luxe, bureaux, douches. Sur un voilier ! Il y a même une chambre frigorifique bourrée de provisions de toutes sortes. Apparemment, le propriétaire est un gros mangeur, et un gourmet par-dessus le marché. Voilà sur quoi vous embarquez.

Ils se trouvaient sur la jetée de béton, juste sous le Marina's in the Marina, dont les terrasses se remplissaient de la clientèle du déjeuner. La brume matinale s'était évaporée pour libérer un ciel bleu, et le soleil brillait haut et fort au-dessus du Harvey Channel. Les étranges voiles coniques du *Compound Interest* se découpaient sur cette lumière éclatante, comme deux immenses parasols de plage blancs repliés.

— Tout cela me semble parfait, dit Wilson. Plus c'est confortable, mieux ce sera…

— Vous ne comprenez pas, dit Criquet.

Mais elle n'essaya pas de lui expliquer. Ils montèrent au Marina's pour déjeuner en terrasse, parce que ça se trouvait à deux pas. Il semblait que Wilson devait toujours finir par y échouer, peut-être parce qu'il haïssait l'endroit. Il commanda le menu « spécial déjeuner » – beignets de crabe et pointes d'asperges enroulées dans du jambon. Criquet prit un verre de vin et la salade guacamole et crevettes. En attendant d'être servis, ils s'enfermèrent dans un silence gênant. Ils étaient toujours étrangers l'un à l'autre, vraiment, et sur des terrains différents. Il surveillait les employés du Financial Mile qui venaient déjeuner, craignant presque de voir apparaître Andrea. Que pourrait-il bien lui dire ?

Les mains de Criquet, abîmées par les cordages, semblaient déplacées sur la nappe blanche plissée. Elle les posa sur ses genoux et fit un geste du menton vers le splendide navire amarré en bas.

— Je vais vous dire une chose… Cet affreux rafiot devrait s'appeler l'*Ignoble-Expérience*. Je n'aime pas la façon dont il se tient sur l'eau. Trop bas. On dirait un sous-marin.

— Parfait, dit Wilson, soulagé. Alors n'embarquez pas.

Criquet se tourna vivement vers lui. Une mèche de ses cheveux cuivrés s'était libérée et glissait sur son cou.

— Je n'aime peut-être pas son allure, mais il est plus sûr qu'un porte-avions. Vous avez lu l'article. Sa conception et sa construction ont coûté la bagatelle de cent millions de dollars. Il a tout, il dispose de tout l'équipement le plus moderne. Il ne peut pas couler.

— C'est ce qu'on disait du *Titanic*, il me semble.

Criquet fronça les sourcils sous ses lunettes de soleil et secoua la tête.

— Ce que vous pouvez être négatif ! Vous avez besoin de changer d'air, vous avez besoin de nouvelles perspectives.

Elle a peut-être raison, se dit Wilson. Mais il ne répondit pas.

Quelques minutes plus tard, le garçon (un jeune moustachu portant une chemise blanche et un tablier impeccable) vint les servir. Wilson se mit à mastiquer ses beignets de crabe et ses asperges avec l'énergie du désespoir. Lorsqu'il leva les yeux, Criquet avait achevé sa salade et le regardait fixement. Elle avait ôté ses lunettes de soleil. Ses yeux verts brillaient d'une lueur qui le mettait mal à l'aise.

— Vous avez entendu parler de Dwight Ackerman? demanda-t-elle.

Wilson plissa les yeux.

— Le type de Wall Street?

— C'est ça. L'Attila des Fusions et Acquisitions. (Criquet s'approcha et baissa la voix.) Le bateau est à lui. L'article ne le dit pas, mais j'ai des infos de l'intérieur. Il a l'intention de traverser l'Atlantique, de contourner la corne de l'Afrique et de remonter l'océan Indien. Cela pourrait durer neuf mois. Quand nous toucherons Rangoon au début de l'automne, vingt-cinq mille dollars seront déposés sur votre compte ici. Si vous continuez le voyage jusqu'au bout, vous recevrez la même chose en arrivant à San Francisco. Cinquante mille dollars pour dix-huit mois de travail, tous frais payés. C'est-à-dire cinq bâtons en banque quand vous rentrez chez vous. Pas mal du tout, pour un matelot breveté. Qu'en pensez-vous?

Wilson cessa de mâcher ses beignets de crabe pour réfléchir. Quand il y a un paquet d'argent à la clé, le plan le plus ridicule prend un tout autre aspect.

— Cela me semble pas mal du tout, dit-il enfin.

Il était prêt à se réjouir lorsque soudain, dans le chenal, une balise fit retentir sa cloche trois fois, puis se tut aussi brutalement. Un glas lointain qui semblait se répercuter, menaçant, dans le ciel trop brillant de midi.

2

Le reste de la journée passa comme dans un songe. Wilson avait l'impression que plus rien n'était réel. Il s'apprêtait à troquer une existence ordinaire, bien réglée (trajets en bus, télécopies et soupe en conserve), contre les périls inconnus de la mer. Où était le Wilson qu'il connaissait, ce type ordinaire tourmenté par le doute et la terreur qu'il retrouvait chaque matin? Il allait bientôt se réveiller et se retrouver au bureau, derrière son ordinateur. Et Andrea, crispée, rôderait à l'arrière-plan.

Pour l'heure, il laissait le rêve se poursuivre. Il emmena Criquet à son appartement par le bus de Rubicon. Il quitta ses vêtements de travail, se changea et rassembla ses rares possessions pouvant lui être utiles pendant le voyage. Criquet paressa sur le divan en regardant une émission de jeux sur le petit téléviseur noir et blanc. Elle ne montrait aucun intérêt pour les livres, surtout des classiques et des ouvrages sur l'archéologie, qui constituaient la toile de fond de l'existence de Wilson.

— Vous pouvez remercier Dieu de ne pas pouvoir emporter toutes ces conneries, dit-elle alors qu'ils descendaient l'escalier étroit menant à la rue.

— De quoi parlez-vous?

— Tous ces livres. Sophocle, Eschyle et toutes ces vieilles barbes mortes depuis longtemps. Les livres sont mauvais pour l'esprit. Il m'a fallu du temps pour le comprendre. Ils vous font oublier la vie réelle.

— Et c'est quoi, la vie réelle, selon vous?

— L'action, dit Criquet. Que voulez-vous que ce soit d'autre?

Ils reprirent le bus pour retourner de l'autre côté du fleuve. Pendant le trajet sur les nids-de-poule de Buptown, fenêtres bringuebalantes, Wilson raconta à Criquet ce qui lui était arrivé aux combats de coqs. Il répugnait à lui en parler, pour ne pas renforcer l'opinion bizarre qu'elle avait de lui – il n'était qu'un type ordinaire, pas un joueur ni un aventurier. Mais cela avait tout de même été une des soirées les plus extraordinaires de sa vie.

Elle l'écouta sans mot dire. Le reflet de son visage, sur la vitre rayée par le gravier, n'était qu'une tache de lumière confuse.

— Oui, je savais tout cela, dit-elle quand il eut fini son récit. Vous avez été magnifique. Un véritable héros.

— Vous étiez là ? demanda Wilson, surpris. Je ne vous ai pas vue. Je n'ai pas vu une seule femme, d'ailleurs.

Elle secoua la tête.

— Je suis arrivée vraiment très tard, avec quelques amis. Juste à temps pour vous voir gaspiller votre argent pour ces deux misérables Bupus. Puis vous avez sauté de cette voiture, et je vous ai perdu dans la foule. Quelques minutes plus tard, quelqu'un a dit que vous étiez parti dans une limousine. Alors, combien avez-vous gagné ?

Wilson hésita. Brusquement, il eut honte.

— Seize mille, marmonna-t-il.

Criquet sourit et lui serra le bras. Elle avait une poigne de fer.

— Ah ! L'homme qui ne joue pas !

— Je ne suis pas un joueur. Je ne veux pas que vous vous fassiez une fausse idée de moi.

— Le jeu est interdit par votre religion, ou quelque chose comme ça ?

Wilson haussa les épaules.

— Le jeu a provoqué beaucoup de frictions entre mes parents. Ma mère a toujours voulu que mon père se range et cherche un vrai travail. Ce dont je me souviens le mieux, c'est qu'il avait des horaires épouvantables, et qu'il n'était jamais là quand on avait besoin de lui. Nous étions riches, nous étions pauvres. Il n'y avait pas de milieu, aucune stabilité. Comprenez-moi bien. Papa n'était pas un compulsif. Le jeu, pour lui, c'était un boulot. Il jouait toujours là où c'était le moins risqué, et il ne perdait jamais vraiment beaucoup. Mais je me rappelle de disputes derrière des portes fermées. Ma mère pleurait. Ce n'était pas drôle.

Sans mot dire, ils laissèrent passer quelques arrêts. Des Bupandaises, la tête enveloppée dans des écharpes colorées, montaient dans le bus et en descendaient en traînant derrière elles des grappes d'enfants.

— Je devine que cela peut être dur quand on est comme elles, dit Criquet. Si vous avez des enfants. Vous avez des enfants?

— Pas que je sache, dit Wilson.

Ils descendirent du bus au coin de Lowry et de Cantor, et allèrent dans le Bend. Ils se rendirent au magasin de surplus militaires d'Allen Street. Wilson y trouva un compas et un couteau de poche, une lampe-torche à double foyer, un grand sac marin en toile, un poncho pour la pluie, des chaussures de pont, plusieurs pull-overs imprégnés d'une substance imperméable à base de cire, des boîtes de produits insecticides et, sur l'insistance de Criquet, une paire de lunettes de nuit de l'armée.

Ces jumelles bizarres évoquaient un vieux modèle de stéréoscope, ce jouet optique ancien qui restituait en trois dimensions des images de lieux et de personnages célèbres. Wilson se rappela le stéréoscope et la boîte de vues qu'il avait trouvés au fond d'une malle moisie, dans le grenier d'une de ses grand-tantes, jadis, à Warwick. Il passait chez la vieille dame des vacances solitaires, loin de l'orphelinat catholique où on l'avait placé après la mort de sa mère. Des années plus tard, ajustant les lunettes de nuit sur l'arête de son nez, il s'attendait presque à revoir certaines de ces vieilles vues sépia : la reine Victoria, le président Taft, Fatty Arbuckle, la cathédrale de Chartres, le Sphynx, le hall de l'hôtel Empire à Parkerville (avec ses crachoirs, ses sofas rembourrés et ses palmiers en pots).

Mais l'appareil ne lui montra que quelques formes vagues se détachant dans l'air statique et flou.

— Elles ne sont pas bonnes, dit Wilson.

Criquet les lui prit des mains, fit quelques réglages, regarda dans les oculaires. Elle dirigea l'appareil vers la caisse enregistreuse que surplombait la voilure de soie d'un parachute de la Seconde Guerre mondiale.

— Elles sont parfaites. Mais elles ne fonctionnent que s'il fait sombre.

— Cent soixante-quinze dollars ! dit Wilson en montrant l'étiquette.

— Vous ne pouvez pas savoir quand quelqu'un arrivera sur vous dans le noir, dit Criquet.

Elle jeta les lunettes dans le panier.

Quand ils furent de nouveau dans Allen Street, Wilson s'arrêta devant un étalage de bouquiniste et acheta quelques-uns des plus gros livres qu'il put trouver : une édition ancienne de *Don Quichotte, Le Déclin et la Chute de l'Empire romain* de Gibbon, *Avec Napoléon en Russie* de Caulaincourt, l'*Histoire de la Première Guerre mondiale de* Steadman et une horrible édition de poche des années cinquante de *Manon Lescaut* (qu'une quatrième de couverture hystérique décrivait comme un roman « de trahison et d'amour obsessionnel »).

Criquet restait les bras croisés, pour manifester son dégoût.

— Poids mort, dit-elle lorsque Wilson s'avança avec son sac de livres.

— Je ne vais pas m'embarquer pour un voyage de dix-huit mois sans emporter de la lecture !

— Vous croyez que vous aurez le temps de lire ? Dès que je vous prendrai à lire, je vous collerai un faubert dans la main.

— Vous haïssez les intellectuels.

— Non, dit Criquet. Je hais simplement toutes ces conneries, tout ce qui vous met sens dessus dessous.

3

Ce n'est qu'à leur arrivée devant l'escalier de pierre usé du Syndicat des marins que Wilson prit vraiment conscience de la réalité de la situation. Il sentit sa poitrine se contracter et s'assit sur la marche la plus basse, le souffle court. Agacée et inquiète, Criquet se pencha vers lui.

— Qu'est-ce qui ne va pas, cette fois ?

Le visage pâle de Wilson se reflétait dans les verres de ses lunettes de soleil. Il fit un geste vague. L'immeuble crasseux du Syndicat des marins, qui datait de l'ère des beaux-arts, se dressait derrière eux, comme les ruines d'une ancienne forteresse. Dans les niches en forme de baignoire creusées dans la façade, les statues de bronze verdissant des grands marins regardaient fixement au loin, cherchant la mer de leurs yeux vides. Il y avait Colomb avec un globe terrestre, Magellan avec un astrolabe et une épée, Sir Francis Drake tenant un modèle réduit du *Golden Hind*, et le capitaine Cook regardant dans une longue-vue qui avait depuis longtemps rouillé entre ses mains.

Criquet soupira, ôta son sac de son épaule et s'assit sur les marches à côté de Wilson.

— Tout est réglé, dit-elle. Tout ce que vous avez à faire, c'est signer de votre nom sur les pointillés. Lander, Wilson, matelot breveté. Vaisseau : *Compound Interest*, en route vers Rangoon et tout autre port à l'est… Et demain, à la même heure, toutes ces inepties seront derrière vous.

Elle parlait de la ville, des rues bondées, du monde plein de complications et des routes qui sillonnent les ondulations du paysage. Toute l'existence de Wilson sur la terre ferme.

— Je ne peux pas partir, murmura-t-il d'une voix rauque. Je ne sais pas à quoi je pensais. Je suis désolé.

— Qu'allez-vous faire du matériel que vous venez d'acheter?

— Je vous le donne.

— Ne faites pas cela.

— Dites-moi une chose. Pourquoi moi?

Criquet l'observa à travers ses lunettes de soleil. Puis elle détourna le regard.

— Ces longues croisières peuvent être vraiment solitaires. Personne à qui parler, personne avec qui... Eh bien, disons simplement que votre visage m'a plu, le jour où vous êtes venu à la boutique de Nancy avec ces tarots ridicules. Vous aviez l'air perdu. C'est à ce moment-là que j'ai décidé de vous emmener avec moi. Et il y a autre chose. Une raison pratique.

— Quoi?

— Devinez.

— Non.

— J'ai besoin d'un bon joueur à mes côtés.

— Pourquoi?

Elle eut un haussement d'épaules équivoque.

— Je vous le dirai plus tard. Quand je vous connaîtrai mieux. Disons qu'il s'agit de l'histoire de ma vie.

— Criquet, je ne suis pas...

— Je sais ce que vous allez dire, le coupa-t-elle. La chance des débutants. D'accord. Vous pouvez prétendre cela pour les chiens, la semaine dernière. Mais certainement pas pour les combats de coqs d'hier soir. Bon Dieu, vous avez été si brillant...

— J'ai failli me faire tuer.

— Mais vous vous en êtes sorti. Vous avez été courageux.

— J'étais mort de peur.

— C'est pour ça que je dis que vous avez été courageux.

Wilson posa sa tête sur ses genoux et resta silencieux. Les fissures dans la pierre étaient pleines de saletés. De l'autre côté de la rue, un chantier en construction faisait le vacarme habituel, le soleil colorait la terre ocre et humide retournée par la pelleteuse. La vue d'un chantier le faisait toujours frissonner. Il ferma les yeux et vit une poutre noire qui tombait du ciel. Criquet lui mit la main sur l'épaule, et la poutre se volatilisa avant de toucher le sol. Wilson ouvrit les yeux et regarda en l'air. Criquet était au-dessus de lui, le soleil formant comme un halo au-dessus de ses cheveux cuivrés. Elle lui tendait une de ses mains musclées.

— Venez, lui dit-elle.

— Vous ne savez absolument rien de moi.

— Ne vous inquiétez pas. Nous aurons tout le temps pour ça.

Wilson se leva et lui prit la main. Elle l'entraîna vers les sirènes qui encadraient les portes du syndicat. Les caresses dispensées par des générations de marins avaient donné à leurs seins de bronze un faible éclat métallique.

— Allez-y, dit Criquet. Embrassez leurs nichons. Celle-ci, c'est Stormy, l'autre c'est Windy. Vous avez le choix.

— Vous plaisantez.

— Non. Il faut en embrasser une. C'est une tradition établie depuis longtemps, pour tous ceux qui embarquent pour la première fois. Cela porte chance.

Wilson se sentait ridicule, mais il fit ce qu'elle disait. Il baisa le mamelon nu de la sirène la plus proche. Cela avait goût de cuivre, légèrement âcre. Criquet rit et lui reprit la main. Ils franchirent le seuil tous les deux et entrèrent dans la pénombre pleine d'échos de l'immeuble du syndicat.

4

Dans la soirée, le vent de sud-ouest soufflait, fort et régulier. Le ciel était constellé de vert et d'or au-dessus de la couche sombre de la nuit. Les vagues martelaient la digue. La lune produisait toutes les marées du monde. Toutes les routes semblaient mener loin de chez soi. Son paquetage sur l'épaule, Wilson sentait la terreur lovée en lui comme un animal endormi. Mais il était calme et résolu. Il marchait avec Criquet sur le promenoir de bois de Blackpool Island. Des cailloux noirs, parfois gros comme des rochers, menaient à l'eau sombre. La houle faisait danser les yoles de pêche en aluminium amarrées sous la jetée. Wilson distinguait sur l'horizon la forme vague d'un pétrolier qui croisait au large.

Ils allèrent chez Bazzano's, à l'extrémité du quai des Attractions. Criquet choisit une table sur le sol de brique, éclairée par la lumière de la loggia ouverte face à la mer. À l'intérieur, des jeunes gens *branchés* étaient accoudés au vieux bar recouvert de zinc. Ils buvaient des espressos en fumant des cigarettes françaises. Le serveur était un Péruvien trapu au visage couleur de betterave. Quand Wilson et Criquet commandèrent des steaks, il eut l'air affolé. Personne ne commande de steaks chez Bazzano's, ce temple de la cuisine italienne à base de fruits de mer. Ouvert sans interruption depuis 1908, l'établissement était une institution. Les murs étaient décorés de scènes de la vie quotidienne dans un village de pêcheurs sicilien. Mais les couleurs d'origine, fortes et excessives, s'étaient fanées avec le siècle. Après avoir subi la crise du tourisme pendant une dizaine d'années, Bazzano's avait récupéré la jeunesse bohème qui vivait dans les mansardes et les lofts du Bend. Le bac de Terminal Street faisait la navette quatre fois par nuit. Il lâchait des jeunes gens qui remontaient la jetée en traînant les pieds et en arborant leurs favoris, leurs costumes achetés aux puces, leurs vagues espérances et leurs jolies femmes tatouées qui refusaient jusqu'à l'idée de vivre en banlieue. Wilson avait lu récemment dans la rubrique « La vie » du *Dispatch* que Bazzano's était un des derniers vestiges non enjolivés de la ville que ses aïeux avaient connue – une métropole pleine de gangsters et de mondaines, de gin, de cigarettes et de rouges à lèvres de contrebande, et d'histoires d'amour. Ce n'est pas tout à fait vrai, se disait-il. Mais la vie moderne était impitoyablement dépourvue de romanesque et Bazzano's était parvenu, on ne sait trop comment, à maintenir une certaine atmosphère.

Les steaks se faisaient attendre. Le serveur péruvien leur envoya un garçon (peut-être son propre fils) qui leur expliqua qu'on les avait retirés du congélateur du sous-sol, qu'ils étaient durs comme la pierre et avaient besoin de dégeler encore un peu avant qu'on les fasse cuire.

— Vous n'avez pas de four à micro-ondes ? demanda Criquet. Fichez les steaks dedans et appuyez sur le bouton « dégel ».

— Pas de micro-ondes, dit le garçon.

— On devrait peut-être demander des coquilles Saint-Jacques, dit Wilson.

Criquet secoua la tête.

— Pas question. Combien de fois allons-nous manger du steak en dix-huit mois de mer, selon vous ?

— Je pensais que sur tout voilier qui se respecte, le vendredi est le jour du steak.

— Très drôle.

Ils gardèrent le silence un moment. Il faisait presque nuit, quoiqu'une vague lueur fût encore visible à l'ouest, derrière l'horizon. Wilson, intimidé, ne savait que dire. L'animal tapi dans son estomac s'éveilla et se remit à le ronger avec détermination. Les steaks arrivèrent enfin. Ils étaient un peu carbonisés, mais pas mauvais. Une carafe de vin rouge maison et un supplément de gros spaghettis les accompagnaient.

— C'est vraiment moi qui suis là ? dit Wilson, presque en aparté.

— Regardez dans votre portefeuille, dit Criquet.

Wilson en sortit sa carte de marin fraîchement plastifiée. La photo était affreuse. Il avait l'air d'un meurtrier, ou de quelqu'un qu'on vient de sortir du lit.

Criquet tendit la photo vers la lumière. Elle sourit.

— C'est bien vous.

— C'est parfait, mais que va-t-il arriver à mon appartement, à toutes mes affaires…

— Nancy va s'en occuper. Elle passera chez vous samedi pour rassembler vos affaires dans des caisses. Il y a toujours un membre de sa loge qui débarque en ville à l'improviste, quelque apprentie sorcière… Votre appartement sera loué avant une semaine.

Wilson acheva son steak. Puis il s'éclaircit la gorge.

— Criquet… Il y a autre chose.

Elle plissa les yeux.

— Vous êtes marié ? Vous ne m'avez pas fait l'impression d'être un homme marié. Ou alors cet appartement en désordre de vieux garçon n'était qu'une mise en scène…

— Pas tout à fait.

— Une maîtresse ?

— Depuis cinq ans.

— Merde.

— Mais ça n'allait plus trop bien, ces derniers temps.

— Vous devriez l'appeler. Je vous attends.

5

Wilson entra dans le restaurant. Il y avait une cabine téléphonique sous le conduit d'aération, entre la cuisine et les toilettes. Un cuisinier dont la veste blanche était constellée de taches fumait une cigarette dans l'embrasure de la porte de derrière, ouverte sur la nuit et la mer. D'autres jeunes gens à l'allure de beatniks occupaient tous les tabourets du bar. Une fille aux cheveux teints en bleu exécutait une curieuse danse reptilienne, et deux adeptes du *body-piercing* tapaient des mains. Dans la salle à manger, un couple de touristes allemands dégustait la spécialité de la maison – des coquilles Saint-Jacques à l'ail cuites à la vapeur – avec du vin. Wilson avait chaud au visage, bien que la nuit fût plutôt fraîche pour septembre.

Chez Andrea, le téléphone sonna cinq fois. Six fois. Wilson allait raccrocher – peut-être lui enverrait-il un télégramme de quelque ville poussiéreuse et infestée de mouches de la côte africaine – lorsqu'elle répondit enfin. Elle était essoufflée.

— Allô ?

— Andrea…

— Wilson, excuse-moi, je viens de rentrer avec des provisions. Attends une minute…

Il attendit, les mains moites.

Quand elle reprit le téléphone, elle déclara très vite :

— Écoute, je veux que tu saches que je ne t'en veux pas du tout de n'être pas venu travailler aujourd'hui. Tu as sans doute besoin d'une pause. Je crois que je suis parfois trop dure avec toi. D'accord ?

Au bar, un des soi-disant beatniks prit un harmonica, et la jeune femme aux cheveux bleus se mit à chanter d'une voix incroyable, beaucoup trop haut perchée.

— Où es-tu ? demanda Andrea.

— Chez Bazzano's.

— Qu'est-ce que tu fais là-bas ?

Wilson ne savait pas par où commencer. Il lâcha :

— Je m'en vais, Andrea.

Un silence.

— Andrea, tu as entendu ce que j'ai dit ?

— J'ai entendu. Il m'a fallu un moment pour assimiler, c'est tout.

Sa voix était calme, neutre.

— Il y a longtemps que ça ne va plus très bien entre nous. Nous le savons tous les deux. Rien dans ma vie, aujourd'hui, ne me rend vraiment heureux. On se dispute, on se raccommode, on se dispute, on se raccommode. C'est toujours la même chose. Je prends toujours le même autobus, au bureau les mêmes dossiers m'attendent dans mon ordinateur. J'ai l'impression d'étouffer. J'ai besoin de changement.

— Où vas-tu ?

— Quelle importance ?

— Aucune, sans doute. Tu pars combien de temps ?

Wilson hésita.

— Un an ou deux. Peut-être plus.

Il y eut soudain un fracas, puis un bruit de friture tandis qu'elle ramassait le combiné. Sa voix revint un instant plus tard, coléreuse.

— Tu m'appelles pour me dire que tu pars pour deux ans ? Après tout ce que nous avons vécu ensemble, tu m'annonces que tu m'abandonnes *au téléphone* ?

— Je suis désolé que ça se passe ainsi. Mais je n'ai pas le temps d'examiner la situation en détail de vive voix. Je pars dans deux heures.

Andrea éclata en sanglots. De grands halètements saccadés. Wilson écoutait, l'estomac transformé en un bloc de nœuds.

— Andrea, je t'en prie, dit-il enfin. Je suis désolé. Je me sens vraiment moche.

— Vraiment moche ? C'est toujours de toi qu'il s'agit, n'est-ce pas ? Espèce de salopard, de… (Elle ne put achever. Elle sanglota encore quelques instants, puis sembla prendre sur elle.) Je t'aime, Wilson, dit-elle d'une voix plus calme. Je sais qu'on ne se parle pas beaucoup. Il faut que nous parlions plus. J'ai toujours cru que nous allions nous marier. J'en étais certaine. J'attendais simplement de savoir ce que tu voulais faire de ta vie. C'est tout. Je pensais que tu déciderais de reprendre tes études, ou quelque chose comme ça. C'est cela qui te mettait mal dans ta peau ! Pas moi, pas nous ! Tu ne sais pas quoi faire de toi. La fuite en avant ne te servira à rien…

— C'est la seule solution pour moi, maintenant, Andrea.

— Parlons-en de vive voix, d'accord ? Nous pourrions peut-être voir un conseiller conjugal. Les choses iront mieux, j'en suis sûre.

— C'est trop tard.

— Il y a quelqu'un d'autre ? Tu es avec quelqu'un d'autre ?

— Non, mentit Wilson.

— Tu mens.

Andrea se remit à sangloter. Le bruit de ses pleurs était une lame fouillant le ventre de Wilson. Quand la conversation prit fin, une demi-heure plus tard, il était en larmes. Il l'écoutait répéter, éperdue : « Tu ne me reviendras pas. Tu ne me reviendras jamais. Après toutes ces années, je pensais… Je pensais que tu… »

Wilson n'entendit pas la fin. La communication fut interrompue. Il ne saurait jamais si elle avait raccroché ou s'il y avait eu quelque problème sur la ligne. Il prit appui sur la paroi de la cabine malodorante et pressa ses yeux de ses paumes pour retenir ses larmes. Il ne s'attendait pas à souffrir autant, ni à verser autant de larmes. Il ignorait ce qui provoquait cette réaction – le fait de quitter Andrea, ou le changement proprement dit. Il comprit que le changement était la chose qu'il haïssait le plus au monde. Le changement n'est que mort et tristesse. Sa haine du changement était aussi forte que l'attirance qu'il exerçait sur lui. Il se rappela soudain des vacances dans le Maine, avec Andrea, trois ans auparavant – lorsque tout allait bien entre eux. À l'aller, ils s'étaient arrêtés quelque part dans la campagne, en Nouvelle-Angleterre, et ils avaient passé la nuit dans la voiture. Ils s'étaient éveillés à l'aube. Ils étaient allés dans un champ de grandes fleurs sauvages couvert de rosée. Ils avaient fait l'amour au milieu des fleurs rouges et pourpres, sous un ciel brillant comme l'espoir. Il se souvenait du corps d'Andrea sous le sien, et de son souffle dans son oreille… Non. Ce n'était pas le moment de penser à ces choses-là. Il s'essuya le visage avec sa manche et ressortit vers la loggia.

Un bras passé derrière le dossier de sa chaise, Criquet fumait une cigarette étrangère à l'odeur âcre, qu'elle avait sans doute tapée à quelqu'un au bar. Une autre bouteille de vin rouge, à moitié vide, trônait sur la table. À son approche, elle leva les yeux. Elle lui lança un long regard qui semblait le jauger – un regard qui semblait dissimuler une menace.

— Alors, c'est fait ?

Wilson hocha la tête, misérable. Il se sentait si abject qu'il pouvait à peine parler.

— Hé, Wilson ! dit Criquet.

Elle lui prit le poignet et le serra très fort, de sa main calleuse comme celle d'un fermier. Elle le tira vers elle et l'embrassa longuement. La première réaction de Wilson fut de se dérober. Puis il sentit ses seins sous le corsage rayé. Il ne chercha plus à se dérober. Une bonne minute plus tard, elle retira ses lèvres. Mais elle resta assez près de lui pour que Wilson sente encore le tabac et le vin présents dans son haleine.

— Très bien, dit-elle. Tu n'obtiendras rien d'autre de moi avant longtemps.

— Comment cela ?

— Deux raisons. D'abord, tu n'es pas encore prêt. Tu vas encore penser à ta maîtresse pendant un certain temps, je le sais. Deuxièmement – et c'est le plus important –, nous devons feindre d'être frère et sœur. C'est ce qui est écrit sur tes papiers, et c'est ce que j'ai dit au capitaine du *Compound Interest*. C'est un vieux salopard de dur à cuire – Amundsen, c'est son nom –, et s'il découvre que nous l'avons trompé, il nous débarquera à la première occasion.

— Vous êtes folle.

— Non. Le dernier couple qu'ils ont embarqué a quitté le navire pour se marier. Je te l'ai dit, tu te souviens ? Le capitaine ne veut plus que cela arrive. Nous devons sauver les apparences au moins jusqu'aux Açores. D'accord ? Ce n'est l'affaire que de quelques semaines.

— Pourquoi les Açores ?

Criquet ne répondit pas. Elle l'embrassa encore, puis se renversa en arrière et s'empara de la bouteille de vin. Elle prit le verre de Wilson, le remplit et le poussa vers lui.

— Bois. Nous devons être à bord du *Compound Interest* avant la marée de minuit.

Ils liquidèrent le vin, se levèrent et mirent leurs sacs sur l'épaule. Ils remontèrent la jetée dans un silence de conspirateurs. Derrière eux, la mer murmurait ses promesses furtives à la nuit.

6

Des lueurs pâles, le long d'une rivière sombre. La jungle hantée par le silence. Dans le sous-bois, de petits hommes tiennent des lampes-torches sous leur menton, comme les enfants à Halloween. Un hurlement s'élève de nulle part, la pleine lune émet une lueur rouge contre le ciel noir, la rivière bout, se couvre d'écume, une chose venue du passé remonte à la surface, une chose épouvantable…

Wilson s'éveilla en sursaut dans une obscurité inconnue. Il n'arrivait plus à respirer. Son tee-shirt était trempé. Il ne voyait rien. Dans toutes les directions régnait un profond silence, monotone, familier et étranger à la fois, et il avait la sensation, parfaitement identifiable, d'un mouvement vers l'avant. Il se trouvait dans un endroit mal aéré, sans fenêtres. Il entendait un souffle régulier dans le noir tout près de lui. Wilson comprit que s'il ne trouvait pas d'air sur-le-champ, il allait étouffer.

Dans un mouvement de panique, il se jeta au sol et sortit à tâtons, en trébuchant. Se fiant à son instinct, il longea un couloir étroit, gravit une échelle et déboucha dans le vent salé et l'obscurité brumeuse d'une nuit chaude en pleine mer. Ses poumons s'ouvrirent enfin. Il s'appuya en haletant contre la cloison, et les événements des dernières vingt-quatre heures lui revinrent en mémoire. Il se trouvait à bord du *Compound Interest*, cap au sud-sud-est dans l'Atlantique, vers les Açores. Il avait appareillé à minuit parce qu'il courait après une jolie femme, parce que la vie à terre lui était devenue insupportable, et pour d'autres raisons qui n'étaient pas encore très claires dans son esprit. Il était sûr que le bien-fondé de sa décision s'imposerait dès que cette panique passagère aurait disparu. Après tout, ne valait-il pas mieux se noyer dans une tempête au large que de sombrer lentement dans la routine de la vie quotidienne?

Quand il eut repris son souffle, Wilson regarda autour de lui. Il se trouvait à la poupe. Le sillage blanc d'écume disparaissait dans le noir de l'océan, comme une route qui s'évanouit sous une tempête de neige. Ni la nuit, ni l'océan, ni les feux de position du bateau ne pouvaient occulter la masse gigantesque du continent qu'ils laissaient derrière eux. Là-bas, juste au-dessus du bord de l'obscurité : une forme plus sombre, où le ciel retenait encore la lumière des villes. Wilson pensa aux terrains de base-ball éclairés pour les matchs nocturnes, il pensa à l'heure de l'apéritif dans un bar bondé, aux feux arrière dans les embouteillages sur les autoroutes aux heures de pointe. Il pensa à Andrea qui dormait seule cette nuit-là, et il sentit le poids terrible des choses qu'il avait abandonnées.

— Hé, vous! Pourquoi n'êtes-vous pas en bas avec les autres?

Wilson pivota et fit face à l'homme en forme de barrique qui se tenait de l'autre côté de l'écoutille. Le nouveau venu avait le visage brûlé par le vent malgré une épaisse barbe grise qui semblait pousser dans toutes les directions. Il portait une casquette de capitaine, un ciré de plastique jaune criard et un short bleu. Ses grosses jambes poilues se terminaient brusquement dans une paire de chaussures de pont en cuir usées. Wilson n'avait pas besoin qu'on lui présente le capitaine Amundsen.

— Je vous ai posé une question, monsieur! (Le capitaine fit un mouvement agressif en avant.) Je vous ai repéré. Règlement du bord : il est interdit aux membres d'équipage, sauf raisons de service, de se trouver en haut pendant la nuit.

Wilson bégaya une réponse. Il avait besoin d'air frais. Désolé, monsieur. En bas, difficile de respirer.

Le capitaine recula d'un pas pour mieux l'observer. Wilson réalisa que sa tenue était pour le moins négligée. Il portait un boxer-short vert orné de lapins roses (un cadeau d'Andrea, une année, à Pâques), un vieux tee-shirt d'Ashland College décoloré et plein de trous. Ses pieds nus sentaient le froid remonter du bois lustré du pont.

— Embarqué hier soir avec Criquet Page?

— Oui, monsieur.

— Vous êtes le frère.

— Oui, monsieur.

Le capitaine se gratta la barbe.

— Cette fille est un des meilleurs foutus matelots que j'aie jamais connus. Et j'en ai connu pas mal. J'espère que c'est de famille.

— Je l'espère aussi, monsieur.

— Bien entendu, ses talents de navigateur pourraient s'améliorer un peu.

— Oui, monsieur.

Le capitaine se gratta de nouveau la barbe.

— Eh bien, est-ce que ça gênera quelqu'un? J'allais fumer un cigare.

Ils remontèrent le pont vers l'octogone de navigation. C'était un espace en retrait au centre du navire, entre les deux mâts, et protégé sur sept côtés par une épaisse chape de Plexiglas. Au-dessus de leurs têtes, les voiles-parasols en Mylar battaient au vent, et le navire taillait sa route sans encombre sous les vents légers dominants. Sous le ciel voilé aux étoiles indistinctes, on avait déployé une bâche pour gros temps. La barre était à peine plus large qu'un volant d'automobile. Elle était entourée d'une série ahurissante d'écrans de radar et de moniteurs affichant des données scintillantes et colorées. Fini, les cordages et le bois. Fini, les instruments de cuivre d'autrefois. Sur le côté, un terminal d'ordinateur luisait paisiblement, ses touches de plastique éclairées de l'intérieur.

Ils s'installèrent sur des coussins étanches, sur le banc d'aluminium qui formait un des angles de l'octogone. Le capitaine croisa non sans mal ses jambes courtes. Il sortit de la poche de son coupe-vent une petite boîte de bois qui contenait une demi-douzaine de cigares odorants gros comme le doigt, enveloppés dans une feuille d'or.

— Cubains, dit-il. Je les ai eus à La Havane.

Il en prit un, l'ouvrit avec précaution, coupa l'extrémité d'un coup de dents et l'alluma avec le briquet de la console. Puis il en offrit un à Wilson. Pendant un moment, les deux hommes se contentèrent de tirer sur leurs cigares, en regardant les nuages de fumée âcre s'évanouir dans la nuit.

— Rien ne vaut un bon cigare, dit enfin le capitaine. Tout le reste finit par vous décevoir ou vous lasser. Y compris les femmes. Mais un bon cigare, par l'enfer, voilà une chose dont un homme ne se lasse jamais !

Wilson sourit. Un vent d'ouest frais lui caressa le visage avec une douce curiosité. Les cigares lui faisaient penser à son père. Des années après la mort de celui-ci dans la catastrophe du seize heures quarante-cinq, il avait hérité d'une vieille valise en carton, avec les possessions paternelles se trouvant dans la succession de sa grand-tante. La valise renfermait des paquets attachés avec des élastiques, des formulaires de courses jaunis, six petits carnets de notes bourrés de formules mathématiques pour placer les paris sur certains champs de courses, et des certificats d'obligations émises par des firmes tombées en faillite depuis longtemps. Il y avait aussi une poignée de pièces d'argent étrangères et une belle boîte de cigares d'importation. Cela constituait tout son héritage. Cinquante Coronados Supremos roulés à la main et conservés dans des tubes de verre hermétiques scellés à la cire. Il les avait fumés lentement, au cours des années. Il les allumait toujours à seize heures quarante-cinq précises en hommage à son père, dans un des cafés en plein air de Buptown ou du Bend. Il lui en restait un seul, niché dans son tube au milieu de ses chaussettes de rechange, au fond d'un placard de son appartement.

Il raconta au capitaine l'histoire des Coronados, avec les gesticulations dramatiques que les histoires de cigares semblent souvent inspirer aux amateurs.

— Quand je rentrerai chez moi, qui sait dans combien de temps, dit-il en agitant son cigare dans un grand geste de regret, je commanderai un verre de cet armagnac à soixante-cinq dollars sur la terrasse du Cat and Cradle, et je fumerai mon dernier cigare, très, très lentement.

Le cigare du capitaine luisait dans l'obscurité à intervalles réguliers.

— Au moins votre père vous a-t-il laissé quelque chose, dit-il. Le mien ne m'a jamais rien donné, sinon des coups de pied au cul. Mon vieux était évêque de l'Église réformée luthérienne danoise. Vous ne discutiez pas avec lui, vous savez, mais avec Dieu. À douze ans, je me suis enfui de Copenhague et je me suis embarqué pour l'Afrique. La mer accueille toutes sortes d'orphelins, monsieur.

Le capitaine venait d'un petit village de pêcheurs de l'austère côte frisonne, au Danemark, dans une région où il pleut toute l'année. Quand le soleil fait une apparition, les gens pleurent, se saoulent, font l'amour à la femme de leur voisin et dansent nus dans les rues. La beauté des jours ensoleillés leur est insupportable. Ils deviennent légèrement fous jusqu'au retour de la pluie. Le capitaine servait depuis trente ans sur des bateaux américains. Il parlait un anglais parfait, sans aucun souvenir des côtes grises et rocailleuses de son enfance.

— Amundsen… dit Wilson. Y a-t-il un rapport avec l'homme qui a doublé Scott au pôle Sud ?

— Non, aucun. Pendant des générations, ma famille n'a produit qu'une bande d'ecclésiastiques au teint de papier mâché. Je suis le premier, en cent cinquante ans, à laisser le vent agiter mes cheveux.

Au-dessus des voiles, le ciel s'éclaircissait. Un peu de pourpre s'éleva sur l'horizon, et les feux de position du bateau commencèrent à baisser. Sur la console de navigation, un voyant clignota trois fois. Le capitaine Amundsen leva les bras, résigné.

— Foutus ordinateurs ! Ils m'informent que l'aube est proche… Comme si je ne le voyais pas. (Il se leva, fit quelques réglages rapides et se tourna vers Wilson.) Vous feriez mieux de retourner en bas, maintenant. Dormez un peu. La journée commencera bien assez tôt.

Au moment où Wilson atteignait l'écoutille, le vent forcit. Les voiles se déployèrent comme des ailes et, dans ce silence feutré qui n'appartient qu'au vent et à la toile, le navire donna de la bande et poursuivit sa course, droit vers le matin.

7

Le *Compound Interest* emmenait quatre personnes et une rumeur : Dwight Ackerman. Chaque matin, Wilson trimait pendant des heures sous la poigne de fer d'un petit cuisinier vietnamien nommé Nguyen. L'homme pour lequel ils cuisinaient semblait ne pas exister, n'était le prodigieux appétit qui exigeait la présence de Wilson à bord.

Ils nourrissaient leur maître invisible comme s'il s'agissait d'un animal sauvage dans un zoo. Une fois par jour, un peu après midi, Nguyen introduisait un énorme plateau de nourriture dans la caverne d'Ackerman – cette suite composée d'une cabine et d'un bureau, à l'avant, dont le milliardaire ne sortait jamais. Les assiettes en revenaient une heure plus tard, nettoyées de leur contenu. Wilson imaginait un monstre haut comme une maison enchâssé dans la proue du navire, un démon vêtu d'un polo de la taille d'une tente, aux bras comme des jambons. Ou alors rien du tout. Un néant glouton.

Selon une routine bien établie, Wilson se levait à cinq heures, les yeux chassieux, et se rendait à la cuisine en trébuchant dans le noir. À moitié endormi, il déchiffrait les instructions que Nguyen lui laissait sur le tableau noir fixé à la cloison (un gribouillis presque illisible tracé à la craie jaune). Il consacrait les deux heures suivantes à une quantité de tâches mineures, en préparation de la véritable bataille à venir. Wilson allumait les veilleuses, aiguisait les couteaux, épluchait les oignons et une douzaine d'autres légumes, battait les œufs et vidait les poissons, décortiquait les crevettes, désossait les poulets, attendrissait les morceaux de porc et de bœuf avec un maillet de cuir. Puis il jetait les déchets à la mer, pour le bénéfice des requins qui suivaient le sillage du bateau.

À sept heures précises, Nguyen faisait son apparition, avec sa veste blanche croisée impeccable et sa toque d'une hauteur invraisemblable. Le travail véritable pouvait commencer : préparer le *menu du jour*, généralement d'inspiration vietnamienne. En une matinée ordinaire, ils pouvaient mitonner des rouleaux de printemps, du poulet au citron, du curry de crevettes, des *spareribs* grillés au charbon de bois, du bœuf à la cannelle, de la soupe de poisson à la saïgonaise, des crêpes aux échalotes, des boulettes à la vapeur, du porc double cuisson... Tout cela n'étant qu'un échantillon d'une variété de plats compliqués qui auraient facilement épuisé le répertoire d'un restaurant vietnamien de bonne taille. Ackerman ne pouvait plus se passer de la cuisine indochinoise depuis la guerre, alors qu'il servait au corps des intendants militaires.

Le travail de Wilson relevait plus de l'opération militaire que de la cuisine. Le petit cuistot aboyait ses ordres et s'agitait en tous sens comme s'il se trouvait sous le feu de l'artillerie à Khe Sanh. La cuisine n'était qu'un corridor étroit et sans air, serré entre l'office et la cale d'avant. Les réchauds à gaz en acier inox, le four à convection et le réfrigérateur occupaient la moitié de l'espace. Malgré sa petite taille, Nguyen parvenait à emplir l'autre moitié grâce à sa force de caractère. On lui donnait trente-huit ans, alors qu'il approchait sans doute de la soixantaine. Sa peau sombre était aussi épaisse que le cuir d'un animal, comme souvent chez les hommes qui ont passé trop de temps en plein air. Une longue balafre aux bords déchiquetés coupait en deux son sourcil gauche. Sur le dos de la main droite, un tatouage décoloré reproduisait l'insigne de la Légion étrangère (une bombe à cinq pointes) surmonté de la devise *Marche ou Crève*.

À la maussaderie traditionnelle du cuisinier, Nguyen ajoutait le goût de la discipline typique du soldat de carrière. Il avait appris son métier avec les Français, avant Diên Biên Phu. Il avait cuisiné pour un régiment de la Légion, puis pour l'armée américaine, avant qu'Ackerman ne le découvre dans un restaurant de Saïgon. Il n'était pas fait pour porter le costume blanc du chef. Wilson l'imaginait beaucoup mieux accroupi dans la jungle, en tenue de camouflage, le pistolet-mitrailleur à l'épaule.

Bien entendu, Wilson ne faisait jamais rien correctement. Il coupait et désossait trop lentement, il était incapable de faire revenir un oignon et ne savait même pas récurer les casseroles comme il faut.

— Je crois que tu as grandi dans une famille de crétins, *joe*! hurla Nguyen dès le premier jour. Et comment tu as obtenu ton brevet de cuisinier? Tu écoutes trop Buffalo Springfield, je crois! Et monsieur Jimi Hendrix! Je crois que tu fumes de la marijuana avant le boulot et que le rock' n'roll résonne dans ta tête quand tu dois te concentrer sur la nourriture! Ton crâne est plein de brumes violettes, c'est ça?

Depuis la guerre du Vietnam, Nguyen avait dans l'idée que les Américains passent l'essentiel de leur temps à se défoncer en écoutant de la musique à plein volume. Non seulement ces vices ont fait perdre aux États-Unis une victoire assurée, disait-il, mais ils continuent à foutre en l'air la vie des Américains partout où ils se trouvent.

— En Amérique, vous n'êtes qu'une bande de crétins abrutis par la drogue, vos écouteurs sur la tête! Bizarre que vous soyez encore capables de pisser sans saloper votre pantalon!

Wilson essaya de discuter avec lui, mais il apprit très vite qu'il valait mieux se taire. Les théories de Nguyen, fondées sur une expérience directe vécue vers 1967, étaient une affaire classée. Aucun argument rationnel ne pouvait les ébranler. En outre, ses propos contenaient juste assez de vérité pour tempérer l'indignation de Wilson. Il ne se rappelait que trop bien les gamins brillants et excentriques, au collège, qui se défonçaient à l'herbe thaïlandaise et finissaient abrutis ou impuissants, ou morts, ou pire encore – tout juste bons à trier des paquets, jusqu'à la fin de leurs jours, dans un bureau de poste.

Chaque jour après le nettoyage, vers deux heures de l'après-midi, Wilson montait sur le pont et jouait son rôle de matelot breveté. Les heures qu'il passait là-haut, sous le Mylar déployé et le ciel radieux, faisaient plus que compenser les tourments torrides de la cambuse. L'océan était un vaste champ de pavots dont la couleur variait avec la lumière. Outremer à trois heures, iris à cinq, lavande au crépuscule, noir quand l'obscurité tombait sur les mâts comme un drap de velours sur la cage d'un perroquet. L'eau et le ciel semblaient sans limites, l'horizon n'étant qu'une pâle démarcation, à l'infini.

Wilson restait interdit devant cette austère beauté. Il était ébloui par le vent, par le soleil et les étoiles, par le vide, immense et fascinant, du paysage marin. Quand il était de quart, à la proue, il prêtait à son nouvel environnement une attention qui n'était pas loin de l'intensité de la méditation. Il semblait alors que l'ancien Wilson – peureux, hanté par la terreur – était enfin en train de se vider de sa substance pour s'emplir d'un nouveau moi : un être qui n'avait pas encore été mis à l'épreuve, une sorte de Golem formé à partir de l'air de l'océan et du paillis ordinaire de l'expérience et des rêves.

Dix jours s'écoulèrent ainsi. Le *Compound Interest* filait comme une flèche dans la lumière, ses voiles se pliant et se dépliant dans le vent, la préparation des repas se poursuivant sans relâche en bas dans l'étroite cuisine. Wilson et Criquet avaient rarement l'occasion de s'adresser la parole. Elle lui avait promis que les choses changeraient après les Açores, et il ne s'inquiétait pas. Ils dormaient dans des quartiers séparés, elle continuait à se conduire comme une sœur. Mais il n'avait pas beaucoup le loisir de réfléchir à la situation. À bord d'un navire, il y a toujours quelque chose à faire.

Les conditions de navigation restaient bonnes, vents arrière, mer favorable. Wilson dormait du sommeil profond des marins, celui que leur procurent leurs membres éreintés et l'air du large. Dans toutes les directions l'océan s'apaisait, se détendait. Sous la quille, le sable et les coquillages du plateau continental disparurent pour laisser la place à des eaux sombres, pures, d'une profondeur inimaginable.

8

Le matin du onzième jour de mer, le *Compound Interest* franchit le vingt-septième parallèle par 40° ouest. Il passa des grands vents et des ciels radieux à cette zone de monceaux d'algues et d'ordures à la dérive que l'on appelle la mer des Sargasses. À partir de dix heures du matin, le navire encalminé attendait le plus léger coup de vent. Les voiles en parasol de plage se soulevaient un peu, ne trouvaient rien, et retombaient avec un soupir machinal.

— Je n'avais jamais vu ces saletés si loin au nord, dit le capitaine Amundsen.

À cette latitude, ses cartes lui promettaient des vents favorables et de la belle navigation. Wilson leva les yeux de son travail d'astiquage. Il posa ses peaux de chamois et sa boîte de graisse, et se rendit à l'octogone pour fumer un cigare. Le capitaine n'aimait pas fumer seul. La mer exerce sur certains hommes un effet lénifiant. Elle en rend d'autres volubiles. Le capitaine appartenait à la deuxième catégorie.

— Depuis que je navigue, j'ai vu les courants de l'océan se modifier, et les Sargasses devenir de plus en plus sales. (Il agita son cigare cubain dans la direction de Wilson.) Jadis, il n'y avait que des algues. Aujourd'hui c'est plein de saloperies. Des déchets pétrochimiques qui flottent dans des cuves de deux cents litres rouillées. Tout ce que vous pouvez imaginer. Regardez toute cette merde! Les chiottes de l'océan!

Wilson abrita ses yeux contre le ciel jaune uniforme. Des mouettes planaient, immobiles, au-dessus des mâts. Une incroyable puanteur de poisson pourri obturait ses narines.

Des massifs d'algues emmêlées flottaient sur l'eau, tels des étrons de géants. L'eau noire était couverte de boîtes de conserve écrasées, de récipients en plastique, d'emballages de bières et de toutes sortes d'ordures. Une chaise de salle à manger brisée se dressait, verticale, les pieds enchevêtrés dans une touffe d'algues de la taille d'un abri d'autobus.

— Comment tout ce fatras arrive-t-il jusqu'ici ? demanda Wilson. Nous sommes au milieu de l'océan…

— J'ai vu flotter sur les algues un piano disloqué, et même une carcasse brûlée de Volkswagen ! dit le capitaine, tout en essayant d'évaluer la distance de la prochaine rafale de vent. Un jour, j'ai aperçu trois cercueils fermés qui dansaient sur l'eau comme des bouchons. Ce sont les courants qui amènent tout ça ici. Vos chalands s'éloignent des grandes villes et larguent leur contenu, en toute illégalité, juste au-delà de la limite des douze milles. Il faut bien que ces saloperies finissent quelque part. Eh bien, c'est ici.

— Est-ce que vous avez récupéré les cercueils ? demanda Wilson. (Mais il n'attendit pas la réponse. Une bouffée immonde au-delà de toute expression, venue de bâbord, lui noua l'estomac.) Par le ciel, capitaine ! Vous disposez de deux bons moteurs en état de marche. Pourquoi ne pas vous en servir pour sortir d'ici ?

Le capitaine secoua la tête.

— Ackerman refuse. Il a l'idée absurde de faire le tour du monde à la voile. Et cela veut dire naviguer à la voile. Nous n'utiliserons pas les moteurs, sauf cas de force majeure.

— Ce qui veut dire ?….

— Ce qui veut dire que nous attendons, dit le capitaine en retournant à ses cartes.

9

Trois jours de plus s'écoulèrent dans une torpeur immobile. Le soleil s'élevait haut et jaune dans la brume, les nuages s'évaporaient, et le *Compound Interest*, toujours encalminé, rôtissait dans une chaleur d'enfer. Quelques nuages informes pendouillaient dans le ciel chauffé à blanc.

Un peu à l'arrière du mât de misaine, il y avait un gril à gaz à ciel ouvert protégé par un couvercle d'aluminium. Le soir du troisième jour, à l'invitation du propriétaire, toute la compagnie se rassembla autour pour un barbecue. Alors que le soleil se couchait sur les Sargasses, Nguyen ôta le couvercle, frotta une allumette et fit griller dix morceaux d'aloyau au-dessus des flammes jaune et bleu. Il enduisit soigneusement les steaks de marinade, retourna la viande rouge avec une aisance professionnelle. Bientôt, l'air rance s'emplit de l'odeur familière de la viande grillée. L'événement était exceptionnel. L'équipage se contentait presque exclusivement de rations de marins. La vraie nourriture était réservée au milliardaire.

Dwight Ackerman émergea de l'écoutille d'avant en clignant des yeux, humant l'air. Les Sargasses, pourtant presque supportables en cette heure du crépuscule, sentaient comme un chien en chaleur par un après-midi torride.

— Content que vous soyez là, mes amis ! s'exclama-t-il.

Puis il s'immobilisa et cligna des yeux vers l'étendue infinie d'ordures et d'eau, comme s'il était surpris de découvrir qu'il se trouvait en mer. C'était un homme mince et timide de quarante-cinq ans. Il avait le teint blafard sous d'épaisses lunettes qui lui faisaient des yeux d'insecte de dessin animé.

Il portait un tee-shirt avec le logo des Lakers et un Levi's informe roulé à mi-hauteur de ses jambes blanches. Le soleil déclinant formait sur ses joues des ombres roses en forme de demi-lunes. Wilson était déçu. L'homme semblait furieusement ordinaire. Il n'avait rien du mystérieux ogre capable de dévorer des repas de quinze plats. Il n'offrait aucune ressemblance avec le fameux requin dont parlaient les pages financières des journaux, le pirate boursier valant un milliard deux cent cinquante millions de dollars.

— Il est vrai que j'ai faim, dit Ackerman.

Il s'installa à gauche de Nguyen avec un sourire timide. Il croisa les jambes, exhibant des chevilles glabres, féminines, au-dessus d'une paire de Converse basses d'un bleu clair immaculé.

— Mettez-vous à l'aise. (Il montra les plats.) Je vous en prie.

Outre la viande, il y avait une salade de cresson aux noix, du riz pilaf, de la moussaka, du pain à l'ail et une bouteille d'un vin rouge chilien convenable. Wilson avait aidé à la préparation du repas, dans la fournaise et l'hystérie habituelles de la cuisine. Mais il oublia ces tâches désagréables et pensa au dernier steak qu'il avait mangé, chez Bazzano's. Il essaya d'attirer l'attention de Criquet, de l'autre côté du gril. Elle était tournée vers l'horizon, à l'est, et avait le visage dans l'ombre.

Ackerman avala quatre des dix steaks et près de la moitié des plats d'accompagnement. Il mangeait mécaniquement, tournant son assiette, poussant la nourriture comme avec les aiguilles d'une pendule. Wilson l'observait, fasciné. Il s'agissait sans doute d'un problème de métabolisme accéléré. Qu'est-ce que ce type devait déféquer! Aucune conversation ne venait interrompre cette activité si importante : manger. On n'entendait que les raclements de l'argenterie sur la porcelaine et le clapotis des algues contre la coque. Enfin, le milliardaire rota et repoussa son assiette. Il remonta ses lunettes sur son nez, passa la compagnie en revue en clignant des yeux et leva son verre.

— Eh bien, l'équipage! Buvons à... disons... euh... aux Açores! Qu'en dites-vous? Notre prochaine étape. C'est bien cela, capitaine? Si nous trouvons un peu de vent, bien entendu.

Le capitaine Amundsen eut un hochement de tête imperceptible.

— Et je constate que nous avons deux nouveaux membres d'équipage. Bienvenue à bord ! Voulez-vous nous parler un peu de vous ? Je suis toujours heureux de mieux connaître mes employés.

Il se tourna vers Criquet.

Celle-ci posa son verre et leva vers lui un regard sans expression, innocent.

— Rien à dire, monsieur. Je suis marin professionnel. Depuis toujours.

— Eh bien, d'où êtes-vous ? Racontez-nous cela.

Elle haussa les épaules.

— De la mer, plus que de n'importe quel autre endroit.

— Je vois. (Il fronça les sourcils et se tourna vers Wilson.) Et vous, vous êtes aussi marin professionnel ?

— En fait, avant ce voyage, je travaillais chez des courtiers, dit Wilson. Straight & Straight, Tea Exchange…

Derrière les lunettes, les yeux d'insecte d'Ackerman s'élargirent.

— Vous étiez agent de change ?

Wilson secoua la tête.

— Non, monsieur. J'étais assistant dans un département matières premières.

— C'est exactement ce que je fais maintenant ! Les matières premières, déclara Ackerman, excité. Pour moi, c'est un changement de rythme. J'ai passé la semaine à négocier du maïs à terme par téléphone. Ce fut une belle semaine pour le maïs, croyez-moi !

— Oui, monsieur.

— Il faut que vous descendiez à mon bureau, un de ces jours… Et puis zut, pourquoi pas demain après-midi ? Mon satellite de télécommunication privé nous suit, à trois kilomètres au-dessus de nos têtes. J'ai une ligne directe avec presque tous les marchés de matières premières du monde ! Il sera très agréable de bavarder. (Il semblait sincère. Il souriait comme un gamin qui vient de se trouver un nouvel ami.) Je suis sérieux, vraiment ! Hé, j'ai une idée. Pourquoi ne m'apporteriez-vous pas mon déjeuner, à partir de maintenant ? Je suis sûr que Nguyen a des choses bien plus importantes à faire à cette heure-là. Serait pas mal d'avoir de la compagnie. Nous pourrions bavarder pendant que je mange!

— Bien, monsieur, dit Wilson.

Ils s'attardèrent encore une demi-heure autour du gril, à boire le reste du vin. Ackerman et Nguyen discutaient du menu du lendemain. Le capitaine Amundsen, silencieux, était perdu dans ses pensées. La soudaine tombée de la nuit et l'immensité de l'océan incitaient aux chuchotements. Au bout d'un moment, Wilson sentit la présence de Criquet à ses côtés. Elle était assise à sa droite, un peu en retrait, à demi dans la pénombre. Il vit son profil que les flammes du gril teintaient de bleu. Elle portait une chemise de travail en jean et un short blanc effiloché. Wilson n'avait jamais vu de près ses jambes nues. Elles étaient fermes, musclées, aussi douces que les flancs d'un dauphin. Sa nuque le démangea.

— Wilson… (La voix de Criquet lui parvenait au milieu d'un profond silence.) Ne crois pas que je t'aie oublié.

— Pas de problème. J'ai été moi-même très occupé.

Il se tourna vers elle, mais elle secoua la tête.

— Ne dis rien. Écoute seulement.

Wilson se tourna à nouveau vers le gril.

— Comme je te l'ai dit, je ne veux prendre aucun risque, au moins jusqu'aux Açores. Amundsen m'a montré les cordages. Ce rafiot est aussi compliqué qu'une foutue navette spatiale, mais… (Elle marqua une pause, un peu théâtrale.) Je n'ai pas cessé de penser à toi.

— Formidable, dit Wilson.

— Mais nous devons être patients. Pour le moment, je ne peux rien faire. Tu dors dans la cale avec le cuistot. Je suis dans un hamac au fond d'un placard, à deux pas de la cabine du capitaine. C'est trop dangereux, tout simplement.

Elle se tut. Wilson sentait la chaleur de son souffle tout près de son oreille.

— Donne-moi ta main, chuchota-t-elle.

Wilson se pencha hors de la lumière et tâtonna derrière lui. Elle lui prit la main, la fit remonter le long de sa jambe et la serra entre ses cuisses. Au bout de quelques secondes, il sentit sa paume devenir moite.

— Il faut être patient, murmura Criquet.

Elle le serra très fort avec les muscles de ses cuisses, et le relâcha. Puis elle fut de nouveau de l'autre côté du gril, le regard indéchiffrable dans l'obscurité, un verre de vin rouge à hauteur des lèvres.

Un peu après minuit, un vent frais chassa la brume. Les étoiles avaient l'air de points blancs de gel dans l'empyrée. Le vent gonfla les voiles en forme de parasol. Le *Compound Interest* passa le quarantième parallèle à 60° nord et mit le cap droit sur les Açores.

Une heure plus tard, Wilson s'agitait dans son étroite couchette. Il ressentait une souffrance familière, pour laquelle il n'existe qu'un remède. Il fut incapable de trouver le sommeil avant que les premières lueurs de l'aube apparaissent au-dessus de la proue.

10

Le bureau d'Ackerman était installé dans la grande cabine qui occupait presque totalement la cale d'avant. Sauf le fait que tous les meubles étaient boulonnés au sol, la pièce n'aurait pas déparé dans n'importe quelle tour de bureaux de n'importe quelle grande ville. Il y avait un grand bureau laqué, un ordinateur et une imprimante, deux télécopieurs, un télex, des armoires-classeurs, un dispositif de téléconférence vidéo et un moniteur de télévision de vingt-deux pouces encastré dans la cloison tribord. Des livres de comptes reliés cuir s'alignaient sur des rayonnages, ainsi que plusieurs centaines de cassettes vidéo. Des diplômes et des photographies, aux cadres joliment ouvragés, étaient accrochés à la cloison bâbord au-dessus du bureau d'Ackerman. Un grand hublot carré laissait pénétrer la lumière de la mer, mais cela n'avait pas beaucoup d'importance. À l'instant où il franchit l'écoutille avec la montagne de nourriture du jour, Wilson reconnut immédiatement l'atmosphère confinée de plastique et l'odeur fade et poussiéreuse des bureaux.

Les jours suivants, il y passa une heure tous les après-midi. Il regardait Ackerman s'empiffrer. Puis ils parlaient de basket-ball et de matières premières, ou bien ils jouaient au morpion et au pendu sur des morceaux de papier. Sauf lorsque Ackerman montrait son extraordinaire intuition financière, Wilson avait l'impression de rendre visite à un élève de primaire. Derrière son bureau couvert de tableaux et de télécopies, Ackerman était parfaitement naturel – aussi à l'aise que s'il se trouvait sur la terre ferme. Il aimait faire une partie de bras de fer, ne détestait pas un humour puéril de vestiaires, racontait des histoires idiotes ou froissait des boules de papier qu'il lançait dans la corbeille. « Deux points ! » criait-il lorsqu'il réussissait, et Wilson avait un mouvement de recul.

En dépit des plaisanteries et du chahut, Wilson sentait que cet homme avait quelque chose de pathétique, de désespéré. Le cinquième jour, en entrant dans le bureau avec son plateau, il trouva Ackerman effondré sur le bureau, la tête sur les bras. Wilson resta interdit pendant quelques secondes, puis s'éclaircit la gorge.

— Monsieur ? Vous n'avez pas faim, aujourd'hui ?

Ackerman leva lentement la tête.

— Pas vraiment. Mais il vaut mieux que je mange quelque chose.

Il avait les yeux gonflés, injectés de sang. Il avait pleuré.

Wilson posa le plateau sur le bureau et se dirigea vers l'écoutille.

— Non, ça va, dit Ackerman. (Il renifla, lamentable.) Asseyez-vous.

Wilson prit la chaise du sténographe à côté du bureau et regarda Ackerman manger. Exceptionnellement, Nguyen avait préparé de la cuisine française. Coq au vin, coquilles Saint-Jacques, bœuf bourguignon, escargots beurre à l'ail, salade aux écrevisses et canard à l'orange, plus le fromage et les fruits, et un châteauneuf-du-pape. Ackerman eut du mal à avaler la moitié du festin. Il lâcha un long gémissement qui tenait à la fois du soupir et du rot, et reposa sa cuiller.

— Si vous en avez envie, vous pouvez finir tout cela, dit-il.

C'était la première fois qu'il offrait à Wilson de partager son repas. Celui-ci était tenté – les rations de marins avaient en général un goût de carton –, mais il refusa, par principe. Ackerman grogna de nouveau et se renversa sur le dossier de sa chaise. Son visage avait la couleur de la cendre.

— Quelque chose vous tracasse, monsieur ? demanda enfin Wilson.

De ses yeux gonflés, Ackerman lui jeta un regard furieux.

— Eu égard à la nature hiérarchique de nos relations, dit-il avec raideur, puisque vous êtes l'employé et moi l'employeur, je considère qu'une discussion approfondie sur des questions personnelles serait déplacée.

— Comme vous voudrez, monsieur.

— Mais bon Dieu! (La voix d'Ackerman se cassa soudain.) Je n'ai personne d'autre à qui parler, sur ce bateau!

Il repoussa sa chaise, se dirigea vers le hublot et appuya sa tête contre le verre épais.

— Vous savez, j'ai ramassé un paquet, ces dernières semaines. Vingt millions de dollars. Et sur le marché des matières premières! Je ne suis qu'un foutu banquier d'affaires. Je ne connais rien aux matières premières! J'ai calculé l'autre jour que j'avais gagné dans ma carrière quelque chose comme quatre milliards et demi de dollars net. Pour les impôts, bien entendu, je ne vaux qu'un peu plus d'un milliard. Mais j'en ai deux autres sur un compte numéroté suisse, dont le fisc américain ne sait rien... (Il se retourna brusquement, comme un fou.) Allez-y, dénoncez-moi à ces fumiers! Vous toucherez peut-être vos dix pour cent! Je m'en fous, désormais. Parce que j'ai enfin compris! L'argent ne peut pas acheter... Il ne peut pas acheter...

Il secoua la tête. Il était incapable d'aller plus loin. Les larmes coulaient sur ses joues. Il rejoignit son fauteuil derrière le bureau, et s'écroula de nouveau.

— ... le bonheur? suggéra Wilson.

Le milliardaire se frotta les yeux de ses poings et hocha la tête.

— Claire m'a épousé pour mon argent. J'imagine que c'est évident, renifla-t-il. À l'époque, j'ai cru qu'elle m'aimait. Je me suis trompé.

— Claire?

— Mon ex-femme. Claire Denoyer. Vous savez, l'actrice française. (Un instant, son regard s'éclaira.) Vous avez sûrement vu ses films. *La Passion d'Eléna*, *Eléna et les célibataires*... Il y en a toute une série.

— Non, je ne crois pas.

— Oh... Eh bien, vous vous demandez sans doute pourquoi j'ai acheté ce bateau, pour commencer, pourquoi j'ai entamé ce voyage. Le tour du monde? J'ai horreur de la mer! Avez-vous remarqué que je ne monte presque jamais sur le pont ? Mais il me semblait que c'était la seule façon de l'oublier. Parfois, quand la Bourse monte, je peux passer une journée sans penser à elle. Mais pas aujourd'hui. Aujourd'hui, impossible d'oublier…

— Que s'est-il passé ? demanda doucement Wilson.

Ackerman prit une télécommande sur le bureau.

— Voilà ce qui s'est passé !

À l'autre bout de la pièce, le moniteur vidéo s'alluma. Wilson faillit tomber de sa chaise. Sur l'écran à haute définition, en arrêt sur image, un couple faisait l'amour. L'homme était noir, la femme blanche. Il la pénétrait en levrette. La femme était penchée sur le dossier d'un sofa à fleurs, la bouche ouverte, le visage déformé par le plaisir. L'homme était au-dessus d'elle, un œil fermé, l'air féroce, les deux mains serrant les fesses bronzées de sa partenaire, aussi parfaites que deux moitiés de poire.

— Belle image, non ?

Ackerman appuya sur la touche « lecture ». Les amants se mirent en mouvement, avec les grognements, les gémissements et la transpiration qui s'imposaient.

— Ça va, dit Wilson. J'ai compris…

Le milliardaire ne l'écoutait pas.

— Voici Claire et son entraîneur privé. Un ancien footballeur professionnel, qui a été célèbre sous le nom de Ironhead Jackson. J'avais fait placer des caméras de surveillance dans toute la maison de Santa Barbara. Je les ai filmés pendant des mois. Je l'ai aussi filmée avec deux autres hommes et avec la bonne, une petite Vénézuélienne de dix-sept ans, et la scène était plutôt hard, croyez-moi…

Ackerman augmenta le volume. Les sons de la scène d'amour envahirent la cabine. Les yeux exorbités, il regarda sa femme atteindre l'orgasme en criant comme une *banshee*[1]. Pour Ironhead, c'en était trop. Il poussa un grognement aigu et se retira, aspergeant abondamment la croupe de Claire. Les amants s'écroulèrent en travers du divan, dans un désordre poisseux et haletant.

1. Fée de la tradition irlandaise, dont les cris présagent la venue de la mort dans une maison. *(N.d.T.)*

Wilson resta sans voix. Ackerman eut un drôle de sourire. Il toucha la télécommande. L'écran redevint noir.

— Oui, je sais, dit-il. Ce n'est qu'un minable film pornographique. Dieu sait qu'elle en a fait ! Il ne manque plus que cette musique gluante des années 1970 en arrière-plan. Et le *coitus interruptus* ! Classique ! C'était le moyen de contrôle des naissances préféré des hommes. J'ai près de trois cents bandes... (D'un geste morne, il montra les rayonnages.) Ils l'ont fait près de trois fois par jour, pendant six mois. Et pendant toute cette période, elle couchait avec moi deux ou trois fois par semaine. Nous baisions... Peut-être pas aussi vigoureusement que ça... Mais ce n'était pas trop mal. Inutile de vous dire que le divorce a été vite expédié. Je ne lui ai pas donné un sou, ce qui n'est pas facile en Californie. J'ai entendu dire qu'elle se drogue, maintenant, et qu'elle vit avec un maquereau dans un hôtel crasseux de Sunset Boulevard, à Los Angeles.

Ackerman se renversa en arrière et mit une main sur ses yeux.

Wilson resta un moment silencieux.

— Si vous voulez mon avis, monsieur Ackerman, dit-il enfin, la caméra vidéo est une invention du diable. La mémoire est généreuse, capable de pardon. Les Grecs en ont fait une déesse, Mnémosyne. Elle adoucit le pire de ce qui traverse le temps, elle en émousse les coins douloureux. La vidéo, elle, ne pardonne rien. Sur la vidéo, tout demeure, les mêmes péchés, à l'infini. On peut revivre éternellement, image par image, les pires moments de son existence. Permettez-moi de vous donner un conseil gratuit, monsieur. Débarrassez-vous de ces saloperies. Comme diraient les Grecs, laissez la mémoire appliquer le baume apaisant du temps. Coupez les amarres avec votre femme. Jetez ces cassettes au bouillon, jusqu'à la dernière !

Ackerman refoula de nouvelles larmes.

— C'est impossible. Je l'aime encore. Ces bandes sont tout ce qui me reste d'elle.

Il posa sa tête sur le bureau, et ne bougea plus.

Un moment plus tard, Wilson quitta doucement la pièce. Il monta sur le pont, dans la resplendissante lumière du soleil. Il retourna à la proue. Les embruns jaillissaient au-dessus de lui, l'air pur lui emplissait les poumons. Là-haut, sous le vent, c'était un clair après-midi atlantique. Le soleil descendait au-delà du continent, à l'ouest de l'océan. L'Afrique se trouvait quelque part devant, légèrement à tribord. Mais en bas, dans le bureau, dans la pénombre sentant la poussière, le temps s'était arrêté. Il n'était pas question de clairs après-midi atlantiques, ni de tempêtes de minuit au milieu de l'océan. Là-bas – tandis que des télex du monde entier apportaient des nouvelles du maïs à terme –, ce serait toujours la sale demi-seconde avant l'instant où la femme d'Ackerman jouissait dans les bras d'un autre homme.

II

Le 17 octobre, ils furent en vue de Corvo, aux Açores. Elle apparut au-dessus de l'eau grise – une forme atténuée, enveloppée dans les nuages. Pour qui n'avait pas vu la moindre terre depuis près de trois semaines, il était difficile de croire à l'existence de cette chose : un rocher solide, immuable. Le *Compound Interest* contourna Corvo en quatre heures – l'île est minuscule, moins de huit kilomètres de long – et le capitaine désigna Rosario, au loin dans la brume.

— C'est une ville ?

Dans les puissantes jumelles du capitaine, Wilson aperçut une demi-douzaine de petites maisons blanches alignées sur la falaise de roche volcanique, et quelques bateaux de pêche au mouillage dans le petit port.

— Oui, c'est une ville, dit le capitaine Amundsen. Très ancienne, de surcroît. Il y a quelque temps, une tempête a abattu un vieux chêne, dans le jardin public. On a retrouvé dans ses racines un pot plein de pièces de monnaie phéniciennes. Si l'on y réfléchit, les marins de l'Antiquité faisaient preuve d'un courage étonnant. Ils venaient des côtes d'Afrique du Nord dans des galères gréées au carré. Rien d'autre que des gros canots à rames ! Bon Dieu, l'Afrique est à plus de mille milles d'ici. Ces pauvres gars s'imaginaient sans doute qu'ils filaient droit vers le bord de la Terre…

Dans la soirée, ils doublèrent le cap vers les îles intérieures, laissant Flores au sud, dans la nuit et le brouillard. Il leur fallut encore deux jours de navigation dans le froid pour rallier Gomez Point, sur Graciosa. Là, comme les vents dominants d'ouest leur étaient défavorables, le capitaine modifia sa route et mit le cap sur Fayal. À l'aube, Wilson vit des signes d'habitation sur les hauteurs – lumières des villes, clignotements rouges des antennes radio à l'intérieur des terres – et une idée s'imposa à lui dans un accès de tristesse. Comme la vie en mer imposait une vie solitaire ! Toujours longer des côtes étrangères et faire route vers un « ailleurs ». N'atteindre cet « ailleurs » que pour le contourner et retraverser l'océan noir et inconnaissable. Wilson réalisait qu'un marin est une âme errante, nulle part vraiment chez elle.

Les Açores sont un archipel volcanique austère, où il pleut presque toute l'année. Ses villes sont petites et pauvres. Mais lorsque le *Compound Interest* pénétra dans le port d'Angra do Heroismo à Terceira, le lendemain à huit heures du soir, Wilson se dit qu'il n'avait jamais vu une ville aussi belle. Des maisons chaulées s'élevaient au-dessus des quais. Les pentes escarpées des rues pavées et des escaliers étroits menaient à une cathédrale baroque dont la flèche brillait de multiples lumières colorées. Le long du quai, cafés et restaurants étaient bondés et, partout où le vent portait, on entendait la voix d'une femme chantant en espagnol. Wilson vit les grues et les mâts de charge des quais industriels à tribord, les chalutiers et les pétroliers amarrés dans la rade, les cheminées bien connues, noir et vert, des cargos de la Black Star Line, et les masses gris pommelé des destroyers de la marine portugaise.

Ils se mirent au mouillage dans la marina, à côté d'un gros yacht arborant le pavillon bleu et jaune du roi de Suède. L'équipage reçut quatre jours de permission. Wilson prépara son sac et se rendit aux douanes portugaises, un grand immeuble du XIXe siècle en stuc rose, planté au bout d'un quai recouvert de pavés ronds. L'intérieur ressemblait à une gare d'autobus. Le sol de marbre crasseux était jonché de morceaux de papier. De longues files de marins de différents navires attendaient de voir le fonctionnaire qui les autoriserait à entrer dans le pays. Le capitaine Amundsen lui garda une place dans la file.

— Le trafic dans l'Atlantique se développe, ces derniers temps, dit-il quand Wilson le rejoignit. Seulement depuis deux ou trois ans. Très curieux.

Wilson observa les marins qui faisaient la queue. Il vit des peaux noires et blanches, des hommes de tous continents et de tous pays. Beaucoup portaient des habits bon marché et des cheveux gras peignés en arrière, comme les durs dans les films de gangsters. Un grand matelot, derrière lui, jouait de l'harmonica. Un air tendre qui se fit plus rapide, pour devenir une gigue irlandaise familière.

— *Rocky Road to Dublin*, dit Wilson en tapant du pied en cadence. Vous connaissez ?

Il était un peu étourdi. La sensation d'être à terre était troublante. Le roulis persistait dans ses jambes, jusque dans ses os.

Le capitaine fronça les sourcils. Il semblait perturbé par l'activité qui régnait là.

— Allons, capitaine, nous avons quartier libre ! fit Wilson en lui mettant la main sur l'épaule d'un geste enjoué.

— Je me réjouis autant que vous d'être à terre. Mais il y a là quelque chose de peu naturel.

— Que voulez-vous dire ?

— Je fréquente les Açores depuis trente ans, et je n'y ai jamais vu une circulation comme ces dernières années. Ou bien l'économie mondiale s'affole et quelqu'un a oublié de me prévenir, ou bien il se passe quelque chose.

— Quoi, par exemple ?

Wilson l'écoutait à peine.

— Des trafics illégaux, par exemple. Drogue, contrebande, qui sait ? Quelque chose de sinistre. Quelque chose qui vient d'Afrique. C'est toujours d'Afrique que ça vient. Et il ne s'agit pas seulement des Açores. Il y a aussi le cap Vert, les Canaries. Ribeira Grande était un port minable, oublié du monde. Aujourd'hui, on dirait une foutue ville champignon. Ici, c'est la même chose. Foutrement bizarre. Wilson haussa les épaules. Il avait l'esprit ailleurs.

12

Wilson et le capitaine se séparèrent une heure plus tard à un carrefour, dans le quartier de Baxia. Amundsen prit un taxi pour l'hôtel Cristobal, une tour moderne à l'orée de la ville. Wilson déambula dans les rues pavées, un peu égaré pendant quelques minutes. Les rues étaient encombrées. L'air portait l'odeur des vieilles pierres et de la terre. Au bout d'un moment, il recula dans l'embrasure d'une porte et regarda défiler la foule. C'était le début de la fête de São Xoxsa, un martyr portugais que des pirates barbares avaient jeté aux requins, au xve siècle. Des paysans trapus venus de leur campagne marchaient pieds nus, des reliques sacrées autour du cou, en buvant de la grappa dans des outres en peau d'ange. Des femmes au teint sombre roulaient des barriques pleines d'hortensias jaunes.

Le plan griffonné qui se trouvait dans sa poche le mena à un café, l'Arquipelago. L'endroit était petit et sale, ouvert sur la rue, avec des poutres noircies par la fumée et un flipper américain, criard et incongru, dans un coin. Wilson prit une table à l'extérieur. Un demi-pâté de maisons plus bas, il apercevait les feuilles noires et les palmiers en fleurs du Parque Citadino. Des jeunes couples *ilhéu* se promenaient dans le noir, sur les allées de sable. Leurs voix lui parvenaient en un doux murmure. Le serveur était un jeune homme aussi mince qu'un toréador, aux favoris rasés jusqu'à un certain point.

— *Senhor*?

Wilson hésita. Il montra du doigt, dans la vitrine, une affiche où une brune aux formes généreuses posait en maillot de bain à côté d'une bouteille agrandie explicitement phallique.

— *Uma botelha de aguardente*?

Wilson acquiesça, impuissant. Le serveur lui apporta un petit verre et une bouteille pleine d'un breuvage jaune. C'était une sorte de cognac à base de raisin blanc, fort et amer. Wilson en avala une rapide gorgée. Cela lui brûla le fond de la gorge.

Criquet le rejoignit quelques minutes plus tard. Elle s'était parfumée.

— Alors, tu as trouvé facilement?

Wilson la contempla.

— Tu es ravissante.

Elle lui adressa un sourire timide, puis se retourna pour réclamer un verre, en portugais.

— Je me joins à toi, dit-elle.

Elle avait les cheveux tirés en arrière en natte, un peu de fard à paupières sombre, et un rouge à lèvres flamboyant. Elle avait renoncé au jean et au sweat-shirt du bord. Elle portait un boléro de laine sombre et une robe soyeuse, courte et moulante, imprimée de fleurs bleues et noires. Une douzaine de gros bracelets cliquetaient à son poignet gauche. Ils étaient constellés de pierres précieuses et faits d'un métal blanc plus clair et plus brillant que l'argent. Du platine? Comment un matelot pouvait-il posséder de tels bijoux? se demanda Wilson. La question lui sortit de la tête. Elle était très belle. Et pour l'heure, rien d'autre n'importait.

On lui apporta un verre. Elle se versa une dose de la boisson jaune, qu'elle contempla à la lumière de la rue.

— Jusqu'ici, nous nous en sommes bien sortis, sur ce bateau de crétins. Buvons à la deuxième étape de notre voyage.

— Bien sûr, dit Wilson.

Ils trinquèrent.

Quand ils eurent descendu la moitié de la bouteille d'aguardente, Criquet entra dans le café pour payer. Wilson lui proposa quelques-uns des billets portugais tout neufs qu'on lui avait donnés à la douane contre ses dollars. Elle refusa.

— C'est ma tournée. Allons-y.

— Et le reste de la bouteille?

— Prends-la.

Ils montèrent les rues pavées l'un à côté de l'autre, sans se toucher. Ils dépassèrent les façades de pierre aux volets fermés pour la nuit. Ils tournèrent dans une allée étroite menant à une *plaza* où un cavalier de bronze désignait la mer. Ils le dépassèrent et montèrent deux volées de marches. Ils se trouvaient maintenant hors de la ville basse, dans des rues résidentielles calmes. Les maisons étaient bleu pastel avec des boiseries blanches, ou bien jaune pâle avec des boiseries bleues. En bas, de l'autre côté de l'arrière ocre de la ville, Wilson entr'aperçut le port. Les nuages passaient devant la lune. Un chat noir traversa devant eux. Il s'arrêta, souffla, puis disparut dans un cul-de-sac.

— La poisse, dit Wilson en frissonnant.

Criquet passa ses bras autour de son cou et le poussa contre le mur d'une maison bleue. Elle l'embrassa. Puis elle l'embrassa encore.

— D'accord, dit Wilson.

Au fond du cul-de-sac, il y avait une petite pension de deux étages. Sa façade lisse était éclairée par trois grandes lanternes de plastique en forme de chouette. Le hall était un étroit vestibule avec un fauteuil rembourré et un bouquet d'hortensias dans un pot de cuivre. La concierge, une vieille femme vêtue d'une robe noire usagée et d'un cardigan blanc sale, s'était assoupie dans le fauteuil, devant un numéro du *Courier Ilheú*. Sur la couverture, Wilson reconnut Michael Jackson. Elle s'éveilla quand Criquet ferma la porte. Elles eurent un bref échange en portugais. Elles désignèrent Wilson à plusieurs reprises, en parlant vite et d'une voix forte. Après dix minutes de marchandage, la concierge tira une clé de la poche de son gilet. Criquet s'en saisit et entraîna Wilson vers l'escalier.

La chambre était grande, avec un lit double surélevé. Par la fenêtre ouverte, entre les maisons, dans l'axe du cul-de-sac, la vue portait vers le port et la mer.

— C'est la seule chambre de l'endroit qui en vaille la peine, dit Criquet. Les autres donnent sur des murs de plâtre, ou bien il y a une chouette allumée devant la fenêtre. En outre, c'est la seule qui ait un lit assez grand.

Wilson hocha la tête. Il se sentait inexplicablement nerveux. Il posa son sac sur une chaise en rotin, mit les mains dans ses poches et explora la chambre du regard. Le sol était recouvert d'un plancher de bois nu, sauf à l'emplacement d'un petit tapis ovale. Un dessin à la craie de couleur, des champs en terrasses de São Miguel. Une photo encadrée, datant des années 1950, de la reine d'Angleterre sous l'uniforme écarlate des Horse Guards. Dans la salle de bains, une profonde baignoire de marbre supportée par des griffes serrant une balle. Quand il revint dans la chambre, Criquet avait ôté sa veste et sa robe. Elle était pieds nus à côté du lit. Les bras repliés derrière le dos, elle tentait de dégrafer son soutien-gorge noir.

À l'autre bout de la pièce, Wilson resta bouche bée, les mains toujours dans les poches, la nuque en sueur.

— Eh bien, aide-moi !

Criquet tourna vers lui une épaule aguicheuse.

Wilson traversa la chambre et chercha l'agrafe à tâtons, les mains tremblantes. Le reflet de la lumière d'une des chouettes de plastique, juste de l'autre côté de la fenêtre, donnait au profil de Criquet un teint d'ivoire pâle. Son dos était lisse et musclé, ses vertèbres des boutons de corail sous la surface d'une eau peu profonde. Le soutien-gorge tomba. Wilson avança les mains vers les seins de Criquet. Il resta immobile, le cœur battant. Il sentit les tétons durcir contre ses paumes. Puis il se pencha en avant et mordilla juste au-dessus de la clavicule, là où la peau est si douce. Criquet frissonna et l'attira vers le bas. Un instant plus tard, sans savoir comment, Wilson s'était débarrassé de ses vêtements, les jambes de Criquet s'ouvraient à lui et ils roulaient au travers du couvre-lit, dans cette chambre d'une pension obscure, sur une île lointaine, entourés de toutes parts par la profonde et sombre nuit de l'Atlantique.

13

Ils passèrent deux jours entiers au lit. Ils firent l'amour. Ils se racontèrent l'histoire de leur vie. Le soleil allait et venait au-dessus de Fayal et de Pico, au-dessus de São Miguel et de Corvo, au-dessus de l'archipel des Açores et des continents sombres et naissants cachés comme s'il s'agissait de défauts dans le diamant du monde. Mais ils ne tinrent pas compte des changements de lumière. Oublieux de tout, ils gisaient dans les bras l'un de l'autre. Ils ne faisaient qu'un. Ils appartenaient au vaste et infâme arrangement qui permet à une génération de passer à la suivante.

Wilson était fou du corps de Criquet. Il lui paraissait plus beau que celui d'Andrea, et il était à la fois dur et tendre, là où il fallait. Les muscles du dos et des bras venaient de son travail, pas de la gymnastique (encore une forme d'indolence). Et lorsqu'il grimpait sur elle, Wilson avait un sentiment de sécurité. Seules ses mains le troublaient, bien qu'il ne lui en ait jamais parlé. Il lui était très difficile de s'habituer à voir de telles mains chez une femme. Elles étaient plus larges et plus épaisses que les siennes, et beaucoup plus dures. Elles avaient tenu des choses qu'il ne tiendrait jamais. Une histoire de travail et de souffrance était inscrite sur ces mains.

Peut-être Criquet sentait-elle sa réaction. Pendant l'amour, elle se servait moins de ses doigts que de sa langue. Et lorsque ensuite ils s'allongeaient l'un à côté de l'autre, elle cachait ses mains sous les draps. Cela donnait à Wilson un léger sentiment de culpabilité, même s'il trouvait que sa timidité révélait un charmant manque de logique. Chacun de nous a ses propres jardins secrets, se disait-il. Chacun entretient certaines faiblesses. Le matin du troisième jour, il prit les mains de Criquet entre les siennes et voulut baiser ses paumes.

Surprise, elle recula.

— Allons, dit-il. Donne-moi tes mains.

Un crachin régulier tombait sur Terceira, et la lumière n'était pas plus forte qu'à huit heures du soir sous d'autres latitudes.

— Non, elles sont horribles. Je les déteste.

— Comment peut-on détester une partie de son propre corps ?

— C'est très facile.

Elle tourna la tête. L'ombre de la pluie, projetée par la fenêtre, semblait couler sur son visage.

— Montre-les-moi.

Criquet se retourna vers lui. Lentement, l'air maussade, elle sortit une main qu'elle posa sur le drap, entre eux, comme une chose morte. Ses yeux étaient sombres, ses cheveux emmêlés étaient presque bruns sur l'oreiller.

— Ce n'est pas si terrible, dit Wilson.

Si, pourtant. Couverte de cicatrices, dure comme la pierre. Très doucement, il passa son pouce sur le mont de Vénus, sur le mont de Jupiter, là où se lisent – s'il faut en croire les diseuses de bonne aventure – nos désirs et nos fortunes. Ces protubérances, normalement tendres et charnues, étaient éraflées comme le dessous d'une chaussure.

— Tu es satisfait ?

Criquet retira sa main et la ramena sur sa hanche.

— Et alors ? Tu as travaillé de tes mains. Tu as eu une vie différente de la mienne. Voilà tout.

— Différente ? Ma vie a été un enfer.

Il ne s'agissait pas d'apitoiement sur soi, mais de l'énoncé d'un fait. Wilson tendit le bras vers elle. Elle l'ignora.

— Et la mer ? Je croyais que tu aimais la mer...

Il n'avait rien trouvé d'autre à dire.

— Ne sois pas stupide ! (Elle changea brusquement de ton, et posa sa tête sur la poitrine de Wilson.) Pardonne-moi.

Elle mit ses mains sur ses épaules, comme les pattes d'un animal nerveux.

— J'essaie de devenir quelqu'un d'autre. J'ai été trop dure pour mon bien, et j'ai été très seule. Et j'ai fait des choses qui m'empêchent de trouver le sommeil.

— Quoi, par exemple ? demanda Wilson.

Sa nuque le démangeait.

Criquet haussa les épaules.

— Plus tard. Quand tu me connaîtras mieux.

— Mais de quoi s'agit-il, enfin ? De perversions sexuelles ? Tu as couché avec l'équipage d'un tramp ? Tu as tué quelqu'un ?

— Il ne s'agit pas de sexe. Qui s'en préoccupe, d'ailleurs ? Nous ne sommes puceaux ni l'un ni l'autre. D'accord ?

Wilson ne pouvait que l'admettre.

— J'ai sans doute fait l'amour avec beaucoup trop de monde, bien sûr. Mais le pire, c'est que je n'ai jamais été amoureuse. Avant le départ, tu m'as demandé pourquoi je voulais que tu sois du voyage. Eh bien, voilà une autre raison : j'ai besoin de faire confiance à quelqu'un, sans quoi je me dessèche de l'intérieur. Et il y a en toi une tristesse qui m'a fait penser que je pourrais me fier à toi, avec ma propre tristesse.

Wilson hocha la tête.

— C'est la terreur, dit-il.

Il avait déjà remarqué cela. La névrose qui lui rendait la vie si difficile était précisément ce qui attirait les femmes. Certaines femmes courent après cela comme les abeilles après le miel.

— La… quoi ?

— Une sensation qui me prévient qu'une tuile va arriver, que le désastre est toujours imminent.

— Je connais cette sensation. (Elle parlait comme si elle comprenait.) Tu es toujours prêt, à tout moment, à perdre tout ce que tu as. C'est pour cela que tu as tant de chance au jeu.

Wilson réfléchit une minute.

— C'est une façon de voir les choses.

14

Pendant l'après-midi, pour la première fois depuis deux jours, ils s'habillèrent et descendirent l'escalier pour chercher à manger.

La concierge somnolait sur le même numéro du *Courier Ilheú*. Elle leva les yeux vers eux. D'un air renfrogné, elle leur montra l'écriteau accroché au-dessus de son fauteuil.

— Nous avons raté le petit déjeuner, dit Criquet. Et nous avons raté le déjeuner. Le dîner sera servi dans quatre heures. On ne mange pas entre les repas, c'est une règle de la maison.

— Mon Dieu, dit Wilson. Quatre heures ! Je ne pense pas pouvoir attendre si longtemps.

Criquet hocha la tête, plissa les yeux et se tourna vers la vieille femme. Il y eut un nouveau dialogue en portugais, cette fois proche de la dispute. Mais Criquet s'obstina. Finalement, la vieille leva les mains en signe de résignation, se leva de son fauteuil – qui gardait en permanence la marque de son postérieur osseux – et passa dans la cuisine en claquant la lourde porte. Criquet et Wilson lui emboîtèrent le pas.

— Qu'est-ce que tu lui as dit ? murmura Wilson à l'oreille de Criquet.

— Je lui ai dit que si elle ne nous donnait pas à manger, je lui cassais la gueule.

La cuisine était spacieuse, agréable et très claire. Il y avait une cheminée, un poêle à gaz de céramique blanche et un grand buffet à l'ancienne le long d'un mur. Des marmites bouillonnaient sur le poêle et emplissaient la pièce d'une riche et savoureuse odeur de nourriture. Une porte vitrée donnait sur un joli petit jardin au sol moussu, au centre duquel se trouvait une nymphe de plâtre effrité qui luisait sous la pluie.

— Elle ne doit pas avoir chaud, dit Wilson.

Criquet ne répondit pas.

Ils s'installèrent autour d'une table à revêtement d'ardoise. La concierge prit une louche, transféra une partie du contenu des marmites dans des bols en terre cuite qu'elle posa sèchement sur la table, et quitta la pièce. Criquet trouva dans le buffet des assiettes et des couverts, une bouteille de vin et du pain. Ils avaient de la *sopa de peixes* (une soupe délicieuse à base de poissons, de calmars et de crustacés), des *chicarrones* (des saucisses portugaises chaudes) et du riz au safran. Le vin était un Verdelhoa rouge qui, à en croire l'étiquette, avait honoré jadis la table des tsars.

— Excellent, dit Wilson, la bouche pleine.

Criquet était trop occupée pour répondre.

Quand ils eurent expédié le riz, la soupe et les saucisses, ils s'employèrent à finir le vin, repus. Wilson connaissait assez Criquet pour savoir que la bonne chère et le vin la mettaient dans une humeur propice aux confidences.

— Dis-m'en un peu plus, dit-il en lui remplissant son verre.

— À quel sujet ?

— À ton sujet.

Elle avala une rapide gorgée et baissa les yeux.

— Tu veux vraiment savoir ? demanda-t-elle d'une petite voix incertaine.

— Oui.

— J'ai été une vraie source de problèmes, autrefois, commença-t-elle après un instant d'hésitation. Pendant ma première année à Palmetto High, j'ai frayé avec des gens peu recommandables. Tu connais le genre, des gommeux buveurs de bière, des glandeurs avec des bagnoles pourries. Comme nous étions sur une île, la grande affaire c'était ces bateaux en forme de cigare, avec des moteurs énormes. J'ai fait plusieurs fugues. Une fois à La Nouvelle-Orléans, une fois à Miami… Je passais mon temps dans des maisons de redressement, pour la combinaison classique de vandalisme et d'ivrognerie. Disons que j'ai grandi plutôt vite. En tout cas, mes parents ont compris qu'ils étaient incapables de me contrôler. Mon père s'est dit que je serais mieux en mer…

« À quinze ans, il m'a trouvé un poste de matelot breveté sur le *Jésus-de-Lubeck*, une espèce de cargo pourri immatriculé à Rigala, au Bupanda. Le propriétaire était un copain de Papa. Tout le monde l'appelait le Portos. C'était un joueur plutôt malin, un habitué des parties de poker de Mazep. Le Portos avait la poisse cette année-là, et il s'était engagé comme capitaine pour s'éloigner des cartes. Pour moi, ce premier boulot a été dur… Du travail à vous briser les reins. C'est là que je me suis amoché les mains. Le Portos me faisait travailler vraiment dur, sur le pont par tous les temps. Et ce salaud était totalement imprévisible à cause de tout l'opium qu'il fumait – de la came noire et poisseuse qu'il faisait venir de Thaïlande par pots entiers. Je suis restée quatre ans avec lui sous contrat, soi-disant sous sa protection. C'était un personnage vraiment bizarre. Beaucoup trop malin pour passer sa vie en mer. Il parlait seize langues. Quand il n'était pas défoncé, il s'ennuyait. Un jour, il a décidé d'améliorer mon éducation, comme il disait. Après le primaire, tu vois, j'avais plutôt sauté les cours…

« Sa cabine était pleine de livres. Il avait tout. Tous les classiques, en anglais, en français, en portugais, en espagnol… Tout ce que tu peux imaginer. Il me faisait étudier quatre heures et demie par jour. On commençait juste avant l'aube, tous les jours, pendant trois ans. C'est peut-être la raison pour laquelle je déteste tout ça, aujourd'hui. Du grec à quatre heures du matin, après deux heures à peine de sommeil, suivi par une journée de quarts complets, et puis ça recommençait. Pourtant… Quand j'avais embarqué sur ce rafiot, j'étais à peine capable de lire le journal. Quatre ans plus tard, je lisais Aristote et Platon, Dante, Shakespeare et Byron. C'était un grand admirateur de Byron. Je hais Byron…

« Et puis, un jour, le Portos a décidé qu'il n'avait plus rien à m'apprendre. Il était temps que j'aille dans une véritable école. Il voulait m'envoyer au collège. Je n'en croyais pas mes oreilles. Je lui ai dit que j'étais marin, que je ne voulais pas faire autre chose. Au retour d'un voyage en Afrique, il a mis le cap au nord-nord-est, et nous sommes entrés dans le port de New York. On s'est amarrés à l'ancien quai 26, qui appartenait à la vieille Flying Cloud Line. Un taxi nous a conduits, par la West Side Highway, jusqu'au collège Sainte-Marie-des-Fleurs. Et là, il m'a déposée sur le trottoir avec mon sac…

Criquet avala le vin qui restait dans son verre. Elle contemplait la mousse et la pluie dans le jardin. La mousse était du vert le plus magnifique qu'on puisse imaginer, et semblait plus moelleuse que n'importe quel lit.

— Continue, dit Wilson.

— Je suis restée collée à Sainte-Marie pendant deux ans. Le Portos payait les factures. Horrible. Pire que tout ce que j'avais vécu en mer. On m'a mise en quarantaine, on m'a humiliée. L'endroit n'avait rien d'un véritable collège. C'était une institution pour de riches et stupides poulettes new-yorkaises. Elles savaient faire comprendre à une fille étrangère à leur milieu qu'elle était moins que de la merde. Je n'avais rien de commun avec elles. Bon Dieu, je venais de débarquer d'un cargo clandestin ! Et, avant cela, des îles les plus obscures et les plus arriérées du golfe du Mexique !

« Les riches sont les gens les plus cruels du monde. C'est pour ça qu'ils ont tant de fric. Il n'a pas fallu longtemps à ces filles pour me tomber dessus. Mes mains me trahissaient, comme elles trahiraient une servante essayant de se faire passer pour une aristocrate, dans un roman du XVIIIe siècle. Je les ai fait masser, manucurer, mais c'était inutile. Je suis une grande fille, dure à cuire, et je suis très susceptible. Quand j'entendais quelque chose qui ne me plaisait pas, le moindre piaulement d'une de ces baleines, je lui fichais mon poing dans la figure. "Tu vois ça ?" je lui disais. Et je le lui balançais dans la figure. Je suis arrivée au point où personne ne me parlait. Pas un mot. Le traitement par le silence.

« J'ai fini par en avoir assez. J'ai pillé le tronc des pauvres dans la chapelle, juste avant Noël, au moment où il était plein à craquer des dons de leurs richards de parents, et je me suis enfuie. Je me suis inscrite au tableau du New York Yacht Club. Je me suis terrée dans un hôtel minable de Newark, jusqu'au jour où on m'a proposé un poste sur un yacht en partance pour

Valparaiso. Ce n'est que six mois plus tard, au milieu d'une tempête en pleine mer, que j'ai commencé à me sentir en sécurité. Le vent hurlait, le bateau plongeait dans les vagues, et je riais à gorge déployée. Les autres pensaient que j'étais devenue folle. Mais je te prie de croire que tout valait mieux, même la noyade, que les filles de Sainte-Marie-des-Fleurs.

15

Après avoir achevé le vin, ils sortirent dans les rues de la ville. Angra était comme un rêve dans la lumière brumeuse, ses maisons pastel ternies par le brouillard et la pluie. Ils descendirent les marches humides vers la ville basse et longèrent les rues commerçantes.

Les lampadaires étaient allumés, bien qu'il fût à peine quatre heures de l'après-midi. Des saucisses fumées et des canards pendaient aux devantures des restaurants. Des pêcheurs se tenaient aux comptoirs de zinc des cafés, dans leurs pulls à col roulé épais et graisseux. Ils observaient le ciel lourd à travers les vitres, les yeux aussi noirs que la mer en hiver. Criquet se serra contre Wilson. La pluie avait rafraîchi l'atmosphère. Il serra sa paume dure dans la sienne, beaucoup plus douce. Le monde est cruel, comme chacun sait.

Ils s'arrêtèrent devant un bar signalé par une enseigne en forme de sirène. L'endroit était plein de pêcheurs et de paysans ivres. Les sols étaient vieux et déformés. Les murs avaient été blancs. Ils étaient gris, après des années de tabagie. Ils trouvèrent un coin sombre où le bar faisait saillie dans un angle. Wilson commanda deux digestifs. Du Doulm, une liqueur à base de figues cultivées sur l'île. C'était amer, et aussi fort qu'un alcool de grain.

— Houlà! s'exclama-t-il en se martelant la poitrine.

Criquet avala le sien très vite, sans commentaires, et posa son verre sur le comptoir de zinc griffé.

— Tourne-toi, dit-elle.

— Quoi?

— J'ai quelque chose à te dire, et je ne veux pas que tu me regardes.

Perplexe, Wilson se tourna vers le mur. Criquet s'approcha tout près de lui, les lèvres à quelques centimètres de son oreille. Elle parla très vite. Il y avait dans sa voix une gravité inhabituelle. Cela alluma en lui un signal qui sonna comme une menace.

— Quoi qu'il arrive d'ici la fin de ce voyage, tu dois rester à mes côtés. Rester avec moi, et faire exactement ce que je te dirai.

Wilson essaya de se retourner. Mais elle posa ses mains rudes sur ses épaules et le maintint contre le mur.

— De quoi parles-tu ? Que va-t-il se passer ? demanda-t-il, un peu paniqué.

— Chut ! Pas de questions ! Si je te dis quoi que ce soit, je trahis des confidences et cela pourrait me coûter la vie. Si tu n'es pas prêt à affronter quelques ennuis, si tu as le cœur faible, tu peux partir sans te retourner, c'est le moment ou jamais.

Wilson se tenait raide, immobile. Il avait les mains moites, la bouche sèche. Sa terreur lui disait de partir en courant. Et si la terreur lui jouait un sale tour, pour garder son influence sur lui ?

— Criquet…

Elle serra son emprise sur son épaule.

— Pas de questions. (Puis elle reprit, d'une voix plus douce :) Si tu veux partir maintenant, d'accord. Nous avons passé deux jours formidables. Beaucoup de gens ne peuvent en dire autant. Tu peux rentrer à la pension, faire tes paquets et prendre l'avion pour quitter tout cela et retourner aux États-Unis demain matin. Si tu n'as pas assez d'argent, je t'en donnerai. Mais si tu veux venir avec moi, tourne-toi et embrasse-moi. Et ne prononce jamais un seul mot à propos de cette conversation, ni maintenant ni jamais. Accorde-toi une minute, reprends ton souffle. Quand tu respireras calmement, prends une décision. Je sais que ce n'est pas juste. Mais je ne peux pas faire autrement.

Les épaules de Wilson s'affaissèrent. Malgré lui, son souffle se fit court. Il prit soudain conscience du vacarme du bar.

Les hommes qui parlaient et riaient, l'accordéoniste qui jouait *Lady of Spain* dans un coin. Puis, tout aussi brusquement, il n'entendit plus qu'un faible bourdonnement. Il ferma les yeux et essaya de discerner, dans l'obscurité, ce qui l'attendait. Mais son intelligence ne lui permit pas de percer le nuage de l'inconnu. Quelque part, tout près de lui, il entendit le fracas d'un verre qui se brisait. Sans réfléchir, il se retourna, prit Criquet dans ses bras et l'embrassa.

TROISIÈME PARTIE

La fille du pirate

I

À douze heures de route du port blanc d'Angra do Heroismo, à hauteur du rocher aride de Formigas, au couchant, le ciel prit la couleur du sang séché et la mer devint brune et tachetée comme une carapace de tortue.

Wilson n'avait jamais vu la mer et le ciel sous de telles couleurs : toute une palette en guise d'avertissement.

— Après trente ans de navigation, vous vous rendez compte que le ciel est rarement bleu, dit le capitaine d'un ton sinistre. Mais quand il a cet aspect-là, vous savez qu'il y a des problèmes dans l'air. Ce qui vient sur nous aura sa place dans le livre des records. Un vrai tueur.

Le *Compound Interest* roulait et tanguait sur la houle. Ses voiles en forme de parasol de plage faseyaient nerveusement dans le vent. Soudain, le poste à ondes courtes émit une série de signaux de détresse venus de loin, des voix angoissées appelant dans la langue dépouillée, inintelligible, des hommes qui craignent pour leur vie. Un formidable rideau de pluie, de grêle et de vent soufflant à la vitesse de l'ouragan se déplaçait du Serengeti vers le centre de l'Atlantique, pour former une véritable muraille grise de mauvais temps – mille milles de large sur deux mille milles de long. Le haut-parleur déversa un furieux riff en morse. Le capitaine approcha son oreille du récepteur. Puis il secoua la tête et éteignit l'appareil.

— La seule chose à faire, dit-il, c'est de prendre le taureau par les cornes. Il se dirige droit sur nous, et vite. Si nous faisons demi-tour, il nous frappera dans le dos. Mettons la bulle en place et voyons de quoi ce rafiot est capable.

Ils démontèrent la marquise de gros temps, amenèrent les voiles-parasols et mirent les turbodiesels en route. Le capitaine, Wilson et Criquet remontèrent de la cale les huit panneaux de Plexiglas et les fixèrent autour de l'octogone. Le *Compound Interest* était désormais aussi étanche qu'un sous-marin. Le système de purification d'air se déclencha dans un ronronnement rassurant. Des écoutilles hermétiques divisaient le navire en trois sections étanches à l'air, chacune possédant ses réserves d'eau potable et ses provisions lyophilisées, ainsi qu'une balise de localisation d'urgence. Si le bateau était brisé par la tempête, les trois compartiments continueraient à flotter, les balises émettant des signaux de détresse repérables dans un rayon de cinq cents milles.

L'octogone de navigation, hermétiquement clos par l'écoutille inférieure, pouvait se transformer en une sorte de mini-vaisseau autonome. Il était équipé d'un système de propulsion de type hydrofoil (pas plus grand qu'une valise mais avec une portée de trois cents milles) fabriqué par Newland Marine, à Santa Barbara. Dans le cas d'une destruction totale du navire, l'octogone se séparerait de l'épave en train de sombrer. Il pourrait rallier les côtes africaines par ses propres moyens – minuscule bulle de plastique produit par une technologie de pointe, voguant sur une mer sans repères.

2

Les tubes fluorescents projetaient une lumière verte, violente, nocive. La cloison sans revêtement était nue, sauf un calendrier italien avec des pin-up que personne ne s'était donné la peine de tenir à jour depuis le mois de juillet. L'office était un réduit étouffant, meublé d'une table en Formica écaillée et d'une banquette de serge verte.

Tant que la tempête battait le navire, Wilson était confiné dans ce purgatoire verdâtre. Il sortit un livre de son sac de marin, s'attacha à la banquette et se mit à lire. C'était *Le Déclin et la Chute de l'Empire romain* de Gibbon, l'édition déchirée en un volume qu'il avait achetée chez le bouquiniste du Bend. Au bout d'un moment, les petits caractères lui fatiguèrent les yeux, mais cela n'avait pas d'importance. Toutes ces semaines d'activité sans répit lui avaient donné soif d'abstraction, soif d'étude et de contemplation, qui caractérisaient sa vie antérieure, à moitié onirique.

Derrière les épaisses membrures de polymère de la coque, les vagues dégringolaient comme des montagnes. Le bateau était inondé par moments, parfois totalement submergé, la proue s'enfonçant dans des vallées sans couleur, au creux des dépressions. Pendant ce temps, l'esprit de Wilson était farci d'empereurs, d'assassinats, d'aqueducs, de Barbares, de chemins qui mènent à Rome, de cruels retournements du sort, de hauts faits de centurions, de courtisanes et d'esclaves, la procession interminable des grands et des médiocres, des dépravés et des oubliés. Pendant deux mille deux cents pages, sur des milles et des milles de mer démontée, la célèbre cité antique résista au chaos de l'Histoire, jusqu'à ce qu'il ne reste de Rome plus rien de tangible. Sauf quelques ruines et sa principale composante : l'idée de l'ordre.

Quatorze heures plus tard, il abandonna sa lecture. Il avait à peine quitté sa place dans l'office. De temps en temps, Nguyen était venu s'asseoir à l'autre bout de la table. Le cuisinier vietnamien possédait un sens de l'équilibre inouï. Sans le moindre harnais de sécurité, il se tenait droit sur la banquette et faisait des réussites. Il fumait des Gauloises bleues sans filtre qu'il piochait dans un paquet froissé, laissant la cendre s'allonger de deux bons centimètres au bout de ses cigarettes. Quand le bateau roulait, il se penchait dans le même sens, comme un gyroscope sur son fil. Il alignait ses cartes en rangées impeccables. Par quelque miracle de l'électricité statique, elles restaient exactement là où il les avait posées.

— Eh bien, comment ça va ? lui demanda Wilson, quand il fut capable de se concentrer sur autre chose que son livre. (À cause du manque de sommeil, de petites taches noires se tortillaient au coin de son champ de vision.) Mis tous les pots et les poêles à l'abri ?

La question était stupide, mais il n'avait rien trouvé d'autre. Hors de la cuisine, ils n'avaient jamais échangé un seul mot.

Le cuisinier leva à peine un sourcil.

— Alors, on défie le sort ?

Wilson lui adressa son meilleur sourire.

— Pas parler, dit Nguyen, sans quitter le jeu des yeux.

— Pourquoi ?

Le cuisinier soupira. Il battit les cartes et commença à les redistribuer.

— Tous des *joes*. Le *joe* gros et stupide qui est capitaine, le *joe* qui bouffe comme un porc, et toi, le *joe* qui lit trop. Après que les *Français*[1] ont quitté la Cochinchine, j'ai vu beaucoup de *joes* américains venir dans mon pays, comme les mouches sur la merde. Les *joes* viennent, amènent des hélicoptères et jettent du poison en poudre sur les arbres, et tout le monde meurt. Quand le *joe* vient chez toi en disant : « Je veux être

1. En français dans le texte. *(N.d.T.)*

ton ami », tu peux commencer à courir à toute vitesse dans l'autre sens.

— Qu'est-ce que ça signifie ?

— Ça signifie que je ne veux pas parler.

— Pourquoi ne pas avoir une conversation ? insista Wilson. (Il était énervé et un peu hébété, après tant d'heures à respirer la poussière de l'Histoire ancienne.) On est là, coincés à bord d'un bateau dans une tempête au milieu de l'océan, on n'a rien à faire sauf parler, et toi tu ne veux pas dire un mot !....

Le cuisinier vietnamien se tourna vers les néons éblouissants. Ses pensées défilaient derrière ses yeux comme des oiseaux noirs regagnant leur nid.

— Écoute bien, *joe*. Je ne veux pas faire ami-ami avec toi. Parce que personne ne sait ce qui peut arriver, sur ce bateau, et parce que je ne veux pas avoir des regrets pour toi, plus tard.

Wilson essaya de le convaincre de s'expliquer. Mais Nguyen refusa de dire un mot de plus.

3

Le lendemain après-midi, la tempête diminua un peu. Wilson dévissa l'écoutille du pont et monta dans l'octogone. De là-haut, le point de vue était ahurissant. L'assaut des éléments, saisissant, terrifiant. Il lui sembla qu'un autre monde bouillonnait sous ses yeux, en pleine effervescence, un paysage qu'on n'avait pas revu depuis le commencement des temps, lorsque Dieu – comme le prétend l'histoire – jeta les mers en furie sur les rocs inanimés de la Terre.

Le capitaine Amundsen et Criquet étaient penchés au-dessus des cartes et des instruments, dans la bulle, comme des canonniers dans la tourelle d'une forteresse volante. Les vagues martelaient le Plexiglas, réduisant l'éclairage dans l'octogone à un crépuscule terne et humide.

— Que voulez-vous, monsieur? demanda le capitaine quand Wilson eut revissé l'écoutille.

— Je demande l'autorisation de rester en haut, capitaine. On perd un peu la boule, à rester enfermé en bas.

Le capitaine hocha la tête.

— Jetez un coup d'œil là-dessus.

Wilson s'approcha de l'écran opalescent du radar. La tempête était une horrible tache verdâtre en mouvement, de la taille d'un continent, en surimpression sur les contours familiers de l'Atlantique.

— Notre position, calculée par satellite, prouve que nous avons été déroutés de près de quatre cents milles nautiques, dit le capitaine en louchant vers l'écran. Nous nous trouvons à deux degrés et demi à l'est du 22e parallèle, 32 degrés au sud de Greenwich. Nous filons sud-sud-est, vers les côtes mauritaniennes, à une vitesse d'environ dix-sept nœuds.

— Combien de temps nous faudra-t-il pour retrouver notre position ?

Le capitaine regarda les noires turbulences, à l'extérieur de la bulle.

— Impossible de le savoir. Quelques jours, une semaine, deux semaines... La mer est un endroit très bizarre, tout peut arriver. J'ai vu des raz de marée avaler des villes entières, j'ai vu des ciels noirs à midi, j'ai vu des volcans faire éruption au fond des eaux, bouillonnant et crachant comme du sang des morceaux de terre brûlante, et j'ai vu encore pire que tout cela...

Il s'interrompit quand une série de parasites éclata soudain dans le poste à ondes courtes. Wilson pouvait à peine distinguer les variations de la voix, qui finit par s'évanouir complètement.

— Jadis, j'ai servi deux ans comme capitaine d'un navire océanographique anglais. C'était il y a plus de vingt ans... (Son regard se fit lointain.) C'était le HMS *Ozymandias*, un vieux cotre de la Royal Navy remis à neuf pour la recherche scientifique. Un plaisantin l'avait rebaptisé le *Sandra Dee*, d'après le nom de la blonde qui jouait dans les films de plage hollywoodiens...

— Sandra Dee avait interprété Gidget, l'interrompit Wilson. La vraie Gidget, bien avant l'émission de télé...

Criquet lui lança un coup d'œil aigu. Il se sentit idiot, et se tut.

— Les British avaient équipé le navire avec ce qui se faisait de mieux en matière de technologie. (De son ongle, le capitaine frappa un coup sec sur l'écran du sonar.) Ordinateurs, sonar, radar... Et un sous-marin robot construit par British Leyland, équipé de caméras vidéo et relié au navire par un cordon ombilical de trois kilomètres de long. Nous faisions des recherches sur les pieuvres. De sacrées bestioles, insaisissables – les plus grosses, je veux dire. Mais il y a toutes ces histoires qu'on raconte depuis des siècles à leur sujet. Comme quoi elles sortent de l'eau et attrapent des navires dans leurs immenses tentacules. Comme quoi elles sont réputées pour livrer combat à des baleines. Toutes ces histoires sont imaginaires, bien entendu, et les spécialistes en zoologie marine les tournent en dérision. Jusqu'au jour où un pêcheur a ramené dans ses filets, au large de Douglas Reef, dans le Pacifique Sud, un gros morceau de cartilage de pieuvre qui démontrait l'existence d'une créature de cent quarante mètres de long. Du coup, tout le monde s'est excité. Nous avons appareillé de Bristol en janvier, pour aller jeter un coup d'œil dans le Sud.

« Au début, le voyage a été assez dur. Gros temps, problèmes de moteurs. Nous avons fini par rester un bon mois au mouillage à Rorotan en attendant que le temps se lève. Puis on s'est mis en chasse. D'abord, nous n'avons rien trouvé de remarquable. Rien de plus gros que les calamars qu'on mange frits à l'ail dans les restaurants italiens. Mais une nuit – j'étais de quart de minuit –, le sonar s'est déchaîné. Toute une série de petits bips, à deux brasses par bâbord devant. J'ai réveillé un des biologistes. Adrienne je-ne-sais-quoi, une Française. Nous avons détaché le robot, et il a plongé dans les ténèbres avec ses projecteurs et ses caméras vidéo. Au bout de quelques minutes, nous avons reçu les premières images. Nous ne pouvions en croire nos yeux. Une pieuvre de la taille d'un semi-remorque ! Son œil de monstre était presque aussi gros qu'une de ces piscines de jardin que l'on voit dans les banlieues américaines.

« La biologiste française a pâli, puis elle s'est mise à trembler de tous ses membres. C'était moins à cause de la pieuvre elle-même que de ce qu'elle tenait entre ses tentacules. Une chose gigantesque et inconnue, une sorte de ver géant qui gigotait dans l'eau noire, son long corps tubulaire disparaissant au plus profond de la mer. Un combat était en train de se dérouler. Les pieuvres sont comme les chats, vous savez, elles sont très attachées à leur territoire. Mais cette pieuvre-là, si énorme fût-elle, n'avait pas l'ombre d'une chance. Son adversaire était la créature vivante la plus grosse que j'aie jamais vue. Et j'ai vu dans les eaux de Terre-Neuve des baleines bleues deux fois plus grandes qu'un terrain de football.

« Nous avons observé la scène, stupéfaits, trop effrayés pour respirer. Un fragment du flanc de la bestiole était assez proche pour que nous puissions l'examiner. Il était couvert d'une couche épaisse de bernaches et de végétaux, comme si elle se trouvait dans les profondeurs depuis des siècles. La pieuvre lâcha soudain un énorme nuage d'encre noire. Quand il s'est éclairci, il n'y avait plus rien... Rien que l'immensité sous-marine. Nous avons supposé que la bête inconnue était repartie dans les profondeurs, la pieuvre géante accrochée à son dos.

— Incroyable... dit Wilson, impressionné. Qu'est-ce que c'était ?

Le capitaine sortit un cigare de sa poche, et le glissa entre ses dents sans l'allumer.

— Le Kraken, dit-il doucement.

— Le quoi ?

— Le ver préhistorique qui vit au fond des mers. On dit que lorsqu'il remontera à la surface, ce sera la fin du monde. Et Dieu sait que nous avons vu assez de signes, ces derniers temps.

— Vous plaisantez, dit Wilson.

Criquet détourna les yeux de l'ordinateur avec un sourire narquois.

— Bien sûr, qu'il plaisante. C'est une histoire de pêcheurs. La meilleure foutue histoire de pêcheurs que j'aie jamais entendue.

Wilson les regarda tour à tour, en se demandant qui croire.

— Tu dois savoir une chose à propos des marins, Wilson, dit Criquet. Ils passent leur temps à raconter des histoires. Cela les occupe.

— Capitaine ? fit Wilson.

Le capitaine gratta sa barbe broussailleuse et haussa les épaules.

— Vous n'êtes pas obligés de me croire. Ni l'un ni l'autre. Mais ce que j'essaie de vous dire, c'est que la mer dissimule beaucoup plus de choses que vous ne croyez. Il suffit de regarder autour de vous...

Il fit un geste vague vers l'étendue désolée de l'océan, l'horizon noir sous la tempête, les vagues hautes comme des immeubles de trois étages. Puis il fixa Wilson d'un regard lourd de sens.

4

Ils démontèrent la bulle de Plexiglas et remirent en place la marquise de gros temps. On coupa les turbodiesels. Les voiles-parasols captèrent un doux vent arrière et se déployèrent aimablement au-dessus du pont qui commençait à sécher. La tempête avait cessé aux petites heures.

Pour la première fois depuis six jours, on ouvrit les écoutilles d'étanchéité, et toute la compagnie émergea, éblouie, au soleil du début d'après-midi. Ils déambulèrent sur le pont comme des touristes et contemplèrent la mer calme et bleue et les nuages blancs inoffensifs sur l'horizon. Les architectes navals avaient fait du bon travail. Un câble de sécurité avait été arraché du mât de misaine. C'était la seule avarie sur le *Compound Interest*, après la tempête la plus violente qu'ait connue l'Atlantique depuis 1935.

Le capitaine parvint à régler le poste à ondes courtes sur la BBC.

— D'après les nouvelles, les côtes d'Afrique occidentale ont été salement touchées, répéta-t-il à l'intention de Wilson. Du Maroc au Cameroun. Quinze ou vingt bâtiments perdus corps et biens, y compris un porte-conteneurs appartenant à une compagnie scandinave. En Gambie, trois villages de pêcheurs rayés de la carte. Toute la Guinée-Bissau privée d'électricité. Au Libéria, même la guerre civile a dû s'interrompre pendant plusieurs jours. Il semble que les pertes s'élèvent à près de cinq mille morts. Et nous sommes passés au travers, sans une égratignure. Je retire tout ce que j'ai dit à propos de ce rafiot.

Ce n'était qu'une de ces catastrophes naturelles ordinaires qui exterminent bon an mal an des millions de vies humaines, et ne valent pas plus d'une ou deux minutes dans les journaux télévisés américains. Wilson savait qu'il aurait dû être satisfait d'avoir survécu à cet holocauste marin. Pourtant, il était furieux, et un peu nauséeux, à cause de l'aspect aléatoire du phénomène. Dans un monde où un coup de vent peut balayer des milliers de personnes, continuer de respirer avait-il un sens ? Les hommes ne valent pas mieux que des fourmis, se dit-il. Au moins les fourmis sont-elles capables de vaquer à leurs occupations sans la malédiction de l'intellect. Puis il changea d'avis. Non, les hommes ne ressemblent pas aux fourmis. Ils ressemblent à une espèce d'insectes totalement différente. Ils sont comme des abeilles dans une ruche de verre, occupés à produire leur miel, débordant d'énergie et de projets. Et tout ce qu'ils gagnent, c'est une pierre tombale. Dans le meilleur des cas.

5

Des marsouins nageaient le long du navire. Ils montaient à la surface, leur souffle faisait un bruit doux quand ils remplissaient leurs poumons d'air, et ils replongeaient dans l'obscurité avec un léger plouf. Le vent d'est apportait une odeur qui rappelait la cannelle, la terre et les fruits pourris. Amundsen était en bas. Il avait laissé Wilson à la barre pour le second quart de nuit. Celui-ci n'avait pas besoin que le capitaine lui dise que ce fumet signifiait que l'Afrique n'était plus loin.

Après une heure entre vent et marsouins, Wilson sentit une main se poser sur son épaule. C'était Criquet, le visage indistinct dans la pénombre de la mer, ses cheveux cuivrés formant une tache noire. Elle parlait d'une voix lointaine, un peu rauque :

— Je dois te voir cette nuit.

— D'accord.

— Après le troisième quart. Et sois discret.

Lorsque le capitaine remonta, Wilson rejoignit sa cabine. Il resta allongé jusqu'à ce que sa montre indique trois heures dix-sept. Puis il passa à l'avant et ouvrit l'écoutille de la buanderie. Criquet l'attendait, pendue dans son hamac comme une araignée. Le hublot laissait passer un peu de la lumière des étoiles reflétée par la surface de l'eau. Wilson distinguait à peine son visage pâle, et ses lèvres pareilles à une plaie noire. Il se glissa à l'intérieur, referma soigneusement l'écoutille.

— Que se passe-t-il ? murmura-t-il. Je crois que le moment des explications est venu.

Criquet resta longtemps silencieuse.

— Tu as déjà baisé dans un hamac ? demanda-t-elle enfin.

— Non.

— Ce n'est pas facile. Mais c'est faisable.

Wilson ôta son T-shirt et son short, et se hissa non sans mal à côté d'elle. Les fils de Nylon craquèrent, dans les œillets d'acier fixés dans la cloison. La toile ploya dangereusement sous leur poids, mais l'ensemble tint bon. Criquet était nue, sa peau fraîche au toucher. Une brise humide tombant du hublot caressait le dos de Wilson. Cette fois, il n'était pas question de rivaliser d'initiative. Ils étaient enveloppés dans le hamac comme dans un cocon, et les gestes habituels étaient inutiles. Comme s'ils faisaient l'amour sans subir les contraintes de la gravité. Ils se collèrent l'un contre l'autre et Wilson, soudain, se sentit captif en elle. Il entendit de nouveau le bruit atténué des marsouins qui vidaient leurs évents, à proximité du bateau. Les bêtes les suivaient depuis des heures. D'un marin à l'autre, ce pouvait être signe de chance ou de poisse.

Ils restèrent suspendus dans le hamac, collés par la sueur, deux parties d'un même corps, tendus vers la même insondable fin.

— Le plus dur, c'est de descendre, souffla Criquet.

Il leur fallut près de cinq minutes pour se dégager. Quand ils furent debout sur les planches froides, nus, face à face, ils étaient exactement à la même hauteur. Wilson avança les mains distraitement, et toucha les seins de Criquet. Celle-ci posa ses coudes sur ses épaules.

— L'étape suivante va faire mal, lui dit-elle doucement. Je dois te marquer, et la marque doit être permanente… (Wilson ne comprenait rien, mais son ton lui disait qu'elle ne plaisantait pas.) Il faut en passer par là, sans quoi…

— Sans quoi ?

— Pas de questions, dit-elle. (Il la sentit frissonner.) Rappelle-toi que tu m'as promis de faire exactement ce que je te dirais, sans poser de questions. Tu te rappelles ?

— Oui, répondit Wilson à contrecœur.

Ils se glissèrent vers l'arrière et entrèrent dans la cuisine, dont ils fermèrent l'écoutille derrière eux. Criquet emmena Wilson près des brûleurs à gaz. Elle en alluma un et prit dans le tiroir à couverts un couteau de table à lame épaisse.

— Cela devrait faire l'affaire, dit-elle.

La lame lui renvoya la lueur bleue de la flamme du gaz.

— Hé! Une minute! s'exclama Wilson.

— Chut! (Criquet lui saisit la nuque d'une de ses mains rugueuses.) C'est crucial! Si tu ne fais pas exactement ce que je demande, nous risquons d'y laisser notre peau tous les deux.

— Vas-tu enfin m'expliquer ce qui se passe?

— Je ne peux rien te dire pour le moment. Est-ce que tu as l'intention d'honorer ta promesse, ou préfères-tu mettre notre vie en danger?

Elle prit un gant isolant sur le mur et avança le couteau, lame en avant, au-dessus du brûleur, dans la flamme bleue. Au bout de quelques minutes, la lame fut d'un rouge incandescent, des étincelles bleues grésillant sur les bords.

Wilson se mit à transpirer et à trembler. Il regretta soudain les rues désertes de son quartier reculé, les visages dans le bus de Rubicon, les soirées calmes à la maison avec Andrea, la vie terne et insignifiante à laquelle il avait renoncé pour prendre la mer. Mais au fond de son crâne, une petite voix répétait : « Mais tu dormais, à l'époque. Maintenant, tu es vivant! »

— C'est presque prêt. (Criquet retourna la lame dans la flamme.) Il n'y a rien qui ressemble à du beurre ou à du lard, dans cette cuisine?

Wilson trouva dans le placard une boîte de Crisco.

— Ouvre-la.

Il ouvrit la boîte et détacha le couvercle d'aluminium. La surface de la graisse figée était aussi blanche qu'un champ de neige immaculée.

— Ta chemise.

Il passa son tee-shirt par-dessus sa tête. Criquet vit qu'il avait peur.

— Du calme, dit-elle d'une voix un peu plus douce. Il va falloir tenir bon, et sans faire le moindre bruit. (Elle prit une cuiller de bois dans le tiroir, et la lui mit dans la bouche.) Allez, mords!

Wilson mordit. Le goût âcre du bois lui donna la chair de poule. Criquet lui enfonça la tranche de la lame du couteau dans le gras de l'épaule. Il ressentit une violente brûlure et l'odeur rance de la chair grillée se répandit dans la cuisine. Un instant plus tard, une poignée de saindoux adoucit la sensation de brûlure. Criquet prit un pansement dans la trousse de secours rangée sous le gril et le banda avec l'efficacité d'une infirmière patentée. Puis elle l'aida à enfiler son tee-shirt. Le fait de devoir lever le bras lui fit monter les larmes aux yeux. Criquet rangea le couteau et éteignit le réchaud. Ils se retrouvèrent dans une obscurité totale.

— Je suis désolée d'avoir dû te faire mal, dit-elle, d'une voix qui semblait venir de nulle part. Tu dois dissimuler cette marque, tant que je ne dirai pas le contraire.

Elle lui donna un baiser très léger, très doux, sur les lèvres.

— Criquet…

Il la chercha à tâtons. Elle n'était déjà plus là.

6

Le *Compound Interest* s'approchait de l'énorme masse de l'Afrique. Sa proue fendait les vagues de plus en plus vertes. Aussi légers que des plumes, des oiseaux terrestres planaient dans la brise matinale.

Le capitaine fut le premier à le repérer.

— J'ai la vue un peu faible, ces temps-ci.

Il tendit les jumelles électroniques à Wilson.

Celui-ci regarda attentivement, fit le point. Tout d'abord, il ne distingua rien d'autre que l'eau et le ciel. Puis, soudain, il le vit. Un point très vague, sur l'horizon. Il disparaissait de temps en temps dans la houle, puis il réapparaissait, comme une ombre, à l'extrême limite de son champ de vision. Ils l'observèrent pendant une bonne heure.

— Bien, dit enfin le capitaine. Il doit être à portée de nos détecteurs. (Il s'installa devant l'ordinateur de navigation, manipula le clavier pendant quelques minutes.) Il suit une route parallèle à la nôtre, à belle allure, peut-être vingt-cinq nœuds.

Il pianota une autre commande. Dans un bourdonnement, les caméras de proue pivotèrent à tribord. Presque instantanément, l'image floue de ce qui était peut-être un navire apparut sur l'écran. Pour Wilson, cela ne voulait pas dire grand-chose. Amundsen, en revanche, avait l'air très inquiet.

— De quoi s'agit-il, capitaine ?

— C'est encore difficile à dire. Aucun signe d'identification. Un bâtiment militaire, de toute évidence. Peut-être une vedette des gardes-côtes ivoiriens… Ils ont deux ou trois vieux destroyers rouillés, et quelques autres trucs de récupération. Et regardez ça !

Wilson se pencha pour regarder de plus près. Une vague de nausée remonta soudain du fond de son estomac. Son épaule le brûlait à nouveau. Une tache grisâtre indistincte se dessinait sur l'écran vidéo, en avant d'une autre tache tout aussi grisâtre et indistincte.

— Il est lourdement armé, dit le capitaine. Je crois qu'il s'agit d'une grosse pièce d'artillerie. Un gros canon de marine Krupp. Lance des obus incendiaires. Longue portée, excellent pour bombarder la côte. Et ça… (il indiqua un léger reflet argenté)… c'est un lance-roquettes. Très probablement des missiles Davoust antinavires. De fabrication française. Très meurtriers.

Le capitaine débrancha le pilote automatique du *Compound Interest*. Pour la première fois, il confia la barre libre à Wilson. Celui-ci la sentit résister et tirer entre ses mains tandis que le bateau luttait contre les vagues. Il comprit pourquoi les marins parlent des navires comme d'êtres vivants. Le capitaine vérifia ses cartes et effectua quelques calculs.

— Nous sommes encore à deux jours de Conakry. C'est le port le plus proche. Nous allons filer en vitesse.

Il amena les voiles-parasols. Pendant un bref instant, un silence total régna sur le navire. Le *Compound Interest* hésitait. Une lame frappa les plats-bords par le milieu avec un claquement violent.

— Je ne comprends pas. Les diesels devraient s'enclencher automatiquement…

Cette fois, il y avait dans sa voix quelque chose que Wilson ne connaissait pas. Une goutte de sueur se forma sur le nez d'Amundsen et roula dans sa barbe. Il alla vers le tableau de contrôle manuel. Il déplaça un levier à poignée rouge et appuya sur un bouton où était écrit *Starter*. Un instant, les deux moteurs diesel firent entendre un grondement harmonieux. Puis ils toussèrent, et se turent d'un seul coup. Le capitaine jeta à Wilson un regard sinistre.

— Je descends. Je vous confie le navire.

7

Pendant le quart d'heure qui suivit, Wilson fixa l'horizon avec une sensation croissante de terreur. Le bâtiment indistinct avait changé de cap. Désormais, il filait droit sur le *Compound Interest*.

Quand il fut assez près pour que ses détails soient visibles à la jumelle, Wilson attacha la barre et prit un exemplaire de *Jane's Fighting Ships* dans le tiroir aux cartes. Il en parcourut les illustrations, jusqu'à ce qu'il trouve quelque chose qui s'en rapproche. Le nouveau venu ressemblait à un démineur américain de la guerre de Corée, qui avait connu des jours meilleurs bien des années auparavant. Mais son ancienne immatriculation avait été recouverte de peinture, et ses flancs étaient noirs de crasse et zébrés de traînées de rouille. Deux skiffs pendaient mollement dans les haussières. Le pont était jonché de débris. De part et d'autre de la proue, on avait peint une paire d'yeux cruels, à l'instar de ceux qui ornaient les navires de guerre des Grecs en route pour le sac de Troie. Seuls le gros canon de marine du pont avant et le lance-missiles à l'arrière brillaient de tous leurs feux, neufs et graissés. Prêts à servir.

Quelques minutes plus tard, le capitaine remonta en poussant devant lui le cuisinier vietnamien. Ils s'étaient battus. Le capitaine avait le visage contusionné. Le côté gauche de la mâchoire de Nguyen était enflé et son front saignait. Son tablier blanc de cuistot était maculé de graisse de machine et de sang séché. Il avait les poings liés derrière le dos par un morceau de fil électrique.

— Sabotage, dit le capitaine. J'ai surpris ce petit salopard en train de tripoter les moteurs. Il avait déjà fracassé le Delco, et il mélangeait du sucre à l'huile. J'ai vérifié. Toutes les pièces de rechange ont disparu.

— Même si vous tuez mécanicien, dit Nguyen avec un ricanement qui dévoila ses dents jaunes, moteurs quand même foutus.

Le capitaine pivota et le frappa au visage du revers de la main. Nguyen fut projeté contre la lisse de couronnement. Il parvint on ne sait comment à rester sur ses pieds.

Amundsen jeta un coup d'œil vers le large. Il n'avait pas besoin de jumelles pour voir le bâtiment qui fonçait sur eux.

— Je crois que je comprends ce qui se passe, murmura-t-il, presque en aparté. Pour une tuile, c'en est une belle… (Il soupira, redressa les épaules.) Et moi qui suis à deux ans de la retraite…

Il pêcha une petite clé dans une de ses poches et la tendit à Wilson.

— Monsieur Wilson. Le coffre aux armes légères.

Wilson alla ouvrir le coffre de bois qui se trouvait sous la banquette bâbord, dans l'octogone. Il contenait deux carabines Mauser, un fusil à pompe à répétition, un Marlin 30/30 à levier d'armement Winchester, trois revolvers semi-automatiques, quelques milliers de cartouches, un lance-fusées et une caisse de fusées éclairantes, une douzaine de paires de menottes en plastique et un porte-voix de police Stentorian (modèle E).

Le capitaine prit dans le coffre une paire de menottes et un des Mauser qu'il équipa d'un chargeur en croissant. Puis il menotta Nguyen à la lisse de couronnement. Le cuisinier semblait totalement indifférent. La tête rejetée en arrière, il léchait sa lèvre ensanglantée.

— J'ai donné un pistolet à votre sœur, et je lui ai dit de s'enfermer dans le cellier, dit le capitaine. Elle aura plus de chances de s'en sortir. Excusez-moi.

Il descendit et revint un instant plus tard, revêtu de sa casquette à galon doré et de sa veste d'uniforme. Les galons de capitaine et les insignes d'or rappelant ses trente-cinq ans d'expérience professionnelle flamboyaient sur ses manches.

Il se dirigea vers la console de communication, brisa le petit panneau vitré d'un coup de poing et actionna l'interrupteur jaune qui se trouvait à l'intérieur. Une lumière jaune se mit à clignoter sur la console. C'était la balise de localisation d'urgence, qui allait émettre son signal sur tous les canaux de tous les navires et de toutes les stations dans un rayon de cinq cents milles. Le capitaine revint au coffre contenant les armes. Il en sortit le lance-fusées et la caisse de fusées en forme de saucisse.

Wilson le regarda les tirer l'une après l'autre du flanc tribord. Les traînées d'argent décrivaient un arc dans le ciel bleu et explosaient à l'apogée de leur trajectoire. Une minute plus tard, à cause du gaz propulseur, l'octogone était plein d'un nuage sulfureux. Wilson toussa, la bouche sèche. Il se tourna vers bâbord, à la recherche d'un peu d'air frais. Juste au-dessus de lui, le vent gonflait les voiles en forme de parasol, désormais aussi inutiles que des ballons d'enfant. Le capitaine tendit le fusil à pompe à Wilson.

— Je ne saurai pas quoi en faire, monsieur.

Dans sa main, l'arme était lourde et menaçante.

— C'est un fusil à pompe, dit le capitaine. Vous pointez dans la bonne direction, et vous tirez.

Rien, dans sa vie, n'avait préparé Wilson au choc qu'il ressentit en se retournant vers tribord. Leur poursuivant avait hissé ses couleurs – un drapeau noir avec un crâne blanc et des os croisés, flanqués d'un côté par un démon cornu en train de boire une bouteille de rhum, de l'autre par une sirène aux seins nus armée d'un poignard.

— Ah ! dit le capitaine. Voici la réponse à toutes nos questions. Ce drapeau noir signifie : pas de quartier. Nous sommes morts.

— Ils plaisantent, dit Wilson d'une voix chevrotante. Ce genre de choses est depuis longtemps passé de mode, non ?

— L'année dernière, on a recensé en haute mer mille treize actes de piraterie, mon ami, dit le capitaine, l'air mécontent. Posez la question à la Lloyd's de Londres. C'est de notoriété publique. Mais ce type a le sens de l'humour, sinon le sens de l'Histoire. J'ai déjà vu ce pavillon, dans de vieux bouquins. C'était la marque d'un infâme forban, durant l'âge d'or de la piraterie. Le capitaine Elzevir Montague, le pire de tous. Il se trouvait avec Morgan lors du sac de Portobello. Ils se sont passé le relais, de père en fils, depuis plus de deux cents ans. Un peu trafiquants d'esclaves, un peu naufrageurs, vous voyez le topo. Mais leur occupation préférée a toujours été de massacrer des innocents en haute mer. De terroriser les voies de navigation, de la mer des Antilles à Madagascar. Jusqu'au jour où la British Navy a décidé de liquider toute la bande, en 1805. Elle a anéanti leur repaire – un groupe d'îles obscures dans le golfe du Mexique, à deux pas du delta du Mississippi.

Wilson sentit son sang se glacer. Le pirate se trouvait désormais à moins de cent mètres. Il apercevait les yeux rouillés de la proue, le canon étincelant, le féroce pavillon noir qui flottait au vent. Ces derniers instants étaient étrangement calmes.

— Vous vous rappelez le nom de ces îles ? s'entendit demander Wilson.

Le capitaine réfléchit une seconde.

— Oui. Les Palmetto Keys.

8

Un moment plus tard, le pirate fut bord à bord avec le *Compound Interest*. Sa coque noire rouillée s'élevait comme le flanc d'une falaise. Mais il avait l'air désert. Un vaisseau fantôme. Aucun visage ne se montrait au-dessus de la lisse. Le capitaine prit le porte-voix.

— Nous tenons votre homme, cria-t-il. Le cuisinier. Au moindre geste de votre part, je lui fais sauter la cervelle !

Cette menace n'eut d'autre réponse que le silence. Le capitaine lâcha le mégaphone, s'empara du Mauser et lâcha une rafale qui balaya le flanc de l'intrus. Chacune des explosions stridentes résonna très désagréablement dans le crâne de Wilson. Il se laissa tomber sur le pont et se boucha les oreilles. C'était une réaction naturelle, sans rapport avec la lâcheté. Le feu cessa brusquement. Il leva les yeux.

Criquet appliquait un revolver.38 nickelé sur l'occipital gauche du capitaine.

Le doigt d'Amundsen se crispa sur la détente de la carabine. Pendant un moment, il fut impossible de prédire ce qui allait se passer. Puis ses épaules s'affaissèrent, et il lâcha son arme qui tomba sur le pont avec un bruit métallique.

Criquet s'accroupit.

— Donne-moi des menottes, dit-elle à Wilson.

Celui-ci, paralysé, la regardait fixement.

— Donne-moi ces putains de menottes !

Wilson prit une paire de menottes de plastique dans le coffre. Puis il secoua la tête et les laissa retomber dans le coffre.

— Il n'en est pas question.

Criquet serra les dents. Son front sembla se déformer.

— Si tu ne le menottes pas, je vais devoir le tuer.

— Tu ne ferais pas ça, dit Wilson.

Il sentit la sueur couler sur son visage. Il cligna des yeux.

— Capitaine ?

Criquet leva le chien de son arme.

— Vous avez entendu la demoiselle, monsieur, dit le capitaine.

Wilson reprit la paire de menottes dans le coffre et les serra aux poignets du capitaine.

— Désolé, monsieur.

— Sale petite traîtresse, dit le capitaine à Criquet.

— Ferme-la, le vieux ! dit Criquet.

Wilson recula et leva les mains.

— J'ignore comment tu en es arrivée là, mais ça ne me concerne pas.

Criquet pivota, le regard sans expression, dur comme l'acier.

— Il est trop tard pour avoir des remords.

9

Les pirates s'emparèrent du *Compound Interest* en moins de deux minutes. Wilson assista, impuissant, à l'abordage du navire par une trentaine d'hommes bruns. Quelques-uns avaient vraiment un couteau entre les dents. La plupart étaient africains, le visage couvert de marques de scarification. Wilson aperçut aussi quelques Malais, la tête recouverte d'un turban rouge, une poignée de Latino-Américains et un ou deux Asiatiques.

On sortit Ackerman de son bureau, et on le ficela au mât de misaine avec une corde de Nylon.

— Vous avez interrompu une téléconférence de la plus haute importance, dit-il. Le prix du maïs...

Quelqu'un fit sauter ses grosses lunettes d'un coup de crosse avant qu'il ait eu le temps de finir sa phrase.

Quelques instants plus tard, deux Africains prirent Wilson par-derrière et le jetèrent au sol. Tout en lui maintenant le visage contre le pont, ils lui lièrent étroitement les poignets avec du ruban adhésif. C'était donc pour connaître cet instant ultime et ironique qu'il avait renoncé à sa vie tranquille. Que dirait Andrea si elle le voyait ? Cette pensée était ridicule. Est-ce que ces gens n'avaient pas pour habitude de tuer tout le monde, pour ne laisser aucun témoin ? Il sentit la morsure familière de la terreur au fond de son estomac.

Le chef du groupe d'abordage était un grand Africain au visage étroit, vêtu d'un pantalon de gabardine maculé d'huile et coupé à hauteur des genoux. Son torse nu était orné d'un labyrinthe de balafres entrecroisées, et il portait une cravache de cuir ornée de fils d'argent qui semblait être l'insigne de sa fonction. Lorsque ses hommes furent en place, il se dirigea vers Criquet avec un geste de respect et prononça quelques mots dans une langue que Wilson ne comprenait pas.

— Parfait, Mustapha. Beau boulot, lui répondit Criquet en anglais. Heureuse de te revoir. (Elle s'empara du porte-voix.) Ohé, du *Storm Car*! La voie est libre! Préparez-vous à embarquer.

Une échelle de chaîne passa par-dessus bord dans un fracas métallique. Deux hommes en descendirent. Le premier était un jeune type avec un casque de cheveux blonds à l'allemande. Il était vêtu d'un coûteux blazer écossais, d'un pantalon kaki froissé et de chaussures de pont de cuir toutes neuves. Il portait en bandoulière un ordinateur dans une mallette étanche. Wilson entendit ses souliers grincer en touchant le pont. Il était grand et d'agréables proportions. Il avait ce visage aryen sérieux qu'on voyait sur les affiches de propagande nazie dans les années trente. L'éclat de la lumière fit cligner ses yeux bleu pâle. Il resta au côté de son compagnon.

Celui-ci était d'un style totalement différent. Un nabot aux jambes arquées, débraillé, dans une chemise hawaïenne criarde. Il portait des tongues et des chaussettes blanches, à la manière des Japonais. Ses poches étaient déformées par des bouts de corde et autres objets du même genre. Un morceau de sparadrap montait sur une de ses jambes à mi-hauteur de son short ample. Sa chemise béante révélait une demi-douzaine de chaînes d'or grossières, nichées comme des serpents dans sa toison pectorale grise.

Wilson trouva que ce visage lui était familier. La mâchoire forte, le nez aquilin, les rides de la détermination autour de la bouche... Une masse ébouriffée de cheveux cuivrés, s'éclaircissant au sommet de sa tête comme un bonnet en peau de raton laveur. Un bandeau noir lui couvrait un œil. De l'autre – un œil très large, malveillant –, il examina ses trois prisonniers effondrés côte à côte au pied du mât. Quand il vit ce qu'il voulait voir, il eut le sourire du diable passant en revue les tourments de l'humanité. Secoué par un frisson glacé, Wilson regarda ailleurs.

Pendant un moment, le calme se fit sur le pont. Wilson entendait le bruit du vent, les marsouins qui gambadaient avec insouciance à quelque distance de la proue, et le grincement des deux coques frottant l'une contre l'autre. Et des coups violents, qui n'étaient autres que les battements de son cœur.

Criquet glissa le .38 dans la ceinture de son jean. Elle s'avança pour étreindre le nabot, dont le sommet du crâne arrivait tout juste à hauteur de ses seins.

— Hello, Papa !

— Comment va ma grande fille ? dit l'autre en lui donnant une tape sur les fesses.

— Très bien. Mais pendant un moment, c'était limite... Le vieux salopard a surpris Noog alors qu'il trafiquait les moteurs.

— Quand tout ça sera fini, on s'offrira des vacances, ma chérie, dit l'homme d'un ton apaisant. Où voudrais-tu aller ?

Criquet réfléchit, leva un sourcil vers le ciel bleu, avec une frivolité de collégienne.

— Oh, à Paris, sans doute ! Je pourrais faire un peu de shopping...

— Affaire conclue ! (L'homme se frotta les mains.) Où est donc notre gros lot ambulant ?

Wilson jeta un coup d'œil à Ackerman. Le milliardaire tremblait violemment, au soleil, le visage pâle sous l'effet de la terreur. L'ombre du mât faisait comme un grand poids sur son épaule. Des larmes coulaient sur ses joues, jusque dans le col de la stupide chemise rose qu'il portait ce jour-là.

Le pirate – le père de Criquet – s'approcha de lui. Les mains sur les hanches, il le contempla. Ackerman fixait le bois verni du pont de son regard de myope. Il ne leva pas les yeux. Finalement, le pirate le poussa d'un pied chaussé de blanc.

— C'est vous, Ackerman ?

Le milliardaire cligna des yeux avec peine. Il avait le côté du visage endolori et couvert de bleus.

— Non, dit-il d'une voix misérable. Pouvez-vous me donner mes lunettes ?

— Je tenais à vous féliciter pour la manière dont vous avez pris le contrôle de Caltech Industries, il y a trois ans. L'OPA la plus rapide et la plus mesquine que j'aie jamais vue. Foutrement élégant. Les actionnaires n'ont jamais su ce qui leur arrivait.

— Vous êtes au courant de cela? demanda Ackerman, surpris.

— C'était dans tous les journaux financiers. Le *Wall Street Journal*, le *Financial Times of London*. Ils ont publié tous les deux de bons articles de fond sur vos magouilles.

— Qui êtes-vous?

— Je suis le capitaine Page, commandant de ce bon et beau navire que vous voyez là, dit l'homme avec un mouvement du menton par-dessus son épaule, vers le vaisseau rouillé, derrière lui. Membre estimé de la Société des Frères de la Côte. Vous n'avez pas besoin d'en savoir plus.

— Vous êtes un pi... pirate? bégaya Ackerman.

L'autre haussa les épaules.

— Vous voyez ce bandeau, non?

— Il est vrai?...

— J'ai perdu mon œil dans un accident domestique. Je perçais un trou lorsqu'un éclat m'a déchiré la cornée. Une vilaine infection, et il a fallu l'enlever. Je pourrais porter un œil de verre, mais pour quoi foutre... Disons que je suis un traditionaliste pour tout ce qui touche à mon métier.

— Vous êtes un foutu voleur et un assassin, cracha brusquement le capitaine Amundsen. Un bandit qui tue des innocents. Dites-lui ce que signifie ce drapeau noir. Dites-lui ce que vous avez l'intention de faire de nous quand vous serez arrivé à vos fins.

— Qu'allez-vous faire? cria Ackerman d'une voix hystérique. J'ai de l'argent. Je vous paierai. Je vous en prie...

Les mots s'évanouirent dans un gémissement.

— Nous le savons bien, que vous avez de l'argent, Ackerman, dit calmement le pirate. La question est de savoir combien.

— Ce n'est pas juste, dit Ackerman, irascible comme un enfant.

— Qu'est-ce qui est juste, Schlüber?

Le jeune homme en blazer s'approcha et extirpa l'ordinateur portable de son étui de plastique. Puis il s'assit sur le pont, jambes croisées. Wilson entendit le bruit feutré du disque dur qui prenait sa vitesse.

— Donnez-moi une seconde, monsieur. Je dois charger la base de données.

L'homme parlait un anglais correct, avec un très léger accent, à la manière de la plupart des Allemands cultivés. Pendant quelques secondes, il fixa l'écran de ses yeux bleus. Sous ses doigts, les touches firent quelques cliquetis discrets.

— Voilà. Dans le fichier de ces salauds de richards. Ackerman, Dwight A. Né à San Luis Obispo, Californie, le 17 avril 1946. Imposé l'année dernière sur des revenus et actifs d'un total d'un peu plus d'un milliard et demi de dollars. Ce qui signifie qu'il vaut au moins deux milliards de plus, monsieur. Ces salopards ont toujours des grosses sommes planquées dans des banques suisses ou aux Bahamas.

Ackerman s'humecta les lèvres.

— C'est parfaitement inexact… commença-t-il.

Le capitaine Page eut un geste impatient. Mustapha fit un pas en avant et l'assomma d'un coup de cravache sur la nuque. Cela produisit un claquement sec et le milliardaire s'écroula en avant, dans les cordages.

Wilson leva les yeux vers le ciel blanc et essaya de ne plus rien voir ni entendre. Les pirates du groupe d'abordage musardaient à l'arrière-plan. Ils fumaient et riaient, comme des ouvriers d'un chantier de construction prenant leur pause déjeuner. Sur le pont, l'ombre du mât de misaine s'allongeait tout doucement.

10

On embarqua Wilson sur le vaisseau pirate, et on l'enferma dans une petite cabine sans aération, au-dessous de la ligne de flottaison. Au bout de quelques minutes, l'ampoule s'éteignit. Il resta confiné dans l'obscurité, pelotonné sur la couchette, sur un matelas nu qui puait l'urine. Un trou dans la cloison laissait passer un faible rayon lumineux. De légers piétinements sur le sol révélaient la présence de rats. Quelqu'un lui apporta de l'eau et une barre de chocolat. La porte s'ouvrit, puis se referma immédiatement. D'après sa montre digitale lumineuse, un jour entier passa. Chaque heure, chaque minute, chaque seconde était lourde comme le plomb. Wilson scrutait le minuscule cadran vert comme s'il s'agissait d'un écran de télévision.

Pendant une bonne partie de ce temps mort, Wilson pensa à son père. On associe souvent les joueurs aux gangsters et aux voyous. Le père de Wilson était un homme aimable et tranquille. L'opposé de ces m'as-tu-vu durs à cuire qui hantent les champs de courses. Wilson gardait en mémoire une image très claire de son visage. Il se rappelait les sonneries stridentes du téléphone, la nuit de l'accident du seize heures quarante-cinq, et les sanglots angoissés de sa mère de l'autre côté du mur de la chambre.

Le lendemain, la une du *Dispatch* montrait les wagons broyés qui émergeaient des eaux glacées de la Potswahnamee comme les doigts d'un squelette. Il se souvenait d'une autre photo, publiée dans l'édition dominicale du *Telegraph-Journal*. Elle avait valu à son auteur un prix de la meilleure photographie de presse, et Wilson l'avait vue reproduite dans des livres. On y voyait les cadavres, brûlés et gelés à la fois, alignés sur la rive du fleuve, raides comme du bois de chauffage. Des flics et des gardes-côtes se tenaient au premier plan, dans leurs manteaux noirs trempés par la pluie, et discutaient avec désinvolture. Aux doigts de pied des morts, des étiquettes blanches flottaient au vent comme des prières.

Une semaine avant la catastrophe, son père l'avait emmené aux Ardmore Downs par le vieux trolleybus. Lorsqu'il fermait les yeux, il revoyait le grand ovale vert, et les banlieues narquoises qui s'étiraient de l'autre côté de la clôture. Quelques flamants gelés, les ailes rognées, erraient sur la pelouse comme des chiens perdus. C'était un steeple-chase. Les chevaux sautaient par-dessus les haies renforcées de rondins. À chaque course, plusieurs jockeys tombaient, culbutaient sur le gazon et passaient sous les sabots des retardataires. Il se rappela l'odeur de l'herbe fraîchement coupée, du crottin et de la fumée des pipes. Il revit les flancs épais des chevaux, l'amertume des joueurs qui avaient perdu, le grand chapeau de feutre et la veste de tweed neuve que son père portait ce jour-là.

Pendant la septième course, son père lui mit la main sur l'épaule et s'agenouilla devant lui. On sait qu'il n'est pas de bonne excursion d'un fils avec son père sans une conversation entre l'homme et l'enfant. Il repoussa son chapeau en arrière avec un soupir et se jeta à l'eau.

« Je sais que tu nous entends parfois, ta mère et moi, nous disputer à propos de l'argent… (Il marqua une pause et regarda les chevaux marteler le sol dans un nuage de mottes de terre, leurs soies claires brillant sur le fond vert.) Ta mère est une femme remarquable, très intelligente. Mais parfois, elle mélange tout. Elle s'imagine que les gens ont besoin d'argent plus que de toute autre chose au monde. Ce n'est pas tout à fait vrai. Il faut de l'amour, bien sûr. Mais ce dont on a surtout besoin, c'est de dignité. Chacun a besoin de dignité, et il n'y en a pas assez pour tout le monde. Je vais te dire un secret. La dignité n'a pas de prix. Aucun homme n'est assez riche pour l'acheter. »

Il lui expliqua que sa dignité, il la trouvait dans sa condition de joueur. Qu'il y avait de la beauté dans ce qu'il faisait parce qu'il n'y avait rien entre lui et la chance.

« Même quand les chiffres ne me sont pas favorables, je n'ai pas à écouter les couillonnades de qui que ce soit. Pense à tous ces employés de bureau qui s'entassent dans le métro comme des rats. Quels misérables ! Si quelqu'un leur dit de sauter, ils sautent. Ils vendent leur dignité pour améliorer leurs chances. Ne fais jamais cela, fiston. Promets-le-moi. »

Wilson promit solennellement – bien qu'il ne sût pas, alors, à quoi il s'engageait. Une semaine plus tard, son père prenait l'express de seize heures quarante-cinq pour se rendre sur un autre champ de courses. Sa chance avait tourné et le train plongea dans les eaux sombres et glacées de la Potswahnamee.

Pelotonné sur un matelas puant au fond d'un vaisseau pirate qui faisait route vers une destination inconnue, Wilson repensa à ce que son père lui avait dit. Il se demanda comment il affronterait la mort. Comment savoir ce que son père avait ressenti durant les dernières secondes de sa vie, alors que les bagages volaient en tous sens et que les wagons hurlaient en quittant le pont pour sombrer dans l'oubli ? Est-ce qu'il est possible de s'accrocher à sa dignité dans une telle situation ? Il était fort probable que les choses s'étaient passées trop vite pour qu'il ait eu le temps de ressentir autre chose que de la panique pure.

Wilson, lui, avait le temps de se préparer. Une journée entière dans le noir pour mettre au point un artifice et se faire croire qu'il n'avait pas peur – que la vie a moins d'importance que la façon dont vous y renoncez.

11

Le pirate était assis devant une vieille table de bois, sur le pont supérieur du *Storm Car*. Il achevait un petit déjeuner composé d'œufs au bacon, de saucisses et de toasts. Une bouteille de vodka à moitié vide trônait à portée de sa main droite. Un jeune Noir portant une veste blanche impeccable, une serviette sur le bras, rôdait derrière lui avec un pichet de jus d'orange qui brillait d'un jaune insupportable dans la lumière chaude et brillante de midi. Le pirate portait un peignoir rouge en lambeaux qui béait sur son torse, un boxer-short vert et des pantoufles assorties.

Après l'obscurité de la cellule à fond de cale, ces couleurs et cette lumière donnèrent à Wilson une migraine terrible.

Le capitaine Amundsen et lui étaient affalés côte à côte en plein soleil, menottes aux poings. On attendait que le pirate ait fini de manger. Des caisses de munitions, emballées dans la paille et arrimées avec des lanières de toile, dessinaient sur le pont des ombres en forme de pierres tombales. Le pirate prenait son temps. Il lisait le *Financial Times*, dépliant et repliant soigneusement les pages de papier pelure entre deux bouchées. Mustapha surveillait les prisonniers, la cravache de cuir à la main, un fusil automatique en bandoulière sur son épaule noire couverte de cicatrices.

Depuis l'attaque, un jour et demi plus tôt, le *Storm Car* – avec le *Compound Interest* en remorque – avait rejoint un paysage totalement nouveau. Tout près de là, par bâbord avant, gisait une île couverte de jungle. Le fouillis de la végétation descendait jusqu'à une bande de plage blanche. Wilson distingua même des perroquets dans les arbres. Plus loin, il y avait d'autres îles, que séparaient des chenaux obstrués par des roseaux et du varech. L'air humide était plein d'insectes et de la puanteur rance et délétère des tropiques.

Le pirate acheva son repas, et l'on desservit la table. Criquet et Schlüber descendirent par le capot d'escalier. On installa des sièges pliants et ils se joignirent à leur chef autour de la table. Schlüber portait ce jour-là un costume rayé avec une cravate rouge en cachemire et des mocassins vernis à glands. Il ouvrit d'une chiquenaude son ordinateur portable – qui fit entendre quelques bips sans conséquence – et entreprit de manipuler l'appareil avec l'air suffisant qu'affichent souvent les informaticiens. Criquet semblait propre et reposée. Sa peau brillait d'un éclat de bon aloi. Elle portait le pantalon blanc et raide des matelots et une courte veste bleue de marine, avec des épaulettes et un galon dorés. Deux rangées de boutons dorés montaient jusqu'au-dessus de sa poitrine. Elle avait l'air d'un aspirant frais émoulu de l'Académie de marine.

Elle vint s'asseoir à côté du pirate, qui lui donna un baiser sur la joue.

— Bonjour, ma chérie.

— Tu as besoin de te raser, Papa, dit-elle en fronçant les sourcils. Et ce n'est pas le matin. C'est l'après-midi. Et tu devrais porter des vêtements décents. Les Articles insistent sur la nature solennelle de la circonstance.

— Sur mon navire, les Articles, c'est moi, grommela le pirate en roulant son œil unique et malveillant. (Mais il resserra son peignoir et se redressa un peu.) Eh bien, matelot, dit-il au capitaine Amundsen. Des questions avant de commencer ?

— Oui. Qu'avez-vous fait d'Ackerman ? demanda le capitaine d'une voix que la soif rendait rocailleuse. En qualité de capitaine du *Compound Interest*, je suis responsable de cet homme. Vous l'avez tué, bande de crapules ?

Le pirate eut un pâle sourire.

— Ne vous inquiétez pas. Pour nous, Ackerman vaut beaucoup d'argent. Pour le moment, il est parfaitement à l'aise. Plus que vous, en fait. Sachez que le drapeau noir est un hommage à la tradition, tout comme la planche que vous voyez là.

Il montra d'un geste les deux Malais qui descendaient le capot d'escalier. Ils apportaient une longue planche de bois semblable à un plongeoir qu'ils fixèrent, avec une chaîne et des chevilles d'acier, dans une rainure aménagée dans le plat-bord de tribord. Wilson frissonna. La planche, qui était peinte d'un désagréable bleu turquoise, dépassait de plus de six mètres à l'extérieur du navire. Elle frémissait au-dessus de l'eau tandis que le *Storm Car*, à l'ancre, se balançait sur la houle.

— Tuer tous nos prisonniers serait un gaspillage de bonnes ressources humaines, reprit le pirate. Notre confrérie a besoin d'hommes, surtout d'hommes qualifiés ! Monsieur Schlüber, écoutons la biographie du capitaine…

— Amundsen, Lars Olaf, lut Schlüber sur l'écran. Né à Esbjerg, Danemark, 1945. Naturalisé américain. Trente-six ans de service actif dans la marine marchande. Quinze bâtiments dont les noms figurent ici, y compris deux gros vieux paquebots de l'United States Line. Second maître, USS *Constitution*, 1967. Premier maître, USS *Independence*, 1972. Cinq recommandations officielles pour avoir rempli méticuleusement son devoir. Brevet de navigateur, classe deux étoiles. Excellentes références. Nous avons là un capitaine de première catégorie.

Le pirate semblait impressionné. Il croisa les doigts et réfléchit un moment. Il ordonna qu'on ôte ses menottes au capitaine Amundsen. Celui-ci se releva en se frottant les poignets. Le pirate lui offrit un verre de jus d'orange. Bien qu'il fût assoiffé, le capitaine refusa.

— Alors j'irai droit au but, dit le pirate. Les Frères de la Côte ont besoin de capitaines de votre trempe. Comme vous vous en doutez, la moitié de nos hommes ne font pas la différence entre un dalot et un sextant, et les autres ne sont que d'ignobles poivrots, des sauvages venus des pires endroits du monde. L'année dernière, nous avons poissé un chalutier minable à deux cents milles des côtes patagones. Figurez-vous que j'ai surpris un de mes hommes en train de manger le cœur d'un prisonnier. Dégueulasse ! Bien entendu, une fois que vous êtes à notre service, vous y êtes pour la vie, mais je peux vous promettre des butins qui dépassent vos rêves les plus insensés. Tôt ou tard, toutes les richesses du monde nous passent entre les mains…

Il donna cinq minutes au capitaine pour prendre sa décision. Passé ce délai, le capitaine Amundsen se leva, très droit, et parla d'une voix claire :

— Satan en personne a fait à Jésus une proposition de ce genre, dans le désert. Il lui a promis les royaumes terrestres en échange de son âme immortelle. Je crache sur toi, comme Notre Seigneur a craché sur Satan.

Là-dessus, il se racla la gorge et expectora sur le pont un gros morceau de flegme vert.

Le pirate soupira.

— Mustapha !

Celui-ci leva son fusil automatique. Le capitaine Amundsen fit un geste du bras.

— Attendez ! Comme vous, je suis un marin respectueux des traditions. J'exige la planche.

— Faites comme bon vous semble, dit le pirate en haussant les épaules.

Le capitaine boutonna sa veste d'uniforme, désormais sale et déchirée, et se dirigea vers tribord avec beaucoup d'allure. Arrivé au bord, il hésita un instant en regardant la mer. Mustapha lui enfonça le canon de son fusil entre les omoplates.

— Ce n'est pas nécessaire, dit le capitaine d'une voix calme.

Il monta sur le plat-bord et avança sur la planche turquoise. À mi-chemin, il se retourna. Derrière lui, la mer étincelait. Le soleil était à deux heures. L'horizon était d'un bleu de rêve.

— Monsieur Wilson, dit-il. (Wilson leva les yeux.) Mon père vit toujours. À Esbjerg. Il a quatre-vingt-seize ans. L'évêque Ingmar Amundsen. Si vous survivez à ce cauchemar, dites-lui que je suis mort en chrétien. Dites-lui aussi que je regrette de m'être enfui.

Puis il tourna les talons. Bientôt il ne fut plus là. Il avait disparu, simplement, dans la lumière vive. Cette fois, Wilson n'entendit même pas le bruit du choc contre l'eau. Mustapha se pencha par-dessus la lisse. Il y eut des coups de feu, quelques bruits secs rapprochés, puis ce fut le silence. Wilson baissa la tête et envoya une prière au dieu inconnu qui autorisait de telles atrocités – une prière pour l'âme d'un homme courageux qui venait de quitter ce monde.

Enfin, ce fut son tour. Il avait le soleil dans les yeux. Un goût de cendre dans la bouche. Les poignets en sang, tailladés par les menottes de plastique. Il avait le nez brûlé, car la crème qu'il s'appliquait sur la peau, des jours auparavant, avait disparu depuis longtemps. Depuis le début de cette épreuve, il n'avait pas regardé Criquet une seule fois. Mais, en cet instant, il ne pouvait s'en empêcher. Son regard quitta les ombres en forme de tombes. Elle le regardait fixement, le visage impassible, ses yeux émeraude dissimulés par ses lunettes de soleil.

Les doigts de Schlüber, sur le clavier de l'ordinateur, émirent un tapotement perplexe.

— Je ne trouve aucune trace de ce type. Il a dû s'enrôler après Santa Barbara…

— C'est vrai, ma chérie ? demanda le pirate.

— Oui, répondit Criquet d'une voix neutre.

— Comment vous appelez-vous, monsieur ?

Wilson se leva lentement, en repoussant le pont de ses poings fermés, toujours liés par les menottes. Ses genoux craquèrent.

— Wilson Lander, s'entendit-il répondre. 77 Overlook Avenue, appartement en terrasse. Vous prenez le bus de Rubicon pour passer le fleuve, vous descendez quelques pâtés de maisons sur Grace Street, et prenez à droite sur Rubicon…

Sa voix s'évanouit.

— Qu'est-ce que c'est que cette histoire ? demanda le pirate.

— Je ne trouve rien dans la base de données, dit Schlüber. Il ne figure pas sur les listes de la marine marchande. Je vérifie à l'American Yachting Association… (Wilson entendit la machine faire un bip négatif.) Rien. D'après mes dossiers, il n'est pas enregistré officiellement. N'est licencié par aucune autorité aux États-Unis.

Le pirate réfléchit un moment, fronçant les sourcils.

— Qui êtes-vous ? Interpol ? CIA ?

— Je suis un être humain, comme vous, dit Wilson, surpris de constater que sa voix ne tremblait pas. Je suis né comme vous, et je mourrai comme vous. Le monde est un endroit rudement bizarre. C'est tout ce que j'ai à dire.

Il se tut et regarda Criquet. Sous l'effet de la brise, ses cheveux cuivrés s'élevaient en mèches légères. Wilson revit en un éclair les journées qu'ils avaient passées ensemble aux Açores. Même au milieu de ces horreurs – avec ce cœur noir, laid comme une plaie, qu'il lui connaissait désormais –, elle avait l'air très belle.

— Vous avez des dispositions, matelot? (C'était la voix de Schlüber, presque obligeante.) Quelque chose qui pourrait être utile à notre confrérie?

Wilson haussa les épaules.

— J'ai une licence en littérature comparée avec option anthropologie antique d'Ashland College, à Beaufort. Et j'ai presque fini ma maîtrise en archéologie des Amériques, dans le même établissement. Je sais reconnaître un bon livre. On dit que je suis gentil avec les enfants. Et je suis capable de dater un tesson de poterie précolombien à deux cents ans près.

Le pirate l'interrompit :

— Ça suffit. Nous en avons assez entendu.

Du coin de l'œil, Wilson vit le reflet du canon du fusil, les sillons cicatriciels sur la peau luisante de sueur de Mustapha. Il tourna la tête vers la mer et essaya de penser à la dignité. Mais la peur teinta l'horizon de rouge, et il sentit qu'il allait défaillir.

— Wilson!

La voix de Criquet. Puis le raclement d'une chaise qui tombait.

Wilson se retourna. Elle se dressait devant la table, sa chaise renversée sur le pont, derrière elle. Elle dominait son père, telle une déesse surplombant une gargouille. Le pirate se gratta la tête et lui jeta un regard en coin.

— Ma chérie? demanda-t-il, surpris.

— Cet homme m'appartient. Je le réclame maintenant.

Le pirate jeta à Wilson un regard noir, furieux. Il saisit violemment sa fille par le bras.

— Ne joue pas les sentimentales avec moi, siffla-t-il. Le sentiment, c'est dangereux pour les gens de notre espèce. Et c'est contraire aux Articles! On n'octroie pas l'adhésion à la confrérie pour des raisons personnelles. Nous devons jeter ce type aux requins.

Criquet se dégagea.

— Non. Il porte ma marque. Il m'appartient. J'attire ton attention sur le paragraphe 21, section 7, des Articles de la confrérie… (Elle se précipita vers Wilson et lui arracha sa chemise.) Voici ma marque, dit-elle en montrant son épaule.

Le stigmate laissé par le couteau – une déchirure rose en forme de C – était visible, tout frais sous la peau reformée.

— Schlüber? dit le pirate entre ses dents.

L'Allemand manipula l'ordinateur pendant une longue minute.

— Je dois passer à une autre base de données, monsieur. Attendez… Voici. Sous-section Butins, Clause 6-A. « Toute prise se trouvant à bord d'un vaisseau capturé, et qui serait désignée ou identifiée par un membre de la confrérie grâce à une marque ou une signature particulière, avant la capture dudit vaisseau… »

— Eh bien?

Le pirate donna un coup de poing sur la table.

— J'en ai bien peur, capitaine, reprit Schlüber. (Il jeta un regard curieux en direction de Wilson, comme s'il remarquait sa présence pour la première fois.) Votre fille connaît les Articles. Ce type lui appartient.

12

La cabine de Criquet, à bord du *Storm Car*, était presque vide. Elle abritait une couchette étroite, un lavabo métallique, un fragment de tapis d'Aubusson et un fauteuil club à dossier en éventail recouvert de maroquin rouge. Wilson s'effondra dans ce meuble incongru, comme un homme en train de rendre l'âme. Par le seul hublot de la cabine, le soleil brûlant de l'après-midi dessinait un ovale éclatant.

— Vas-y, juge-moi, dit Criquet après avoir fermé l'écoutille derrière eux. Mais tu ne sauras jamais ce qu'a été ma vie ! Les choix que j'ai été obligée de faire !

Wilson se sentait engourdi. Le bonheur stupide d'être en vie.

— De l'eau… parvint-il à murmurer de ses lèvres desséchées.

Durant une fraction de seconde, Criquet prit un air penaud. Sa lèvre tremblait.

— Pardonne-moi. Pendant quelques minutes, j'étais folle à l'idée que tu me prenais sans doute pour un monstre.

Elle prit quelque part une tasse à café, qu'elle remplit de l'eau brune du lavabo. Cela avait le goût de rouille, mais Wilson n'en avait cure.

— N'ouvre à personne, sauf à moi, lui dit Criquet. Verrouille l'écoutille derrière moi. Je vais à la cuisine te chercher de quoi manger.

À l'idée de bouger d'un pouce de son fauteuil, la tête lui tourna. Il ferma les yeux et écouta le lent grondement du navire, qui le pénétra jusqu'aux os. Quand il les rouvrit, Criquet était agenouillée devant lui, une main sur son genou.

Elle avait troqué sa tenue d'aspirant contre un tee-shirt et un jean. L'inquiétude se lisait dans ses yeux verts, comme des petites taches d'or.

— Tu te sens capable de manger un morceau ?

Wilson acquiesça, s'assit avec effort. Elle posa sur ses genoux un plateau de plastique bleu. Il y avait un sandwich au fromage grillé, un gros cornichon, des pommes chips et un grand verre de citronnade couvert de buée.

— On la fait avec de vrais citrons africains, dit Criquet. Elle est délicieuse. Bois lentement.

Il but à petites gorgées, puis il mangea la moitié du sandwich. Le fromage avait un goût prononcé, un peu bizarre, pas vraiment mauvais.

— C'est du fromage de chèvre, dit Criquet. Sur l'île, nous n'avons que des chèvres. Quelques moutons. Pas de vaches. Les chèvres se nourrissent des ordures, et ce n'est pas ça qui manque.

— L'île ?

— Je t'expliquerai tout quand nous y serons.

Elle lui tendit un tube d'aspirine. Il avala trois cachets. Quelques instants plus tard, il se sentit mieux.

— Comment te sens-tu ?

— Pas mal, si l'on considère que je viens de frôler la mort.

— Je sais que tu es épuisé, et tu es sans doute encore sous le choc, mais je ne veux pas… (Sa voix mourut. Elle alla au hublot, puis revint s'asseoir sur la couchette, les jambes croisées.) Je te l'ai dit, je ne suis pas un monstre !

— Non, tu n'es pas un monstre. Mais tu ne vaux guère mieux. Un pirate !

— À peine. (Criquet cligna des yeux vers lui.) Je suis simplement une femme qui a dû prendre certaines décisions malheureuses. Je suis prisonnière de cette vie-là. Je n'ai jamais rien connu d'autre.

— Et le capitaine Amundsen ? Encore une de tes décisions malheureuses ?

Criquet se mordit la lèvre, regarda ailleurs.

— Je suis allée le voir, la nuit dernière, dit-elle d'une petite voix. Ils l'avaient jeté à fond de cale et attaché à un tuyau de sorte qu'il ne pouvait ni s'asseoir ni s'allonger. Je l'ai détaché, je lui ai donné à manger. Et je lui ai dit ceci : « Restez avec nous un peu de temps, c'est tout. Quand Papa vous proposera de travailler pour la confrérie, acceptez. Dans l'immédiat, vous jouez le jeu. Plus tard, après deux ou trois ans, quand leur surveillance se relâchera, vous aurez une chance de vous échapper. » Tu sais ce qu'il a fait ?

— Je m'en doute un peu.

— Il m'a craché sa nourriture au visage. De la soupe de haricots noirs. J'en avais dans les cheveux, partout. Il s'est quasiment jeté tout seul de cette planche, Wilson ! Peut-être voulait-il prouver quelque chose. Peut-être était-il fatigué de la vie et voulait-il sortir en martyr. Mais il a choisi !

— Il est mort, maintenant.

— Oui. (La voix de Criquet tremblait.) Et je le regrette plus que je ne puis le dire. Je l'aimais vraiment bien, le vieux. Le pire, c'est que toute cette opération a été montée pour kidnapper Ackerman, le capitaine n'avait rien à y voir...

Wilson ne dit rien. Criquet fixait la tache ovale de lumière qui montait sur la cloison – il était trois heures de l'après-midi. Enfin, elle se retourna vers lui. Ses yeux verts étaient sombres, insondables. Puis sa lèvre se remit à trembler. Elle se pencha en avant, et les larmes firent sur son jean des taches foncées.

— Wilson, je ne veux pas que tu me haïsses. Je suis si seule. Tu peux m'aider à sortir de ce cauchemar.

Il secoua la tête.

— Comment ? demanda-t-il enfin.

Criquet haussa les épaules, misérable.

— Tu es bon. J'ai besoin de ta bonté. Parfois, je suis incapable de faire la différence entre le bien et le mal. Quand mon père me demande de faire quelque chose, je le fais parce qu'il en a toujours été ainsi depuis mon enfance. La famille et la confrérie contre le reste du monde. Ce qui est bon pour la famille est souvent mauvais pour autrui. Toi, tu es différent. Tu sais ce qui est bien et ce qui est mal pour tout le monde.

— Tu me demandes d'être ta conscience ?

Wilson leva un sourcil.

— Quelque chose comme ça.

— Tu n'as pas besoin d'un diplôme de philosophie morale pour savoir qu'il est mal de balancer un innocent par-dessus bord. Si tu ne le sais pas, je ne peux rien pour toi.

— Mais tu peux m'aider d'une autre façon, et c'est très important. (Elle leva les yeux vers lui. Elle avait les yeux secs, tout à coup). Tu peux jouer.

— Bon Dieu, mais comment le jeu peut-il avoir tant d'importance pour toi ?

— N'en parlons plus. Pour le moment, tu as besoin de repos.

Criquet se leva et aida Wilson à s'installer sur la couchette. Ils s'allongèrent côte à côte, sans se toucher. Le crépuscule tombait, dôme écarlate sur les îles vertes et sur l'Afrique dans le lointain. Puis la nuit vint, pleine d'étoiles pitoyables.

QUATRIÈME PARTIE

Quatre-Sables

I

De petites îles gisaient à quelque distance, par bâbord et tribord avant, à demi noyées dans une vapeur délétère. Les chenaux encombrés de roseaux étaient peuplés de crocodiles et de martins-pêcheurs. Des arbres aux racines noueuses couverts d'oiseaux de toutes sortes descendaient jusqu'à l'eau noire. À dix heures du matin, le ciel embrasé était si blanc, si éblouissant, qu'il était impossible de regarder par le hublot.

Wilson n'avait jamais connu un temps aussi accablant. On avait l'impression de respirer sous l'eau. Le ronronnement des vieux diesels du *Storm Car* variait à un rythme irrégulier, exaspérant. Ils restèrent sur la couchette pendant des heures – nus, transpirant, captifs d'une sorte de torpeur érotique. Ils s'enlaçaient, transpiraient ensemble pendant un moment, s'éloignaient à nouveau et suaient dans les draps humides.

Au coucher du soleil, Criquet se leva. Elle trempa un chiffon dans l'eau rouillée du lavabo et épongea la chair de Wilson. Cela le rafraîchit moins d'une minute. Le temps que l'eau s'évapore et s'élève dans l'air moite.

— Ces foutues îles… dit Criquet. (La chaleur lui faisait un cercle pourpre autour des yeux.) Là où nous allons, le climat est terrible. Mais il n'est nulle part aussi terrible qu'ici.

— Où sommes-nous ?

— Dans l'archipel des Mojangos.

— C'est l'Afrique ?

— Pas très loin. Nous sommes à une centaine de kilomètres des côtes bupandaises. Papa passe toujours par les Mojangos quand il remorque une prise. Il n'y a jamais personne. Il y a une vingtaine d'années, sur décision de l'ONU, l'archipel est devenu une réserve naturelle protégée. Il est interdit de survoler la zone à cause des oiseaux, il n'y a qu'un chenal à travers ces cochonneries, et il se trouve hors des limites de la navigation internationale. Viens voir.

Wilson se leva avec effort et s'approcha du hublot. Des monticules couverts de varech dérivaient dans le chenal, en bas. De grands oiseaux aux plumes rouges et jaunes se dressaient sur une patte sur les hauts-fonds vaseux. Dénués de curiosité, ils regardaient passer le bateau de leurs yeux sans éclat. Des grives africaines à queue bleue trônaient sur la rambarde rouillée de l'escalier des cabines. Elles se lissaient les plumes et éclaboussaient le pont de guano. Des nuages de roitelets écarlates tourbillonnaient dans l'air épais au-dessus de leurs têtes.

Wilson contempla le spectacle pendant un moment. Il lui sembla que le monde vivait dans un perpétuel mouvement de plumes.

— Il y en a vraiment une multitude, dit-il.

— Au dernier recensement, trois cent soixante-quinze espèces différentes, dont la moitié ne vivent nulle part ailleurs.

— Mais pourquoi ici ?

— À cause des insectes. Les oiseaux se nourrissent des insectes. Et les insectes sont ici parce que les roseaux et les mares leur offrent un habitat idéal. Il y a des roseaux et des mares ici parce que… (Elle haussa les épaules.) Enfin, tu as compris…

— Quel genre d'insectes ?

— Des sauterelles, des blattes volantes, des termites, des scarabées de Java, des mouches tsé-tsé, des moustiques, des moucherons géants, des perce-oreilles ailés d'Afrique, tout ce que tu voudras. Écoute bien… Si tu te concentres, tu les entendras.

Wilson s'appuya contre la paroi et écouta. Au bout de quelques secondes, un autre bruit vint se superposer au grondement monotone des diesels. Un léger bruissement, pénétrant, qui était partout et nulle part à la fois. Puis son regard s'ajusta, et il les vit, contre le soleil voilé du crépuscule. Des millions de points noirs. L'air en était épais, granuleux…

— Mon Dieu…

— Ouais, dit Criquet. Sur le pont, il est impossible d'ouvrir la bouche sans que *quelque chose* s'y introduise… Quand ils doivent y aller, les hommes portent des chapeaux à mailles, comme les apiculteurs. Sauf Papa. Il se contente de les chasser comme s'ils n'avaient aucune importance. Je ne supporte pas ces saloperies. Elles me donnent la chair de poule. C'est pour ça que nous restons en bas pendant tout le voyage.

— C'est la seule raison ?

Criquet sourit. Dans la lumière déclinante, ses seins étaient vaguement translucides.

Plus tard, cette nuit-là. Il faisait trop chaud pour dormir. Ils étaient allongés dans le noir. Sans se toucher, à cause de la chaleur. Wilson écoutait le halètement des moteurs et le vrombissement monotone des insectes. Il se demandait ce que l'avenir lui réservait. Comment allait-il trouver le moyen de rentrer chez lui ? Où se réveillerait-il, le lendemain ? dans une semaine ? Qu'est-ce que sa terreur lui réservait ?

— S'il trouve un moyen, dit soudain Criquet, mon père te tuera.

Wilson était stupéfait. Il eut l'impression qu'elle lisait dans ses pensées.

— Pourquoi ne descend-il pas, tout simplement, pour en finir ?

— Tant que je suis là, il n'osera pas. Il sait que je le dénoncerais aux Trente Capitaines. Même les pirates respectent certaines règles, tu sais. En vertu des Articles, tu m'appartiens. Et les Articles, pour nous, ont force de loi. Pour un pirate, rien n'est plus sacré que les droits de propriété. Mais Papa est un salaud sans scrupules. À terre, il aura des tas d'occasions ne présentant aucun risque. Tant qu'il ne s'est pas habitué à l'idée de te voir dans les parages, nous devons être très prudents.

Criquet se tourna sur le flanc. Puis elle se retourna vers lui, et lui posa une main sur la cuisse.

— Je t'aime, dit-elle d'une voix que Wilson entendit à peine. Ne dis rien, pas un mot, si tu n'en as pas envie.

Wilson ne dit rien.

— Tu ne me crois pas.

— D'accord, tu m'aimes, dit Wilson d'une voix amère. C'est pour cela que tu m'as attiré dans ce gâchis contre ma volonté ? Je ne suis ni un pirate ni un meurtrier. (Criquet eut un mouvement de recul.) Et je te le dis tout net : à la première occasion, je décampe.

— Impossible, dit-elle calmement. Où irais-tu ?

— Chez moi.

— Chez toi, c'est à mes côtés, désormais. Tu te rappelles la marque que tu as sur l'épaule ?

Elle ne lui laissa pas le temps de répondre. Wilson sentit qu'elle glissait le long du matelas humide. Il sentit ses seins contre sa jambe. Il se raidit. Et la bouche de Criquet se referma sur lui.

Derrière le hublot, les monticules herbeux recouverts d'oiseaux endormis s'enfonçaient dans les ténèbres tropicales. L'eau noire et peu profonde grouillait d'insectes. Des créatures à l'évolution lente, innommables, nerveuses, mi-poisson mi-autre chose, remontaient vers la lumière vespérale.

2

Le long des quais de béton couverts de monde, des grues chargeaient des palettes de marchandises sur des cargos délabrés sans pavillon ni immatriculation. Le chantier naval abritait un fouillis de caisses, de bétail et de métaux rouillés. Des dockers africains travaillaient torse nu, leur peau presque pourpre luisant au soleil. De l'autre côté d'une clôture de fil barbelé de cinq mètres de haut, un bidonville s'étirait jusqu'à flanc de colline. Des ruelles de boue rouge formaient une incroyable toile d'araignée à travers un dédale de baraques de contreplaqué, d'appentis faits de branchages et de cabanes en carton attachées les unes aux autres avec des lianes. Une telle horreur ne mérite pas le nom de ville, se dit Wilson. Ça ressemble plus à un dépotoir grouillant d'humanité.

— Où sommes-nous ?

Il se tenait devant le hublot, nu, une paire de jumelles à la main. Le soleil n'était levé que depuis une ou deux heures, mais il faisait assez chaud pour faire frire un œuf sur le pont.

Criquet leva le nez en bâillant.

— D'après la puanteur, je dirais que c'est Quatre-Sables. Aucune plomberie. Pas d'égouts. Rien.

— Ainsi, nous voici en Afrique, dit Wilson en frissonnant, curieusement, à cette idée. Dans quel pays ?

— Désolée, mais ce n'est pas tout à fait l'Afrique. (Criquet s'assit sur la couchette et se gratta la tête.) Nous sommes à une soixantaine de kilomètres au large du Bupanda. Ce que tu vois ici, c'est l'île de Quatre-Sables, juste au sud des Mojangos. Et ce n'est même pas un pays. Elle a appartenu au Portugal. Aujourd'hui, elle nous appartient. C'est une république pirate.

— Qu'est-ce que ça signifie, exactement ?

Criquet haussa les épaules.

— Nous n'avons pas de drapeau, sauf le crâne et les os croisés. Nous nous soumettons à la confédération des Trente Capitaines, dans le respect des Articles de la confrérie. Chacun a sa place dans la chaîne de commandement.

Elle se leva, vint se serrer contre lui et passa ses mains autour de ses épaules.

— Regarde là-haut. Tu vois cette grande place, sur la corniche ?

Wilson pointa les jumelles. Au sommet de la pente, il vit les jolies maisons blanches en demi-cercle, qu'un mur isolait du bidonville. Il vit des pelouses bien entretenues et des palmiers. Il crut même apercevoir le reflet du soleil dans le pare-brise d'une voiture.

— C'est là que nous vivons, dit Criquet.

— Nous ?

— Les Trente Capitaines. Mon père est l'un d'eux. Je t'ai dit que Quatre-Sables était une république, mais le mot est inexact. « Oligarchie » conviendrait mieux, je suppose. Nous sommes propriétaires des navires. Nous organisons les expéditions. Nous gagnons l'argent. Nous promulguons les règlements.

— Et tous ces gens ?

Wilson baissa ses jumelles et montra d'un geste la ville-dépotoir, sur la pente.

— Des réfugiés, pour la plupart. Qui ont fui la guerre civile au Bupanda. Ils n'appartiennent pas à la confrérie.

— Qu'est-ce qu'ils sont, alors ?

Criquet haussa les épaules, une lueur cruelle dans le regard.

— De la chair à canon.

3

La lumière lavande s'évanouissait de l'autre côté de l'île, à l'ouest. Wilson se tenait sur le quai, perplexe. Il avait la peau irritée par la fièvre miliaire. Après ces deux jours passés dans la cabine de Criquet, à bord du *Storm Car,* il se sentait légèrement pris de vertige. Sa mâchoire lui faisait mal à chaque fois qu'il déglutissait. Ses genoux étaient douloureux. Les équipes de dockers et les pirates qui débarquaient défilaient devant lui dans une masse confuse de muscles et de transpiration.

— Tu n'as pas l'air dans ton assiette, lui dit Criquet.

— Ça va.

Mais un léger bourdonnement persistait au fond de son oreille interne.

— J'ai deux ou trois choses à régler. Ça ne me prendra pas plus d'un quart d'heure. Tiens… (Elle sortit le .38 nickelé de son sac de marin et le fourra dans la ceinture du jean de Wilson.) Si quelqu'un te cherche des histoires, tue-le.

Puis elle disparut.

Wilson s'assit sur une caisse défoncée et observa la foule qui défilait. Il essaya de se concentrer, et il eut soudain une pensée désagréable : il avait fort peu de chances de quitter cet endroit perdu et de rentrer chez lui. Puis il fut pris d'une vague de nausée. Il ferma les yeux pour la repousser. Quand il les rouvrit, il vit une colonne d'une centaine d'hommes et de femmes noirs. Ils avançaient d'une démarche curieusement traînante. Ils s'approchèrent. Wilson entendait les grattements et les chocs du métal. Ils étaient entravés. Des chaînes reliaient leurs colliers de fer à des menottes passées autour de leurs poignets et de leurs chevilles. Des gardiens armés de mitraillettes et d'aiguillons à bestiaux conduisaient la colonne vers un grand baraquement en parpaings situé à la limite du périmètre. En une demi-heure, il vit passer dix colonnes semblables. Les visages des captifs exprimaient le même désespoir, montraient le même air traqué. Il ne fallut pas longtemps à Wilson pour comprendre ce qui se passait. Ces êtres humains étaient victimes d'une ignominie vieille comme le monde.

Lorsque Criquet revint, une heure plus tard, Wilson se dressa devant elle en titubant. Le .38 glissa de son jean et heurta le sol cimenté avec un bruit métallique.

— Hé ! s'écria Criquet. Fais attention ! Tu pourrais tirer dans le pied de quelqu'un…

Elle surprit son regard. Elle croisa les bras et regarda ailleurs. Le revolver argenté luisait sur le béton crasseux, entre eux.

— Des esclaves, dit Wilson d'une voix rauque.

— Je pensais que tu le savais, dit Criquet en évitant son regard.

— D'où viennent-ils ?

— D'Afrique. (Elle haussa les épaules.) Du Bupanda, pour la plupart.

— Où les conduit-on ?

— Dans l'immédiat, à ce hangar, là-bas. (Elle montra le bâtiment de béton.) C'est là qu'ont lieu les ventes aux enchères.

— Mon Dieu, dit Wilson en frissonnant.

— C'est comme ça que ça se passe, ici, dit doucement Criquet. (Quand elle le regarda à nouveau, ses yeux étaient dans l'ombre.) Je n'aime pas ça plus que toi. Mais pour le moment, je n'y peux rien. La piraterie en soi ne rapporte pas beaucoup. C'est devenu trop difficile. Trop de risques. Nous ne faisons que des expéditions très spéciales, de temps en temps, comme celle que nous venons de mener contre le bateau d'Ackerman… Organisées à l'avance, un homme dans la place, tout le tremblement. Mais la plupart du temps, nous lançons des raids pour enlever des esclaves sur la côte bupandaise et nous revenons ici, aux baraques, où nous déchargeons la marchandise à vendre.

Le ciel était noir comme du sang séché, maintenant, derrière la forme indistincte de la colline.

— Comment peux-tu dormir la nuit?

— Je ne dors pas, dit-elle. C'est pourquoi j'ai besoin de toi. (Elle passa ses mains rugueuses derrière la nuque de Wilson et l'embrassa.) Il y a forcément un moyen de quitter cette vie. Je veux que tu me l'indiques.

Wilson se laissa guider. Ils remontèrent le quai et franchirent une brèche dans la clôture de fil barbelé, jusqu'à la voiture qui les attendait. C'était une Coccinelle Volkswagen cabossée, sans pare-chocs ni pare-brise. Elle était toujours du violet originel, avec les décalcomanies psychédéliques qui étaient à la mode à la fin des années soixante. Mustapha prit le siège du passager, le fusil à pompe sur les genoux. Ses scarifications semblaient écrire sur sa peau un message menaçant. De ses yeux jaunes méfiants, il regarda Wilson grimper à l'arrière.

— Hello, lui jeta celui-ci, sans raison.

L'homme tapota la crosse de son arme avec deux doigts.

— La prochaine fois, souffla-t-il.

Criquet s'installa au volant et démarra. La Coccinelle s'engagea en cahotant sur un chemin accidenté. Au bout d'un moment, ils prirent à gauche, sur une route plus large qui escaladait la côte. Les taudis se découpaient dans une pénombre primitive que ne perçait aucune lumière électrique. Wilson pensa à la folle cité cubiste du *Cabinet du docteur Caligari*, et cette pensée lui fit mal au crâne. Des constellations inconnues tournoyaient au-dessus de leurs têtes. Des visages affamés apparaissaient devant les phares tremblotants. Des êtres d'une pauvreté absolue. Des enfants au crâne démesuré, aux côtes apparentes, gisaient dans la boue, autour de feux de fiente et de débris de bois. Des fossés peu profonds débordaient de monceaux de déchets et de restes de carcasses d'animaux. La puanteur était insupportable.

— Ils traversent le détroit sur des radeaux de vieux pneus et de bidons d'essence, dit Criquet par-dessus le crachotement du moteur. Nous choisissons les plus costauds, que nous vendons au hangar. Mais ils viennent tout de même. Ils préfèrent cette ignominie aux massacres qui se poursuivent au Bupanda.

Wilson avait chaud et froid en même temps. Ses genoux étaient si douloureux qu'il dut retenir son souffle pendant quelques secondes. Les paroles de Criquet s'évanouissaient et revenaient, comme dans un poste de radio mal réglé. Quand il perdit conscience, contre le dossier en lambeaux du siège arrière, il eut l'impression de se noyer dans une mer d'eau sale de la couleur de la misère humaine.

4

Le singe gloussait comme un oiseau sur le rebord de la fenêtre, juste derrière la moustiquaire. De la taille d'un écureuil, il avait une fourrure soyeuse orange et une queue noire, et une touffe noire se dressait au sommet de son crâne comme celle d'un Mohican. Il tenait une mangue dont il avalait des bouchées nerveuses, tournant le fruit entre ses pattes comme Wilson l'avait vu faire avec des épis de maïs beurrés. Il l'observa en silence le plus longtemps possible. Mais la douleur redevint intolérable, et il ne put retenir un gémissement. Le singe lâcha la mangue, la gueule déformée par la surprise pendant une demi-seconde. Puis il se mit à hurler. Ses cris venaient de la gorge – forts, déchirants, vrillants comme celui d'une sirène. Le bruit était dix fois plus puissant que l'animal lui-même.

— Nom de Dieu de singes hurleurs ! s'écria une voix d'homme dans la pièce voisine.

Wilson essaya de se tourner dans cette direction, mais ses articulations lui faisaient si mal qu'il était incapable de bouger. Il regarda de nouveau vers la fenêtre. Le singe avait disparu.

Quelques minutes plus tard, un homme de haute taille, aux épaules voûtées, entra dans la pièce. Il portait une minable veste blanche de médecin. Il avait la quarantaine, un visage sanguin allongé, de rares cheveux bruns, raides et ternes, qui lui tombaient sur le front, et un nez aux pores assez profonds pour y enfoncer des allumettes. Il s'assit près de Wilson, qui décela une forte odeur d'alcool. L'homme lui mit une main molle sur le front, examina ses yeux, tapota son torse.

— Vous êtes médecin ? demanda Wilson, surpris de s'entendre parler d'une voix si faible, si mal assurée.

— Évidemment, dit l'autre, exhalant une bouffée d'alcool.

— Vous êtes saoul.

Le docteur haussa les épaules.

— Pas exactement saoul. Juste un peu… vous savez bien. (Il agita une main d'avant en arrière.) C'est la seule manière de rendre la vie supportable, dans cet enfer de pirates.

— Qu'est-ce que je fais ici ?

La voix de Wilson était de plus en plus faible, et ses genoux lui faisaient mal. Le docteur lui posa une main sur le bras, dans un geste ni amical ni hostile.

— Demain. Maintenant, reposez-vous.

Il sortit une seringue d'on ne sait où, piqua Wilson dans la cuisse et s'en alla.

Wilson sombra dans un sommeil profond de drogué. Il rêva qu'il était enchaîné à un palmier, sur une plage de sable multicolore, tordu comme une glace vanille et chocolat à l'italienne. Un homme qui ressemblait au docteur s'approcha de lui, muni d'un grand scalpel et d'une cage de bois abritant un animal bizarre. C'était une sorte de croisement entre un singe et un loup, avec des griffes palmées, une crinière cuivrée et de grands yeux humides et innocents. C'étaient ces yeux qui rendaient l'animal dangereux. À l'aide de son scalpel, le médecin fit un trou carré dans l'estomac de Wilson, sortit l'animal de sa cage, l'enferma dans l'estomac et recousit la plaie. Une minute plus tard, Wilson sentit que l'animal commençait à gratter. Puis il sentit les petites dents pointues. Il comprit qu'il n'allait pas lui falloir longtemps pour se tracer un chemin vers la sortie.

5

Au matin, derrière les grandes fenêtres, le soleil brillait d'une lumière safran. Wilson gisait sur un lit carré tout blanc protégé par une moustiquaire. La chambre donnait sur un patio carrelé, avec vue plongeante sur le bidonville. Aux fenêtres, la brise chaude agitait les stores en rotin. Les murs de la chambre étaient ocre brun, à l'exception d'une bordure crème autour du plafond. Il y avait un buffet ancien, une grande coiffeuse et une table marquetée sur laquelle était posé un bol plein de grenades. À côté de la porte était accrochée une excellente reproduction d'un tableau français du XIXe siècle, *Le Bain au harem* de Léon Gérôme, où l'on voit une jeune esclave africaine baignant une concubine blanche dans un bassin carrelé de bleu. Il régnait dans la pièce une atmosphère féminine que Wilson trouvait à la fois agréable et familière. Il s'exposa au soleil et s'étira. Ses articulations lui faisaient beaucoup moins mal.

La lumière se modifia peu à peu. Une grosse femme noire lui apporta un plateau : de la soupe épicée, du pain et du lait un peu âcre qui devait être du lait de chèvre. Le docteur fit son entrée un peu plus tard. Il sentait toujours l'alcool. Il examina les yeux de Wilson, lui prit le pouls et lui ausculta de nouveau les poumons.

— Vous mangez, aujourd'hui, dit-il. (Sur son nez, une veine battait doucement.) Parfait. Vous avez bien meilleure mine.

— Merci, dit Wilson. Qu'est-ce qui ne va pas ?

— Si nous devons avoir une petite conversation, vous permettez que je me serve un verre ?

Il disparut sans attendre la réponse. Il revint quelques minutes plus tard avec un verre empli de gin rosé et de glaçons.

— Je devrais vous en proposer, mais dans votre état… (Il avala une longue gorgée et s'essuya la bouche avec le dos de la main.) Voilà pourquoi j'aime travailler ici, sur la corniche. La bibine est excellente. Pas facile de trouver de la bonne camelote, en bas.

— Allez-y, docteur, dit Wilson.

Le docteur hocha la tête, vida son verre et le posa sur la table marquetée.

— Vous êtes en train de vous remettre d'une attaque de fièvre dengue, d'un type particulièrement virulent et fréquent en Afrique équatoriale. Les indigènes l'appellent *ka-dinge pwepe*, littéralement : genoux raides, parce qu'elle attaque les genoux. Pendant quelque temps, on se déplace avec une démarche mécanique. Ce type de dengue, je l'ai baptisé *dengue boursaly*, d'après mon nom. Il semble qu'il ne se déclare nulle part ailleurs que sur cette misérable île. Contrairement aux souches qui sévissent sur le continent, et qui sont d'origine bactérienne, celle-ci est provoquée par un virus. Et elle agit sur le système nerveux, à une étape ultérieure, si on ne la contient pas avec la combinaison appropriée de diurétiques et d'antibiotiques. Ce qui est aussi très inhabituel. Je pourrais écrire un article sur le sujet, pour les revues médicales… (Il haussa les épaules.) Mais je suis prisonnier ici, et on ne me permet pas de publier!

Wilson fixa le plafond, en enregistrant ce qu'il venait d'entendre.

— Combien de temps ai-je été inconscient? demanda-t-il enfin.

— Près de trois semaines et demie, dit le docteur Boursaly. Quand ils vous ont amené ici, vous divaguiez complètement. Maintenant, vous êtes presque sur pied, Dieu merci. Dans le cas contraire, j'y laissais ma tête.

Wilson commença à sourire. Puis il comprit que le docteur ne plaisantait pas.

— Vous voulez dire… dit Wilson.

Le docteur Boursaly reprit son verre vide, contempla une seconde les cubes de glace en train de fondre, et le reposa avec un soupir.

— Votre demoiselle Page a été très claire. Elle est partie en expédition avec son père. La dernière occasion avant la saison des pluies, vous savez. Elle vous a confié à moi. Et elle m'a prévenu que si vous n'étiez pas rétabli avant son retour… (Il passa une main devant son cou.) Ma tête sur le billot. Et ce n'est pas une foutue plaisanterie. Le vieux docteur Raimee avait mal diagnostiqué une tumeur maligne. Vous savez ce qu'ils lui ont fait?

— Non.

— Ils ont enterré le pauvre bougre jusqu'au cou, lui ont enduit le visage de miel et ont lâché un bocal de fourmis rouges.

— Aïe!

— Il a survécu. Mais il n'a plus jamais été le même. Vous n'avez donc pas à vous inquiéter. Je passerai vous voir tous les jours, simplement pour m'assurer que vous ne marchez pas sur une écharde, que vous ne mouillez pas votre lit, ou que vous n'attrapez pas froid.

Après le départ du docteur, Wilson resta allongé à contempler le plafond, l'esprit désagréablement embrouillé. Un gros cafard plat traversa le plafond à toute vitesse, rencontra une tache humide et tomba avec un bruit sec sur la coiffeuse. Il agita les pattes en tous sens pendant un moment, puis s'immobilisa. Un peu plus tard, Wilson s'assoupit. Il rêva que le singe orange était revenu et l'observait de l'autre côté de la moustiquaire. La brise de mer agitait doucement sa soyeuse fourrure orange.

6

La maison était bâtie à flanc de colline, sur deux niveaux. Les murs de plâtre étaient peints en ocre et moutarde, et ses plafonds bas rappelaient à Wilson la cale d'un navire. L'étage supérieur abritait un salon meublé d'antiquités du XVIIIe siècle, une salle de bains avec une lucarne et une baignoire de marbre encastrée capable d'accueillir deux personnes, et un placard de plain-pied rempli des vêtements de Criquet. La chambre, la cuisine et la salle à manger occupaient le niveau inférieur, qui s'ouvrait sur le patio carrelé, abrité par une marquise rayée vert et blanc et décoré de meubles de marine en fer forgé. Un muret surmonté d'une rangée de vases en terre cuite pleins d'énormes fleurs tropicales encadrait la baie toute proche, bleu, brun et vert.

Allongé sous la marquise, les genoux raides, dans un des fauteuils du patio, Wilson était protégé de la vue de l'ignoble bidonville d'en bas. Il ne voyait que la mer et les fleurs, et même quand le vent soufflait de l'Atlantique, l'affreuse puanteur ne montait pas jusqu'à lui. À certains moments, il pouvait imaginer que la colline surplombait quelque pittoresque village provençal, et non cet immonde dédale de taudis et de misère sur une île obscure au large des côtes d'Afrique. À l'exception de la femme noire qui venait lui préparer ses repas deux fois par jour, Wilson était seul dans la maison. Il attendait donc avec impatience les visites quotidiennes du docteur. Ce dernier passait en général le matin, une heure ou deux avant la grosse chaleur de midi, et lui tenait compagnie sur le patio en buvant un verre.

Ce jour-là, il but d'affilée trois gins rosés. Pour onze heures du matin, il était déjà très saoul. Il titubait à travers le patio, se cognait dans les meubles de fer forgé, et faillit faire tomber un des vases de terre cuite. Wilson commença à s'inquiéter. Le docteur agita son quatrième verre en direction de la ville, avec une telle emphase qu'il renversa une partie du contenu.

— D'ici, vous trouverez peut-être la vue romantique!

— Pas du tout.

— De loin, la pauvreté est toujours romantique, dit le docteur en ignorant sa réponse. La prochaine fois que vous serez là-bas, au milieu de toute cette *merde*, prenez un microscope et regardez bien où vous mettez les pieds, parce que c'est un marigot dégueulasse plein de bactéries, plein de toute la saleté qui fait la gloire de l'Afrique. Afrique, mère de toutes les maladies, mon amie! Depuis six ans que je suis prisonnier ici, je les ai toutes vues. Elephantiasis, hépatites, dysenterie, malaria, méningite, scarlatine, fièvre jaune, typhus, béribéri, neurasthénie, scorbut, tuberculose, choléra, peste bubonique, peste pneumonique, dix mutations différentes du sida, dengue, et même Ebola et le syndrome de Biarh, sans parler des grippes, des fièvres ordinaires et de la folie... Toutes de plus en plus résistantes aux remèdes classiques. Un paradis pour virologistes. Sauf que je ne suis pas virologiste. Je suis cardiologue.

L'histoire du docteur était une vraie tragédie. Né en Suisse, il avait étudié à l'université de Lausanne et à l'école de médecine de l'université du Michigan. Après quinze années de pratique fort lucrative à Londres et Genève, où il se consacrait à des bourgeois au cœur malade, il avait décidé de travailler un an bénévolement à l'hôpital des sœurs infirmières de la Croix de Tananarive, à Madagascar. Les Malgaches, gros consommateurs de bœuf salé, d'huile de noix de coco et de noix de Macassar, ont un taux d'accidents cardiaques parmi les plus élevés du monde.

— Vous comprenez, j'avais l'habitude des douillets cantons suisses, où tout le monde est au lit à neuf heures du soir. Des forêts de pins où le sous-bois est soigneusement camouflé. À Genève, vous le savez peut-être, on distribue des seringues à nos quelques dizaines d'héroïnomanes, dans un certain parc. Mais attention : ces gens ne sont pas de simples toxicomanes.

Ce sont des toxicomanes *suisses*. Ils se shootent dans le parc à huit heures du soir, et traînent jusqu'à minuit. Mais quand les enfants passent par là, le matin, pour aller à l'école, l'endroit est impeccable. Les aiguilles, les cuillers et le reste, tout a été ramassé et jeté. Non pas par les services publics, mais par les drogués eux-mêmes. C'est ça, la Suisse. Vous comprenez?

Wilson acquiesça.

— Cet ordre et cette propreté ont fini par me taper sur les nerfs. C'est alors que j'ai décidé de partir à Madagascar, que je considérais comme un endroit merveilleusement mystérieux. Chaque année, en octobre, les Malgaches exhument leurs ancêtres, qu'ils ont momifiés et enveloppés dans de la toile goudronnée avant de les enterrer. Ils invitent ces cadavres bitumeux et pourrissants à dîner et à danser, ils les emmènent se balader en taxi, et ils dorment avec eux. Je voulais voir ça de mes propres yeux. Je suis donc parti à Madagascar. Je m'y suis fait beaucoup d'amis et j'y ai passé des moments extraordinaires. Mais ce n'était pas un endroit de tout repos... Au bout de deux ans, j'ai ressenti le besoin de prendre des grandes vacances. Quelques amis et moi avons loué un dhow arabe pour essayer de traverser le détroit de Zanzibar. À mi-chemin, les pirates du *Storm Car* nous ont attaqués et se sont emparés du dhow. Ils m'ont épargné parce que les Frères de la Côte avaient besoin d'un médecin. Mais ils ont attaché mes amis aux lisses et ils ont sabordé le dhow... J'entendais leurs hurlements pendant qu'il sombrait, et je ne pouvais rien faire pour eux...

Le docteur baissa les yeux. La rougeur que le gin lui mettait aux joues avait disparu. Tout à coup, il eut l'air dégrisé. Il versa le fond de son verre dans le vase le plus proche et resta une bonne minute sans bouger, les mains dans les poches de sa blouse, le regard lointain. Puis il se retourna. Son visage était pâle, comme s'il portait un masque.

— Une prison n'a pas besoin d'avoir quatre murs et des barreaux pour être une prison. Vous vous en rendrez compte très vite. Et vous vous mettrez à boire vous aussi, comme moi, comme tout le monde dans ce paradis pour monstres.

Quelque chose – un miroitement de chaleur dans le ciel, un nuage venant obscurcir l'horizon – disait à Wilson qu'il avait raison.

7

Ses genoux retrouvèrent peu à peu leur souplesse. Au bout de quelques semaines, Wilson put circuler dans le bidonville avec le docteur Boursaly. Au début, il était incapable de supporter le spectacle de la misère qui régnait. Puis, un matin, brusquement, il s'habitua aux souffrances d'autrui. Un vent chaud venu d'Afrique maintenait la puanteur sur l'île, le soleil tropical était suspendu dans le ciel bleu impitoyable, tel un pamplemousse jaune. Comme le docteur l'avait prévu, Wilson s'était mis à boire.

Tout contre la clôture des baraquements, c'était le quartier des affaires de Quatre-Sables. Une allée de gargotes aux murs de métal rouillé croisait une rue plus large où s'alignaient les bordels et autres établissements commerciaux. Il y avait de nombreuses tentes de changeurs, des éventaires de marchands de légumes, des prêteurs sur gages, une baraque où l'on donnait un spectacle permanent de marionnettes en ombres chinoises. Deux fois par semaine, des vieillards étendaient des couvertures pleines de *rutas* (les navets africains géants, qui constituaient la base de l'alimentation de l'île) le long des rives boueuses faisant office de trottoirs. On les payait avec des coquilles de cauris, des cigarettes américaines et toutes sortes de monnaies dont les indigènes calculaient la valeur en fonction de leur taille et de leur couleur plutôt que de leur cours réel. Les grands billets colorés italiens et français donnaient droit à plus de rutas que les dollars américains valant dix fois plus.

Wilson et le docteur passaient plusieurs heures par jour au Black Spot, un boui-boui aux murs de fer-blanc, sans façade.

L'établissement était tenu par un ancien pirate jamaïcain qui se faisait appeler Ben Gunn en hommage au vieux flibustier de *L'Île au trésor*. Le bar était une simple planche de contreplaqué incurvée, posée sur des bidons d'huile de deux cents litres rouillés. On se servait de cageots et de pots de peinture de vingt litres en guise de sièges et de tables. La spécialité de la maison était un tord-boyaux, mélange nocif de bière locale, de gin et d'une sorte de sherry à base de baies. Pour une demi-livre de coquilles de cauris, on en recevait une pleine cruche à lait en plastique crasseux. Wilson buvait le sien dans une chope à café ébréchée et sans poignée. Le docteur se passait de tels raffinements et buvait la potion à grands traits, directement à la cruche. De l'autre côté de l'allée, sur une estrade de pneus et de cartons, un orchestre ambulant bupandais jouait une musique cadencée, agréable, qui s'élevait vers le ciel bleu brûlant.

Ce jour-là, Wilson écoutait la musique en regardant les passants. À cette heure de l'après-midi, la place était déserte, à l'exception de deux poivrots ivres morts, à plat ventre sur le sol boueux. Derrière le bar, Ben Gunn était juché sur un tabouret à trois pieds, un gros joint de marijuana entre les dents, les yeux rougis par la drogue. Ses cheveux retombaient en dreadlocks noueux liés par des bouts de ruban effilochés. Sa peau avait la couleur maladive du café brûlé. Des cafards gros comme la main sortaient des tonneaux rouillés et couraient sur le comptoir de contreplaqué. Ben Gunn les ignorait royalement.

Le docteur Boursaly assura à Wilson que la fièvre dengue ne provoquait aucune lésion permanente au foie, et commanda une autre cruche de tord-boyaux. Il avait près de dix livres de coquilles de cauris et des billets italiens dans une sacoche de médecin déchirée, rafistolée avec de l'adhésif, qu'il tenait prudemment coincée entre ses genoux.

— Je vous l'avais dit. À part la boisson, il n'y a rien à faire sur cette île, dit-il à Wilson quand Ben Gunn leur servit enfin la nouvelle cruche.

— Pour vous, peut-être. Moi, je m'en vais dès le retour de Criquet.

Le docteur secoua la tête.

— À l'exception des Trente Capitaines, personne ne quitte l'île pour de bon. Ce secret international est beaucoup trop énorme. Vous imaginez les titres du *New York Times* ? « Découverte d'un Paradis pirate au large de l'Afrique ! Un fructueux trafic d'esclaves ! » Les nations occidentales décadentes devraient intervenir. Et cela ne ferait pas plaisir à certaines personnes, dans certains milieux, en Europe, en Amérique et au Japon, à qui cet endroit permet de se remplir les poches.

— J'ai toujours du mal à le croire, dit Wilson avec un geste vague vers l'activité du port. Des pirates ! Par milliers… Et les Trente Capitaines ! On dirait une invention de Gilbert et Sullivan. Qui sont-ils ? D'où viennent-ils ?

— « Ce sont les hommes ruinés de toutes les nations. Des réfugiés traqués de tous les partis vaincus, tous misérables et téméraires. Et quel endroit est à l'abri de la misère et du vice, en cette ère d'affliction ? »… Je cite de mémoire… Mais vous avez compris. Rien de nouveau sous le soleil, bien entendu. De tels nids de rats jaillissent comme la mauvaise herbe aux limites du monde. Rappelez-vous la grande république pirate de Port-Royal, à la Jamaïque, au XVIIe siècle. Rappelez-vous La Nouvelle-Providence et l'île de la Tortue au XVIIIe. Ou encore Campeche et Key West au XIXe. Quoi qu'il en soit, et sauf s'il est capitaine, tout pirate qui décide d'abandonner ce métier sanglant est obligé de rester ici, à Quatre-Sables. De l'autre côté de l'île, il y a une sorte de communauté de retraités, un petit village avec une source sulfureuse, plein de vieux flibustiers. L'endroit est baptisé Pegleg Bay. Pour l'homme qui refuse l'honneur d'y finir ses jours, la seule alternative est le tombeau marin.

— Le compère a raison, intervint Ben Gunn, de l'autre côté du bar. Il n'y a de place nulle part pour nous autres, Frères de la Côte, sauf ici, à Quatre-Sables. Et quand on crève, il y a toujours un tombeau marin pour accueillir notre dépouille. C'est dans les Articles, compère. Un marin mort doit reposer au fond de l'eau.

— Mais dans votre cas c'est différent, Wilson. (Le docteur Boursaly se pencha au-dessus de la cruche de tord-boyaux et baissa la voix.) Terriblement différent. Je crains que vous ne viviez pas assez longtemps pour atteindre l'âge de la retraite.

Wilson sentit sa nuque le démanger.

— Mon Dieu… murmura-t-il.

— Ça ne me regarde pas, bien sûr. Mais je crois savoir que votre demoiselle Page est déjà prise.

— Ouais, compère, dit Ben. C'est la femme du Portos. Et le Portos n'est pas homme à se laisser entuber.

— Ferme-la, Ben, dit le docteur.

— Qui est ce Portos ? demanda Wilson.

— C'est le président du Conseil des Trente Capitaines. Il…

— Non ! (Wilson fit un geste tranchant.) Je ne veux pas le savoir. Quoi qu'il arrive.

Le docteur haussa les épaules.

— Sage est le matelot qui ne s'inquiète pas de voir le ciel lui tomber dessus, dit Ben Gunn derrière son bar. Car aucun chapeau ne peut protéger sa pauvre tête contre les plus gros morceaux.

8

Trois jours plus tard, le docteur Boursaly fit irruption dans la salle de bains de la maison sur la corniche, alors que Wilson prenait un bain frais dans la grande baignoire de marbre. Il était comme fou, l'air excité, les vêtements en désordre. Et comme d'habitude, il puait l'alcool.

— Vous n'avez pas frappé, lui dit Wilson.

— Impossible. Il n'y a pas de porte. Séchez-vous et habillez-vous. Je veux vous montrer quelque chose.

— Nous sortons ?

— Oui.

Wilson n'avait jamais mis les pieds dans le bidonville après la tombée de la nuit. Sur les recommandations du docteur en personne.

— N'est-ce pas un peu dangereux ? demanda-t-il.

D'un geste, le docteur écarta l'objection.

— Il y a tellement de microbes infectieux dans l'atmosphère qu'il est dangereux de respirer.

Ils descendirent les rues frémissantes et obscures qui menaient au hangar. Ils franchirent les fils barbelés et pénétrèrent dans le bâtiment. Wilson vit qu'il régnait une activité inhabituelle à proximité des baraques de béton où l'on gardait les esclaves. L'entrée grouillait d'hommes en costume trois-pièces qui bavardaient, par groupes paisibles de trois ou quatre. Les grandes portes de bois étaient ouvertes, et une violente lumière blanche en sortait. Des flots de lumière se déversaient sur les parpaings nus. Wilson entendit le crachotement des générateurs et sentit l'odeur âcre de l'essence.

— Que se passe-t-il ?

— C'est la nuit du grand bal, dit le docteur Boursaly. Je suis le médecin de service, pour le cas où quelqu'un se casserait une cheville.

Dans le hangar, on avait allumé des projecteurs disposés sous les chevrons. L'air sentait la sueur, la cire et le désinfectant, comme une salle de sport de collège. Des gradins s'élevaient sur un des côtés, surplombant une estrade au plancher ciré de la taille d'un demi-terrain de basket. Wilson et le docteur s'assirent dans un coin, au premier rang, et attendirent. Une odeur nauséabonde, à demi occultée par celle du désinfectant, parvint soudain aux narines de Wilson.

— Ils montent des enclos, dit le docteur. Cette odeur les précède. On nettoie pourtant les lieux de fond en comble, on les asperge de puissants détergents chimiques, mais on ne parvient jamais à faire disparaître cette puanteur. Si je croyais en Dieu, je dirais que toute cette île pue jusqu'au Ciel.

Quelques minutes plus tard, les gradins commencèrent à se remplir. Wilson jeta un coup d'œil derrière lui. Il vit des visages blancs rasés de près – suspendus comme des demi-lunes au-dessus des chemises blanches et des cravates club. Des yuppies japonais penchés sur leurs calculatrices. Des négociants arabes dans des costumes élégants de Savile Row, leurs bagues de diamants jetant des éclairs. Et il entendit le murmure étouffé et suffisant de la langue universelle des gens qui font des affaires.

On fit entrer le premier lot : dix jeunes Bupandais entravés par le cou et les chevilles. Sous la lumière blanche, les chaînes d'acier scintillaient comme des pièces d'argent. Wilson, à moins de dix mètres d'eux, lisait le désespoir dans les yeux de ces jeunes Africains. Il pouvait sentir les vagues de terreur brute qui émanaient de leur peau. L'avant-dernier tomba soudain à genoux et se mit à appeler son Dieu dans un cri perçant, hystérique. On le remit sur pied à coups de fouet. Les enchères, exprimées en anglais et en dollars américains, étaient traduites en une douzaine de langues grâce à des écouteurs individuels. Malgré son accent raffiné, le commissaire-priseur (un gros Anglais en smoking) parlait le jargon vulgaire de tous les commissaires-priseurs du monde.

— Un assortiment de dix mâles noirs, costauds pour les champs, annonça-t-il. Qu'est-ce qu'on m'offre ? Tous en parfaite santé, certifiés par les médecins de notre compagnie, garantis pour six mois de dur labeur, sauf accident. De l'excellente marchandise bupu, en direct de la brousse. On me dit cent mille dollars ?

Dans les gradins, les acheteurs levaient discrètement leur crayon. Les offres montaient en flèche. Le premier lot de dix hommes partit pour un peu plus de soixante-quinze mille dollars. On emporta le second – sept Andas robustes, d'une tribu montagnarde connue pour son endurance – pour moitié plus cher. Durant les quelques heures qui suivirent, plus de huit cents hommes, femmes et enfants africains furent vendus à ces représentants austères des grandes nations industrielles d'Asie et d'Occident.

Lorsque Wilson retrouva l'usage de la parole, il se tourna vers le docteur Boursaly, horrifié.

— Comment est-ce possible ? demanda-t-il hors de lui, la voix tremblante. Comment peuvent…

Il s'étrangla, incapable d'aller plus loin.

Le docteur haussa les épaules.

— Vous avez devant vous l'économie mondiale en action, mon ami. Les firmes multinationales du monde entier… Je vous parle des gens qui produisent tout ce qui existe, des composants électroniques aux blue-jeans… Elles ont besoin de main-d'œuvre à bon marché pour réduire leurs frais généraux. Quoi de moins cher qu'un esclave ? Pas besoin de lui céder une part des bénéfices ni de lui donner des congés payés, des assurances sociales, et tout ce qui s'ensuit. Cela répond à une véritable logique économique.

— Mais où vont-ils ? Où sont les usines, les champs… ?

Le docteur se pencha vers lui.

— Il y a certaines îles-usines, dans le Pacifique Sud, murmura-t-il. Au large de l'Afrique, de l'Amérique centrale, et aussi dans la mer de Java. Partout où les gouvernements sont corrompus, partout où il est facile de les payer pour qu'ils regardent ailleurs. Vous vous demandez peut-être comment on a pu garder un secret aussi énorme à l'insu de la communauté des nations civilisées ? Aucun homme susceptible de parler ne quitte jamais Quatre-Sables. Mais il y a toujours des fuites. Si vous le voyez de cette façon… Peut-être n'est-ce pas un si grand secret, finalement. Peut-être la communauté des nations civilisées ne veut-elle rien voir. C'est peut-être un cliché, mais du moment que chacun a son téléviseur, sa voiture et le reste, qui se préoccupe du sort de quelques centaines de milliers de pauvres misérables venus d'Afrique ? Pour ma part, je ne vois pas beaucoup plus loin que mon prochain verre…

9

Après les enchères, des hommes en veste blanche et nœud papillon servirent un festin sur le quai. On dressa de longues tables bientôt recouvertes de plateaux d'argent chargés de homards et de caviar, de faisans sous cloche, de cochons de lait et de grosses pièces de bœuf rôti. Des cygnes sculptés dans la glace gouttaient dans la chaleur équatoriale. Le bar proposait un choix très étendu de bons vins et d'alcools. Du champagne jaillissait d'une fontaine de plastique. Les lumières multicolores qui décoraient les proues des yachts de sociétés se reflétaient dans l'eau sombre. Wilson aperçut le *Compound Interest* amarré parmi eux. Il donnait un peu de la bande à tribord.

— Quand a-t-on mangé du caviar pour la dernière fois, sur cette île du diable ? demanda le docteur Boursaly, qui s'enfonça dans la foule des hommes d'affaires.

Wilson avait mal au ventre. Il avait la nausée. Il avala une gorgée de bourbon sec pour se calmer les nerfs. Il regarda au loin, au-delà du groupe de yachts blancs, au-delà de l'eau scintillante, dans la direction de l'Afrique. Là-bas, il vit les ténèbres qui s'étendaient. Des ténèbres qui recouvriraient bientôt la terre entière. Dans la longue journée de l'Histoire, les civilisations durent à peine un instant. La vie des hommes et des femmes est juste assez bonne pour être sacrifiée au nom de l'ordre. Le chaos est toujours une menace, tel un fauve attendant son heure dans les ténèbres qui commencent juste au-delà du feu de camp. Un jour, il y a un service postal régulier, les églises sont pleines de fidèles, il suffit d'actionner un interrupteur pour répandre une lumière agréable… Le lendemain, des grandes villes sont en ruine, et le cri du loup retentit à nouveau sur la lande. Wilson s'égarait dans ses pensées mélancoliques. Il fit à peine attention à l'homme en costume de ville qui venait d'apparaître à ses côtés. Il remarqua la veste en soie bleu marine, la cravate de cachemire rouge et la Rolex en or, avant même d'avoir reconnu son visage.

— Ça va mieux, Wilson ? J'ai appris que vous aviez été malade.

C'était Ackerman.

— Sans vos lunettes, je ne vous avais pas reconnu, dit Wilson lorsqu'il eut retrouvé son sang-froid.

La remarque était ridicule, mais c'était tout ce qui lui était venu à l'esprit.

— J'ai des lentilles, dit Ackerman en souriant. Je ne porte jamais de lunettes quand je suis en affaires.

Il semblait en pleine forme. Ses joues avaient le teint coloré de l'homme en parfaite santé. Il posa une main paternelle sur l'épaule de Wilson.

— Comment vous traite-t-on ?

— Bien. Et vous ?

— En fait, je vais plutôt bien. Ce type, le capitaine Page, est vraiment un homme d'affaires. Le milliard qu'il voulait pour ma rançon, je l'ai convaincu de le faire travailler pour notre profit commun. (Ackerman parlait très vite. L'avidité faisait briller son regard.) Le commerce qu'ils ont mis sur pied ici est fantastique. Un véritable coup de génie qui profite à tout le monde. On s'enrichit, et on réduit du même coup la pression démographique en Afrique. Du beau, du pur capitalisme, non frelaté. Si vous voulez mon avis…

— Est-ce que vous savez ce qui est arrivé au capitaine Amundsen ? l'interrompit Wilson.

Le sourire d'Ackerman s'effaça. Il regarda dans son verre et cligna des yeux vers le *Compound Interest*, amarré au quai, un peu plus bas.

— On me l'a dit. C'était un brave homme. Il est vraiment dommage qu'il ne puisse être des nôtres.

Lorsque Ackerman regarda de nouveau Wilson, il vit quelque chose se dessiner sur son visage qui le fit reculer.

— Assassin ! s'écria Wilson. Esclavagiste ! Ce sont des êtres humains, pas des marchandises !

À ces mots, quelques hommes d'affaires s'arrêtèrent de mâcher et regardèrent dans sa direction.

— L'es... l'esclavage est un mot dépréciateur, bafouilla Ackerman, et il n'est pas tout à fait exact. Nous préférons parler de travail non rémunéré, ou de main-d'œuvre contrainte, ou...

Wilson ne le laissa pas finir. Il se jeta en avant, empoigna le milliardaire à la gorge et serra aussi fort que possible. Les yeux d'Ackerman exprimèrent la stupéfaction, puis ils gonflèrent légèrement, et une de ses lentilles roula de son orbite comme une grosse larme toute ronde. Une seconde plus tard, deux des serveurs repoussèrent Wilson. Haletant, Ackerman retomba en arrière, heurta une table couverte de cochons de lait et glissa sur le sol. Wilson entendit craquer son pantalon de soie.

Le docteur Boursaly se précipita et passa un bras autour de l'épaule de Wilson.

— Suivez-moi, vite ! lui glissa-t-il à l'oreille.

Il le guida à travers la foule, puis sur le chemin qui montait la colline, dans la pénombre du bidonville. À mi-hauteur, Wilson s'arrêta. Il s'accroupit dans la boue, se frotta les yeux de ses poings et se mit à pleurer en silence. Boursaly s'accroupit à côté de lui et alluma une cigarette.

— Je vais faire quelque chose pour arrêter ça, dit Wilson quand il eut cessé de pleurer. (Il agita le poing dans la direction du hangar.) D'une manière ou d'une autre, je vais arrêter cette saloperie. Je le jure !

— C'est ce que je me suis dit la première fois que je suis venu, dit le docteur Boursaly d'une voix lugubre. Mais que peut n'importe lequel d'entre nous contre leur machine ? Tout ce que nous devons faire, c'est rester en vie. Désolé de vous avoir amené avec moi, ce soir. J'ignorais que ça provoquerait une crise de conscience...

Il se tut. Il n'y avait plus rien à dire.

La moitié de la baie plongée dans l'obscurité était piquée par les feux de signalisation des cargos attendant leur chargement de chair humaine.

10

L'apparition d'une étrange lueur verdâtre dans le ciel marqua le début de la saison des pluies. De lourds nuages pourpres se groupèrent devant elle, comme des dieux réprobateurs dans une pièce du théâtre grec. Mais la pluie se fit encore attendre pendant plusieurs jours. Rien qu'une humidité oppressante, si épaisse que l'air semblait avoir la consistance du sable mouvant. Des éclairs de chaleur lançaient sur l'horizon des messages obscurs, et de quelque part, très loin, parvint le roulement de tambours primitifs. Puis, tout à coup, au milieu de la nuit, il se mit à pleuvoir. Le ciel s'ouvrit, et ce fut le déluge. Wilson s'éveilla au vacarme étourdissant des torrents d'eau. Transpirant dans le grand lit, sous la moustiquaire, il entendit les hurlements qui montaient du bidonville.

À l'aube, il alla à la fenêtre. La moitié de la pente avait été emportée dans la baie, dont les eaux noires étaient tachées de rouge par une marée de boue et d'ordures.

— Tous les ans c'est la même chose, dit le docteur Boursaly quand il arriva, à dix heures, pour le gin du petit déjeuner. Dans les mois qui viennent, cinq à dix mille personnes vont mourir de froid. En mai, ils reconstruiront, des tas d'autres bébés bruns naîtront sur les monceaux d'ordures, des milliers de misérables viendront d'Afrique sur leurs rafiots, et tout le satané processus recommencera.

Ils étaient assis à la table de chêne ciré, dans la salle à manger. La pluie avait fait des déchirures dans l'auvent rayé du patio. De grandes taches humides marquaient le sol de la cuisine. L'eau gouttait dans des pots d'aluminium disposés sur le carrelage. Le docteur acheva son premier gin, lâcha un soupir maussade et s'en versa un autre... Rien de plus que les autres matins. Mais Wilson éprouva soudain une violente répulsion. Il réalisa qu'il ne pouvait plus le supporter.

— Avez-vous jamais tenté de quitter l'île, docteur? demanda-t-il d'un ton irrité.

Boursaly comprit l'allusion et soupira de nouveau.

— M'enfuir, vous voulez dire? Comment serait-ce possible? Nous sommes enfermés plus étroitement que dans une forteresse.

Mais quand il se servit une nouvelle dose, sa main tremblait.

— Il doit y avoir un moyen, dit Wilson. Ce n'est qu'une foutue île. Il me semble que si tous ces pauvres types parviennent à traverser pour venir ici, quelqu'un devrait pouvoir traverser dans l'autre sens... Et peut-être aller raconter aux autorités ce qui se passe ici.

Le docteur ne dit rien. Il lui jeta un regard las. Sous les paupières épaisses cerclées de rouge, ses yeux faisaient penser à des tortues dans leur carapace. La veine de son nez battait au rythme léger du désespoir.

Wilson eut pitié de lui. Mais il y avait quelque chose dans l'air, une curieuse tension, qui le poussa à continuer.

— Je vais vous dire ce que je pense, docteur. Je pense que vous buvez depuis des années. Je pense que c'est la raison pour laquelle vous avez quitté la Suisse, et que c'est la raison pour laquelle vous n'avez jamais essayé de vous enfuir de cette île. Vous êtes à votre place, ici. Qui va remarquer un toubib ivrogne, au milieu de toute cette misère?

En prononçant ces mots, il sut qu'il disait vrai. Il regretta de les avoir dits, mais c'était trop tard.

Le docteur Boursaly se leva, mal assuré, avec toute la dignité qu'il put rassembler, et passa sa main dans ses cheveux bruns clairsemés.

— Je comprends, dit-il. La saison des pluies. On a fait des études là-dessus. L'atmosphère trop lourde exerce une pression excessive sur certains éléments chimiques du cerveau.

Cela m'arrive aussi. Je deviens hargneux, irritable, tout le monde me tape sur les nerfs… Je vous verrai dans trois mois, lorsque le temps se sera amélioré.

Il vida son verre d'un trait, traversa la cuisine et sortit sous la pluie.

II

Durant les semaines qui suivirent, il plut chaque jour du matin au soir et pendant une bonne partie de la nuit. Wilson lut *Don Quichotte*, *Avec Napoléon en Russie* de Caulaincourt et *Manon Lescaut*, les derniers livres qui lui restaient de son ancienne existence. Il n'avait trouvé dans la maison qu'un seul livre digne d'intérêt : un recueil de poèmes de Rimbaud, contenant une courte biographie de l'auteur. Après une jeunesse extravagante vouée à la folie et aux excès, le poète s'était exilé en Afrique, où il s'était livré au trafic d'esclaves et avait épousé une Abyssinienne. On ne sait trop comment, le plus égoïste des hommes d'une nation connue pour son égoïsme avait tout oublié de ce qui le concernait, sous le brûlant soleil africain. Vingt minables années plus tard, alors qu'il se mourait de la gangrène à Marseille et qu'il était déjà célèbre à Paris, il se souvenait à peine d'avoir écrit le moindre poème.

Voilà l'effet que l'Afrique produit sur le tempérament des citadins, décida Wilson. Une sorte de léthargie s'abat sur vous, vous vous perfectionnez dans l'art de bayer aux corneilles, et chaque jour se confond avec le suivant. C'est ainsi qu'il lui fut impossible de dire combien de semaines s'étaient écoulées avant le retour de Criquet de son expédition en mer. Un matin, à son réveil – un ciel pourpre chargé de pluie surplombait l'île, les rues boueuses étaient infranchissables, noyées sous les ordures –, il entendit du bruit dans la grande salle de bains. Il enfila un peignoir et alla voir ce qui se passait. Criquet se trouvait dans la baignoire sous la lucarne. La lumière de la pluie faisait des reflets verts dans la pièce, et la surface de l'eau du bain était couverte de délicats pétales de roses, jaunes et roses.

— Salut, Wilson, mon cœur. (Elle lui adressa un sourire paresseux et fit avec ses doigts quelques petits bruits dans l'eau.) J'ai promis à cet ivrogne que si tu n'allais pas bien à mon retour, il m'en rendrait des comptes. Alors, tu vas bien ?

Wilson ne dit rien. Il regardait son corps à travers l'eau. Mais les pétales de roses lui masquaient la vue.

— Comment as-tu trouvé des roses, sur cette île ?

— Elles viennent de France par colis, dit Criquet en se mouvant dans la baignoire. Elles sont congelées, on dirait des petites crottes. On les jette dans l'eau et… pouf ! des pétales de roses. C'est tout ce que tu as à me dire ? Depuis trois mois ! Est-ce que tu es heureux de me voir, au moins ?

— Oui, c'est bon de te revoir, dit Wilson.

Mais il resta près de la porte.

— Désolée d'être restée si longtemps partie, mon chéri. Nous avons eu des problèmes au Bupanda. Ils sont en guerre, tu sais. C'est un peu difficile pour les affaires. Et je regrette vraiment, pour plein d'autres choses aussi… (Elle lui tendit les bras, et la lumière verte s'y refléta comme de l'électricité statique.) Dans toute cette horreur, là-bas, murmura-t-elle, je ne pensais qu'à une chose. Venir te retrouver. Je me disais combien je serais triste si tu mourais.

Wilson se débarrassa de son peignoir et la rejoignit dans la baignoire. L'eau était chaude sur ses cuisses. Criquet se renversa en arrière, flottant parmi les pétales, comme Ophélie. Elle ferma les yeux et resta silencieuse. Wilson se sentait coupable. Faire l'amour avec elle avait la même saveur, à la fois douce et terrible, qu'une liaison avec la femme d'un autre. Elle appartenait à cet enfer de pirates. Elle était complice. En acceptant son corps, il devenait complice à son tour. Son cerveau et son cœur le savaient parfaitement. Mais il ne put y résister, et le remords pimenta ses ébats d'un indéniable frisson. Après l'amour, ils restèrent à demi immergés dans l'eau tiède. Les pétales de roses leur collaient à la peau.

— Il faut que nous parlions, Criquet.

— Pas maintenant, mon cœur, dit-elle d'un air endormi. C'est si bon de rester là, à flotter avec toi. Écoute la pluie sur le toit.

— Maintenant, dit Wilson.

12

Ils longeaient l'allée de coquillages qui constituait la seule route du village de la corniche, devant les maisons des Trente Capitaines construites en retrait sous les tamariniers. Wilson n'avait jamais vu quiconque circuler par ici. À de rares exceptions près, les maisons blanches étaient toutes fermées.

— À cette période de l'année, dit Criquet, ils sont tous à Londres, ou à Miami, ou ailleurs. Seul Papa est assez zélé pour organiser un raid pendant la saison des pluies.

Il pleuvait à seaux. Puis le temps se calma un peu. Le long de l'avenue, ils virent quelques autos rangées sous des bâches. Wilson reconnut la forme familière d'une Mercedes. Un gros chat tigré était tapi sous la voiture, juste derrière les roues avant. Criquet fit un miaulement plaintif. Le chat lui répondit de même, mais ne s'aventura pas sur le gravier mouillé.

— C'est Petey. C'était le chat du bord, sur l'*Esperance*, le rafiot d'Evan Matthews. Un mauvais garçon des Palmetto, comme Papa. Il y a quelque temps, au large des Maldives, Matthews est tombé sur un cotre des gardes-côtes argentins. À l'issue d'un combat épouvantable, le cotre a sombré. Mais l'*Esperance* aussi. Le capitaine Matthews, avec Petey en réserve pour le petit déjeuner et deux autres matelots – c'est tout ce qui restait de l'équipage –, a dérivé une semaine sur un canot pneumatique. Ils s'apprêtaient à manger le pauvre Petey lorsqu'on les a récupérés. Quand ils sont rentrés ici, le capitaine Matthews l'a mis à la retraite. Mais je crois bien que le chat regrette sa vie de pirate !

Ils marchèrent en silence. L'allée de coquillages devint un sentier défoncé qui montait le long de la corniche. Ils traversèrent un taillis broussailleux et s'enfoncèrent dans une forêt qui semblait former un long tunnel vert. Ils replièrent leurs parapluies. Les lourdes feuilles des arbres les protégeaient de la pluie. Des petits singes orange détalaient dans la pénombre verdâtre. Des lézards à l'écaille noire couraient sur l'écorce rugueuse des arbres. Quatre cents mètres plus loin, le sentier débouchait sur un espace découvert au bord de la corniche, un affleurement rocheux tourné vers l'intérieur de l'île.

Wilson n'était jamais venu si loin. Il fut surpris par le panorama. La corniche descendait vers une vallée où la jungle laissait place, à cinq kilomètres de là, à des terres cultivées. Il y avait des rizières et des vergers pleins de manguiers et de bananiers, des parcelles de terre riche et noire, en jachère, et des murs de pierres impeccables. Une route rectiligne menait à un gros manoir en pierre ancienne. Wilson ne connaissait pas grand-chose à l'architecture, mais il se dit que la bâtisse devait dater du XVe ou du XVIe siècle. C'était sans doute la résidence fortifiée de quelque antique gouverneur colonial, espagnol ou portugais. Des pelouses joliment entretenues descendaient vers une piscine miroitante et la haie de conifères taillée d'un jardin classique. Wilson n'avait pas besoin qu'on lui dise qui était le maître de ces lieux. Criquet le lui dit tout de même, en lui serrant la main très fort.

— C'est la maison du Portos. Villa Real. Sa famille vit ici depuis plus de quatre cents ans. À une époque, ils fournissaient la quasi-totalité des esclaves des plantations du Nouveau Monde. Le roi du Portugal a offert cette île à un de ses ancêtres. Le premier homme blanc à contourner la pointe de l'Afrique et à vivre assez vieux pour le raconter…

— Gil Eannes.

— Exact, dit Criquet, surprise. Comment le sais-tu ?

— Je n'en suis pas sûr, dit Wilson, mal à l'aise.

À cet instant précis, en effet, il n'en était pas sûr.

— En tout cas, le Portos constitue un de nos problèmes. Mon père en est un autre.

Ils retrouvèrent le sentier et remontèrent vers les arbres. Criquet prit à gauche et guida Wilson à travers le sous-bois.

À une vingtaine de mètres du sentier, un énorme banian déployait ses feuilles jusqu'au sol, où elles formaient une sorte d'abri clos. Sur le sol, sous les feuilles, quelqu'un avait étalé un des tapis orientaux de la maison et disposé un plateau d'argent avec deux coupes de cristal et une bouteille de champagne frappé. La glace n'était pas encore tout à fait fondue.

— Bravo, dit Wilson. J'ai l'impression de tomber dans un piège.

Criquet sourit, puis l'embrassa. Ils s'installèrent sur le tapis et ôtèrent leurs ponchos. Ils étaient environnés par l'odeur grasse des racines qui remontait du sol et le bruissement mélancolique des singes se mouvant dans les arbres. Criquet déboucha le champagne. Le bouchon sauta et s'envola dans les feuilles avec un bruit *civilisé*, incongru dans le silence humide de la forêt. Elle tendit un verre à Wilson.

— Champagne ?

Il s'y connaissait encore moins en champagne qu'en architecture. Mais dès la première gorgée, il comprit que celui-là coûtait au moins cinq cents dollars la bouteille.

— On porte un toast ? demanda Criquet.

— Je suppose.

Elle hésita. Son sourire s'effaça, et elle vida son verre d'un trait.

— Regarde-moi, Wilson.

Son ton était sérieux.

Wilson la regarda. Les yeux de Criquet s'accordaient au vert de la jungle, avec une nuance plus sombre juste à la surface.

— Considère ça comme ma manière de te demander ta main. Si tu veux rester en vie, tu vas devoir m'épouser.

Wilson ne savait que répondre. Un singe orange le fixait à travers les feuilles. Sa face toute fripée évoquait un visage de vieillard. C'était un des moments les plus bizarres de son existence.

— Le mariage est la seule solution, mon cœur, lui dit-elle doucement. Sinon, ils te tueront.

Elle lui prit la main, la pressa sur son visage. Elle adressa le reste de son discours à ses doigts :

— En vertu des Articles, tu es mon esclave. Tu m'appartiens. Un esclave n'a aucun droit, ici. Si quelqu'un tue mon esclave, il devra me dédommager, bien sûr, mais ce sera une simple question d'argent. Un mari, c'est tout à fait différent. Cela signifierait que tu es un membre de la famille. Un membre de la compagnie des Trente Capitaines. Protégé par la pleine autorité des Articles, tu vois?

Wilson se dégagea et croisa les bras.

— Pas vraiment, dit-il. Pourquoi ne me racontes-tu pas toute l'histoire, cette fois?

Quatre coupes de champagne plus tard, Criquet prit une profonde inspiration. Elle était prête à commencer.

— Je vais devoir revenir un peu en arrière. Quand j'étais petite fille, l'économie des Palmetto reposait entièrement sur le jeu. Tout le monde en vivait, plutôt bien. Puis le crime organisé s'en est mêlé, plusieurs meurtres ont défrayé la chronique à Outer Key et, en 1976, l'État de l'Alabama a interdit une fois pour toutes nos parties de poker de haute volée. Près de trois mille personnes se sont retrouvées sans travail du jour au lendemain et ont dû chercher d'autres moyens de survie. Depuis des centaines d'années, avant que le jeu ne se développe dans les années 1920, les mauvais garçons des Palmetto, comme Papa, ont toujours eu les yeux tournés vers la mer. Nous vivions sur un archipel, tu te rappelles? Bon Dieu, les premiers à occuper l'endroit avaient été des flibustiers aux ordres du fameux Elzevir Montague. Un de mes ancêtres directs. Eh bien, nous sommes retournés à la mer.

« Papa avait assez d'argent de côté pour acheter le *Storm Car* à la marine costaricaine. Au début, il poursuivait les yachts de luxe qui croisaient dans la mer des Antilles et les tramps qui amenaient leurs cargaisons de came d'Amérique du Sud. D'autres faisaient la même chose. Ils ont formé une vague confédération, comme les bons vieux pirates de jadis, qu'ils ont appelée la Société des Frères de la Côte. Dans les cinq années qui ont suivi, cette confrérie a fait disparaître près de deux cents navires. La fumisterie, à l'époque, c'était d'accuser le Triangle des Bermudes. Plus drôle encore, c'était les journalistes qui accusaient des trucs comme les tourbillons magnétiques et les ovnis…

« Presque au même moment, la guerre civile au Bupanda commençait à prendre de l'ampleur. Quelques patrons de bateaux libanais entreprenants achetaient des prisonniers de guerre bupus aux Andas, et des prisonniers de guerres andas aux Bupus, et allaient les vendre aux Arabes sur les rives de la mer Rouge. Papa a été un des premiers, de notre côté de l'océan, à imaginer le potentiel que représentait cette affaire. Il a installé des baraquements à Grand-Terre – une île façon chiure de mouche au nord-ouest du détroit des Palmetto –, il a recruté trente capitaines de la confrérie et il a mis le cap sur l'Afrique.

« Presque immédiatement, tout le monde a gagné des masses de fric. La seconde année, Papa a vendu deux cents Bupus à Dominion Sugar, pour leurs plantations de canne à sucre du Guyana, pour un quart de million de dollars. Une nuit, à la faveur d'un ouragan, six Bupus se sont échappés. L'un d'eux, qui parlait anglais, est parvenu à rejoindre la Jamaïque, et des rumeurs ont commencé à circuler aux États-Unis. Les gardes-côtes ont commencé à renifler à gauche et à droite. Brusquement, l'affaire des Palmetto s'est retrouvée hors jeu. Papa s'est mis à la recherche d'une autre base d'opération pour le trafic avec le Bupanda. C'est alors que le Portos est arrivé. Il a proposé une petite partie de cartes à deux, rien que Papa et lui. Si Papa gagnait, il pouvait installer le trafic d'esclaves à Quatre-Sables, et en faire une affaire d'envergure qu'il dirigerait sans céder de pourcentage. Si le Portos gagnait, en revanche, Papa viendrait quand même à Quatre-Sables, mais le Portos dirigerait les opérations et prendrait vingt-cinq pour cent du chiffre d'affaires. Plus un petit quelque chose. Appelons cela une prime supplémentaire...

Criquet marqua une pause. Elle but une gorgée de champagne au goulot. Elle remplit la coupe de Wilson, en renversa un peu. Puis elle but encore. Wilson entendit la bouteille cogner contre ses dents. Elle s'essuya les lèvres avec sa manche et reprit son récit d'une voix tremblante :

— Le Portos est un vrai joueur. Il est accroché au jeu comme d'autres le sont à la drogue ou à l'alcool. Je t'ai parlé de lui. Mais je ne t'ai pas tout dit. Je le connaissais déjà quand j'étais toute petite. Il était de toutes les grandes parties de poker de Johnny Mazep. De temps à autre, il séjournait chez nous, dans la grande maison de St. George. Sans doute avais-je pris l'habitude de flirter avec lui comme le font les petites filles. Il était si beau, avec ses costumes blancs impeccables et ses manières raffinées à l'européenne ! Un jour – j'avais onze ans environ –, il m'a emmenée en pique-nique à Capstan Head. Il avait une grosse Mercedes blanche avec chauffeur, qu'il amenait toujours de Miami sur le ferry. Sur le chemin du retour, il a défait ma robe bain de soleil, il a commencé à fourrer ses mains partout sur ma poitrine et entre mes cuisses, et il a sorti sa queue, il était tout rouge, et il s'est mis à se masturber. Je hurlais, mais le chauffeur ne s'est même pas retourné. Quand il eut fini, il m'a essuyée et m'a dit de cesser de pleurer et de faire comme si rien ne s'était passé. Je n'ai rien dit à ma mère, parce que j'étais terrifiée, je me sentais coupable, et je ne savais pas si j'avais fait quelque chose pour inciter le Portos à agir de la sorte. J'ai rangé toute l'histoire au fond de mon esprit, là où on range les saletés, et j'ai essayé de tout oublier…

« Cinq ans plus tard, la nuit où le Portos a joué sa partie de cartes privée avec Papa, je revenais d'une soirée à Palmetto High. J'étais défoncée, et j'avais baisé avec je ne sais quel Latino sur le siège arrière de sa voiture. Il était près de trois heures du matin, j'écoutais Foghat au casque et je me déshabillais, et je n'ai pas entendu le Portos entrer dans ma chambre. Il m'a renversée sur le lit, m'a couvert le visage avec un oreiller et m'a violée. Puis il a ôté l'oreiller, m'a dit de ne pas avoir peur, et il m'a violée une deuxième fois. Certes, je n'étais pas vierge, mais c'était ignoble. À un moment, j'ai aperçu Papa, à la porte, qui regardait en avalant de grandes rasades de bourbon à la bouteille.

« Le Portos m'a violée encore une fois, au matin, avant de s'en aller. Vers dix heures du matin, Papa m'a entendue pleurer. Il est entré dans la chambre et m'a annoncé qu'il m'avait *perdue* au poker, que je n'étais plus sa fille, que j'appartenais au Portos, comme une esclave, et que je n'avais pas le choix. J'ai pleuré, longtemps pleuré, mais ma mère était morte, et je ne pouvais rien faire. Je n'ai pas résisté. Comment aurais-je pu ? Je ne pouvais pas m'enfuir à nouveau. À chaque fois que je m'enfuyais, je finissais toujours par coucher avec quelqu'un pour un lieu où dormir ou un repas décent. Tu sais ce qui arrive aux filles naïves, dans la rue… Où était le problème ? Une semaine plus tard, j'embarquais sur le navire du Portos, le *Jésus-de-Lubeck*. Je t'ai raconté tout cela. La seule chose que j'ai omise, c'est qu'il me baisait sans interruption du matin au soir, qu'il se servait de moi comme si j'étais sa captive. Depuis lors, je suis à lui. Ce type m'a dans la peau. À chaque fois que je le quitte, il me retrouve et me ramène. C'est arrivé deux fois. La seule vie que je connaisse, c'est la mer, je ne sais rien faire d'autre, et il a des relations dans les compagnies de navigation du monde entier.

« Il n'y a qu'une manière de lui échapper une fois pour toutes. J'ai besoin d'un bon joueur. Tu es gentil, tu es malin, et tu es un bon joueur, n'est-ce pas, Wilson ? Dès l'instant où tu es entré dans la boutique de Nancy, j'ai su qu'il se passait quelque chose. J'ai tout de suite été attirée par toi, et quand tu m'as dit que ton père avait été un joueur professionnel, les rouages se sont mis à tourner… C'est alors que j'ai conçu mon plan pour t'emmener avec moi.

— Criquet…

— Non, laisse-moi finir. À chaque fois que je rentre à Quatre-Sables, je passe quelques jours à la villa Real, et le Portos me baise. Ce n'est pas le pied, mais j'en ai l'habitude. Jusqu'à ce que tu fasses ton apparition, j'étais même plutôt satisfaite de cette existence. Ce n'était pas si mal. De l'action à bord de tel ou tel navire, et je ne dépends de personne durant la plus grande partie de l'année… Alors, si je tente ma chance dans quelque lointaine contrée, qui le saura ? Sauf que le Portos, maintenant, a décidé de m'épouser. J'ai pu reculer l'échéance pendant ces deux dernières années, mais il ne veut plus attendre. Et il ne plaisante pas. Il dit qu'il vieillit, qu'il veut se ranger, qu'il veut avoir des enfants pour lui succéder dans ce tas de vieilles pierres que tu as vu, tout à l'heure, dans la vallée. Écoute, Wilson… L'opération Ackerman est la première où je sois associée à part entière. Selon les Articles, j'ai droit à une partie des bénéfices. Jusqu'ici, je ne touchais que de l'argent de poche… Dix mille par-ci, vingt mille par-là. Mais quand ce riche salopard va cracher au bassinet, il sera question de millions de dollars ! Assez d'argent pour fuir, assez pour vivre jusqu'à la fin de nos jours ! N'importe où, en Europe, en Amérique du Sud, où tu voudras. Nous pourrons vivre comme des gens normaux! Nous pourrons avoir une maison à nous et, qui sait, nous pourrons…

Sa voix se brisa. Elle se pencha en avant, prit son visage dans ses mains et se mit à sangloter avec des spasmes violents. Wilson était embarrassé. Il ne savait que faire. Il aurait voulu lui dire qu'il n'avait pas confiance en elle, qu'il ne pouvait pas vivre du produit de la piraterie, du crime et de l'esclavage, qu'on ne peut pas fonder son bonheur sur les souffrances d'autrui. Il fit ce qu'un homme sensible fait toujours face à une femme qui pleure, désespérée. Il la prit dans ses bras, la serra contre lui et fit de son mieux pour la réconforter.

13

La grosse Lagonda bleue déboucha sur la route principale du bidonville. Elle venait d'une allée située à mi-hauteur de la côte. Wilson se dirigeait vers le Black Spot en luttant à la fois contre la pluie et la foule trempée. Il s'arrêta sous un surplomb pour laisser passer l'élégante auto. C'était une Rapide bleu roi des années 1950, avec une belle carrosserie Tickford et des enjoliveurs chromés. Il n'avait jamais vu ce genre de voiture ailleurs que dans les livres. La pluie glissait sur le capot lustré. Le moteur ronronnait, pas plus bruyant qu'une horloge. La voiture dépassa l'abri de Wilson, puis elle s'arrêta et attendit quelques instants, moteur au ralenti. L'eau chuintait sur le gros radiateur. Deux hommes en descendirent. Ils s'avancèrent vers Wilson, qui reconnut Mustapha et Schlüber, les lieutenants du capitaine Page.

— Pas d'histoires, dit l'Allemand. Monte dans la voiture.

Pour être sûr qu'il comprenne, Mustapha ouvrit légèrement son imperméable. Wilson vit dépasser la crosse d'un vieux Colt 45 de l'armée américaine. Il haussa les épaules et se glissa à l'arrière de la Lagonda, dont la portière se ferma derrière lui avec un bruit étouffé. Le cuir des sièges était usé et sentait bon. L'habillage des portières était d'acajou avec des accents d'argent. Une vitre épaisse séparait l'avant de l'arrière. À la vue du tableau de bord en acajou – cadrans à façade de nacre, volant de cristal massif –, Wilson pensa à une table dressée pour un dîner de Noël. Mustapha passa à droite et s'installa derrière le volant. Schlüber monta de l'autre côté et la voiture démarra doucement et descendit la pente bourbeuse en cahotant.

Quand ses yeux s'habituèrent à la lumière grise qui pénétrait dans l'auto, Wilson réalisa qu'il n'était pas seul à l'arrière. Le capitaine Page était affalé contre la portière, dans le coin opposé. Il portait ce jour-là un costume marron froissé et une cravate jaune couverte de taches. Son bandeau était de guingois. Un flacon de vodka d'une demi-pinte dépassait de sa poche de poitrine.

— Eh bien, capitaine, allez-vous me tuer, cette fois? demanda Wilson.

Le pirate ne répondit pas. Il grogna, marmonna quelque chose pour lui-même, sortit le flacon de sa poche et engloutit une robuste rasade de vodka.

Après les docks, ils prirent la route qui montait à gauche des baraquements. Le frottement des essuie-glaces sur le pare-brise produisait un bruit sourd. La route contourna les faubourgs aux formes irrégulières, puis s'élargit avant de s'enfoncer dans l'épaisseur de la jungle, huit cents mètres après la dernière cabane. Au bout d'une minute, Wilson sentit que les pneus roulaient sur une surface inégale. Il appuya son nez contre la vitre et vit défiler sous eux une chaussée de vieux pavés. Des statues néoclassiques en piteux état étaient disposées de chaque côté de la route, tous les trente mètres environ. Nymphes et déesses, satyres et héros, tous ligotés par les plantes grimpantes, à demi avalés par la jungle.

Finalement, le pirate lui tendit la flasque de vodka.

— Bois un coup, citoyen, dit-il sans le regarder.

— C'est ce que tout le monde a l'air de faire, sur cette île.

Wilson but une petite gorgée au goulot et lui rendit le flacon.

— J'ai entendu dire que tu voulais épouser ma fille. Le pirate se tourna brusquement et fixa Wilson de son œil unique et humide.

— Pas exactement.

— Bien. Parce qu'il ne m'appartient pas de la donner à quiconque. Le Portos me l'a gagnée au poker, il y a des années. Je suppose qu'elle te l'a dit.

— Oui. Et pour autant que je sache, elle n'appartient à personne, sinon à elle-même. Elle a le droit de disposer de sa vie comme elle l'entend.

Le pirate grimaça un sourire qui montra ses dents jaunes.

— Très drôle ! Va raconter ça au Portos. Nous ne sommes pas en Amérique, mon garçon. Ma fille n'est pas une de ces petites putes bourgeoises de Baisecul, Illinois. Les seuls droits reconnus, à Quatre-Sables, ce sont les droits de propriété. Tout le monde appartient à quelqu'un.

— Ce n'est pas ça qui me fait hésiter, dit Wilson.

— Hein ?

— Premièrement, il faut admettre que les circonstances sont très singulières. Deuxièmement, même dans des conditions normales, je ne pense pas être prêt pour le mariage.

— Tu plaisantes.

— Non. Et il y a autre chose. Pour qu'un mariage soit réussi, il faut que les deux personnes aient des centres d'intérêt communs. Ils doivent au moins avoir des tempéraments proches. Criquet est belle, et fascinante, mais mon degré de tolérance pour le meurtre, l'esclavage et la piraterie est très bas.

— Tu vas me tuer, citoyen !

Le pirate éclata de rire, en renversant sa tête en arrière. Son rire était un long ululement d'ivrogne.

— Une dernière chose, ajouta Wilson. La belle-famille.

Le pirate cessa de rire. Il plissa l'œil.

— Peu recommandable. C'est le moins que l'on puisse dire. En vérité, toute cette affaire me rend malade. De ma vie, je n'avais jamais rien demandé à Dieu. Mais quand j'ai vu ces pauvres misérables Africains là-bas, dans leurs chaînes, j'ai prié pour qu'on leur accorde une chance de se venger de vous tous.

— Je vais te dire une chose, répondit le pirate d'une voix calme. Tu n'aimes peut-être pas l'esclavage. Mais c'est la solution de l'avenir. Les Africains n'ont qu'une chose à leur actif, et ils ne savent qu'en faire : leur nombre… Ils sont trop nombreux, tout simplement. Vois ce qui se passe au Bupanda. Trois millions de morts en dix ans, et ni les massacres ni la guerre civile n'ont apporté un début de solution à leur problème démographique. J'ai vu des Bupus avec dix épouses et soixante-treize gosses, et qui vivaient sur des tas d'ordures. Est-ce que tu sais que le Bupanda a la densité de population la plus élevée du continent ? N'importe quelle petite pute noire, là-bas, met dix enfants au monde – et ce n'est qu'une moyenne. Voilà des choses que la presse occidentale ne vous raconte pas, hein? Je me souviens de Rigala, avant guerre. Il fallait marcher sur son voisin rien que pour chier. C'était un beau pays, jadis, de belles collines, des forêts... Ça me rappelait l'Irlande. Aujourd'hui, à part quelques parcelles de jungle dans les régions montagneuses, les forêts ont disparu, et les collines sont couvertes de cadavres en décomposition. Il y a deux cents ans, Malthus disait qu'il n'y avait que deux manières de contrôler la démographie : la misère et le vice. Les Bupandais, ils ont la misère sous la main. Nous, on se charge du vice.

Le pirate gloussa et s'envoya une rasade de vodka. Wilson regardait fixement par la vitre de la Lagonda battue par la pluie. Il réfléchissait à ce qu'il venait d'entendre. La jungle défilait devant ses yeux, confusion de sous-bois et de complexité morale.

— J'ai vu pas mal de choses affreuses ces derniers mois, dit-il quand il recouvra l'usage de la parole. Et j'ai décidé de vivre dans ce monde avec ce qu'il y a de bon. Vous pouvez appeler cela une approche romantique de la vie, ou une solution simple à un problème compliqué. Mais c'est la seule manière de sauvegarder mon équilibre moral et ma santé mentale. Mes tripes me disent que l'esclavage est une horreur, et je dois vivre selon ce que mes tripes me disent. Une manière comme une autre de dire que je dois vivre selon mes principes. Pour Criquet, je crains que ce ne soit trop tard. Elle s'est vautrée presque toute sa vie dans votre fange. Elle désire désespérément être propre, mais il est peut-être trop tard pour ôter la saleté.

Le pirate se redressa et reboucha le flacon de vodka qu'il fourra de nouveau dans la poche de son costume marron froissé.

— Je pourrais t'égorger sur-le-champ, grommela-t-il. Te couper la gorge d'une oreille à l'autre, et jeter ton corps dans la jungle pour que les fauves te bouffent les tripes.

Il frappa la vitre de séparation d'un coup sec. Elle s'abaissa, et Schlüber se tourna vers eux.

— Capitaine?

— Fais voir ton couteau à ce petit salaud.

L'Allemand grimaça et sortit de sous sa veste un couteau à manche d'os, dont la longue lame courbe évoquait un rictus.

— À votre place, je ne ferais pas cela, dit Wilson. Je suis un ami du Portos.

— Foutaises, dit le pirate en se passant le doigt sur la gorge. Fais-lui la peau, Schlüber.

— Et la voiture, capitaine? (Le sourire de Schlüber s'évanouit.) Que dira le Portos si nous répandons du sang sur ses tapis Wilton?

— Tu m'as entendu. Fais-lui la peau!

Wilson s'efforça de rester calme. La sueur lui coulait sur le front. Il regarda le pirate, puis Schlüber, et se laissa aller lentement contre la portière. La jungle n'était qu'à quelques mètres. Mais l'Allemand pâlit, se retourna sans un mot et remonta la vitre. Wilson lâcha un soupir de soulagement presque inaudible.

— Regarde ça, espèce de salaud, lui dit le pirate.

Il leva une main noueuse, et Wilson vit qu'il tremblait de rage.

— Tu n'es pas passé loin. Si j'étais servi par de vrais hommes, et non de foutus diplômés de Harvard, tu serais déjà mort. Maintenant, ferme-la.

Wilson se tourna de nouveau vers la vitre. Sous la pluie, dans le sous-bois, il aperçut une statue de Diane, la chasseresse vierge, un cerf sans tête à ses pieds, sur un piédestal de marbre attaqué par les lianes. La main qui tenait l'arc avait disparu, et la moitié du bras avec elle. L'autre main recueillait les gouttes de pluie. La mousse poussait dans les orbites de marbre vides.

14

Des moutons broutaient paisiblement au fond des douves inutiles. Un grand portail en fer forgé de dix mètres de haut donnait sur une cour pavée, où une copie de la fontaine de Trevi à Rome déversait une eau paisible dans un bassin plein de nénuphars. La Lagonda pénétra dans la cour et s'arrêta devant l'entrée principale de la maison – un portique baroque fourmillant de saints, d'anges et d'arabesques sculptés dans une pierre rosâtre qui semblait plus tendre que le sable.

— J'espère que tu reviendras en pièces détachées, insupportable petit con ! dit le pirate, tandis que Wilson quittait l'intérieur sombre de l'auto.

— Nous verrons bien.

Il allait en dire plus, mais le pirate claqua la portière, la Lagonda fit une embardée et repassa le portail de fer forgé.

Wilson resta debout sous la pluie et contempla la maison jusqu'à ce que les épaules de sa veste soient complètement trempées. Il trouva un mouchoir dans sa poche et se moucha. Un instant plus tard, la porte de la maison s'ouvrit. Une toute petite femme vêtue d'une robe d'intérieur et d'un tablier à fleurs regarda dans sa direction et prononça quelques mots rapides dans une langue qu'il ne comprenait pas.

Il secoua la tête.

— Anglais, dit-il. Et un peu de français.

— Vous êtes mouillé, dit la femme. Venez à l'intérieur.

Wilson monta les grandes marches de marbre, s'essuya soigneusement les pieds sur un paillasson qui disait *Bienvenudo*, et entra. La villa Real avait été largement restaurée au cours des siècles. Les murs étaient recouverts d'un lambris victorien sombre et de tableaux dans des cadres dorés, très ornés, datant de la même époque. Wilson remarqua une Vierge de Murillo non répertoriée et deux Goya « tauromachiques » qu'il n'avait jamais vus auparavant.

La femme l'introduisit dans la bibliothèque – une pièce immense aux plafonds gothiques voûtés, où les rayonnages couvraient les murs sur deux étages. Des fenêtres aux vitres en losange donnaient sur les jardins bien entretenus. Quand Wilson entra dans la pièce, le Portos était en train de choisir un livre, juché sur une échelle. Il le reconnut immédiatement. Don Luis Hidalgo de la Vaca n'avait pas changé depuis la nuit des combats de coqs, sauf qu'il avait troqué son costume de lin blanc contre une veste d'intérieur de soie rouge et des pantoufles matelassées en daim jaune. Son chauffeur, le Killa from Manila, était tranquillement assis dans un fauteuil Tudor, près de la fenêtre. Il était plongé dans une biographie de Bismarck. Il ferma son livre et suivit Wilson de ses yeux aux paupières lourdes.

— *Patron*, dit-il.

Don Luis jeta un coup d'œil par-dessus son épaule.

— Connaissez-vous Byron, monsieur Lander ?

— Pas personnellement. Mais je l'ai lu à l'université.

Don Luis sortit un gros volume du rayon et descendit prudemment, un barreau à la fois.

— C'était un écrivain très passionné, vous ne croyez pas ?

— C'est ce qu'on dit. Il est censé avoir couché avec tout ce qui avait moins de cinquante ans, dans toute l'Europe. Hommes, femmes et enfants.

Don Luis fronça les sourcils.

— Ce n'est pas ce que je voulais dire. Je parlais de sa poésie.

Il traversa la pièce jusqu'à une table de bibliothèque couverte de livres, tira un fauteuil à oreilles et s'assit, le volume de Byron sur les genoux, comme un chat.

Wilson haussa les épaules.

— *Childe Harold* est un monument d'ennui. On nous l'a fait étudier à l'université. *Don Juan* est un peu mieux. Je préfère Keats.

— Keats était faible et sentimental, dit Don Luis. Pensez à toutes ces lettres pleurnichardes à Fanny Brown. (Il désigna un tabouret, à ses pieds.) Asseyez-vous.

Wilson secoua la tête.

— Je préfère rester debout.

Don Luis tripota sa fine moustache et le regarda de ses yeux las. Il était impossible de savoir ce qui se passait derrière ce visage aristocratique de joueur de poker. Et cette incertitude mettait Wilson mal à l'aise.

— Pensez ce que vous voulez de Byron. (Don Luis tapota le volume de ses doigts fins et élégants.) Mais sa vie était à la hauteur de sa poésie. Il était héroïque, c'était un homme d'action, au meilleur sens du terme. Un aristocrate. Sa poésie reflète sa vie, et elle convient donc bien mieux à notre époque que l'œuvre insipide de poètes plus contemplatifs.

Wilson fit un geste ambigu, que Don Luis interpréta comme une marque de scepticisme. Il s'avança dans son fauteuil, les yeux brillants à la perspective d'une discussion.

— Regardez autour de vous, monsieur Lander, dit-il d'un ton professoral. Nous entrons dans une ère nouvelle de l'histoire du monde. Les hommes en ont assez de se soumettre à l'autorité de la loi. Les mers grouillent à nouveau de pirates. Nous allons enfin laisser derrière nous les petits, les bourgeois, les adeptes du confort. Nous abandonnons l'âge de l'homme d'entreprise pour entrer dans l'âge du loup. L'héroïsme physique et la force brutale seront les vertus de demain. L'honneur de l'individu, j'entends : l'honneur du guerrier, va remplacer tous les mensonges de la culture commerciale internationale. Regardez votre pays ! Les classes dominantes connaissent une banqueroute morale, alors qu'elles sont même trop égocentriques pour se reproduire. Elles accordent plus de valeur au luxe qu'au pouvoir, à la sécurité qu'à la survie de leur âme. Qu'ont-elles produit, en l'absence de l'honneur ? Des banlieues résidentielles ! Un lieu dénué de texture, où toutes les singularités de caractère sont neutralisées par les tranquillisants, où la tiédeur est une panacée, où la plus grande aspiration de l'homme est d'être avocat ou conseiller en marketing ! Vous, les Américains, êtes devenus un peuple mou et laid, un peuple qui ne veut ni terreur ni vertu. Dieu merci, tout cela est en train de changer. Vos cités décadentes engendrent une nouvelle race d'assassins dont les mains ne se lasseront jamais de tirer l'épée. Le jour viendra, bientôt, où ils se lèveront pour vous égorger pendant votre sommeil. Et alors…

— Attendez une minute, Luis, l'interrompit Wilson. Laissez tomber la philosophie et les poètes romantiques. Vous avez l'intention de me tuer, n'est-ce pas? (Il se laissa tomber sur le tabouret, soudain épuisé, et posa ses coudes sur la table.) Comment allez-vous vous y prendre?

— Je vais sans doute demander à Alfonso de vous tordre le cou, dit Don Luis après un instant de réflexion. C'est la solution la plus rapide, et celle qui crée le moins de problèmes. Ne vous en faites pas. Ce sera l'affaire de quelques secondes.

Wilson jeta un coup d'œil à l'énorme catcheur, qui s'était replongé dans sa biographie de Bismarck. Il sentait déjà ses doigts épais écrasant sa trachée artère. Il eut un étourdissement et posa son front sur la table. Pendant une bonne minute, il resta à contempler le marbre usé du sol, les pantoufles matelassées du Portos. Quand il releva la tête, Don Luis attendait, les doigts joints.

— Avant de me tuer, fit Wilson d'une voix aussi calme que possible, laissez-moi vous raconter une histoire. À propos de mon père.

Don Luis eut un sourire patient. Il avait tout son temps.

— Pendant la Seconde Guerre mondiale, mon père servait dans l'Air Corps américain, à Lancaster Field, en Angleterre. Ils allaient bombarder la France et l'Allemagne dans ces gros avions, les B-17, qu'on appelait les forteresses volantes. Mon père était opérateur radio. Mais les missions exigeaient généralement le silence radio. La plupart du temps, il restait donc là, dans le ventre de l'avion, attendant de voir le fuselage déchiré par la DCA allemande. Ils sortaient quatre ou cinq fois par semaine, et les risques étaient très élevés. Il arrivait que quatre-vingt-dix pour cent des aviateurs soient touchés. Durant les six derniers mois de 1943, les Alliés ont perdu plus de dix mille hommes dans le ciel d'Europe. Plus vous sortiez souvent, plus les chances de survie étaient faibles. Mais si vous surviviez à vingt-cinq missions, on vous plaçait en réserve. C'était le chiffre magique…

« Mon père a survécu à vingt-cinq missions, sans une égratignure, mais il a refusé d'être mis en réserve. Il a demandé un transfert sur un autre avion, pour une nouvelle série de vingt-cinq missions. Comme ils n'avaient jamais assez d'hommes expérimentés sous la main, on le lui a accordé. Puis encore vingt-cinq missions. Finalement, il a exécuté plus de missions que n'importe quel opérateur radio de l'Air Corps pendant toute la guerre. Tout le monde pensait qu'il était cinglé. Mais il n'était pas cinglé. C'était un joueur, et il se savait plus fort que le hasard.

« Avant la guerre, il faisait son droit à Ashland College. Il n'avait jamais joué de sa vie, jamais touché le moindre jeu de cartes. Il n'est devenu joueur qu'après sa première mission aérienne en Europe. Ce fut une fameuse catastrophe, tous les livres d'histoire en parlent. Toute une escadre a pris l'air sans aucun soutien, pour aller bombarder une usine de munitions. Elle est tombée sur un nid de chasseurs ennemis. Sur cinquante-sept avions, un seul est rentré. Celui de mon père. Il n'avait pas été touché. Pas la moindre trace de balle. Ils l'ont débaptisé – il portait un nom patriotique stupide, quelque chose comme *Victoire-Ailée* – pour l'appeler *Linda-la-Chance*. Et ils ont dessiné sur le fuselage une belle grande fille nue. Mon père s'est dit qu'il avait déjà bravé le sort, dans les conditions les plus défavorables, alors pourquoi ne serait-il pas capable de recommencer, à l'infini ? Il aimait cela. Il m'a dit un jour que braver le sort est la seule chose qui fait de nous des êtres humains. Cela n'exige pas de véritable talent, ni de compétence, disait-il… Tout est dans le style…

« C'est ainsi qu'il est devenu joueur professionnel, en 1945, quand il a été démobilisé. Il aimait les chevaux par-dessus tout, mais il jouait aussi à la roulette, au poker, aux dés. Tout, sauf les chiens. Il se disait que les chances étaient toujours contre lui, et c'était toujours le cas, et il gagnait toujours. Maintenant, je vais vous dire une chose, Luis. Je suis comme mon père. J'ai passé la moitié de ma vie à le nier, à essayer de vivre prudemment, à essayer de construire un mur de probabilité entre moi et l'inconnu. Mais je sais ce qu'il en est. Je suis un joueur, comme mon père, et un sacré bon joueur. Comme mon père, je suis imbattable à n'importe quel jeu de hasard lorsque les chances sont contre moi. Personne ne peut me battre.

Quand Wilson se tut, Don Luis resta silencieux. Puis il se leva, se dirigea vers la fenêtre, contempla le jardin et la pluie.

— L'enjeu, dit-il enfin. Qu'avez-vous à offrir, outre votre vie ?

— Il s'agit de Criquet. Si vous gagnez, elle vous épouse dans la semaine, sans conditions.

— Si je perds ?

Wilson haussa les épaules.

— Elle prétend m'aimer.

— Vous la croyez ?

— Je ne sais pas. En tout cas, il ne vous servira à rien de me tuer sur-le-champ. Elle ne vous épousera pas si vous avez mon sang sur les mains. Elle tenait à ce que je vous le dise.

Don Luis était toujours face à la fenêtre.

Wilson attendit, pendant une interminable minute. Il ouvrit le volume de Byron. Son regard tomba sur un vers de *Manfred* : « Maudit ! Que puis-je faire de mes jours ? Ils sont déjà trop longs... » Il referma le livre.

15

Ils prirent le goûter à cinq heures. La gouvernante leur servit de la fouace, des sandwichs et un pot de tisane piquante, puis un plateau de desserts. Quand elle eut débarrassé, une demi-heure plus tard, le Killa from Manila ôta tous les livres qui se trouvaient sur la table de bibliothèque. Puis il apporta deux chaises et une boîte blindée, dont il souleva le couvercle. Wilson ne put retenir un hoquet de stupéfaction. La boîte était pleine de Krugerrands d'or. Les pièces semblaient émettre leur propre lumière. Elles lui remirent en mémoire toutes les images de trésors de pirates.

Don Luis en prit une poignée, qu'il étala sur la table.

Wilson en saisit un du bout des doigts. Côté face, il vit un portrait de F.W. Botha, le champion de l'apartheid. Côté pile, un innocent springbok gambadait sur le veld.

— Plutôt tape-à-l'œil, vous ne trouvez pas ? demanda Don Luis. Mais très pratiques pour jouer. Et tellement plus impressionnants que des jetons de poker !

Après avoir divisé les Krugerrands en piles de mille, ils commencèrent par le stud poker. Rien d'extravagant. À intervalles réguliers, Don Luis ouvrait un jeu neuf qu'il sortait d'un petit meuble Renaissance placé de l'autre côté de la pièce. Plus tard dans la soirée, la gouvernante leur servit un plateau de viandes froides et de fromages, suivi de cigares et d'une liqueur de mangue fabriquée avec les fruits de la propriété. Ils fumèrent, jouèrent, parlèrent peu. Il n'y avait pas d'étoiles derrière les vitres en losange, rien que la pluie et l'obscurité de la jungle. Au bout de six heures, Wilson avait gagné cinq cents

Krugerrands. Deux heures plus tard, il avait un passif de cinquante. Mais il ne s'inquiétait pas. La chance lui souriait, et il sentait les choses très simplement. Il pouvait battre Don Luis.

Au moment où l'aube éclairait le ciel de ses premiers feux, Wilson prit sa dernière pièce au Portos. Elles étaient toutes empilées sous son coude, maintenant, comme l'or d'un conte de fées. Il s'attendait à ce qu'elles se transforment à tout moment en boulets de charbon.

Don Luis se renversa en arrière, une sorte de sagesse lointaine dans le regard. Wilson s'étira. Ses vertèbres craquèrent, comme du pop-corn.

— C'est le moment de décider si je dois vous tuer ou vous laisser partir avec ma femme, dit Don Luis.

Wilson haussa les épaules. Ses yeux le brûlaient à cause du manque de sommeil, mais il ne sentait pas la fatigue.

— Vous êtes un gentleman. Je suppose que votre parole a quelque valeur.

— C'est le cas, hélas.

Ils descendirent à la cuisine – une grande pièce aux murs de pierre nue percés de meurtrières. D'énormes marmites de cuivre, peu commodes, étaient suspendues à côté d'un âtre assez grand pour y faire rôtir un cheval. Au-dessus de la cheminée, un bouclier de cuir couvert de poussière arborait un faucon et deux étoiles sur fond jaune.

— C'est la partie la plus ancienne de la maison, dit Don Luis. Construite vers 1500. Voyez ces poutres taillées à la main, au plafond.

Wilson regarda les poutres, qui n'avaient rien d'extraordinaire. Il prit un tabouret le long du comptoir à gauche de l'évier et attendit. Don Luis inspectait le garde-manger.

— Je dois avouer une certaine faiblesse pour les solides petits déjeuners américains, s'exclama le Portos. Mais je ne viens pas très souvent ici. Il va me falloir un moment pour trouver les ingrédients…

Il émergea du garde-manger quelques instants plus tard avec des œufs, du café, du pain, une demi-roue de gruyère et une pièce de jambon cru.

— Vous avez besoin d'aide ? demanda Wilson. J'étais aide-cuisinier, sur le *Compound Interest*.

— Vous étiez gâte-sauce, monsieur Lander ? rétorqua le Portos, un sourcil levé.

— Aide-cuisinier.

— Bien. Alors je vous laisse faire.

Wilson fit bouillir le café à la manière africaine, coupa des tranches de fromage, battit les œufs et fit cuire les omelettes à l'huile d'olive sur le gros fourneau d'acier.

Quand tout fut prêt, ils s'assirent au comptoir pour manger. Le pain était frais, le bacon avait un goût fumé très prononcé, et le café était bon et fort. Wilson se dit qu'il n'avait jamais pris un repas aussi succulent. Ils l'achevèrent en silence et restèrent devant leur café. Le bruit d'un aspirateur leur parvint, de quelque part dans la villa.

— L'histoire de votre père, pendant la Seconde Guerre mondiale... demanda soudain Don Luis. Tout cela est vrai ?

— Non.

— Vous aviez raison, monsieur Lander. Vous êtes un excellent joueur.

— Vous aussi, dit Wilson.

Le Portos fit un geste de la main.

— J'espère que vous savez dans quoi vous vous embarquez...

— Vous voulez parler de Criquet ?

— Qui d'autre ? J'ai été un homme marié, jadis, avec trois beaux enfants. Deux garçons et une fille. Je ne les ai pas vus depuis des années. Ils vivent à Paris avec leur mère. Ce sont de bons petits gauchistes, qui étudient à la Sorbonne. Je n'ai pas honte de vous dire que je suis à un âge où l'on commence à chercher le réconfort de la vie de famille. Mais la mère de mes enfants leur a appris à me haïr. Elle a assez d'argent de son côté, et ne veut rien avoir à faire avec moi. Tout ce pays, toute cette tradition – l'histoire des Hidalgos de la Vaca remonte à plus de mille ans en arrière – disparaîtra avec moi. J'ai sacrifié mon avenir pour Susan Page.

— Comment est-ce arrivé ?

— De la manière habituelle, dit Don Luis avec un haussement d'épaules. Il y a très longtemps, j'allais aux Palmetto chaque année, au printemps, pour jouer aux cartes, et il m'arrivait souvent de loger chez la mère de Susan. C'était une très jolie petite fille, à l'époque, très mûre pour son âge. Je me rappelle parfaitement le premier incident. Une nuit, après le jeu, elle est venue dans ma chambre et elle a soulevé sa chemise de nuit pour me montrer ses petits seins naissants. Bon Dieu, elle n'avait guère plus de douze ans, et sa peau était d'une blancheur absolue. J'ai résisté, cette fois-là. C'était facile, elle était si jeune… Mais la fois suivante, ce fut plus difficile. Elle avait quinze ans, c'était une fleur en bouton, une pure beauté… Et elle m'attendait, nue, dans mon lit. J'aurais dû l'envoyer se faire voir… (Don Luis secoua tristement la tête.) Mais son insistance aurait eu raison d'hommes bien meilleurs que moi. En quelques instants, tout est parti en poussière. Mes enfants, ma femme, mon honneur. J'ai gâché de nombreuses années de ma vie pour Susan Page. Je l'ai gagnée à son père avec une paire de 3, je l'ai embarquée avec moi. Je l'ai éduquée. Je lui ai appris tout ce que je sais – sur la mer, sur la vie, sur les livres. Je l'ai même envoyée à l'université. Tout cela était une erreur terrible. Elle s'est lassée de moi, et elle ne désire plus qu'une chose : s'échapper. Je suis presque heureux que vous l'éloigniez de moi pour de bon.

Wilson posa son bol de café – un grand bol à petit déjeuner, sans poignées, comme on en trouve en Europe. Les dernières gorgées lui laissaient sur la langue un goût amer.

— Ce n'est pas ce que Criquet m'a raconté, dit-il doucement. En fait, sa version est totalement à l'opposé de la vôtre. Elle prétend que vous l'avez violée, puis que vous lui avez imposé une sorte d'esclavage sexuel.

— Bien sûr. Parfait !

Don Luis allait ajouter quelque chose, mais il se passa la main sur les yeux et se mit à rire.

Wilson fut décontenancé par le son de ce rire – un tintement métallique, bizarre, qui retentissait dans la cuisine déserte.

16

Criquet était allongée sous la pluie, dans le patio, nue à l'exception d'une paire de chaussettes. Elle s'était défoncée, avec une substance qui sentait l'orange brûlée. Ses cheveux dessinaient des serpents humides sur ses épaules. Ses chaussettes pendaient de ses pieds comme des chiffons trempés. Wilson s'agenouilla et lui prit la main, froide et mouillée, dans la sienne. Elle avait les pupilles dilatées et semblait ne pas le reconnaître. Il eut beaucoup de mal à détourner les yeux de la toison pubienne aux reflets cuivrés – le fait d'y penser lui donnait chaud aux oreilles.

— Rentrons, dit-il. Il faut te sécher et te mettre au lit.

Criquet émit un gargouillement incohérent. Il dut la soulever et la porter jusqu'à la chambre comme un sac de linge sale.

Une heure plus tard, elle avait suffisamment récupéré pour s'exprimer par phrases rapides, saccadées.

— Tu es vivant ! (Elle semblait incrédule.) Tu as bravé le sort. Et tu as battu le Portos !

— Exact, dit Wilson, incapable de retenir un petit sourire.

Il lui montra le pot rempli d'une pâte noire et poisseuse qu'il avait trouvé sur la table de la salle à manger.

— Qu'est-ce que c'est que cette merde ?

Criquet gisait, trempée, faible, les draps relevés jusqu'au menton. Il répéta sa question.

— De l'opium, répondit-elle enfin.

— Où est la pipe ?

Criquet secoua la tête.

— Pas de pipe. Je l'ai mangé. Sur des biscuits.

— Tu l'as mangé ?

En guise de réponse, elle se tourna et vomit de l'autre côté du lit. Wilson alla chercher dans la salle de bains la poubelle et un gant de toilette humide. Il lui lava doucement le visage, posa la poubelle au chevet du lit et approcha une chaise. Il craignait de la laisser seule dans cet état.

— M'ont dit qu'ils t'avaient eu, dit Criquet dans un hoquet. Papa… Il a dit…

— Ne t'inquiète pas pour moi. Je suis là, en chair et en os.

— … que tu étais mort, dit-elle sans l'entendre. Que le Portos t'avait coupé la tête, comme ils l'avaient fait à mon pauvre Webster. Mon pauvre, pauvre vieux Webster. Lui ont coupé la tête et l'ont exhibée sur un piquet au milieu de la ville.

— Qui est Webster ? demanda Wilson.

Sa chemise mouillée lui faisait sur le dos l'effet d'une main glacée.

Criquet eut un mouvement hésitant de la tête, sur l'oreiller.

— Webster… Mon dernier amant. J'étais folle de lui. Beau mec. Des muscles comme un taureau. Mais stupide. Pas comme toi. Croyait qu'il pouvait les battre sur leur terrain. Ils lui ont coupé la tête. Difficile de faire l'amour sans tête…

— Ça suffit.

— Je crois que je vais vomir.

Elle se pencha sur la poubelle, avec l'aide de Wilson, et vomit une lampée de bile noire nauséabonde. Elle se redressa en suffoquant.

— Merde, dit Wilson. Tu es dans un état…

— C'est l'opium. J'en ai trop pris. Je pense que ça va aller, maintenant.

Wilson lui essuya le visage, et elle se laissa aller contre l'oreiller. Elle dormit quelques minutes. Puis elle ouvrit brusquement les yeux. Wilson sursauta. Quand elle parla, elle avait l'air sobre. Seuls ses yeux fous trahissaient son état.

— … comprends combien je suis seule quand tu n'es pas là, dit-elle, comme si elle poursuivait une conversation qui se déroulait dans sa tête. Ce n'est pas comme Webster. Il était drôle, il me plaisait au lit, mais après l'amour il y avait toujours ce vent froid qui caressait nos corps. Papa et le Portos m'ont toujours appris à me montrer digne d'une fille de pirate. Avec toi, Wilson, j'oublie tout ça, je deviens un être humain. Tu vois, ta vie est devenue une partie de la mienne. Il le fallait. Nous allons sauter par-dessus le balai, c'est tout. Le mariage des pirates. On saute par-dessus un balai, comme les esclaves.

Wilson contempla son visage, bouffi et olivâtre contre le blanc de l'oreiller. Elle avait les yeux bordés de rouge, troubles à cause de l'opium, les joues piquées de minuscules taches violettes après ses efforts pour vomir. Il ressentait pourtant un étrange pincement au cœur.

— Il y a encore tant de choses que j'ignore à ton sujet, dit-il doucement. Tu n'as pas été franche avec moi. À chaque fois que nous parlons, c'est une histoire différente. La vérité est toujours quelque part sur bâbord avant, se débattant dans les profondeurs, pour ainsi dire. Nous faisons voile dans cette direction, mais nous n'y arrivons jamais tout à fait, n'est-ce pas?

Criquet parvint à sourire faiblement.

— Ça, c'est parler comme un vrai marin! Je t'ai sorti de ta bibliothèque. Reconnais-moi au moins cela. (Elle lui saisit le bras et serra si fort que ça lui fit mal. Ses doigts s'enfoncèrent dans la chair de Wilson.) Tu veux la vérité? Je t'aime! Je n'ai jamais dit cela à personne. Je t'aime, mais cela n'a aucune importance. Tu dois m'épouser! Si tu tiens à la vie, tu n'as pas le choix!

Wilson se dégagea. Des ecchymoses pourpres apparaissaient déjà sur sa peau, là où les doigts de Criquet l'avaient empoigné.

— Alors je t'épouserai pour sauver mes fesses, dit-il en se frottant le bras. Mais ce mariage n'en aura que le nom, je veux que tu le saches. Jusqu'à la première occasion de m'échapper de ce trou pourri. Tu comprends, Criquet? Tu pourras vivre en sachant cela?

Mais elle avait de nouveau perdu conscience.

Wilson attendit quelques minutes. Puis il soupira, passa sur ses vêtements un poncho de toile et sortit dans le crachin. Il descendit l'allée de coquillages sous les arbres, vers la corniche. Là, il contempla la villa du Portos, en bas, dans la vallée, ses pensées montant comme la vapeur au-dessus de la jungle. Il se mit à pleuvoir à verse. Bientôt il ne vit rien d'autre du paysage que la pluie qui formait un rideau aveuglant. Il s'apprêta à rebrousser chemin lorsqu'un grand cri, semblable à une voix d'enfant, s'éleva derrière lui. Il se crispa et pivota juste à temps pour apercevoir une douzaine de singes hurleurs, la fourrure orange emmêlée et trempée. Ils avaient l'air de l'appeler, depuis les branches d'un teck gigantesque. Il cligna des yeux. Ils disparurent, la jungle répercutant l'écho de leurs hurlements.

CINQUIÈME PARTIE

Le Continent noir

I

En juin, les pluies cessèrent.

Les alizés poussèrent vers l'Afrique la puanteur de Quatre-Sables. Au-dessus de la jungle, le ciel bleu se peupla d'oiseaux en pleine saison des amours. Le matin de la cérémonie, il était dégagé et brillant, et une légère lueur de chaleur s'élevait à l'est.

Wilson attendait seul, un peu perplexe, au milieu du dédale de buis anglais taillé, dans le jardin du Portos. On l'y avait conduit les yeux bandés. C'était un parfait ovale d'herbe complètement entouré d'une haute haie. Au-dessus de sa tête, une marquise de velours rouge ondulait et claquait, comme une voile dans la brise chaude. Un balai orné d'un nœud noir se trouvait à ses pieds. Sur le côté, dans deux cages fragiles de roseau, des moineaux jaunes africains pépiaient aimablement au soleil. Tout cela faisait partie d'une tradition qu'il ne comprenait pas. Par-dessus la haie lui parvenaient des rires et des voix, et les harmonies légères et métalliques d'un orchestre typique bupandais. Le costume de lin blanc qu'on lui avait prêté le serrait à l'entrejambe et pendait sous ses bras. Il attendit encore un quart d'heure, et commença à transpirer. Puis, à un léger bruissement des feuilles, il se retourna et vit Criquet émerger de la muraille verte, les yeux baissés, timide comme une pucelle. Il retint son souffle. Elle allait nu-pieds. Ses orteils laissaient de légères empreintes dans l'herbe souple.

Sa robe avait été taillée dans un rouleau de soie de Java destiné à l'origine aux femmes du maharadjah de Puj et volé à bord d'un navire marchand capturé au large de la côte de

Malabar. Une étoffe fantastique dont la blancheur absolue n'était qu'apparente : elle était plutôt d'un bleu électrique satiné, comme la couleur de la lumière réfléchie par la surface de l'eau. Plusieurs épaisseurs de soie disposées en jupons constituaient le flottant de la jupe. Une veste courte lui laissait la taille et les bras nus. Une perle noire passée sur un anneau d'argent lui ornait le nombril. Elle avait les cheveux relevés dans un filet de fils d'argent constellé de semence de perles, et portait un bouquet de lis de corail.

Wilson ne put retenir un sourire stupéfait, bien que, comme toujours, l'incertitude et la terreur lui rongeassent le cœur et qu'il sût parfaitement que le monde – au-delà de cet intermède de soie, d'herbe verte et de ciel bleu – était plein de la douleur et de la violence qui les retenaient tous deux prisonniers, désespérés, comme dans une toile d'araignée.

— Très bien. Comment procède-t-on ? demanda-t-il quand Criquet se fut placée de l'autre côté du balai.

Elle enfouit son visage dans les lis, sans répondre. Wilson avait les oreilles en feu, les paumes moites, et sa nuque le démangeait, bien qu'il fût incapable de dire pourquoi. Il se trouvait ridicule en jeune marié. La marquise produisit un claquement sec.

— Eh bien, demanda-t-il d'une voix fluette et nerveuse, où sont les témoins et le prêtre ?

Criquet le regarda. Ses yeux étaient vert jade.

— Il n'y a que toi et moi, et ce en quoi nous croyons, lui dit-elle.

— Et en quoi crois-tu ?

Elle haussa les épaules.

— En cet instant précis : en toi. N'est-ce pas suffisant ?

— J'aimerais que ma mère puisse voir ça. Ce serait bien.

— Où est-elle ?

— Elle est morte, tu te rappelles ? Comme la tienne.

— Oh...

Criquet baissa son bouquet et respira à fond.

— Prêt ? demanda-t-elle. (Elle attendit encore une seconde, puis contourna le balai et prit Wilson par le bras.) Bon, c'est très simple. Nous passons par-dessus, tous les deux, ensemble...

— Attends ! (Il lui passa la main sur la joue.) Tu es si belle, en cet instant…

— Comme toutes les jeunes mariées, dit-elle en souriant.

Elle s'appuya sur lui et l'embrassa. Pendant ce baiser, presque sans s'en rendre compte, ils passèrent de l'autre côté du balai.

Wilson n'eut pas le sentiment d'avoir changé. Il pensa brièvement aux icônes catholiques accrochées aux murs chez sa grand-tante – Jésus du Sacré-Cœur, la Vierge en équilibre sur un nuage d'argent, entourée de chérubins. Il se souvint de la grand-messe de mariage d'un ami à l'université, l'encens, les psaumes, la lecture de l'Évangile, et que tout était fait pour invoquer la présence de Dieu, la célébration d'un sacrement. Pendant quelques instants, de l'autre côté du balai, Criquet à son bras, il se sentit perdu.

— Je sais… (À son oreille, la voix de Criquet semblait très lointaine.) On a l'impression que c'est peu… léger.

— Peut-être.

— C'est pourquoi j'ai prévu les oiseaux. Ma petite touche personnelle.

Elle lui prit la main et l'entraîna vers les cages de roseau. De chacune d'elles venait une note aiguë légèrement différente.

— Voici les mâles, et voici les femelles, dit-elle. La seule façon de le savoir, c'est d'écouter leur chant. Les notes plus aiguës, ce sont…

— Les femelles ?

— Les mâles. Les pluies sont finies, ce qui signifie que c'est la saison des amours, et ils meurent d'envie de s'envoler dans les arbres et de faire ce que font les oiseaux pendant la saison des amours.

— Sans parler des abeilles, dit Wilson.

— Il est cruel de les garder plus longtemps séparés. Allons-y…

D'un seul mouvement, elle défit les rubans qui maintenaient les cages assemblées. Les parois s'écartèrent, et Wilson et Criquet durent se protéger les yeux du soleil pour regarder les oiseaux monter dans le ciel bleu clair en formant un nuage jaune.

2

L'orchestre ambulant jouait des airs sentimentaux évoquant la musique d'un orgue à vapeur. Des couples maladroits dansaient sur l'herbe. Une grosse dame ivre en robe rose valsait toute seule et agitait les bras en tournoyant. Après le bal, on servit du champagne et du caviar, suivis d'un buffet avec du poulet rôti et du jambon fumé, des asperges, des pommes de terre nouvelles, de la salade, des fromages et des fruits. Au dessert, trois enfants basanés en costume trois-pièces et nœud papillon poursuivirent un petit chien blanc dans le labyrinthe de haies. Ils s'y perdirent. Une Indienne en sari dut aller les secourir, un bébé sur le bras et une coupe de champagne en main. Quelques quinquagénaires bedonnants restaient à proximité du saladier de punch. Ils buvaient tasse sur tasse en s'entretenant de l'indice Nikkei.

Wilson ne les connaissait pas.

— Mais enfin, qui penses-tu que ça puisse être ? chuchota Criquet alors que deux d'entre eux prenaient place dans la file pour les féliciter. Tu as en face de toi les Trente Capitaines, avec femmes et enfants. Le Portos leur a dit de venir, alors ils sont là.

— Tu plaisantes !

— Ils sont tous là, sauf Papa. Il est en train de bouder quelque part. Il pense que tu n'es pas le gendre que j'aurais dû lui donner.

— Tant qu'il ne me fait pas monter sur la planche…

Les Trente Capitaines étaient des gens horriblement quelconques. Ils tapèrent Wilson dans le dos de façon très paternelle et le congratulèrent d'un ton grave et poli, comme dans n'importe quelle noce petite-bourgeoise. Wilson s'attendait à des regards cruels et flamboyants, à des boucles d'oreilles, des perroquets et des culottes de velours. À défaut, il découvrait des cadres moyens vêtus de costumes Pierre Cardin légèrement démodés. Des types ordinaires, dont la vie de négriers et de pirates ne laissait pas de traces sur leur visage.

— C'est tout le problème du mal, lui dit un peu plus tard le docteur Boursaly, alors que le crépuscule dessinait une traînée rouge au-dessus de la jungle. Il n'existe pas, au bout du compte. Il est parfaitement possible de massacrer cent personnes et de prendre le thé avec des toasts, une heure plus tard, sans être troublé par sa conscience... Je l'ai vu !

— Vous vous trompez, docteur, dit Wilson. Le mal existe, surtout ici. Pour s'en convaincre, il suffit de descendre la côte de Quatre-Sables, n'importe quel jour de la semaine.

— Voilà ce que j'aime en vous. Vous n'avez pas laissé la chaleur saper vos certitudes morales... (Le docteur regarda à gauche et à droite et se pencha vers Wilson, renversant sur ses chaussures la moitié de sa tasse de punch. L'orchestre attaquait une version métallique d'un morceau des Beatles.) Pour moi, c'est trop tard, murmura-t-il. Mais j'ai réfléchi à ce que vous m'avez dit, au début des pluies. Vous avez encore le feu sacré, Wilson. Voici un conseil bien réfléchi. Faites quelque chose. Prenez votre temps, attendez le bon moment... ou bien jusqu'à ce que vous ne puissiez plus le supporter. Puis frappez-les, de toutes vos forces !

Les étoiles rouges et jaunes explosaient dans la nuit, au-dessus du jardin. La façade baroque de la villa Real était illuminée par des éclairs éblouissants de lumière et de couleur. Don Luis avait erré toute la journée à l'arrière-plan, triste fantôme hantant sa propre maison. Vers minuit, Wilson le retrouva et lui serra la main. L'homme semblait fatigué, plus vieux que dans le souvenir de Wilson.

— Je tiens à vous remercier. Dans toute cette affaire, vous avez été d'une courtoisie exemplaire. Merci pour la réception, et merci de m'avoir prêté un costume.

Don Luis fit un geste indéfinissable, entre l'épuisement et la résignation. Sa moustache tombait tristement, à la faible lueur des torches.

— C'était la noce que je prévoyais depuis toujours pour Susan et moi, dit-il après un temps. Depuis des années, je mettais de côté les fusées pour le feu d'artifice et la soie pour sa robe. Pourquoi aurais-je jeté tout cela?

— Mais vous avez tenu parole…

— Non, l'interrompit Don Luis. Je suis un aristocrate! La seule chose qui me différencie de… (il hésita)… de vous et du reste de la populace, c'est ma parole… c'est-à-dire mon honneur. Il en est ainsi dans ma famille depuis un millier d'années. Mon malheur est d'être né dans un monde où l'honneur, sous toutes ses formes, n'a pas sa place.

Un bruit de verre brisé détourna l'attention de Wilson. Quand il se retourna vers le Portos, celui-ci avait disparu. Il s'était évanoui dans les ombres baroques de son jardin.

Quelques secondes plus tard, Criquet fit irruption dans une débauche de soie, les cheveux libérés de leur filet d'argent, le visage rougi sous l'effet du punch de la noce.

— Je te cherchais, dit-elle.

Wilson vit qu'elle était ivre.

— Eh bien, me voici.

— Tu m'aimes?

Pendant un instant, Wilson ne sut quoi répondre. Sa passion pour elle était indiscutable. Mais l'amour? Wilson se dit qu'il ne comprenait pas ce sentiment. Son mariage était un pis-aller. Il valait mieux épouser Criquet qu'être égorgé et coupé en petits morceaux. Vivant, il pouvait trouver une solution pour s'enfuir, et peut-être pourrait-il l'emmener avec lui. Peut-être pourrait-il l'aimer, dans une autre partie du monde, loin des incertitudes morales de Quatre-Sables – comme il avait aimé Andrea avant que les choses se gâtent et que la terreur l'enferme loin du monde, plus hermétiquement que n'importe quelle prison.

Criquet semblait lire dans ses pensées. Elle se mordit la lèvre et baissa les yeux.

— D'accord. Je n'aurais pas dû poser la question. La situation n'est donc pas idyllique, pour le moment. Une sorte de mariage forcé. Mais un jour nous quitterons cette île. Nous irons sur une autre – l'île Saint-Louis, sur la Seine, en plein centre de Paris –, et nous achèterons un grand vieil hôtel particulier sinistre avec des plafonds hauts et des chandeliers poussiéreux, et nous serons heureux et tu tomberas follement amoureux de moi parce que nous serons libres et que tu ne pourras pas faire autrement.

— Oui, dit Wilson.

En cet instant précis, il avait envie de croire qu'elle disait vrai.

À trois heures du matin, l'odeur piquante du feu d'artifice planait encore dans l'air. Criquet prit Wilson par la main. Ils traversèrent l'arpent de pelouse jonché de détritus, passèrent le pont de pierre au-dessus des douves où les moutons dormaient à cette heure incertaine, et parvinrent à la cour de la villa. La vieille maison se dressait, sans vie, ses fenêtres évoquant des yeux clos. La fontaine clapotait doucement dans l'obscurité de la cour pavée. Le hall d'entrée sentait le moisi et la cire des chandelles depuis longtemps éteintes. Criquet trouva son chemin pour monter l'escalier, longer des corridors obscurs et traverser des galeries indistinctes où s'alignaient des portraits de dimensions que Wilson ne pouvait que deviner. Ils passèrent une double porte et entrèrent dans une immense chambre meublée d'un grand lit blanc surplombé d'une moustiquaire et d'une unique chaise de bois à dossier droit. Les fenêtres ouvertes donnaient sur le jardin en contrebas, et quelques moustiques vrombissaient doucement dans l'air frais de la nuit.

— Tu as oublié de me faire passer le seuil dans tes bras, dit Criquet.

D'un seul geste, elle sortit de ses jupes, et la soie miroita comme une flaque d'eau sur le plancher, autour de ses chevilles.

Wilson ôta son costume d'emprunt, le plia soigneusement sur le dossier de la chaise. Puis il prit Criquet dans ses bras, la moustiquaire s'ouvrit devant eux comme un rideau de fumée, et ils furent sur le lit, et ils se caressèrent. Quand il la pénétra, Wilson entendit un étrange cri de félin, dans la jungle. Un peu plus tard, il pensa à l'équateur, à moins de cent soixante kilomètres de leurs fenêtres, qui coupait mers et continents, ligne invisible encerclant la Terre.

3

Une semaine plus tard, Wilson et Criquet quittèrent la chambre meublée d'un grand lit et d'une seule chaise. Ils montèrent dans la Coccinelle de Criquet. Ils prirent la route qui franchissait les vergers et les champs du Portos, et traversait la jungle pour rejoindre la ville. La chaleur était de retour depuis un jour ou deux, aussi féroce qu'avant, et l'île avait tout du haut fourneau. Le plastique de son siège brûlait les cuisses de Wilson à travers la toile de son short. Criquet portait un chapeau de paille à bord flottant large comme une roue de bicyclette, un débardeur et un short, et des lunettes de soleil fabriquées en Suisse, dont les verres spéciaux transformaient l'éclat aveuglant du midi tropical en un crépuscule glauque.

— Ces verres sont sensationnels, dit-elle, mais j'y vois que dalle. J'espère que conduire ne te dérange pas.

— C'est parfait, dit Wilson.

— C'est la saison la plus désagréable. Le début de l'été. C'est le bon moment pour prendre la tangente. D'accord pour faire un petit voyage ?

— Où cela ?

— Appelons cela une lune de miel active...

Elle allait en dire plus, mais ils entraient dans la jungle. La chaleur humide qui régnait sous les arbres les frappa comme un mur. Il faisait trop chaud pour parler. Dans le bidonville, ça ne valait guère mieux. Des monceaux d'immondices puants pourrissaient au milieu des rues. On voyait des fémurs humains dépasser des tas d'ordures, aussi banals que des os de poulet.

Sur les indications de Criquet, Wilson amena la Coccinelle dans la zone des quais. Il contourna le hangar, puis descendit une allée entre deux murs de parpaings surmontés de morceaux de verre. Il s'arrêta devant un portail d'acier doublé de tôle ondulée. Criquet se pencha au-dessus de lui et actionna le klaxon. Deux coups longs, un court. Ils attendirent. Le moteur battait au ralenti. Wilson entendit enfin le grincement du métal contre le métal. Le portail s'ouvrit, révélant un chantier naval en activité. Mustapha leur fit signe d'entrer. Wilson se gara à côté d'une vieille caravane climatisée, du genre de celles qu'il avait vues en Amérique dans les campings à bon marché.

Le *Compound Interest* était en cale sèche au fond du chantier. Une structure de membrures de bois non peintes le maintenait au-dessus de la rampe de béton qui descendait vers les eaux noires du port. Un groupe d'ouvriers travaillait sur le pont, malgré le soleil brûlant. Wilson vit avec un pincement de cœur que le splendide navire expérimental sur lequel il avait traversé l'Atlantique n'était plus. Les voiles-parasols rétractables en Mylar avaient disparu, ainsi que le barbecue et tous les cuivres polis. La coque arborait un revêtement de camouflage vert-de-gris. On avait fixé sur le pont, à l'arrière de la proue, un canon de marine aux spécifications inconnues. Un blindage d'acier protégeait désormais l'octogone de navigation, percé de quelques ouvertures tout juste assez larges pour laisser passer le canon d'une arme automatique. Suspendu à la poupe, un ouvrier s'efforçait d'ôter la plaque de noyer avec un simple tournevis.

— Mais qu'est-ce qu'ils font à ce bateau ? demanda Wilson en descendant de voiture.

Criquet sentit de la détresse dans sa question. Elle lui posa la main sur l'épaule.

— C'est une idée de Papa. Ils vont en faire un vaisseau pirate.

— Allons donc ! Est-ce qu'il n'est pas un peu trop élégant pour ce genre de boulot ?

Criquet secoua la tête.

— Tu devrais voir ce qu'ils ont fait sous le pont ! Ils ont tout arraché. Tous les meubles, les accessoires, les objets d'art, les tapis. Tout, sauf la cuisine et l'office.

— C'est terrible!

— Je sais. Mais Papa mijote quelque chose de très spécial.

Le pirate se trouvait dans la caravane. Derrière une longue table de travail, il était penché sur une carte d'état-major du Bupanda. Schlüber se tenait à un bout de la table, opinant du chef comme un chien mécanique. La fraîcheur artificielle de l'air conditionné fit un effet bizarre à Wilson, dont l'organisme commençait à s'habituer à la chaleur équatoriale. Il y avait presque un an qu'il n'avait pas connu l'atmosphère glacée que procure la climatisation. Il frissonna, la peau balayée par la chair de poule. Il regarda autour de lui en se frottant les bras. La caravane, mi-bureau, mi-logement, était en désordre. Sur une cloison d'aggloméré, au-dessus du bureau encombré, était accrochée une collection d'armes blanches anciennes – deux coutelas de marine massifs, une rapière, et une épée courte à la lame épaisse et large comme celle d'un bowie-knife. De l'autre côté de la cloison, un divan-lit défait et un fauteuil recouvert de tissu écossais étaient disposés devant une baie vitrée crasseuse donnant sur le port.

Criquet s'approcha de la table à pas hésitants, Wilson sur ses talons.

— Papa… ?

Le pirate fit un bond, aperçut Wilson et se renfrogna. Criquet fit signe à Wilson de s'avancer et lui prit la main. La mauvaise humeur du pirate se transforma en rage pure. Ses yeux devinrent noirs, son visage tourna au rouge betterave.

— Tu oses amener ce misérable fils de pute chez moi ? hurla-t-il.

— Wilson est mon mari, maintenant, dit Criquet avec un léger tremblement dans la voix. Ton gendre.

Le pirate donna un violent coup de poing sur la table, ce qui fit voler ses crayons. Criquet sursauta. Elle ressemblait moins à une adulte qu'à une jeune fille désobéissante qui s'attend à recevoir une fessée. Schlüber rassembla quelques papiers et se réfugia tranquillement dans la partie logement. Le pirate fit un pas menaçant dans la direction de Wilson.

Celui-ci lâcha doucement la main de Criquet et s'avança.

— Désolé que vous ayez manqué la noce, Papa. C'était très réussi…

Avant qu'il ait le temps de finir, le pirate se jeta en avant, aussi rapide qu'un babouin, les poings serrés. Wilson s'était attendu à quelque chose de ce genre. Il s'écarta, juste assez pour éviter un solide crochet du gauche. Le poing du capitaine Page frappa la planche d'aggloméré au-dessus du bureau. L'impact fit sauter la petite épée de son support. Le petit homme s'en empara et lança une botte en vociférant des obscénités incompréhensibles.

Wilson fit un bond de côté. Dans la même seconde, un instinct ancien se libéra quelque part en lui, comme une cargaison que la tempête a désarrimée. Il tendit le bras et attrapa un des coutelas qu'il fit tournoyer avec force. L'arme était plus lourde qu'il ne s'y attendait et il fut entraîné par son poids. Son corps suivit le mouvement, la pointe de la lame accrocha la poche de la chemise hawaïenne du pirate et il y eut un léger bruit de tissu qui se déchire. Page tomba en arrière avec un hoquet et s'étala de tout son long. Wilson, d'un mouvement vif, posa la pointe du poignard sur la gorge du pirate.

Criquet lâcha un petit cri et leva une main tremblante.

— Wilson…

Elle se tut. Elle avait le visage pâle, tendu. Dans la caravane, tout était silencieux. Wilson n'entendait que son propre souffle, et les voix des hommes en train de piller le *Compound Interest* dehors, dans la chaleur. À l'autre bout de sa lourde lame, dans les yeux du pirate, il vit une expression de haine pure.

— Écoute-moi bien, Criquet, dit-il quand il eut repris son souffle. Tu vas dire à ce maudit ver de terre que j'en ai assez de subir ses menaces et ses persécutions. Tu vas lui dire que s'il me touche encore une fois, ne serait-ce qu'en crachant dans ma direction, je le tue !

Il jeta le coutelas par terre, sortit de la caravane et alla s'asseoir dans la Coccinelle. Il posa ses coudes sur le volant et resta là longtemps, en plein soleil, retrouvant peu à peu son calme. Il entendait les voix, dans la caravane, monter sous l'effet de la colère. Il regarda les ouvriers qui transformaient un yacht de luxe en navire de guerre. Tout à coup, il eut envie de partir en mer, de laisser derrière lui cette précaire vie de Terrien, de réduire l'existence à ce qui est essentiel. Le vent, la mer, le ciel et les étoiles.

Au bout d'une demi-heure, Criquet sortit et vint s'asseoir à côté de lui.

— Je suis désolée... (Elle posa sur son genou une main glacée par la climatisation.) Je ne pensais pas que la réaction de Papa...

Sa voix s'évanouit.

— Est-ce que ce mec essaie de tuer tous tes petits amis ? demanda Wilson. Ou alors rien que moi et Webster, quoi qu'il ait été, le pauvre type.

— Tu n'es pas mon petit ami. Tu es mon mari, tu te rappelles ?

— Oui, c'est vrai.

— Je viens de passer presque une heure à essayer de faire comprendre à Papa ce que signifie notre mariage. Je lui ai dit que je t'aimais, et que s'il te faisait du mal, il m'en faisait à moi aussi. Et j'ai dû lui rappeler que tu étais sous la protection des Articles de la confrérie... Bref, je l'ai convaincu d'accepter une trêve. D'accord ?

Wilson haussa les épaules, le regard perdu dans le lointain.

— D'accord ? répéta-t-elle.

— D'accord, dit-il.

Elle alla chercher son père dans la caravane, puis s'attarda dans l'ombre, sur les marches, tandis que le pirate se dirigeait vers Wilson. Sa chemise était en lambeaux. Les grosses chaînes d'or étincelaient dans la toison grise de son torse.

— Tu as bousillé ma chemise, dit-il.

Wilson baissa les yeux, sans répondre, vers son crâne dégarni.

Le pirate cligna des yeux et détourna le regard.

— Il paraît que je dois m'y habituer. Nous avons déjà eu des citoyens, dans la famille. La mère de Criquet, par exemple, cette salope trop respectueuse de la loi. En général, ça n'a pas trop bien marché.

— Des citoyens ?

— Quiconque n'est pas pirate, nous l'appelons « citoyen ». Et tu ne m'as pas l'air d'être si pirate que ça. Trop de conscience. C'est écrit sur ton front. Mais je pense que nous pourrons en juger bientôt. Là où nous allons, il n'y a pas beaucoup de place pour la conscience.

— Où cela ? demanda Wilson.

Le pirate eut un sourire de loup.

— Le Continent noir, fit-il avec un geste en direction de l'Afrique.

À cet instant précis, un ouvrier escaladait l'échafaudage de la poupe avec un pot de peinture noire. La plaque de noyer avait disparu, et son emplacement avait été poncé et recouvert d'une couche de fond.

— Comment voulez-vous que je l'appelle, capitaine ? cria-t-il.

Le pirate se tourna vers Wilson.

— Vas-y, citoyen. Tu es de la famille, maintenant. C'est toi qui vas le baptiser.

L'ouvrier attendait, le pinceau en équilibre.

— La *Terreur*, répondit Wilson sans la moindre hésitation. Appelons-le la *Terreur*.

4

La ligne des toits de Rigala s'élevait à tribord avant, telle une rangée de dents ébréchées. La *Terreur* tanguait sur la houle à un demi-mille au large. Même à cette distance, Wilson apercevait les façades pulvérisées des tours de bureaux modernes, dont les fenêtres fracassées reflétaient le soleil de l'après-midi. Il voyait aussi les nuages de fumée blanche des obus qu'on tirait depuis les pentes du mont Mtungu, en direction du centre-ville.

— On la considérait comme le Paris de l'Afrique centrale de l'Ouest, dit Criquet. (Elle venait d'apparaître derrière Wilson à la lisse de couronnement. Elle lui passa un bras bronzé autour des épaules.) Je me rappelle, j'y ai fait du shopping quand j'étais petite. Il y avait plusieurs grands magasins français. Le Bon Marché, le Printemps… J'ai acheté un chapeau avec des fleurs, et un minuscule maillot de bain français. Il y avait déjà des troubles, à l'époque, mais je me souviens qu'il y avait beaucoup de musique dans les rues, et les gens avaient l'air heureux.

— Ça prouve que tu ne connaissais pas le mal, ma petite, grommela le capitaine Page qui tenait la barre dans l'octogone de navigation. Les Bupandais ont toujours été assoiffés de sang. C'était juste à l'époque du massacre du quartier d'Oluzu. Tout un ghetto anda taillé en pièces par les troupes gouvernementales. Hommes, femmes, enfants… Je me souviens encore des hurlements. Cela a duré toute la nuit. Tu dormais dans ta chambre d'hôtel.

— Cet hôtel était magnifique, dit Criquet, en l'ignorant. Il avait un joli nom : l'Étoile de l'Afrique. Dans le hall, il y avait une vieille photo panoramique datant de l'époque coloniale. On y voyait le personnel, en veste blanche, posant sur les marches de l'escalier.

Le pirate grogna, dans l'octogone.

— Cette époque est finie depuis belle lurette! (Il s'approcha et fourra une paire de jumelles électroniques dans la main de Wilson.) Essaie avec ça, citoyen.

Wilson balaya la ligne des toits en ruine. Le port semblait dans un triste état. Les docks n'étaient plus qu'une masse de décombres. Les cheminées et les tourelles de navires engloutis émergeaient des eaux sombres du port. La fumée noire des feux de pétrole maculait l'horizon, comme des empreintes de doigts gras.

— Le gros des forces rebelles andas tient la campagne à l'ouest, dit le pirate avec un grand geste de la main. Ça comprend le mont Mtungu, mais pas le mont Nbuni, qui est sous contrôle bupu. Tu as là une situation pourrie, qui est chaque jour un peu plus pourrie. C'est devenu une affaire de clans, de sorte que tu as des Andas combattant des Bupus alliés à des Andas, et vice versa. Au dernier recensement, on comptait au moins six factions importantes luttant pour le contrôle de la capitale. L'Armée du Front patriotique bupu (AFPB), qui inclut des éléments de la vieille Garde nationale bupandaise. L'Armée nationale anda (ANA), qui contrôle toutes les zones montagneuses. Le Parti du Peuple bupu (PPB) : ce sont des marxistes purs et durs, ils contrôlent la vieille ville universitaire de Seme et la campagne alentour. Le Parti du Peuple anda (PPA), déjà soutenu par les Cubains avant la fin de la guerre froide. Et la très réactionnaire Armée du Congrès national bupu (ACNB), qui contrôle au nord-est le corridor industriel, de Cangulu à Nevrongo. Il y a encore quelques groupes claniques ou tribaux sans véritable objectif politique, dont la seule raison d'être est de s'entre-tuer. Et bien sûr, dans la jungle, on a les Iwos. Il ne faut pas les oublier, ceux-là.

— Les Iwos? demanda Wilson.

— C'est moins un peuple proprement dit qu'un mets délicat, comme les truffes ou le caviar. Leur principale utilité est d'être dévorés par tous les autres.

— Qu'est-ce que vous voulez dire?

Le pirate haussa les épaules.

— Ils vivent dans la brousse. Des pygmées, pas plus grands que ça. Les Andas et les Bupus apprécient leurs femmes comme objets sexuels. Ils disent qu'ils ont l'impression de baiser des fillettes de dix ans avec des seins de femmes adultes. Plutôt excitant, à ce que j'ai entendu dire. Les hommes sont massacrés, ou bien on les conduit à Cangulu pour les faire travailler dans les mines de cuivre. Les enfants sont dressés comme esclaves domestiques. Mais le vrai marché, c'est avec les Arabes. Ils peuvent débourser jusqu'à cinquante mille dollars pour une seule vierge iwo. Au Qatar, certains bordels emploient exclusivement des femmes iwos. Jusqu'à maintenant, pour leur mettre la main dessus, nous devions traiter avec les négociants bupus ou andas. Un problème que nous allons devoir résoudre…

Wilson resta un moment sans rien dire. Il observait la cité en ruine. Il cherchait quelque chose – un drapeau, une tente de la Croix-Rouge, n'importe quel signe d'espoir ou d'ordre. Il abaissa ses jumelles et se tourna vers le pirate, qui arborait un sourire sinistre.

— Mais pourquoi ? demanda-t-il. Pourquoi continuent-ils à se massacrer, après tant d'années ?

Le pirate lâcha un rire bref, comme un aboiement.

— Pourquoi ? Ne sois pas ridicule. Les gens s'entre-tuent parce qu'ils aiment ça, et parce que c'est ce qu'ils font le mieux. C'est comme ça depuis le jour où le premier homme-singe a fracassé le crâne de son voisin avec un os. Ça leur donne une bonne raison de se lever le matin.

5

Avec le crépuscule, la mer s'apaisa. La *Terreur* paressait sous un ciel rose, sur une houle modérée. Toute la compagnie était rassemblée dans l'octogone, dans la lumière déclinante, pour son dernier repas avant l'Afrique. Il y avait le pirate, Criquet et Wilson, Schlüber, Mustapha et Nguyen. Wilson n'avait pas vu le cuistot vietnamien depuis la prise du *Compound Interest*, près de six mois plus tôt. Avec le recul, cet après-midi traumatisant lui apparaissait comme une image sépia d'une vie antérieure.

Ils mangèrent une soupe de lentilles, du pain et du fromage, et burent trois bouteilles d'un épais vin rouge. Des nuages mystérieux dérivaient devant la nouvelle lune, transparents contre le ciel rosâtre. La radio à ondes courtes déversait une musique sourde et plaintive, pleine de clarinettes et de saxophones, diffusée depuis une inconcevable salle de danse peut-être aussi éloignée que Le Cap. Wilson sentait le pont du navire sous ses pieds, le doux balancement de la houle, et il reniflait l'air frais. Il était heureux d'être à nouveau en mer, en route entre quelque part et quelque part, et de se trouver en ce lieu appelé voyage, où toutes les certitudes sont momentanément suspendues.

Le vin semblait avoir bleui les dents de Nguyen. Wilson les regardait d'un air absent. Il fut presque surpris d'entendre le cuistot prendre la parole :

— Tu es un sacré veinard, *joe*. Marier la fille du capitaine. Certains disent « futé veinard celui qui sauve sa peau ». Et si fille du capitaine décidait de pas se marier? Sacré veinard, je te dis.

Wilson parvint à sourire faiblement.

— J'ai l'impression que ma chance peut tourner à chaque instant…

— Pas ta chance, dit le Vietnamien. Ta chance est comme le vent. Parfois il souffle, parfois il ne souffle pas, mais il ne disparaît jamais. Je pense que ta chance est plus forte que la nôtre. Le capitaine est dingue de te prendre à bord.

— Ferme-la, Noog, grogna le pirate.

— Appelez ça de la chance si vous voulez, intervint Schlüber depuis son coussin sur la banquette. Moi, je dis que la vie n'est que statistiques, probabilités et improbabilités. Le mariage de Wilson et de Criquet, ce n'était pas une question de chance. Ce n'était qu'une improbabilité. Il existe des équations mathématiques pour calculer cela. Regardez-moi. J'ai répondu à une annonce parue dans le *Frankfurter Allgemeine*… « salaire élevé, travail passionnant, voyages, diplôme de Harvard requis… » et j'ai fini pirate. L'improbabilité était élevée.

— Tu n'es pas un pirate, dit le pirate. Tu n'es qu'un foutu comptable.

Mustapha éclata de rire, la tête rejetée en arrière. Les dernières ombres du jour fonçaient les creux de son visage marqué par les cicatrices.

Pendant l'heure qui suivit, ils restèrent silencieux. Criquet s'inclina vers Wilson et posa la tête sur son épaule. Il ne se faisait toujours pas à l'idée qu'elle était sa femme. Quand la lumière disparut à l'ouest, le ciel devint une traînée noire. Les lumières de Rigala – deux ou trois points vacillants – brillaient au loin. Ils ne pourraient pas s'approcher du port avant plusieurs heures. Pour accoster, en l'absence de lois et de règlements douaniers, il fallait que l'homme approprié se trouve au bon moment au quai approprié, et là, une somme d'argent appropriée devrait changer de main. Leur homme n'était de service qu'après minuit. Dans l'obscurité, Wilson ne voyait pas la main de Criquet dans la sienne.

— Je n'ai jamais aimé ces eaux, dit le pirate.

Dans la pénombre, la phrase semblait venir de nulle part.

— Ça m'a l'air plutôt calme, dit Wilson d'une voix qu'il voulait raisonnable. Quel est le problème ?

Il lui était plus facile de parler, dès lors qu'il ne voyait pas son interlocuteur.

— Vous parliez de chance. Eh bien, ces côtes nous portent la poisse. Il y a beaucoup d'os de pirates blanchis au fond de cette misérable parcelle d'océan… (Un frisson secoua l'épine dorsale de Wilson.) Pas très loin d'ici, par 30° nord environ, ils ont tué le plus grand pirate de tous les temps, Bartholomew Roberts. Un pirate de génie. En tout juste trois ans, il s'est emparé de plus de quatre cents prises. Même mon ancêtre, Elzevir Montague, n'a pas fait mieux. Mais c'est le succès qui a entraîné sa fin. Le roi d'Angleterre a dépêché une escadre de la Navy, sous les ordres du capitaine Ogle, commandant du HMS *Swallow*. Roberts venait de capturer un marchand espagnol portant une cargaison de madère, et ils arrosaient l'événement lorsque le *Swallow* a rattrapé le *Royal Venture* – c'était le nom du navire de Roberts. Lui-même n'avait pas bu, mais son équipage était ivre mort, du premier au dernier. Il n'a pas pu les ramener à temps à leurs postes, et ils ont raté la manœuvre. Le misérable a eu son compte dès la première salve de grappe. L'équipage en est resté paralysé. Le grand capitaine Roberts gisait là, un cadavre au milieu des autres, dans son grand chapeau à plumes, sa fameuse redingote rouge et ses cuissardes. Après cela, le combat n'a pas duré une heure. Avec la mort de Roberts, l'équipage avait perdu tous ses moyens. Ogle les a tous fait pendre, et il aurait pendu le cadavre de Roberts si ses hommes ne l'avaient déjà jeté par-dessus bord comme il l'aurait exigé. Le monde n'a plus jamais connu meilleur pirate, ni homme plus courageux.

Lorsque la lune se dégagea, Wilson et Criquet emportèrent un sac de couchage à l'avant et s'allongèrent sur le pont, sous les flèches d'acier du canon de marine. Ils se serrèrent l'un contre l'autre. Wilson sentait son souffle sur sa joue.

— Pourquoi ton père est-il comme ça ? demanda-t-il.

— Comme quoi ?

— Absolument immoral. Je devrais dire amoral, mais c'est un homme intelligent. Il connaît la différence entre le bien et le mal. Comment justifie-t-il le fait de consacrer sa vie au meurtre et au trafic d'esclaves ? Au fait, comment y parviens-tu, toi ?

— Ne le prends pas de haut avec moi.

— Réponds-moi, dit Wilson. C'est ta conscience qui te parle, tu te rappelles ?

— Nous avons cela dans le sang. Comme tu as le jeu dans le sang. Nous sommes des pirates. Depuis quatre cents ans. Et l'on ne peut rien contre le sang.

— Je ne vais pas me satisfaire de ça.

Criquet réfléchit pendant une minute.

— C'est le contrat social. Nous, les Page, nous n'y avons jamais cru. L'idée qu'on doive traiter son voisin comme on voudrait être traité nous a toujours paru une formidable connerie. Nous n'y croyons pas, parce que nous regardons autour de nous, et nous voyons que ton voisin est prêt à te poignarder dans le dos pour trois fois rien. Il est vrai que pendant de brèves périodes, par-ci, par-là – la *pax romana*, par exemple, ou les années cinquante –, le monde a pu ressembler à un endroit sûr, régi par le droit et la raison. Mais c'était une illusion. Peut-être que les trains arrivaient à l'heure et qu'il y avait de plus en plus d'avocats, mais tout cela n'était qu'un écran de fumée dissimulant le chaos…

— Tu parles comme Don Luis.

Il sentit que Criquet, à ces mots, se raidissait.

— Parfait. Essaie de marcher seul dans la rue, la nuit, dans certains quartiers de ta ville. Qu'en est-il, alors, de ton contrat social ? Aux orties !

— Supposons une minute que le monde soit dévoué au mal, dit Wilson, ce que je refuse d'admettre. Cela ne te donne pas le droit d'être du côté du mal. Nous devons continuer à nous battre pour le bien, Criquet. Ou du moins à ne faire de tort à personne. Voilà ta première leçon de philosophie morale.

Criquet restait silencieuse. Elle réfléchissait à ce qu'elle venait d'entendre.

— J'ai eu une vie beaucoup trop dure pour croire au bien en soi, dit-elle enfin. Je n'ai jamais rien vu d'autre que des gros poissons dévorant les plus petits. Gratte la surface des choses, et tu découvriras que les gens, quoi qu'ils fassent, obéissent aux pires motivations. Reste dans les parages. J'ai bon espoir qu'un peu de ta foi dans l'humanité ne s'efface avant longtemps. Qu'en penses-tu ?

— Je n'ai pas à rester dans les parages ! Je dois t'éloigner d'eux.

— Patience, murmura Criquet. Nous allons avoir besoin d'argent, et nous devons choisir le bon moment.

— Quand cela ?

— Tais-toi.

Elle l'enlaça. Lorsqu'ils s'embrassèrent, les nuages revinrent devant la lune, et le ciel se fit noir.

6

À minuit, sous le même ciel noir, la *Terreur* entra à faible allure dans le port de Rigala. Des mâts de charge brisés se dressaient au-dessus des docks, tordus et squelettiques à la lueur d'un bombardement lointain. Des coques à demi submergées laissaient échapper sur l'eau sale des traînées d'huile iridescente. Un projecteur balaya le plafond de nuages, tel le doigt d'un aveugle déchiffrant du braille, clignota, puis disparut.

Le pirate prit la barre et dirigea la *Terreur* vers l'extrémité du bassin commercial. Une ligne d'ampoules suspendues à un câble dénudé permettait de distinguer le quai sud, matelassé tout du long de vieux pneus. Criquet sauta sur le quai, fixa l'amarre à une bitte rouillée scellée dans le béton, et le reste de l'équipage la suivit. Quelques minutes plus tard, le pirate distribua solennellement les armes. Il les sortait d'un lourd sac de toile qui avait jadis contenu des clubs de golf. Schlüber et Nguyen prirent à l'épaule des Kalashnikov de fabrication chinoise. Mustapha choisit un fusil à pompe et une machette dans son fourreau de bois. Criquet opta pour un pistolet-mitrailleur MAC-10, un couteau de chasse et un sac plastique plein de chargeurs de réserve. Le capitaine s'empara d'un fusil à pompe semi-automatique de calibre 12 et d'un Beretta 9 mm.

Wilson hésita. Il n'aimait pas la tournure que prenaient les événements.

— Pourquoi a-t-on besoin de ça?

Le pirate fronça les sourcils.

— Parce que ce pays est un foutu nid de serpents. Plein de banditos et de ce qui y ressemble. Ne sois pas aussi *citoyen*. Choisis ton arme.

Wilson regarda dans le sac. Il vit un fusil d'assaut, quelques pistolets, des baïonnettes dans des gaines verdâtres. Il en prit une, la passa à sa ceinture et choisit un vieux revolver dans un étui de cuir. Un bout de courroie déchirée pendait de l'anneau à la base de la crosse.

Le pirate gloussa, lui prit le revolver des mains, l'ouvrit et fit tourner le barillet.

— C'est logique. Un vieux huit-coups Webley-Vickers, millésime 14-18. Jette un coup d'œil au holster…

Wilson retourna l'étui. Une inscription était gravée dans le cuir. Il la lut à haute voix :

— « Ubi Bene, Ibi Patria. Lt. J.-F. Hooks, 12e Rgt. 2e Btln. Fusiliers royaux gallois. Flandres, 1917. »

Le pirate hocha la tête.

— À l'époque, ces cons d'officiers montaient à l'assaut sans rien d'autre que ce pistolet et un sifflet. Pour Dieu et la patrie, et toutes ces conneries. Ils étaient aussi sec transformés en chair à pâté. Parfait pour toi.

Il rendit son arme à Wilson et pêcha un petit sac de cuir plein de cartouches. Ainsi armé et paré, le détachement remonta le quai vers le blockhaus qui se dressait tout au bout.

Une douzaine de soldats de l'armée bupu vêtus de treillis en loques étaient accroupis autour d'un feu devant le blockhaus. Ils portaient en bandoulière des fusils d'assaut bien entretenus. Ils mâchaient une substance semblable à du tabac séché : des feuilles noires et verdâtres, serrées dans la boîte à chaussures déchirée qu'ils faisaient circuler. Ils mastiquaient puis crachaient un jus noir vers le feu de bois qu'ils ne quittaient pas des yeux. À l'approche des nouveaux venus, l'un d'eux se leva et braqua son arme. Les autres ne prirent pas la peine de se retourner. Le capitaine Page confia son fusil à pompe à Criquet et s'avança dans la zone éclairée par les flammes. Après un bref échange en bupu et par gestes, on fit entrer le pirate dans le blockhaus. Les autres attendirent, mal à l'aise, dans la pénombre.

Wilson entendait le grondement lointain de l'artillerie pilonnant les faubourgs, et le bruit régulier des crachats des soldats.

— Et si notre ami ne se montrait pas ce soir ? chuchota Schlüber.

— Ils nous tueront, dit Nguyen à voix haute, et tous nos problèmes seront résolus.

À ces mots, Mustapha grimaça dans le noir.

— Voilà une pensée réconfortante, dit Schlüber.

— Qu'est-ce que c'est que cette saleté ? demanda Wilson.

— Quelle saleté ? dit Criquet.

— Les soldats. Qu'est-ce qu'ils mâchent ?

— Si vous voulez mon avis, dit Schlüber, on dirait un foutu troupeau de vaches en train de ruminer…

— Du kaf, dit Mustapha. Ça permet de parler à Dieu.

— Cette saleté, reprit Criquet, c'est une des choses qui rendent la situation si merdique, ici. C'est une herbe hallucinogène, d'ailleurs parfaitement inoffensive dans le thé. J'ai bu du thé au kaf : c'est un excitant léger, un peu comme un espresso avec un fond de cognac… Mais ces types mâchent du kaf depuis midi avec l'estomac vide, sauf peut-être une bouteille de tejiyaa. Au bout de six heures, tu commences à halluciner. La plupart des combats se poursuivent toute la nuit, alors que tout le monde a perdu la tête et que chacun voit des fantômes et des démons surgir de l'obscurité. À ce point, personne ne sait sur qui il tire, et tout le monde s'en fiche.

Un quart d'heure plus tard, le capitaine Page ressortit du blockhaus avec un jeune officier vêtu d'un uniforme kaki propre. Il serra la main du capitaine et s'avança pour dire quelques mots inaudibles à ses hommes. Ils grognèrent, et crachèrent de plus belle. L'officier se baissa, attrapa la boîte à chaussures pleine de kaf, la tint au-dessus du feu et hurla un ordre d'une voix perçante. Un des soldats se leva avec un profond soupir et ajusta son fusil à son épaule. Quatre autres suivirent son exemple. Cette escorte bigarrée se joignit aux pirates ; tous ensemble, ils longèrent le quai, franchirent une ouverture pratiquée dans un mur de sacs de sable et s'enfoncèrent dans la nuit profonde de Rigala.

7

Wilson distinguait vaguement des rues constellées de trous d'obus, encombrées de voitures et d'autobus incendiés, et des trottoirs couverts de détritus. Des cadavres en décomposition étaient entassés contre un mur en ruine, figés dans des positions grotesques par la *rigor mortis*. Il y avait des rats partout. Les poteaux téléphoniques et les lampadaires avaient été renversés pour barricader les carrefours.

D'après ce que Wilson pouvait deviner dans l'obscurité, cette partie de la ville datait de l'ère coloniale. Balcons en fer forgé, colonnades pastel et restaurants en terrasse qui lui rappelaient Buptown, dans sa propre ville. Mais les immeubles abandonnés tombaient en ruine. Un calme sépulcral régnait sur la ville. Des chats les regardaient depuis les entrées désertes, leurs yeux jaunes scintillant avec une vague curiosité. Les soldats ne parlaient pas. Ils progressaient par bonds, comme des fauves, sans autre bruit que le craquement du cuir des courroies de leurs fusils.

— Cette ville était si belle, jadis, dit Criquet à voix basse. Elle est presque totalement désertée. Tout le monde est mort, ou s'est réfugié dans la brousse, sauf ceux qui essaient de traverser le détroit pour aller se vautrer comme des porcs à Quatre-Sables.

Guidés par les soldats, ils empruntèrent un passage étroit entre les ruines de deux grands immeubles, empilées comme les éléments d'un jeu de construction renversé. Ils traversèrent un terrain vague et gravirent une colline, puis pénétrèrent dans le quartier résidentiel. Ils suivirent une grande avenue à travers un parc dont les palmiers n'étaient plus que des squelettes carbonisés. Au centre du parc, sur un piédestal portant des traces de balles, se dressait une statue aux dimensions impressionnantes : celle d'un Africain vêtu d'une veste à trois boutons comme on en portait dans les années 1960. Il tenait d'une main un livre ouvert, de l'autre l'*ashtzisi* traditionnel – le bâton de bois sculpté et de corne de buffle symbole de l'autorité des chefs bupus. Il mesurait près de vingt mètres de haut et avait des épaules de six mètres de large. Il manquait un petit morceau à son nez, et sa veste était criblée d'impacts de balles. À part cela, il semblait n'avoir pas souffert.

— C'est le président Sequhue, dit le pirate par-dessus l'épaule de Wilson, d'une voix qui résonna dans le silence de la ville déserte. (À ce nom, un des soldats lui jeta un regard hostile.) C'est lui qui a négocié l'indépendance du pays avec l'Angleterre, en 1960. On le surnommait le Gandhi bupandais. C'était un tout petit bonhomme, qui écrivait des poèmes et avait étudié à Cambridge dans les années trente. De 1961 à 1975 environ, le Bupanda a connu une sorte d'âge d'or, surtout grâce à la politique progressiste de Sequhue. À l'époque, c'était un pays prospère, d'aspect très occidental.

« Puis Sequhue est tombé malade. Une méningite cérébrospinale. Il a vécu une sorte de révélation mystique, et il a brusquement décidé qu'il fallait mettre fin à l'influence de l'Occident. Il a proscrit le capitalisme et ses méthodes, la bière, le port des pantalons et des chemises, les fermetures Éclair – les gens qui en portaient étaient fusillés –, il a expulsé tous les étrangers, il a grossi de cent kilos et pris un harem d'un millier de femmes. Puis il a proscrit le christianisme et tenté de réhabiliter les anciens cultes animistes. On raconte qu'il y avait des sacrifices humains, ici même, dans la médina. C'est un peu après cela que la guerre civile a éclaté. Malheureusement, seules les idées occidentales sur les droits de l'homme pouvaient empêcher les Bupus et les Andas de s'entre-égorger. Ils ont très vite renoué avec les bonnes vieilles saloperies – les massacres et l'esclavage – qu'ils pratiquaient déjà depuis un millénaire lorsque les Britanniques étaient entrés dans le pays, dans les années 1870.

« Mais Sequhue n'était pas fou, tu vois ? Seulement idéaliste. Ce sont les pires. Il a décidé que le modèle occidental favorisait le matérialisme égoïste et la corruption personnelle, mais qu'il était incapable de donner le bonheur au peuple. "Regardez New York, a-t-il déclaré un jour dans un discours resté célèbre, regardez Londres. Essayez d'y trouver un seul homme bon et heureux !" Bon Dieu, je crois bien que le vieux salopard n'avait pas tout à fait tort. Mais c'était exactement ce dont ce pays n'avait pas besoin. La guerre civile a fait des millions de morts, et il n'y a pas d'issue en vue. Mais je ne me plains pas. C'est bon pour les affaires.

— Qu'est devenu Sequhue ? demanda Wilson, surpris de l'écho nasillard de sa voix dans le parc désert.

— Il a été assassiné au cours d'une orgie au palais présidentiel, il y a une quinzaine d'années. Une putain anda, à qui il était en train de faire des choses inavouables. Mais les deux camps le considèrent encore comme une sorte de saint martyr. Cela montre une fois de plus que la réalité, au fond, n'a rien à voir avec ce que les gens ont envie de croire.

Le groupe traversa le parc au pas de gymnastique et prit à gauche une autre avenue qui avait été bordée de dattiers et de grandes vieilles maisons avec des vérandas et des jardins plantés de roses. Les dattiers avaient l'air malades et rabougris. Les grandes vieilles maisons étaient délabrées. Un bloc et demi plus loin, un immeuble blanc endommagé montrait des signes d'activité. Des rayons de lumière jaune filtraient des fenêtres démolies qu'on avait obstruées avec des sacs de sable. Un jardin d'un arpent envahi par la poussière, où avaient poussé jadis des roses, des tulipes et des jonquilles, était entouré de fil de fer barbelé et de postes de garde.

Ils dépassèrent le poste principal, montèrent le grand escalier extérieur couvert de soldats endormis et entrèrent dans la maison. Wilson entendait le crépitement lointain des armes automatiques. Ils traversèrent des pièces où s'entassaient des meubles brisés, au sol jonché de documents souillés et abandonnés. Ils parvinrent à une grande salle de danse éclairée par des lampes de chevet sans abat-jour. Des canapés défoncés et quelques dizaines de chaises étaient disposés en tous sens. Dans un coin, un piano à queue cassé se dressait sur ses deux pieds de devant, comme un chien assis. Des officiers flemmardaient en mâchant du kaf et en buvant du tejiyaa. Quelques-uns gisaient sur le sol, inconscients, dans des flaques d'urine. Un brouhaha de voix masculines emplissait la pièce.

Un Africain aussi grand que le monstre de Frankenstein était vautré en travers d'un divan de velours, au fond de la salle. Il était torse nu, et une toison noire comme la suie lui couvrait la poitrine. Le col de sa veste d'uniforme kaki, posée sur un fauteuil, portait une étoile et un insigne d'officier. Sur la poche droite, une plaque d'identification en argent disait *Col. Bwultuzu, Front patriotique bupu* en fines lettres noires. Une bouteille de tejiyaa de quatre litres était en équilibre sur son genou. Deux filles nues se tenaient à ses côtés. Elles semblaient n'avoir pas plus de dix ans. Chacune d'elles tenait une bouteille de quatre litres de tejiyaa, bizarrement disproportionnée dans ses petites mains. En s'approchant avec ses compagnons, Wilson vit qu'il ne s'agissait pas de fillettes. C'étaient des jeunes femmes, très petites. Pas plus d'un mètre vingt. Elles avaient une peau d'un noir-violet magnifique et les seins parfaitement développés, aux mamelons semblables à de petits insectes noirs.

Le colonel Bwultuzu se leva d'un bond. Il serra le capitaine Page dans ses bras, comme un ours aurait pu le faire. L'immense Africain, le pirate pas plus grand que Napoléon et les deux minuscules femmes nues semblaient appartenir à un monstrueux numéro de cirque.

— Mon ami! s'exclama le colonel d'une voix de stentor. (Son sourire révéla des dents semblables à des timbres-poste carrés.) C'est bon de vous revoir, si vite après votre dernière visite!

— Je ne pensais pas revenir avant septembre, colonel, dit le pirate en se dégageant de l'étreinte du géant. Mais il y a du nouveau. J'ai une proposition à vous faire…

— Business business, comme d'habitude! (Le colonel Bwultuzu agita sa grosse tête avec une déception feinte.) Mais vous devez savoir que mes hommes n'ont pas encore capturé assez d'ennemis, dans la région, pour remplir la cale de votre navire. La campagne d'été ne commence que dans deux semaines. Cette fois, nous attaquons Seme, ni plus ni moins. Dans trois mois, je peux vous promettre de nombreux jeunes gens des collines. Des traîtres andas, bien entendu. Mais leur sang est rouge, et ils ne mourront pas avant d'avoir travaillé des mois en plein soleil…

— Il ne s'agit pas des affaires habituelles. Ma proposition exige quelques explications.

— Alors, nous allons boire du tejiyaa, nous allons discuter, et quand nous aurons fini de parler… (Le colonel montra à nouveau ses dents en forme de timbres-poste et fit un geste théâtral dans la direction des deux petites femmes assises sur le divan.) Laquelle voulez-vous ?

— Des Iwos, hein ? (Le pirate eut un sourire entendu. Il baissa les yeux vers elles.) Jamais couché avec une Iwo.

Les deux femmes levèrent vers lui des yeux tristes et implorants d'animaux pris au piège.

Le colonel Bwultuzu battit des mains et éclata de rire.

— Nous allons faire de vous un bon Bupu, capitaine !

Le pirate se pencha vers la femme la plus proche de lui et lui passa une main sur les seins. Elle frissonna, hésita un instant et lui mordit le bras d'un violent coup de dents. Il se dégagea vivement et la frappa sur la bouche. Criquet retint son souffle et enfouit son visage dans l'épaule de Wilson.

— Je crois que je prendrai celle-ci, dit le pirate. J'ai une ou deux choses à lui apprendre…

— Je vous préviens, mon ami, dit le colonel Bwultuzu en souriant. Quand vous aurez goûté aux femmes iwos, vous ne reviendrez jamais au grand format.

— J'en prends le risque.

— Je m'incline devant le connaisseur. Vous êtes un homme de goût.

Le colonel fit une courbette élégante.

Le pirate recula de quelques pas en se frottant le bras, là où la fille l'avait mordu.

— Mes gens, colonel…

Pour la première fois depuis leur arrivée, il fit un geste dans leur direction.

— Bien sûr ! (Le colonel Bwultuzu s'inclina de nouveau.) Je veux que leur confort soit pour mes hommes une question de la plus haute importance.

8

On conduisit Wilson et Criquet à une grande chambre du premier étage. Des livres et des papiers carbonisés jonchaient le tapis déchiré. Il y avait un fauteuil rembourré en bon état, un lit double aux draps sales et une vieille armoire qui contenait encore deux paires de chaussettes pliées proprement et un paquet jaunissant de mouchoirs neufs. L'ampoule nue d'une vieille lampe de bureau projetait une lumière blanche éblouissante sur les sacs de sable entassés devant la fenêtre.

Pendant que Criquet se déshabillait, Wilson, les mains dans les poches, donnait des coups de pied dans les saletés qui encombraient le sol. Les livres noircis étaient en suédois et en français. Il vit *Les Mystères de Paris* d'Eugène Sue, *L'Éducation sentimentale* de Flaubert et plusieurs volumes de Pär Lagerqvist aux titres imprononçables. Derrière le buffet, par terre, il trouva la photo d'un Français corpulent d'une cinquantaine d'années. Ceint d'une écharpe tricolore, l'homme se trouvait au bras d'une jeune femme mince en robe blanche, deux fois plus jeune que lui. Une coupe de champagne à la main, ils assistaient à quelque réception. Un mariage, peut-être. Wilson s'agenouilla et sortit la photo de son cadre brisé. Sur un des bords, il y avait une date : *3 fév. 1967.*

— Voici mon hypothèse, dit-il. Cette maison devait être la résidence de l'ambassadeur de France. Nous sommes dans sa chambre. Et si j'en crois cette photo et ces livres, je dirai qu'il avait épousé la fille cadette de l'ambassadeur de Suède. Ça se tient. Tout à fait digne d'un Français.

Il se retourna pour montrer la photo à Criquet. Mais elle ne l'écoutait pas. Elle était assise sur le lit, nue, les jambes croisées. Elle taillait ses ongles de pied avec une pince à ongles. Son visage exprimait quelque chose entre le dégoût et le mépris. Wilson se dit qu'elle pensait à son père avec la femme iwo, en bas. Depuis combien de temps supportait-elle de telles horreurs? Il hésita. En cet instant précis, dans cette attitude désagréable, sous cette violente lumière blanche, il se dit qu'elle avait l'air dure, qu'elle était laide. Puis il aperçut son sexe, et une étincelle lubrique descendit de son cortex. Il fut envahi d'un désir tel que ses genoux se dérobèrent sous lui.

— Criquet, dit-il doucement. (Elle leva les yeux vers lui, maussade.) Tu vas bien?

— Ça va, répondit-elle. (Les lèvres serrées, elle regardait ses doigts de pied.) En fait, je crois que j'aimerais rester seule un moment. Pourquoi n'irais-tu pas faire un tour, chercher où se trouve la salle de bains, par exemple?

— Tu ne veux pas parler de ce qui te tracasse?

— Non.

Wilson sortit dans le couloir obscur et ferma la porte derrière lui. À mi-chemin, il tomba sur deux soldats qui jouaient aux dés contre un morceau de plinthe éraflé. Les fragments d'un vase et des débris de plâtre recouvraient le guéridon placé sur leur gauche. Du plâtras était tombé du plafond. Des fils électriques nus pendaient, tels des serpents. À l'approche de Wilson, les soldats levèrent les yeux. L'un d'eux mâchonnait un morceau de kaf gros comme le poing. Les feuilles noires sortaient de sa bouche, le jus coulant sur son menton.

— Je cherche la salle de bains, dit Wilson.

Celui qui avait la bouche pleine de kaf se contenta de cligner des yeux et se détourna. L'autre secoua la tête. Leurs fusils d'assaut étaient appuyés contre le mur, aussi quelconques que des balais-brosses.

— Zum clo, dit Wilson. Toilettes, W-C.

Il fit mine d'uriner.

— Ah!

Le second soldat se leva d'un bond, le prit par le bras et l'entraîna dans le corridor. Ils tournèrent à gauche, puis à droite, et entrèrent dans une grande salle de bains de style européen équipée d'une baignoire de céramique et d'un bidet. La puanteur était épouvantable. Les toilettes étaient bouchées, le sol recouvert d'urine et d'excréments. Le soldat amena Wilson à une double porte-fenêtre donnant sur un grand balcon. Il le poussa jusqu'au garde-fou, lui montra le bord et fit entre ses dents un bruit de miction.

— Compris, dit Wilson.

Tout en se déboutonnant, il contempla, en bas, les ruines sombres de Rigala. Les silhouettes irrégulières des tours écroulées du centre-ville se découpaient contre la lueur des éclairs d'artillerie du mont Mtungu. Un hurlement de femme vint de quelque part, pas très loin. Il entendait le crachotement ininterrompu des armes automatiques à l'arrière-plan. Le soldat restait derrière lui, tout près, le souffle lourd. Wilson essaya de pisser, sans succès. C'était embarrassant. Ça lui arrivait dans les gares d'autocars et les aéroports. Pourquoi cet homme ne s'éloignait-il pas? Wilson essaya de se concentrer, s'éclaircit la gorge, fit passer le poids de son corps d'un pied sur l'autre, pensa à des arbres dégouttant après une averse, à de l'eau courante. Rien à faire. Il s'éclaircit à nouveau la gorge.

— Ah, excusez-moi, dit le soldat. Vous voulez être tranquille. (Il parlait un bon anglais, avec l'accent américain.) Je vais fumer une cigarette. Prenez votre temps.

Il alla à l'autre bout du balcon. Wilson entendit le frottement d'une allumette, essaya de percer les ténèbres de la cour au-dessous de lui, compta jusqu'à dix et vit le jet liquide retomber dans la nuit comme une prière. Un léger tambourinement lui parvint une demi-seconde plus tard. Il imagina son urine aspergeant le toit d'une voiture. Ce n'est qu'en se retournant, après s'être reboutonné, qu'il réalisa que la voix du soldat lui était familière.

Celui-ci se tenait dans l'ombre, de l'autre côté du balcon, contre le mur de la maison. Wilson ne distinguait rien d'autre que le point incandescent orange de sa cigarette.

— Cigarette? lui proposa cette voix qu'il connaissait.

Une main noire tendit un paquet d'égyptiennes dans le rectangle lumineux projeté par une fenêtre voisine. Wilson traversa le balcon, l'esprit en alerte. Au même instant, un gros camion militaire monta l'avenue en grondant. Dans un hurlement de freins, il s'immobilisa au bord du trottoir, devant la maison. Une trentaine de soldats sautèrent de l'arrière du véhicule et montèrent le grand escalier sans se presser.

— La relève de la garde, dit le soldat. Je suis libre pour le reste de la soirée.

Wilson prit une cigarette comme s'il ne savait pas quoi en faire. Le soldat leva une allumette. Dans la brève lueur, Wilson reconnut le visage, sans toutefois se rappeler où il l'avait vu. La cigarette égyptienne avait un goût âpre, amer comme de l'algue. Il inhala profondément.

— J'attendais d'avoir l'occasion de vous parler, dit le soldat. J'étais dans le groupe qui vous a amenés du quai Nikongi.

— Il me semblait bien vous avoir déjà vu quelque part.

— Vous ne vous souvenez pas de moi… avant ce soir?

— Avant ce soir? (Wilson sentit l'habituel picotement derrière sa nuque.) Que voulez-vous dire?

— Vous ne vous souvenez pas de moi! C'est très drôle!

Wilson reconnut son rire. Mais il ne savait toujours pas qui il était.

— Je renonce, dit-il.

Brusquement, le soldat leva la main gauche. Wilson la vit à contre-jour, devant la faible lueur rouge des feux de Rigala. Il manquait les trois doigts du milieu, et le moignon du majeur s'ornait d'une bague criarde au motif d'or ajouré. La mémoire lui revint, comme un film projeté au ralenti. Cette rencontre était extraordinaire. Mais il s'était habitué à ce que les choses les plus extraordinaires arrivent. Il se souvenait de cet homme, maintenant, de la nuit du combat de coqs et des étoiles brillantes.

— Vous vous appelez Tulj, dit-il d'une voix calme. Je me trompe?

— Et vous vous appelez Wilson, et vous m'avez sauvé la vie! (Tulj tendit le bras et le prit par l'épaule, très excité.) Vous avez fait plus que cela! Vous m'avez rendu à la vie, et vous avez sauvé la vie de mon frère! Je n'ai pas eu le temps de vous remercier, ce soir-là. J'ai été lâche. C'est la grande honte de ma vie. Plus tard, je vous ai cherché. En pure perte, à mon grand désespoir. Aujourd'hui, Dieu a voulu que je vous retrouve, et je m'en réjouis! Mais vous accompagnez des hommes très mauvais. Des hommes qui réduisent les miens en esclavage. On m'a dit que les hommes mauvais peuvent parfois faire le bien, mais j'en doute. Est-ce que vous êtes mauvais ?

— Je ne pense pas, dit Wilson.

— Alors il faut que nous parlions.

— D'accord.

Tulj lui prit le bras et le guida à travers la maison. Le hall d'entrée fourmillait de soldats occupés à mâcher du kaf et à boire du tejiyaa. Ceux qui dormaient sur les marches avaient été remplacés. Lorsqu'ils franchirent le portail et se dirigèrent vers le camion, la sentinelle n'eut pas l'air de les remarquer.

— Montez, monsieur Wilson, dit Tulj.

— Wilson suffit. C'est mon prénom.

Ils montèrent dans le camion. Tulj dit quelques mots au chauffeur et lui tendit quatre cigarettes. L'autre haussa les épaules et fit un signe de tête. Quelques minutes plus tard, le camion se remplissait à nouveau de soldats, et ils descendirent l'avenue, dans la nuit, en cahotant.

— Ils rejoignent la zone de combat, dans le septième arrondissement, dit Tulj avec un geste du pouce vers les soldats entassés à l'arrière du camion, de l'autre côté de la petite ouverture grillagée. Le front se trouve dans la rue Lugluwanougu, ces jours-ci. C'est là que j'achetais les pneus de ma bicyclette quand j'étais étudiant à l'université. La semaine dernière, ça se passait dans les jardins de ce qui était jadis la Bibliothèque nationale Sequhue. Les combats entre les bancs de pierre ont fait soixante-quinze morts.

— À quel camp appartenez-vous ?

— Au FPB.

— C'est-à-dire ?

— Le Front patriotique bupu. Mais cela n'a pas beaucoup d'importance. Ce pourrait aussi bien être l'ANA, le PPB, le PPA ou l'ACNB… Ce sont des tas de fumiers. Des bandes d'assassins et de crapules qui ne pensent qu'à se remplir les poches, et tant pis pour le pays !

Le camion descendit vers le centre-ville en brinquebalant sur les trous d'obus. Des combats avaient eu lieu très récemment. Wilson aperçut des pièces d'artillerie abandonnées, des rues bloquées avec du fil barbelé tout neuf. Des corps dévêtus gisaient au milieu des rues. Le chauffeur ne prenait pas la peine de les contourner. Wilson sentit que le camion heurtait quelque chose. Il entendit un craquement écœurant qui lui fit remonter la bile dans la gorge.

— Où diable allons-nous ?

— Ne vous inquiétez pas, dit Tulj. Le meilleur bar de la ville. Je pense que je vous dois une tournée.

Le camion contourna en cahotant un square au sol défoncé, avec en son centre une fontaine fracassée. Puis il vira pour emprunter une rue assez large dont la bande médiane était envahie par les ordures. Tulj tapa sur l'épaule du chauffeur. Le camion s'arrêta. Wilson et Tulj en descendirent. Ils se tinrent dans le nuage bleuâtre de gaz d'échappement, et se regardèrent tandis que le camion s'éloignait. Tulj ne put retenir un sourire. Wilson ne savait que dire.

— C'est mon jour de chance, dit Tulj. Vraiment.

Wilson réfléchit un moment.

— Vous ne trouvez pas cela bizarre…

Sa voix s'évanouit.

— Vous connaissez Carew et Rawlinson ? demanda Tulj.

— Je connais Carew. L'explorateur.

— Oui. C'étaient deux de ces explorateurs anglais venus nous expliquer, à nous pauvres Africains, comment trouver des lacs et des fleuves que nous connaissions déjà parfaitement… Mais là n'est pas le problème. En 1824, ils sont parvenus au Bupanda. Ils ne se connaissaient quasiment pas, et ils venaient pour des raisons entièrement différentes. En mars, cette année-là, ils se sont rencontrés par hasard sur la route de Bongola. Ils étaient les deux seuls Blancs en Afrique équatoriale, à l'époque ! Jung, le philosophe, appelle cela le synchronisme. Mais je l'ai étudié à l'université, ce Jung, et à mon avis, c'était un charlatan. Allons boire un verre.

Il posa une main sur l'épaule de Wilson, et ils traversèrent le square.

9

Il ne restait plus grand-chose de l'Étoile de l'Afrique, qui avait été l'hôtel le plus élégant entre Le Cap et Fez. Edward VII y avait logé du vivant de la reine Victoria, alors qu'il n'était encore que prince de Galles, ainsi que Stanley (après sa quête pour retrouver Livingstone) et, plus récemment, Elizabeth Taylor et Richard Burton durant le tournage de *Cléopâtre*. Les étages supérieurs, bombardés aux premiers jours de la guerre civile, regardaient, vides et inutiles, l'avenue du 16-Juillet-1960. La célèbre véranda ployait sous le poids des sacs de sable et des bobines de fil barbelé, ses piliers de bois à moitié dévorés par les termites.

Mais par quelque miracle de la guerre, le bar de la salle coloniale était intact. Wilson eut presque un hoquet en franchissant le lourd rideau de velours qui séparait le capharnaüm du hall de la somptueuse pénombre du bar. Des garçons en veste blanche et nœud papillon circulaient avec leurs plateaux entre les tables brillantes et les box de cuir, dans le léger bourdonnement des conversations polies et le tintement des glaçons dans les verres. Au plafond, de grands ventilateurs agitaient l'air chaud avec un bruit feutré. Le bar lui-même était une remarquable extravagance de palissandre et d'acajou sculptée de figures d'indigènes, de crocodiles et de serpents aux yeux d'argent incrusté. Un portrait en pied de la reine Victoria en tenue d'impératrice des Indes était accroché à un cordon doré (mais crasseux) au-dessus d'un impressionnant assortiment de bouteilles. Des hommes d'affaires européens en costume clair se mêlaient aux fonctionnaires et aux soldats noirs en uniforme de cérémonie. Le nuage suffocant de la fumée des cigares s'élevait vers les moulures du plafond.

— Nous devons demander une veste et une cravate au maître d'hôtel, dit Tulj. C'est la règle. Le port de la veste et de la cravate est obligatoire.

Quelques minutes plus tard, ils portaient des blazers de laine bleus et de larges cravates à rayures tachées datant des années 1970. On les conduisit à un box près du bar.

— Quel endroit extraordinaire, dit Wilson. On a l'impression de voyager dans le temps.

— Oui, dit Tulj. Cela nous permet d'oublier la guerre pendant quelques minutes. C'est pratiquement la seule parcelle de civilisation qui reste dans notre pauvre pays. Mon père a été garçon, ici, avant l'indépendance, à l'époque où l'établissement était interdit aux Noirs. Le président à vie Sequhue a organisé un sit-in dans ce bar en 1954. Dans les années soixante, il venait ici en smoking blanc prendre son gin and bitter, tous les mercredis soir à huit heures précises, et il a continué à le faire même après avoir proscrit les habitudes occidentales. C'est par respect pour ce grand homme que le bar a été maintenu dans l'état où vous le voyez.

Il fit un signe à un des garçons, qui vint lui serrer la main.

— Voici mon beau-frère, Ranji.

Ranji serra la main de Wilson. C'était un Bupu au teint rougeâtre, avec un début de calvitie.

— Je vous recommande le gin and bitter, dit Tulj à Wilson.

— C'est ce que vous prenez ?

— Toujours.

— Ça me semble parfait.

Ranji se dirigea vers le bar. Tulj le suivit des yeux, puis montra le portrait de Victoria, à peine visible dans la fumée des cigares.

— Dans la brousse, les gens croient que la vieille reine est encore en vie. Ils l'appellent *nu Wan-Lazi*, « grand-mère ». Ils prétendent qu'elle veille sur l'accouchement et le foyer avec la déesse Buzu, la patronne des douleurs de l'enfantement dans la vieille religion. Je suis un homme instruit, comme vous le savez, je rejette par conséquent toutes ces superstitions. Mais je vais vous dire une chose. Victoria a présidé un moment important de notre histoire. On a construit le canal de Mpwanza, qui relie le lac Bupu à la mer. On a percé de nombreuses routes dans la jungle, on a posé la voie ferrée que nous utilisons encore de nos jours, et on a édifié beaucoup d'hôpitaux et d'écoles. Les meilleurs d'entre nous ont poursuivi des études aux frais de l'État dans les écoles des missions, puis ils sont allés à l'université de Cambridge, en Angleterre, pour apprendre à être de bons administrateurs. Mon grand-père était l'un d'eux. Oui, c'est vrai qu'on exploitait le pays, qu'on nous prenait les diamants, l'étain, le cuivre et le bois, mais on nous a fait un cadeau considérable. On nous a offert l'État de droit, qui nous a apporté les bienfaits de la paix. Tout cela est fini, maintenant. Nous, les Bupandais, nous nous noyons mutuellement dans notre propre sang.

Ranji leur apporta leur gin and bitter sur un plateau d'argent abîmé. Ils burent en silence. Wilson observait la foule qui se pressait au bar, buvant et bavardant sous le regard impassible de Victoria comme s'il s'agissait de la Civilisation en personne. Pendant un instant, il fut presque possible de croire que les certitudes existaient encore et que l'ordre, contrairement à ce qu'affirmait Criquet, n'était pas qu'une illusion.

Tulj soupira et se pencha en avant. Son regard exprimait une immense lassitude.

— Je vais vous raconter ce qui m'est arrivé depuis les combats de coqs, là-bas, dans votre pays.

— D'accord, dit Wilson.

— Quand vous nous avez sauvés de la foule, mon frère et moi, nous nous sommes enfuis sous les arbres, et nous avons rejoint la ville à pied en longeant l'autoroute. Cela nous a pris plusieurs heures, sous les étoiles si extraordinairement brillantes ce soir-là. Ma peur s'est apaisée et, pour la première fois depuis des années, j'ai commencé à réfléchir sérieusement. J'ai réalisé que nulle part au monde – même pas en Amérique – je n'étais à l'abri, enfermé dans ma chambre, dans ma propre maison, tant que durerait la guerre civile, tant qu'un seul Anda resterait en vie. Les gens de la campagne, ici, ont un dicton. Pendant l'année du lion, on n'est nulle part plus en sécurité que parmi les lions. J'ai décidé de revenir au pays, et de me joindre à mes frères bupus dans leur combat patriotique.

« J'ai vendu tout ce que j'avais. Puis j'ai pris l'avion pour Bujumbola, j'ai traversé la frontière à pied et j'ai rallié le FPB qui livrait bataille dans la jungle, à l'est de Seme. Je me suis battu à leurs côtés pendant cinq mois. J'ai assisté à beaucoup de meurtres insensés. Un jour… mon cœur se serre à ce souvenir… nous sommes tombés sur un village anda plein de femmes et d'enfants. Nous avons emmené les enfants pour en faire des esclaves, et nous avons violé et tué les femmes. Je n'oublierai jamais ce que certains de mes camarades ont fait : ils ont arraché le cœur d'une fille de seize ans encore vivante, ils l'ont partagé et dévoré, et ils ont forniqué avec son cadavre sanglant… Peut-être mon séjour en Amérique m'a-t-il ramolli… Je pense en tout cas que nous devons renoncer à ces coutumes primitives. J'étais si horrifié que j'ai pris sur-le-champ une résolution. J'ai fait le vœu de trouver un terrain d'entente entre Bupus et Andas. Mais avant de vous en dire plus, monsieur Wilson, je dois vous poser quelques questions importantes.

— Bien sûr.

Tulj marqua une pause. Il sortit de sa poche son paquet de cigarettes égyptiennes. Il lui en restait deux. Il en proposa une à Wilson, qui secoua la tête. Il alluma la sienne et jeta l'allumette dans un cendrier de céramique marqué *Étoile de l'Afrique* en lettres d'or. Quand il leva les yeux, son regard était dur.

— Tout d'abord, pourquoi vous trouvez-vous en compagnie de ces mauvais hommes ?

— Je ne suis pas avec eux, répondit Wilson. Pas exactement. C'est la femme, celle qui a les cheveux roux. Je l'ai suivie, et j'ai traversé l'Atlantique en bateau avec elle. C'est une longue histoire. Maintenant, elle est ma femme.

— Ah, une femme, dit Tulj, comme s'il comprenait.

— C'est cela.

Tulj réfléchit une seconde.

— Êtes-vous impliqué dans des opérations de trafic d'esclaves dans mon pays, monsieur Wilson ?

— Pas par choix.

— Mais vous avez la confiance d'hommes qui le sont ?

— Plus ou moins.

— Vous n'êtes pas avec eux, vous êtes certain…

— Je vais essayer d'être très clair. J'ai toujours su, je suppose, que le monde pouvait être ignoble. Mais jusqu'à une époque récente, je menais une vie prudente, égoïste. Je tournais le dos au mal, je faisais comme s'il n'existait pas. Je continue à penser que le vice n'est pas la condition naturelle du genre humain… Mais peut-être suis-je un indécrottable optimiste. Le pirate Page et sa bande d'assassins font du mal à tout le monde. Si je peux faire quoi que ce soit pour les arrêter, je le ferai. Même si ça doit me coûter la vie.

Il se sentait ridicule, en le disant de cette façon. Mais il était sincère, et cette sincérité provoquait un léger fourmillement dans ses orteils. Tulj hocha la tête, satisfait.

— Parfait ! Alors ce n'est pas le hasard aveugle, mais la divine Providence qui a fait se croiser nos chemins à nouveau. Certains de mes amis ont une théorie. Ils disent que la guerre entre les Bupus et les Andas est une affaire très lucrative : ainsi chaque camp peut faire des prisonniers et les vendre aux hommes d'affaires des pays industrialisés. Ils pensent que si nous empêchons le commerce d'esclaves, la guerre cessera. Je suis d'accord avec eux.

— Qui sont vos amis ? demanda Wilson.

Tulj secoua la tête.

— Tout d'abord, allez-vous nous aider ?

Wilson jeta un coup d'œil vers la reine Victoria au-dessus du bar, et redressa les épaules.

— Vous avez une cigarette ?

10

Le Mwtutsi coulait, noir comme du sang séché, dans la pénombre glauque de la jungle. Des oiseaux au plumage extravagant et des singes à queue blanche duveteuse les épiaient, le long des rives, dans l'enchevêtrement des branches. À l'exception du halètement des moteurs, Wilson n'entendait pas le moindre bruit. Même les moustiques étaient silencieux. C'était la jungle la plus calme qu'il ait jamais vue. Une étrange cathédrale verte. Mais il ne pouvait dire à quel dieu elle était consacrée : une divinité inconnue de la fécondité absurde et de la mort subite ? Des cadavres de soldats à demi dévorés par les crocodiles dérivaient devant la coque camouflée de la *Terreur*, dansant doucement dans le courant qui les poussait vers la mer, à trois cents kilomètres de là.

Trente kilomètres après l'ancien relais fluvial d'Ulundi, le Mwtutsi se déploya et se transforma en un marais d'îles boueuses et de canaux encombrés de nénuphars. Dans ce marécage, ils ne progressaient que très lentement. La proximité de la jungle rendait inopérant le sonar de la *Terreur*, prévu pour les grands fonds marins. Le pirate fut donc obligé de recourir à un vieux plomb de sonde pour mesurer la profondeur des canaux boueux. Wilson alla à l'avant avec ce dispositif primitif. Il passa deux jours perché sur la proue, abaissant et relevant sans interruption la ligne de Nylon. Cette corvée ne le dérangeait pas. Elle lui permettait de rester loin des autres et lui donnait le temps de réfléchir. Une pie-grièche des bois – ailes noires et queue à longues plumes – les accompagna sur la plus grande partie du voyage, se posant de temps en temps sur la lisse de couronnement ou la lisse de poupe. À l'instar de tous les oiseaux que Wilson pouvait apercevoir dans les arbres, elle ne produisait aucun son.

— Si j'étais africain, je dirais que cet oiseau n'augure rien de bon. Que c'est un esprit du mal, ou je ne sais quoi.

Schlüber était venu fumer une cigarette à l'avant, ses cheveux couleur sable agités par la brise tiède, ses yeux bleu clair reflétant le vert de la jungle. Il se pencha au-dessus de la proue et considéra la pie-grièche qui faisait le tour du navire avant de rejoindre les arbres.

— Vous avez remarqué que cette saloperie nous suit depuis Ulundi ?

— Oui, dit Wilson. Mais, tous autant que vous êtes, vous devez être pas mal protégés contre la guigne, maintenant.

— Que voulez-vous dire ?

— À combien de raids de ce genre avez-vous participé ? (Wilson enfonça la ligne de plomb dans l'eau sombre, puis la ramena.) Dix-sept pieds et demi ! cria-t-il vers l'arrière.

— Compris ! répondit Criquet dans l'octogone.

Le raclement des diesels monta d'une octave, et la *Terreur* avança lentement dans la gadoue.

— Cela fait six ans, maintenant, dit Schlüber. Quelque chose comme trois boulots par an en moyenne… J'approche donc des dix-huit ou vingt, je pense.

— Bien, dit Wilson. Je dirais que si la guigne – ou le sort, ou la justice immanente, peu importe comment vous appelez ça – devait vous rattraper, elle vous aurait rattrapé après le troisième ou quatrième voyage. J'imagine qu'après le quinzième vous êtes tranquille jusqu'au jour du Jugement dernier.

— Vous ne comprenez pas. Celui-ci est différent. C'est la première fois que nous nous enfonçons à l'intérieur des terres, et franchement je tremble dans mes bottes. Le vieux *Storm Car* était trop gros pour voyager en rivière. Ce rafiot est juste assez plat pour nous conduire jusqu'au lac Tsuwanga, et il n'y a pas de trou plus perdu. Avant, nous allions à Kemal, ou à Brass, n'importe lequel de la demi-douzaine de comptoirs qui se trouvent sur la côte au-dessus de Rigala, et nous achetions la cargaison aux grossistes indigènes. Aucun danger. Mais les marges sont scandaleusement élevées… Jusqu'à deux cent dix pour cent par tête! À partir de maintenant, le capitaine Page a décidé de se passer des intermédiaires. Nous allons à la source, mon cher ami. Plutôt risqué, si vous voulez mon avis, mais les bénéfices risquent d'être énormes.

Wilson laissa tomber la ligne de quelques pieds, et le plomb frappa la coque. La pie-grièche noire passa au-dessus de la proue.

— Nous allons embarquer des esclaves sur la *Terreur*? demanda-t-il calmement.

— C'est ce qui est prévu, dit Schlüber, la fumée de sa cigarette flottant dans l'air épais.

— Combien d'êtres humains peut-on entasser dans la cale? demanda Wilson, qui s'efforçait de parler d'un ton uni. Vingt, trente? Je n'ai pas l'impression que le jeu en vaille la chandelle.

D'une chiquenaude, Schlüber jeta sa cigarette dans l'eau noire.

— Nous ne parlons pas d'êtres humains grandeur nature. Il faut plutôt considérer les Iwos comme une espèce animale bizarre. Ces petits salopards ne parlent même pas. Ils font de curieux petits claquements de langue, comme des chipmunks ou je ne sais quoi.

Wilson revit les yeux fous, vides, des deux femmes iwos à Rigala. Il frissonna.

— Alors, combien pouvez-vous en serrer, là-dessous?

Les eaux boueuses du Mwtutsi faisaient un léger chuintement contre la coque. Schlüber haussa les épaules.

— Entre quatre-vingt-cinq et cent, d'après mes calculs…

Wilson fit un geste pour agripper l'Allemand.

— Bande de misérables fils de putes! siffla-t-il.

Schlüber recula d'un pas et secoua la tête.

— Je sais ce que vous pensez, dit-il. Mais je ne vois pas les choses comme vous les voyez. Tout vaut mieux que ce que j'ai vécu avant cela.

— Qu'est-ce qui est pire que le trafic d'esclaves?

— Un de ces jours, rappelez-moi que je dois vous raconter ma vie. Pour le moment, je vous dirai simplement que j'avais un bon emploi dans une firme d'experts comptables de premier plan, à Francfort, une maîtresse adorable, une Porsche 911 dernier modèle et un bel appartement. Je jouais au football le week-end avec mes amis, je mangeais de la bonne nourriture allemande dans d'excellents restaurants, je buvais de la bonne bière et fumais de temps en temps un peu d'herbe, et je me fichais de tout le reste. J'étais mort. Voilà ce que la société civilisée fait de nous, mon cher ami. Des cadavres. Il n'y a plus aucun enjeu. Ici, au moins… (il eut un mouvement du menton vers le fouillis de la jungle)… je sens mon cœur battre.

Wilson se tourna vers le fleuve et releva la ligne de plomb. Son dos raide montrait son mépris de façon assez éloquente. Schlüber hésita, laissa échapper un juron et retourna à l'octogone. En vérité, Wilson ne le comprenait que trop bien. Il avait connu le même ennui. Cela avait détruit sa vie aussi sûrement qu'une tornade, et l'avait conduit du confort des bras accueillants d'Andrea, de l'appartement mesquin mais confortable où il avait vécu sain et sauf pendant huit ans, à cette étrange croisière sur l'océan et au cœur de l'Afrique avec les pires compagnons du monde.

Quelques secondes plus tard, à tribord, les eaux égales du Mwtutsi se soulevèrent. Wilson aperçut la lueur terne d'un œil venu du fond des âges, puis un flanc parcheminé, rugueux comme un épi de maïs. Un crocodile apparut à la surface. Puis l'eau noire le submergea et le calme menaçant de la jungle reprit ses droits.

11

Le soleil du matin révéla un paysage dévasté. La jungle et les marécages du pays d'Ulundi avaient disparu dans la nuit. Le fleuve coulait maintenant au milieu d'une zone carbonisée, jonchée de matériel militaire calciné. Un sol noir, sans vie, s'étendait partout alentour. L'eau elle-même dégageait une forte odeur de caoutchouc brûlé.

— C'est l'œuvre des Andas, dit le pirate. Il y a cinq ans, ils ont ouvert une brèche dans la jungle en l'incendiant, sur cinquante kilomètres de large, avec des défoliants en surplus de la guerre du Vietnam. Ils ont stoppé l'avance bupu sur Seme, définitivement. C'est le général Ature, avec le PPA, qui avait monté toute l'affaire. Cet enfoiré était un malin. Quand on fait la guerre, m'a-t-il dit un jour, le seul objectif, c'est la victoire. Qui se préoccupe de ce qu'on laisse derrière soi quand c'est fini ?

Wilson scruta le paysage, par-dessus le blindage brûlant de l'octogone. Les rives étaient un fouillis de racines brûlées et de métal noir rouillé. Des os couvraient le sol, comme autant de points d'interrogation.

— Combien de temps faudra-t-il pour que ces arbres repoussent ?

— Repousser ? (Le pirate éclata d'un rire de fauve.) Quand les Romains ont pris Carthage, ils ont ensemencé de sel toute la région, afin que rien ne puisse plus y pousser. Ici, c'est un peu la même chose. Ça va rester brûlé au moins pendant les mille prochaines années !

À midi, ils dépassèrent un village bupu abandonné. Il marquait la limite de la zone dévastée. Au-delà, ils se retrouvèrent sous les arbres. Le fleuve était plus étroit : il n'avait pas plus de vingt mètres de large. La végétation était si épaisse que le ciel, au-dessus de leurs têtes, était invisible.

— Surveille la forêt, par ici, dit le pirate.

Cela sonnait comme un ordre. Wilson se dirigea vers le placard aux armes légères pour y prendre des jumelles.

— Non, tu n'as pas besoin de ça. (Le pirate l'écarta d'un geste.) C'est juste pour ton divertissement.

Pendant une demi-heure, Wilson scruta la rive la plus éloignée, sans résultat. Soudain, il aperçut, entre les arbres, de pâles faisceaux de lumière vacillant dans l'obscurité.

— Ce sont les Iwos, dit le pirate. Ces petits saligauds primitifs vénèrent la lumière.

— Vous voulez dire le soleil ?

— Non. Ils vénèrent la lumière. Plus précisément, les lampes de poche. On ne sait pas trop pourquoi… Sans doute parce qu'il fait un noir d'enfer dans les profondeurs de la jungle, là où ils vivent. Ils vendraient leur grand-mère pour deux lampes de poche. Tu sais ce que nous avons dans la cale ?

— Non, dit Wilson.

— Dix caisses pleines de lampes en plastique bon marché, fabriquées à Taïwan. Les piles tiennent deux ou trois semaines. Pour les Iwos, c'est comme une drogue dure. Il leur en faut toujours plus.

Une heure avant la tombée de la nuit, la *Terreur* croisa un guerrier iwo dans une pirogue de la taille d'un lavabo de cuisine. De longues plumes noires prolongeaient ses cheveux encrassés par la boue. Son torse et ses bras étaient zébrés de peinture blanche. Des cercles blancs étaient vaguement gribouillés autour de ses yeux. Il portait au cou, au bout d'une ficelle, une lampe de poche de plastique rouge. En arrivant à leur hauteur, il lâcha sa pagaie, leva sa lampe à son menton et l'alluma. Le faible rayon lumineux saisit la peinture blanche et éclaira son visage comme un crâne dans la pénombre glauque de la jungle. Il resta immobile, sa lampe de poche sous le menton, tandis que le courant l'entraînait hors de vue.

12

Sous le soleil de l'après-midi, le lac Tsuwanga flamboyait comme de l'or en fusion. Une brise fraîche soufflait du mont Mosumbawa, dont la cime bleue s'élevait au-delà des contreforts les plus proches. À la proue de la *Terreur*, Wilson emplit ses poumons de l'air frais de la montagne. Il observa les roseaux ployant sous le vent et le tourbillon écarlate des oiseaux au-dessus du lac. Un léger miroitement à la surface annonçait la présence des poissons volants. Quand ils frappaient l'air, c'était comme une poignée de pièces d'argent jetées du fond de l'eau vers le ciel. Il vit les pélicans et les cormorans plonger pour les attraper, en se chamaillant avec élégance au-dessus de la pointe des vagues. Au loin, un peu floue, la voile jaune d'un skiff de pêche bupu prit le vent et le poussa vers le rivage.

Le lac était célèbre pour son panorama, mais aussi parce que des hommes blancs l'avaient découvert et y avaient habité – quelques dizaines seulement, durant les cent cinquante ans de l'exploration de l'Afrique par les Européens. Wilson se rappelait avoir lu un article, dans *National Geographic*, sur la découverte du lac en 1830 par sir Alwyn Carew. Il cherchait la source du Niger, qui allait devenir une des grandes énigmes de la géographie. Après avoir erré un an et demi à l'intérieur des terres, Carew s'écroula sur le rivage scintillant de Tsuwanga, affamé, presque nu. Plus tard, il comparerait cette expérience au fait de se réveiller des horreurs nocturnes de la jungle pour émerger dans un rêve de lumière.

Wilson se dit que Carew avait raison. La lumière, en effet, était claire et belle. Mais, une heure plus tard, il prit conscience d'autre chose. Une sensation troublante qu'il était incapable de définir. Une nuance menaçante se cachait sous les ombres bleues que le soleil dessinait sur le pont. Cette beauté n'avait pas besoin d'être contemplée par l'homme. Le lac tout entier bourdonnait de sa propre singularité. En scrutant l'eau bleue, Wilson comprit presque ce qui était arrivé à Carew. Cette lumière parfaite avait fini par le rendre fou. Lors de sa seconde expédition sur le Mwtutsi, l'explorateur avait apporté, en sus des provisions et du matériel habituels, cent cinquante pigeons voyageurs sur la barge HMS *Alexander Pope*. Deux de ces fidèles oiseaux ralliérent la station côtière britannique de Williamsport. Ils apportaient des messages erratiques et incompréhensibles pleins de serpents géants, de nains et de papillons grands comme des cerfs-volants. Et l'on n'entendit plus jamais parler de Carew.

Cinquante ans plus tard, en 1882, au marché de Bongola, un officier de la Compagnie d'Afrique occidentale échangea un couteau de chasse à un chef bupu contre une édition anglaise reliée cuir des comédies de Goldoni. Surpris de trouver dans la jungle un objet aussi incongru, il demanda au chef où il s'était procuré le volume. Un homme blanc l'avait donné aux Iwos à l'époque de son grand-père, raconta le Bupu. Puis l'homme blanc avait sauté dans l'eau du lac pour retourner vivre avec les poissons. Sur la page de garde, l'officier déchiffra deux mots griffonnés de la main de Carew, avec une encre noire qui pouvait être du sang : *Peur Ascendante*.

Pour l'heure, une lumière lavande envahissait le ciel au-dessus du lac Tsuwanga. Sous cette couleur mélancolique, la montagne et la houle étaient d'une indescriptible beauté. Wilson pensa aux ossements du grand Carew qui gisaient peut-être par le fond, loin sous la quille de la *Terreur*. Nettoyés par les courants froids, ils tenaient compagnie à des mollusques sans nom et aux anémones les plus étranges. Un Anglais de plus avalé par l'Afrique.

13

La *Terreur* s'avança au ralenti dans une crique, à l'extrémité ouest du lac. Un campement bupu s'étendait sur près de huit cents mètres. Dans la lumière déclinante, Wilson aperçut des tentes militaires et des baraques préfabriquées aux parois rouillées, à côté de *haotas* traditionnelles – ces huttes de roseaux goudronnés en forme de *cupcakes*, encerclant une cour au sol de guano vert. Au nord du village, sur une butte, une palissade de bois était entourée par une série de cages basses. En guise de drapeau, l'endroit était placé sous la surveillance d'une douzaine de têtes tranchées fichées sur des pieux. Des nuages de mouches et de moustiques gorgés de sang flottaient au-dessus de l'eau au gré du vent.

— Les Bupus appellent cet endroit M'Gongo epo, dit Criquet. « Le lieu des larmes. » C'est leur seule base en pays iwo.

Wilson restait silencieux.

— Il y a près de deux cents clans iwos, poursuivit-elle, et chacun d'eux est en guerre permanente avec les autres. Je sais, tu vas me dire que les Iwos se battent et se réduisent mutuellement en esclavage à cause de nous, parce qu'ils veulent les lampes de poche que nous transportons dans nos cales. Eh bien, sache que les Iwos se battent depuis le début des temps, et ils continueront à se battre après notre départ.

Elle arracha doucement un bout de peau sur son poignet. Elle avait un coup de soleil sur le nez. Elle était tombée en panne de crème solaire deux jours après le départ de Rigala. Elle ôta ses lunettes de soleil, et Wilson vit des rides, dans le masque de raton laveur, autour de ses yeux.

— Je n'aime pas ça plus que toi, dit-elle un moment plus tard. Mais il va falloir le supporter pendant quelque temps.

— C'est ce que tu me répètes sans cesse.

— Encore deux ans de cette vie, et nous serons à Paris. Essaie d'y penser pendant les deux ou trois prochains jours.

— Certes. Mais combien de squelettes va-t-il falloir enjamber avant d'arriver aux Champs-Élysées?

Criquet se détourna sans répondre.

La *Terreur* pivota sur tribord quand Mustapha embarqua dans le canot pneumatique qu'il venait de mettre à l'eau. Le pirate et Schlüber le rejoignirent, et le vacarme de l'Evinrude de soixante-quinze chevaux troubla le silence parfait du lac.

— Demi-tour! ordonna soudain le pirate par-dessus les éructations du hors-bord, avec un geste agacé.

Mustapha renversa la vapeur. Ils retournèrent vers la *Terreur*, où Wilson et Criquet étaient debout à la lisse de poupe. Depuis le canot, le pirate leva les yeux vers eux, et son regard acide les traversa.

— La situation pourrait devenir délicate, et je veux que ton mari voie cela, dit-il.

— Bien sûr, Papa, dit Criquet.

— Pas de délicatesses, pas de cette saleté de morale petite-bourgeoise, pas d'hystérie de gonzesse. Compris, citoyen?

Wilson se tourna lentement vers le pirate et le regarda droit dans les yeux.

— Allez vous faire foutre, le vieux! dit-il après un instant.

Page serra les dents.

— Mustapha! dit-il.

L'Africain mit pleins gaz, et le canot fila vers le rivage.

Wilson les regarda s'éloigner. Sur la plage de cailloux, dans la lumière faiblissante, des silhouettes sombres les attendaient.

Une heure plus tard, Criquet, Wilson et Nguyen prirent un dîner froid dans l'octogone. Les cadrans de la console étaient illuminés comme un décor de Noël. Wilson mangea un sandwich fromage-tomate et un reste de soupe aux poireaux-pommes de terre dans une boîte Tupperware. Criquet prit quelques gâteaux de riz au miel et une salade. Le cuisinier vietnamien mangea des fèves froides dans un bol, avec une cuiller en bois. Perché sur la lisse, il les observait avec un air de hibou malfaisant. Le poste à ondes courtes diffusait des parasites qu'interrompait de temps à autre une explosion de morse.

— Le capitaine Amundsen traduisait ça aussi facilement qu'il lisait le journal, dit Wilson d'un air absent.

— Oublie-le, dit Criquet à voix basse. Pour l'instant, notre vie repose sur le fait qu'on ne regarde pas en arrière.

— Cap'Amundsen, il est mort, dit Nguyen. Nourri les requins.

— Je préférerais que ce soit le contraire, dit Wilson. J'aimerais que tu sois transformé en bouffe à requins.

— Je me demande combien de temps vous allez durer, *joe*. Cet endroit n'est pas fait pour vous. Je sens la poisse qui flotte dans l'air. C'est peut-être ici que votre chance va tourner…

Le cuistot pouffa. Son rire puéril, inquiétant, s'éleva au-dessus des ténèbres du lac.

— Nguyen ! (Criquet se leva et le menaça du doigt.) Y en a marre de tes conneries…

Mais elle fut interrompue par un hurlement suraigu venu du rivage, suivi un instant plus tard par un chœur menaçant repris par des voix nombreuses.

Tous trois se tournèrent vers le village. Ils ne voyaient qu'une vague image de feux de bois et de fumée encerclée par l'obscurité plus profonde.

— Ils ont commencé, dit calmement Criquet, le visage dans l'ombre. Je ne vais pas écouter cette saleté toute la nuit. Donnez-nous de la puissance, monsieur Nguyen. Nous reviendrons aux premières lueurs du jour.

Le cuistot hésita, puis il haussa les épaules et se dirigea vers le tableau de contrôle. On entendit bientôt le grondement rassurant des diesels, et Criquet les emmena un mille plus loin, vers le milieu du lac. Elle coupa les moteurs et jeta l'ancre dans l'eau noire. Elle ne touchait pas le fond. Le Tsuwanga est un des lacs les plus profonds du monde. L'ancre s'enfonça dans les profondeurs glacées comme dans l'espace infini. La *Terreur* donna de la bande, devant la silhouette noire du mont Mosumbawa.

— Il va falloir veiller toute la nuit pour l'empêcher de dériver jusqu'aux rochers, dit Criquet. De toute façon, je n'avais pas l'intention d'aller dormir. Et toi ?

— Non, dit Wilson.

— Moi, j'en ai l'intention, dit le cuistot, qui disparut en bas.

Le treuil automatique ramena l'ancre dans son habitacle à la proue, et la *Terreur* dériva dans le noir en attendant le matin. Il n'y avait aucune lumière, sauf la lueur vacillante des étoiles et le faible rougeoiement de la console.

Criquet déboutonna sa chemise et ôta son short. Elle était nue, sous les étoiles pâles. Son corps luisait de sa propre phosphorescence.

— Souviens-toi que ceci est supposé être une lune de miel active.

— Ouais, dit Wilson.

— Alors je veux que tu me fasses l'amour, dit-elle une octave plus bas. (Elle s'abandonna sur la banquette, s'offrant à lui.) Disons que nous avons fait un bond de cinq ans, dix ans en avant. C'est une croisière pour le plaisir. Nous sommes au milieu d'une paisible étendue d'eau. Le lac Léman, disons. Mieux : le lac de Côme. C'est une belle nuit de fin d'été, nos enfants dorment en bas. Je suis ta femme, je t'aime, et tu m'aimes...

— Tais-toi, dit Wilson.

Il se dirigea vers elle, là où elle était étendue, les jambes ouvertes, et tomba à genoux.

14

Le lendemain, à midi, sur la fraîcheur du lac, deux longs skiffs à moteur firent route vers la *Terreur*

Six soldats du FPB, engoncés dans un mélange étonnant de treillis militaires et de bijoux primitifs, l'abordèrent. Wilson aperçut un collier de fruits secs – sauf qu'en guise de fruits secs il s'agissait d'oreilles humaines desséchées, de bandeaux de dents et d'os de doigts. Un des soldats donna quelques ordres secs en bupu, en montrant le rivage. Les autres tournaient en rond, oisifs et dangereux.

— Que se passe-t-il ? demanda Wilson.

Il ne put empêcher sa voix de trembler légèrement.

— Du calme, dit Criquet. Nous allons devoir participer à ce que tu pourrais appeler… les cérémonies de clôture de l'affaire. On considère que c'est indispensable. Que ça scelle le contrat entre l'acheteur et le vendeur. C'est plutôt dégueulasse, je te préviens. Ne fais rien d'inconsidéré, et essaie de ne pas vomir.

— Tu plaisantes, dit Wilson.

Il en avait froid dans le dos.

— Non, je ne plaisante pas.

Wilson attacha son pistolet et sa baïonnette, glissa dans sa ceinture des cartouches de réserve et embarqua dans le skiff de tête. Quand ils accostèrent la plage de galets et montèrent vers le village, l'odeur du sang lui parvint. Personne ne disait mot. Une fumée rougeâtre s'élevait dans l'air, légère comme un soupir… Puis il y eut l'odeur âcre, douce, de la viande rôtie. Au milieu de la rue, un chien jaune rongeait un os long.

Ils dépassèrent la dernière baraque préfabriquée et empruntèrent une allée étroite bordée de petites cages de bois brut. Wilson dut y regarder à deux fois avant de réaliser qu'elles abritaient des êtres humains. Des hommes et des femmes dont la taille ne dépassait pas un mètre vingt baissaient les yeux au passage des soldats. Quelques-uns tendaient les mains, et l'air résonnait de claquements de langue tristes et réprobateurs.

Quand ils atteignirent la palissade, Wilson vit qu'elle n'était pas en bois comme il s'y attendait. Elle était constituée d'os humains attachés à des poutres métalliques enfoncées dans le sol. De l'autre côté de la barrière, des crânes formaient un dessin représentant fidèlement un pentacle inversé. Wilson fit un rapide calcul : les os de milliers d'êtres humains avaient servi à édifier cette ignoble construction. L'horreur monta en lui, au point de lui faire mal. À l'intérieur, le sol de terre battue était rouge et semblait glissant. Devant une large table de pierre, une Iwo nue était liée à un piquet. À ses pieds, une chèvre aux pattes brisées pataugeait dans la boue rouge.

Le capitaine Page et les autres attendaient sous un auvent fait d'une vieille toile de parachute. Schlüber était accroupi sur le sol crasseux, le visage sans expression. Sous un auvent plus large, à gauche, un groupe d'officiers du FPB entourait un Africain qui trônait, nu, dans un vieux fauteuil La-Z-Boy à fleurs. L'homme portait trois rangées de molaires humaines autour du cou et une coiffure de côtes et de plumes d'un mètre cinquante de haut. Il avait la peau couverte de tatouages et de scarifications, et ses yeux étaient exorbités par la folie. Il tenait de la main droite un *ashtzisi* fait d'os humains sculptés, enveloppé dans une feuille d'or. Deux jeunes garçons nus se tenaient au garde-à-vous derrière son fauteuil. Leur pénis incirconcis était lié à leurs cuisses par une lanière de cuir tressé.

— Eh bien, capitaine, votre famille est enfin arrivée ! s'exclama l'Africain dans un anglais poli, agrémenté d'un accent britannique. Nous les attendions. Veuillez nous présenter.

Le pirate conduisit Wilson et Criquet jusqu'au fauteuil. Wilson eut l'impression d'être introduit auprès de Satan en personne.

— Le major Charles Mpongu et ses hommes, dit le pirate. Ma fille et mon gendre.

— Très heureux de faire votre connaissance, dit le major, roulant des yeux comme un personnage d'Oscar Wilde sur le point de dévorer le dernier sandwich au concombre.

Wilson hésita. Puis il s'avança et tendit la main. Combien de fois, se demanda-t-il, vas-tu rencontrer le démon ?

— Wilson Lander, monsieur.

Le major eut l'air surpris. Les officiers firent un mouvement nerveux en avant. Il les écarta d'un geste et donna à Wilson une molle poignée de main. Il souriait, mais ses yeux lançaient des flammes.

— Votre nom m'est familier. Nous nous sommes déjà rencontrés ?

— Je ne vois pas où, dit Wilson.

— À Londres, peut-être.

— Jamais mis les pieds à Londres.

— Une ville merveilleuse quand il ne pleut pas, dit le major. Tout à fait agréable au printemps.

Quand Wilson s'écarta, il secoua son *ashtzisi*. Les officiers crièrent leur approbation et s'installèrent sur le sol.

— Veuillez vous asseoir, dit poliment le major. (Wilson, Criquet et le pirate s'accroupirent à ses pieds.) Avant que les réjouissances ne commencent, je veux vous entretenir de deux ou trois choses.

— Ça peut durer un moment, murmura le pirate à l'oreille de Wilson. Nous avons dû écouter ce salopard toute la nuit. Mieux vaut allumer un cigare.

Il lui tendit un cubain noir que Wilson reconnut : c'était un des cigares d'Amundsen. Il eut envie de refuser, puis décida de le prendre, en souvenir du capitaine. Au moment où il l'allumait, le major se leva et commença son discours.

— Il y a quelques années, le grand Sequhue – que son nom soit vénéré – a offert à notre nation un retour en arrière. Il lui a permis de renouer avec les moeurs de nos ancêtres. Sequhue le magnifique savait ce qui est gravé dans nos cœurs. Nous, les Bupus, nous ne sommes pas comme ces Européens pâles et sans passion qui scellent une vente d'êtres humains d'une poignée de main, puis s'en vont à la banque compter leur argent. Comme c'est immoral… Pire : comme c'est banal! Nous, les Bupus, nous savons que lorsque nous vendons le sang de notre sang pour qu'il soit réduit en esclavage, nous devons nous concilier les faveurs de notre Dieu sanguinaire dans le respect de la tradition, avec un sacrifice, avec de la danse, avec de la passion!

Il secoua à nouveau son *ashtzisi*, et les officiers crièrent à nouveau leur approbation.

Wilson soufflait des ronds de fumée vers le ciel. Un nuage ressemblant à George Washington passa au-dessus de lui, suivi d'un autre en forme de vieille Buick.

— J'ai connu la vie en Occident, continuait le major d'une voix théâtrale. J'ai été prisonnier de vos cités, j'ai voyagé dans vos bus et vos taxis. J'ai été inscrit à la London School of Economics, où j'ai étudié le flux et le reflux de l'économie mondiale comme j'étudie aujourd'hui le foie des vierges pour connaître la volonté de Dieu. J'ai couché avec beaucoup de vos femmes, et j'ai mangé vos mets insipides, vos saucisses-purée, vos hamburgers, et je suis ici pour vous dire que le monde que vous avez construit est vide! Vos cœurs sont vides! Vos femmes sont vides, ces créatures sans passion qui n'ont plus envie de concevoir des enfants. Vous êtes indignes de la grâce de vos ancêtres, qui ont construit des routes et des écoles et maîtrisé la terre et déchiffré les langages du monde. Vous n'honorez plus rien. Vous ne croyez en rien. Votre Dieu s'est détourné de vous…

Le major continua sur ce ton pendant deux heures. La moitié du temps, il sautillait sur un pied, gesticulait comme un dément, sa voix passant du grondement au chuchotement, puis remontant au hurlement et vice versa. Wilson s'assoupit un moment. La femme attachée au piquet émergea de sa stupeur et lança un long cri perçant qui fit un épouvantable contrepoint aux paroles du major. Celui-ci acheva enfin son discours. Sur un mouvement de *l'ashtzisi*, la barrière s'ouvrit, l'enceinte s'emplit de soldats et de jeunes Bupus nues, et l'on se mit à danser.

À l'ouest, l'étrange éclat du lac Tsuwanga s'éteignit dans un frisson. Mille danseurs s'activèrent à la lueur des torches, au rythme lancinant des tambours, des calebasses et du chant d'un millier de voix. Au bout de trois heures, Wilson ne voyait plus la danse. Tout avait fusionné dans un cauchemar de chairs en sueur et de perles cliquetantes. L'air dense avait l'odeur de l'enfer. Les étoiles vacillaient, rouges à la lueur des torches. On fit circuler une bouteille de tejiyaa. Wilson en avala une longue gorgée, et ses orteils s'engourdirent. Il en sentait le pouvoir, et résista pour ne pas se laisser emporter par la transe collective. La lune rouge, tel un point d'interrogation, planait au-dessus du mont Mosumbawa.

Soudain, Criquet ôta sa chemise, se leva et se joignit à la danse, ses seins pâles s'animant d'un mouvement obscène à la lueur rouge de la lune. Wilson recula dans l'ombre. La nuit était comme un linceul dissimulant les œuvres honteuses des hommes. Au milieu de tout cela, le major Mpongu lâcha un pet substantiel, renversa la tête en arrière et partit d'un grand rire – un ululement monocorde et interminable. Puis, tout à coup, le silence. Les danseurs s'immobilisèrent. Wilson entendait le vent qui montait du lac, et les halètements saccadés des participants. La lueur des torches vacillait contre la muraille d'os.

Un instant plus tard, la porte de crânes s'ouvrit, et l'on poussa dans l'enceinte un misérable groupe d'une centaine d'hommes et de femmes. Les lampes de poche de plastique autour de leurs cous avaient disparu depuis longtemps. Une faible plainte, faite de soupirs et de claquements, s'éleva dans l'obscurité.

— On dirait vraiment un foutu lot de chevaux sacrifiés, dit la voix du pirate, quelque part à côté de Wilson. Mais c'est leur culture. Qui sommes-nous pour leur dire ce qu'il faut faire ?

Ces mots rappelèrent à Wilson ce que le pirate lui avait dit à propos de Carthage, et il se souvint de la fin de l'histoire telle que les livres la racontent… Les Romains avaient été horrifiés en traversant les Champs de Tanit : sur des hectares et des hectares gisaient les corps d'enfants sacrifiés par les Carthaginois à une divinité cruelle… C'était, paraît-il, pour cette raison qu'ils avaient détruit cette grande cité, et semé le sel.

Puis il entendit la voix de Criquet chuchoter à son oreille :
— Tu peux les plaindre, si tu veux. La semaine dernière, ils ont réservé le même sort à leurs voisins.
— Quel sort ? murmura Wilson.
Une seconde plus tard, le major bondit de son La-Z-Boy à fleurs et leva vers le ciel noir son *ashtzisi* d'os. Les danseurs s'écartèrent. Un soldat armé d'une machette s'approcha du piquet et décapita la femme d'un seul coup. Le sang jaillit, en un rapide arc de cercle. La tête bascula dans la boue, clignant des yeux mais insensible. Le major émit un cri guttural. C'était le signal. On traîna vers la table de pierre les Iwos claquant de la langue et coassant comme des grenouilles malades. Et le massacre commença. L'air s'emplit d'un brouillard de sang. Wilson essaya de ne pas entendre les cris bestiaux suraigus, le craquement des articulations, le bruit humide des viscères, le son des bouchers à l'œuvre. Derrière le fauteuil à fleurs, les jeunes serviteurs du major contemplaient la scène, bouche bée, extatiques, leur pénis incirconcis tenu par les lanières de cuir.
Wilson recula dans l'obscurité. Personne ne le vit se glisser le long de la palissade et franchir le portail de crânes. Aucun garde ne surveillait les cages aux esclaves. Un levier de fer libérait les poids pour en ouvrir les portes. Il prit la baïonnette à sa ceinture et s'activa sur les liens des captifs. Les Iwos clignaient des yeux, lui jetaient des regards d'enfants endormis, sans comprendre, effrayés. Il porta les premiers dans l'allée et les poussa vers la sortie. Il leur montra la jungle, à moins de cinquante mètres de là.
— Allez-y, dit-il, fichez le camp. Rentrez chez vous.
Il leur parlait comme à des chiens errants.
Les Iwos ne comprenaient toujours pas. Aussi doucement que possible, Wilson prit une lampe de poche en plastique qui pendait au cou d'un vieil homme, l'alluma et agita le mince faisceau vers le fouillis végétal de la forêt.
— Rentrez chez vous, répétait-il. Allez, et ne péchez plus.
Lentement, les Iwos se retournèrent. Ils se dirigèrent vers l'obscurité. Il fallut près de deux heures à Wilson pour les libérer tous. Il en compta cinq cents, puis cessa de compter. Quand ce fut fini, quand toutes les cages furent vides, il s'as-

sit dans la poussière, épuisé. Le ciel était encore noir, mais les étoiles avaient disparu, la lune rouge s'était couchée, et l'aube n'était plus loin.

Une phalène au corps recouvert d'une délicate fourrure rose et jaune sortit d'on ne sait où en voltigeant. Wilson fit glisser le Webley-Vickers de son étui. Il le chargea, l'arma, le posa sur ses genoux. Puis, sans savoir pourquoi, il prit la lampe de poche iwo, la mit sous son menton et l'alluma. La lumière pâle toucha ses joues comme une bénédiction.

SIXIÈME PARTIE

La Flotte d'intervention

1

La phalène rose et jaune le réveilla.

— Ils arrivent! lui dit-elle d'une voix aussi claire que l'argent.

Wilson bondit sur ses pieds au moment où la foule ensanglantée passait le portail de crânes.

Au-dessus de la forme sombre du mont Mosumbawa, l'aube avait la couleur des pêches talées. L'étendue déserte du lac Tsuwanga brillait comme une lance polie. Les yeux encore brouillés par le sommeil, Wilson vit le major Mpongu marcher en tête, le bras passé autour des épaules du pirate. Criquet était suivie de près par Schlüber, qui avait l'air abattu, épuisé. Derrière eux venaient les soldats exténués par leurs activités de la nuit.

Ils se trouvaient à une vingtaine de mètres de l'allée aux cages. Wilson eut donc le temps de ramasser le Webley-Vickers tombé dans la poussière. Il fit tourner le barillet et regarda par-dessus son épaule, en quête d'un conseil. Mais la phalène avait disparu. Elle était partie se transformer en chenille. Ou bien était-ce le contraire? Il avait encore l'esprit nébuleux. Le vieux revolver pesait lourd dans sa main. Il laissa retomber son bras et le tint contre sa jambe. Derrière lui, les cages étaient ouvertes, comme autant de tombeaux dans la roche. L'incrédulité et la colère parcoururent la foule. Le visage du pirate devint blanc, puis passa au rouge, et il se mit à agiter les mains en criant vers le major Mpongu – qui était le seul à garder son calme.

Wilson aurait pu aussi bien être invisible. Personne ne semblait le remarquer, debout au milieu de l'allée, l'arme à la main.

Il s'impatientait. Il était de plus en plus las de cette attente qui constituait toute son existence. Il aspirait à mettre fin à ce drame, à s'en remettre à ce destin qui l'avait poursuivi pendant toutes ces années, depuis le jour où sa mère avait été écrasée, sur Commerce Street, par une poutre noire tombée du ciel. Il leva le Webley-Vickers et appuya sur la détente. Le revolver cula et lâcha un nuage de fumée, et un formidable craquement roula au-dessus du lac. Dans le silence qui suivit, Wilson s'écria :

— Hé ! Perdu quelque chose ?

Pendant une seconde, personne ne bougea. Puis ce fut une ruée générale. Il se retrouva encerclé, Criquet à ses côtés. Wilson l'observa attentivement. Elle avait le regard terne, sans éclat. Ses seins étaient couverts d'une légère couche de crasse, à cause de la danse. Elle avait les jambes barbouillées de sang séché.

— Tu t'es bien amusée, cette nuit ?

Elle eut l'air de ne pas comprendre.

— Quel effet cela fait-il de danser dans les entrailles sanglantes d'une centaine de ces petits hommes et femmes ?

— Que se passe-t-il, Wilson ? demanda Criquet d'une voix grinçante. Où sont les Iwos ?

— Pardonnez-moi, monsieur Lander… (C'était le major Mpongu, aussi poli qu'un majordome.) N'auriez-vous pas vu nos esclaves ? Cinq cent vingt-cinq Iwos, pour être précis. Il semble qu'ils aient disparu.

Il sourit. D'un sourire pervers, éclairé par la démence.

— Oui. Je les ai libérés. Tous.

— Ce n'est pas possible, dit Criquet, soudain effrayée. Tu plaisantes !

— Je ne plaisante pas, Criquet. Ce sera ma leçon de morale numéro deux… L'esclavage, c'est mal !

Le pirate émit un cri inarticulé et tira le Beretta 9 mm de son short. Wilson comprit que, cette fois, il avait pour de bon l'intention de le tuer. Sans prendre le temps de réfléchir, il leva le Webley-Vickers, et une autre détonation se répercuta au-dessus du lac. Le pirate tomba raide mort. Au milieu du front, à un centimètre de son bandeau, il y avait un trou de la taille d'une balle de golf, aux bords brûlés par la poudre.

— *Scheiss !* dit Schlüber, le salaud a tué le capitaine !

Le regard de Criquet allait du canon fumant du revolver à son père gisant sans vie dans la poussière. Le sang faisait une mare rouge à ses pieds. Son visage se décomposa, puis elle tomba à genoux en gémissant. Moins d'une seconde plus tard, Wilson pointa son arme sur les yeux du major Mpongu et leva le chien. L'Africain cligna des yeux et contempla le canon. Il était modérément inquiet – comme si une guêpe s'était posée sur le bout de son nez.

— Que personne ne bouge ! Ce truc est sensible et peut partir tout seul, dit Wilson, qui n'avait aucune idée de ce que ces mots signifiaient.

Les hommes du major Mpongu s'immobilisèrent. Wilson entendait leur souffle, à deux pas de lui. Il sentit que sa main tremblait, et le revolver était de plus en plus lourd.

— Quand le vaillant Cortez est entré dans la vallée du Mexique à la tête de ses deux cents braves Espagnols, dit-il très vite, savez-vous ce qu'il a trouvé ?

Le major Mpongu l'observait, les yeux écarquillés.

— Savez-vous ce qu'il a trouvé ? répéta Wilson, en cognant le bout du canon contre le front de l'Africain.

— Non, monsieur Lander, je ne le sais pas.

— Il a trouvé les idoles des dieux aztèques baignant dans le sang de milliers d'êtres humains. Il a trouvé les corps entassés des hommes, des femmes et des enfants, le cœur arraché avec des couteaux de pierre. Il a trouvé les prêtres aztèques revêtus de la peau des gens qu'ils venaient de tuer, aussi simplement que vous et moi pourrions porter un costume trois-pièces. Et savez-vous ce que Cortez a fait en découvrant tout cela ?

Le major Mpongu ne répondit pas. Wilson jeta un coup d'œil à sa gauche. Les Bupus s'approchaient de lui, insensiblement.

— Il a fracassé leurs idoles, continua-t-il d'une voix tendue. Et il a fait passer les prêtres au fil de l'épée.

Puis il ferma les yeux et appuya sur la détente.

Mpongu poussa un hurlement suraigu, d'une voix de femme. Il y eut une légère explosion – comme le claquement d'un bureau d'écolier – et Wilson sentit une brûlure fulgurante à sa main droite. Quand il rouvrit les yeux, il vit son arme à terre, dans la saleté. Une fumée noire et des flammes jaunes s'échappaient des chambres. Il avait la main brûlée, en sang. Une profonde entaille coupait sa ligne de vie, et le bout de son pouce pendait, tenu par un simple morceau de peau sanguinolente.

Le major Mpongu regarda la main ensanglantée de Wilson, baissa les yeux vers le revolver fumant dans la poussière et éclata de rire. C'était un gloussement aigu, odieux. Ses hommes l'imitèrent instantanément, et les rires meublèrent le calme du matin.

Wilson serra le poing et l'enfonça dans sa poche. Le sang suinta à travers la toile de son short et commença à couler sur sa jambe. Il se sentait mal, tant la douleur était vive.

Le major Mpongu cessa de rire. Il lui adressa un sourire amical et se pencha vers lui. Il avait une haleine immonde.

— Vous essayez de me tuer, mais vous en êtes incapable, dit-il du ton de la discussion. Votre arme a explosé comme un jouet. Mon Dieu sanguinaire me protège. Il vous a arraché l'épée des mains. Et savez-vous qui est mon Dieu sanguinaire, monsieur Lander ? Je suis chrétien, vous savez. Mon Dieu sanguinaire n'est autre que *votre* Dieu sanguinaire ! Vous avez envie de me tuer au nom de la Justice divine, mais qui rend la justice, en ce bas monde ? Pas nous, pauvres créatures, mais Dieu en personne. Peut-être me réserve-t-il une autre fin que celle que vous aviez prévue. Peut-être n'êtes-vous pas Son instrument, contrairement à ce que vous croyez. Peut-être est-ce moi qui suis capable d'exaucer parfaitement Sa volonté.

Puis il recula, et son visage se tordit en une grimace qui n'était pas tout à fait humaine. Les scarifications, sur son abdomen, semblaient écrire une phrase familière. *Peur Ascendante* ? Wilson regarda à terre. Criquet était à genoux dans la poussière, ses mains en sang pressant le front de son père. Il regretta ce qu'il avait fait. Leurs regards se croisèrent. Les lèvres de Criquet prononcèrent silencieusement les mots :

— Tu es mort…

— Donnez-lui une raclée, et balancez-le dans une cage, dit le major Mpongu.

Quand les coups arrivèrent, Wilson les sentit à peine.

2

De légers claquements traversèrent l'obscurité. La douleur remontait de sa main jusqu'à son épaule. Il avait le visage en feu. Les claquements se firent plus insistants. Il ouvrit un œil, non sans difficultés, et vit les barreaux de la cage se dessiner devant la lumière éblouissante. Puis il bougea la tête dans la direction des claquements. Il distingua une créature, humide comme une limace, qui se tortillait à un centimètre et demi de son nez. Il se recula avec un grognement, mais le petit monstre le suivit et les claquements devinrent croassements et soupirs.

— Restez tranquille, monsieur, s'il vous plaît. (La voix venait de sa droite.) Vous avez le visage comme une calebasse. Il utilise le mswimbe pour vous saigner. Le mswimbe est horrible, mais c'est une bonne petite créature.

Wilson sentit des mains lui tenir la tête, une froide humidité animale glissa sur sa joue, et il y eut une légère piqûre. Quelqu'un le força à ouvrir le poing, et il eut une sensation liquide entre ses doigts. Puis il s'enfonça à nouveau dans les ténèbres.

Plus tard – il ne pouvait dire combien de temps s'était écoulé –, il reprit conscience. Il se sentait mieux. À l'extérieur de la cage, il faisait clair. Il s'assit et regarda autour de lui. Il découvrit que sa prison abritait deux autres locataires. Le plus proche, un Iwo tout ratatiné, était accroupi à un mètre de lui. Il le dévisageait, l'air extrêmement concentré. Il mesurait moins d'un mètre (ce qui était peu, même comparé à la moyenne de son peuple). Trois lampes de poche de plastique étaient accrochées à son cou par un morceau de liane tressée, et il portait une coiffure de boue durcie en forme de casque. Une bourse de cuir pendait à sa taille. L'autre compagnon de Wilson était un Africain de taille normale. Affalé dans le coin opposé, il portait un tas de loques kaki qui avaient formé jadis un uniforme militaire. Il avait un long visage chevalin émacié, un nez crochu, des yeux jaunes injectés de sang révélant qu'il n'avait pas mangé depuis quelque temps, et il fumait une cigarette à l'odeur infecte à petites bouffées gourmandes. Quand il vit que Wilson avait repris conscience, il fit un geste vague et s'approcha de lui.

— Vous avez meilleure mine. Comment va votre main ?

Wilson la regarda. Elle était enveloppée dans un pansement de feuilles vertes fraîches. Il remua les doigts. La douleur était infiniment plus supportable qu'auparavant.

— Pas trop mal, je crois. Qui m'a soigné ?

D'un signe de tête, le soldat montra l'Iwo. Wilson agita sa main gauche en direction du petit homme.

— Je vous remercie, monsieur, dit-il.

Sans proférer le moindre son, l'Iwo continuait de le dévisager.

— Je n'ai plus beaucoup de cigarettes, dit le soldat, mais après ce que vous avez subi, je serai heureux de partager avec vous. Vous en voulez une maintenant, ou plus tard ?

Wilson secoua la tête.

— Ça ira, merci. Je ne suis pas un gros fumeur. En fait, je ne fume pas depuis longtemps. (Il remarqua les insignes dorés d'officier, toujours fixés au col déchiré de l'homme.) Que faites-vous ici ? lui demanda-t-il. (De sa main bandée, il fit un geste vers la lumière, dehors.) Vous devriez être là-bas, avec eux.

Le soldat arracha son col pour que Wilson puisse mieux voir.

— C'est le bâton et le croissant de lune, dit-il. Pas le bâton et l'étoile. Je suis le colonel Jokannan Saba, du Front patriotique anda. Ces salauds de Bupus ont tendu un piège à mon peloton de l'autre côté du lac Tsuwanga, près d'Imbobo, il y a près de deux mois. Quelques-uns de mes hommes ont pu s'enfuir, je crois... Pas moi. (Il haussa tristement les épaules.) Tous ceux qu'ils n'ont pas pu vendre, ils les ont massacrés dans des cérémonies du sang, à Lungwalla. Comme j'avais le grade le plus élevé, ils m'ont amené ici, car ils me réservent un traitement spécial. Ils vont me faire bouillir... Le privilège du rang, vous savez. Mais à dire vrai, ça ne m'inquiète pas vraiment. J'en ai assez de la guerre. Il y a des années que j'en ai assez. Il faut que ça s'arrête quelque part, pour moi. Et cet endroit en vaut un autre.

— Oui, j'ai déjà ressenti cela.

Wilson s'apprêtait à poursuivre, mais il fut interrompu par le trille des claquements et des croassements de l'Iwo. Le petit homme s'approcha en se dandinant comme un canard. Il fouilla dans son sac et en sortit une poignée de feuilles. Cinq sangsues noires et luisantes gigotaient au milieu, dans l'humidité.

— Oh, non ! dit Wilson.

— Il dit que c'est le moment de continuer vos soins, fit le colonel. Il doit replacer le mswimbe sur votre visage.

— Vous comprenez ses claquements ?

Le colonel Saba haussa les épaules.

— Plus ou moins. Pendant trois ans, j'ai été officier responsable de la région de la forêt Hruke. J'étais souvent en contact avec les Iwos. Leur langage n'est pas si difficile, en fait. Très primitif. Vous apprenez à utiliser votre langue et le fond de votre gorge comme vous ne l'auriez pas cru possible...

— Dites-lui que j'en ai assez des sangsues. Dites-lui de laisser tomber.

Le colonel produisit quelques croassements hésitants. L'Iwo trilla en réponse.

— Il dit qu'il est votre docteur. Et votre docteur vous ordonne de prendre le mswimbe sur-le-champ. Sans quoi votre visage pourrait tomber en morceaux. L'infection se développe très vite, sous ce climat.

Wilson se renversa en arrière et se soumit au traitement. Il frissonna en sentant les gluantes créatures parcourir son visage, et refoula des images venues de ses pires cauchemars.

Le colonel s'avança pour jeter un coup d'œil.

— Vous devriez voir ces petites bestioles à l'œuvre. Très impressionnant.

— Non merci, dit Wilson.

— Quand ils vous ont amené ici, votre visage n'était qu'un bloc pourpre à force de contusions. À présent, il est presque normal.

— Formidable. Ainsi j'aurai belle allure quand ils me feront bouillir vif.

— Je crains que ce sort ne soit réservé aux officiers. Je me suis laissé dire que ce n'était pas si terrible, d'ailleurs. La chaleur vous tue avant que ça ne commence à brûler vraiment.

— Que vont-ils me faire ? demanda Wilson, la terreur s'emparant de son estomac.

— Mieux vaut ne pas y penser. (Le colonel retourna dans son coin et sortit une autre cigarette du paquet froissé qu'il dissimulait sous ses hardes. Il l'alluma, avant de poursuivre :) Cet Iwo est courageux. Il est trop vieux pour être vendu comme esclave, et il sait que les Bupus le tueront. Et pourtant, une heure environ après qu'ils vous ont amené ici, il est sorti de la jungle, il s'est assis devant la cage et s'est mis à chanter dans sa langue jusqu'à ce qu'ils se décident à l'enfermer avec vous.

— Pourquoi diable a-t-il fait cela ?

— Si je vous dis de quoi parle sa chanson, vous comprendrez. « L'homme-fantôme venu d'ailleurs qui libéra le peuple de la forêt pendant la nuit des étoiles rouges… » C'est une traduction très approximative, bien entendu. Leurs enfants, leurs petits-enfants et leurs arrière-petits-enfants la chanteront à leur tour. Ce chant vous est dédié, mon ami. Vous êtes un héros de tragédie, maintenant, un grand homme, comme Sequhue et Ulysse. Cet Iwo a été choisi par les siens pour venir prendre soin de vous jusqu'à la fin. Si vous avez de la chance, il aura dans son sac une drogue qui atténuera les affres de la torture…

Wilson ne trouva rien à répondre. Puis il retint son souffle, car une sangsue passait sur ses lèvres. Quand il put bouger de nouveau, il dit au colonel :

— Remerciez-le pour son aide. Et dites-lui bien que ce n'est pas moi, le grand homme. C'est lui.

Le colonel Saba transmit le message, avec force claquements hachés.

L'Iwo sourit brusquement, et ce fut aussi beau et aussi étrange qu'un sourire sur la gueule d'un léopard, au cœur de la jungle.

3

Au crépuscule, le vent apporta une musique triste aux oreilles de Wilson. Il crut reconnaître les accents d'*Amazing Grace*, joués au rythme de l'orgue à vapeur d'un orchestre ambulant. Au-delà des cages, le ciel prit la couleur du sang. Ses compagnons d'infortune étaient de plus en plus indistincts, et il y eut le grondement lointain du canon, là-bas, sur le lac.

— De quoi s'agit-il, selon vous ? demanda-t-il, à moitié pour lui-même.

Le colonel Saba souffla la fumée de sa dernière cigarette – liberté fugitive – à travers les barreaux grossièrement taillés de la cage.

— Rien qui annonce de bonnes nouvelles pour nous. Préparez-vous à l'inévitable, comme je m'y suis préparé.

Wilson se rappela l'air saturé de sang, derrière la palissade d'ossements, et il sentit le désespoir l'envahir.

— Vous avez raison, dit-il, nous devons tous mourir un jour ou l'autre. (Mais sa voix était faible, lamentable.) Un peu plus tôt, un peu plus tard, ça n'a sans doute pas d'importance. Comme dit le poète… « Maudit ! Que puis-je faire de mes jours ? »

— Mais pas à leur manière ! fit le colonel Saba avec amertume. Ces Bupus sont de damnés sauvages ! (Puis il se reprit, et soupira.) Mais je suppose que les Andas ne valent pas mieux. Vous savez, j'étais là, le jour où nous avons massacré soixante mille Bupus dans le stade de Bandali. C'était au début de la guerre, il y a des années. Nous avions annoncé un match opposant Bitumac aux Seme All-Stars – deux équipes très populaires à l'époque –, et nous étions allés dans les quartiers bupus pour distribuer des billets gratuits. Nous avions caché deux douzaines de mitrailleuses de cinquante sous des bâches, tout autour de la rangée supérieure, et quand le stade a été bondé, nous avons ouvert le feu. Il y avait beaucoup de familles, avec des enfants... Vous savez comme les enfants aiment le football... Quand nous avons été à court de munitions, nous sommes descendus avec des bâtons et des machettes. Après quoi nous avons brûlé les cadavres, sur un bûcher gigantesque, pestilentiel. (Sa voix n'était plus qu'un murmure contrit.) Après une chose pareille, je suppose qu'on ne doit pas trop s'inquiéter d'être ébouillanté...

— Vous vous trouviez derrière une de ces mitrailleuses ? demanda Wilson, heureux que l'obscurité l'empêche de voir le visage de l'homme.

— En fait, dit le colonel Saba, c'est moi qui ai donné l'ordre de tirer.

4

La seconde nuit fut calme et tranquille. Les eaux du lac murmuraient sur les galets de la plage. La jungle résonnait du cri lointain des oiseaux et du profond bavardage des insectes. L'Iwo émit quelques petits claquements que le colonel Saba ne prit pas la peine de traduire. Wilson essayait de ne pas penser à l'épreuve qui l'attendait. Mais c'était impossible. Comment s'y prendraient-ils ? Il se dit qu'il ne trouverait plus jamais le sommeil. Puis il ferma les yeux… Lorsqu'il les rouvrit, il était presque midi. Criquet était là, sous le soleil brûlant, juste derrière les barreaux de la cage.

— Réveille-toi, Wilson, dit-elle d'une voix dure.

Il remua. Quand il la reconnut, il essaya de se lever et sa tête heurta le toit de la cage avec un bruit sourd. Il clopina jusqu'aux barreaux en se frottant le crâne, et loucha dans la lumière éclatante. Il ne pouvait voir ses yeux, dissimulés sous les grandes lunettes noires à la Jackie Kennedy. Mais elle avait les lèvres serrées, et sa main était posée sur la crosse du Beretta 9 mm de feu son père, qu'elle avait passé dans sa ceinture.

— Je pars dans une heure, dit-elle. Je ramène la *Terreur* à Quatre-Sables.

— Et moi ? demanda Wilson, à demi sérieux.

Elle ignora la question.

— Toute l'opération est un fiasco. Il va me falloir un an pour rassembler tous ces Iwos que tu as libérés, espèce de con.

— Parfait.

Il était à court de reparties. Il y eut un silence embarrassé. Il aperçut une pie-grièche aux ailes noires qui voltigeait à la lisière de la jungle. Celle qui les avait suivis pendant leur remontée du Mwtutsi, présage des ennuis qui les attendaient ?

— Il y a autre chose ? demanda-t-il enfin.

— Ouais, dit Criquet. (Sa lèvre inférieure tremblait.) Hier soir, nous avons enterré Papa.

— Je suis désolé. C'était ton père. Mais c'était aussi un salaud et un assassin, et il allait me tuer.

— Tu ne méritais pas autre chose, après ce que tu avais fait. Je regrette de ne pas être dans le coin lorsqu'ils te régleront ton compte.

— C'est donc cela, dit Wilson, en luttant pour dissimuler sa panique. Tu ne vas pas m'aider à sortir d'ici.

— Même si je le voulais, je ne pourrais rien pour toi. Tu as violé un tabou, sacré dans cette partie du monde. Tu t'es attaqué à leur marge bénéficiaire. Et tu as essayé de tuer le major Mpongu. Ce type est une grosse légume, par ici. Je ne te souhaite même pas de souffrir, car, quoi qu'il en soit, tu souffriras. S'ils s'y prennent comme il faut, tu peux survivre jusqu'à trois jours, écorché vif. J'ai déjà vu cela. Ces gens sont des artistes. Tu ne seras plus tout à fait un être humain. Juste une masse rosâtre et frissonnante attachée à un pieu.

— J'imagine que tu ne m'aimes pas, après tout.

— Espèce de salaud, siffla-t-elle entre ses dents.

— Je t'ai gagnée au Portos, Criquet. Tu te rappelles ? Tu avais besoin d'un bon joueur, et tu as risqué ma peau pour ça. Alors, j'ai une mauvaise main, maintenant. Des as et des huits, tu sais ? La Main du Mort. Mais tu es ma femme, nous nous appartenons, désormais. J'ai besoin de ton aide.

— Je n'appartiens à personne sauf à moi-même, dit-elle d'une voix inexpressive. Il n'en a jamais été autrement, depuis le début. Moi seule compte. Le reste du monde est peuplé de crétins et de salauds.

— C'est ce genre de choses qui est arrivé à ce vieux Webster ?

— Va te faire foutre.

Elle se mordit la lèvre et détourna le regard. Wilson aperçut ses yeux derrière les verres foncés, et vit les larmes sur ses joues.

— Je pensais que nous ferions tout pour que ça marche pour de bon, dit-elle. (Sa lèvre inférieure tremblait.) Je le pensais vraiment. Je sais que tu ne me crois pas, mais je n'ai jamais été aussi amoureuse… Sans doute ai-je dû cesser d'y croire. J'ai dû me convaincre que ça ne marcherait pas, nous deux. Nous sommes trop différents…

— C'est ridicule, dit Wilson, en agrippant les barreaux de bois si fort qu'il sentit une écharde lui entrer dans la main. Nous ne sommes pas en train de rompre autour d'un espresso, chez Bazzano's. Ces salopards vont m'écorcher vif. Tu dois me sortir d'ici.

Criquet hésita, puis baissa les yeux.

— Impossible. J'ai essayé.

— Tu as essayé ?

Malgré lui, son cœur eut un raté.

— Oh, Wilson… (Criquet s'approcha de lui, leva ses lunettes sur son front et posa ses mains sur les siennes. Ce matin-là, ses yeux étaient d'un bleu-vert humide et insondable, de la couleur que prend le lac Tsuwanga aux longues heures du crépuscule. Une larme bleu-vert, une seule, tomba sur les jointures écorchées de Wilson.) Pourquoi n'avoir pas attendu ? En deux ans, en trois ans, nous aurions eu assez d'argent pour vivre à Paris dans le luxe, jusqu'à la fin de nos jours…

— Je ne pouvais pas attendre. Je ne pouvais plus avaler toute cette mort dont tu voulais me nourrir. Je ne pouvais pas construire mon bonheur sur le fruit de la piraterie, sur le travail des esclaves, sur des monceaux de cadavres !

Criquet soupira et recula. Elle remit ses lunettes devant ses yeux, et sa bouche se durcit. Wilson vit son propre visage meurtri se réfléchir dans ses verres.

— Tu n'es qu'un imbécile. Un salaud, comme tous les autres salauds. Je n'aurais pas dû venir.

— Pourquoi es-tu venue ?

Louchant vers elle, il eut le sentiment qu'elle était déjà loin, qu'il la regardait par le mauvais bout d'un télescope.

— Je n'aurais pas dû venir, répéta-t-elle en faisant mine de s'en aller.

— Est-ce que je te reverrai ? demanda Wilson, désespéré.

— Non.

— Est-ce que je te manquerai ?

Criquet ne répondit pas. Elle tourna les talons et s'en alla dans la brutale et impitoyable lumière de midi.

5

Wilson s'aplatit contre les barreaux et la suivit des yeux, bien après qu'elle fut sortie de son champ de vision.

Quand il comprit qu'elle ne reviendrait pas, il s'écroula sur le sol immonde de la cage, comme si une balle l'avait frappé. Couché sur le dos dans la pénombre terreuse, tandis qu'une pénombre plus profonde encore envahissait son cœur, ses pensées se tournèrent vers la mort. C'était donc ainsi que ça finirait. Quel étrange destin ! Seul, aux mains de ses tortionnaires dans un coin reculé de l'Afrique, si loin de la vie qu'il avait connue. Pour la première fois depuis des mois, il pensa à Andrea – qui dormait sans nul doute, au même moment, au fond de son grand lit propre, dans son bel appartement du vingt-troisième étage de la Pond Park Tower. Quel imbécile il avait été ! Il se rappela le son de ses larmes, au téléphone, la nuit où il l'avait quittée, il se rappela qu'elle l'avait aimé – et l'apitoiement monta en lui comme l'eau dans un égout bouché, les larmes jaillirent de ses yeux et coulèrent sur son visage pour former de petites taches sombres dans la poussière.

Mais le chevrotement aigu des ronflements du colonel Saba – des ronflements comme on en entend dans les dessins animés – faisait un contrepoint absurde à ses larmes. Après quelques minutes, Wilson s'assit et s'essuya les yeux du dos de la main. Une brise chaude franchissait les barreaux de la cage. Dehors, l'après-midi sec et silencieux se consumait dans la poussière africaine. Le gardien bupu dormait sur une natte de roseaux au milieu de l'allée, un morceau de toile maintenu au-dessus de sa tête par un bâton. Le chien jaune en faisait autant sur l'étroite bande ombragée à côté de lui. Wilson imagina la *Terreur* glissant doucement sur l'eau étincelante du lac, et il fut à deux doigts de se remettre à pleurer. Puis il ne pensa plus à rien et vit une paire d'yeux brillants, sauvages, fixés sur lui. C'était l'Iwo, dans la position de la mante religieuse, au fond de la cage.

— Hé, toi ! s'exclama Wilson, soudain agacé. Il y a longtemps que tu me regardes comme ça ?

L'Iwo pencha la tête de côté et produisit une série étrange de faibles claquements.

— Saba ! s'écria Wilson. (Le soldat remua.) Qu'est-ce qu'il me veut, ce nabot ?

Le colonel bâilla et se souleva sur un coude osseux. Puis il bâilla de nouveau, déglutit à sec et fit un ou deux claquements, sans conviction.

L'Iwo pencha de nouveau la tête, désigna Wilson d'un geste d'oiseau et se lança dans un long discours de claquements et de croassements. Wilson regardait les os de la gorge du petit homme ponctuer cette symphonie. Il se souvint des pistons d'aluminium dans la gorge du robot « Abraham Lincoln » qu'il avait vu à Disneyland, un été, quand il était petit. La machine l'avait terrifié : une gorge humaine ne bougeait pas comme ça, elle ne faisait pas des bruits pareils. Il avait eu peur qu'Abraham Lincoln ne l'avale tout cru.

Quand l'Iwo eut fini, il pencha la tête dans la direction de Wilson et attendit que le colonel prenne la parole. Saba se gratta le menton et réfléchit un moment. Puis :

— Il dit que vous êtes très malade. Vous avez été sévèrement rossé, bien sûr, mais il veut parler d'autre chose. Il veut dire que vous êtes malade *à l'intérieur*. Votre esprit, pas votre corps. Il dit qu'il y a en vous une bête qui vous ronge les tripes et vous mène la vie dure depuis des années.

— Bon Dieu !

— L'Iwo veut savoir si vous avez une sensation de lourdeur, ici. (Le colonel posa une grande main à plat sur son plexus solaire.) Le sentiment que quelque chose de terrible peut arriver à tout moment ?

Wilson resta silencieux. Comment le petit homme savait-il, pour sa terreur ?

— J'ai eu ce problème d'anxiété, dit-il enfin, avec l'impression d'être ridicule. J'ai consulté des psychiatres, dans mon pays. Un doigt de paranoïa sans objet mêlé à une sorte de terreur injustifiée. Je me suis fait soigner, pour autant que ce soit possible. Ne vous inquiétez pas, je suis au meilleur de ma forme…

Le colonel Saba traduisit tout cela à l'intention du petit homme.

L'Iwo secoua la tête et s'approcha de Wilson, de sa démarche de canard. De la main, il lissa un espace dans la poussière, sortit un bâton de son sac et se mit à dessiner sur le sol. Cela dura un quart d'heure. Wilson vit prendre forme un animal terrifiant qui tenait du singe, du raton laveur et du rat – une bête avec des griffes pointues et des rangées de dents de requin aussi coupantes que des lames de rasoir. Quand il eut fini, l'Iwo se mit à croasser et à gazouiller. Wilson examina le dessin et sentit dans sa poitrine une morsure familière.

— Ceci représente la bête qui lutte contre votre vie, dit le colonel Saba. L'Iwo dit qu'elle lutte contre la vie des gens de votre famille, dans le monde des esprits, depuis des générations. Il dit aussi que vous luttez tout seul depuis votre enfance. C'est une créature qui a investi l'intérieur d'un de vos ancêtres, il y a de nombreuses années, dans le pays qui se trouve au-delà de la forêt Hruke – c'est sa manière de désigner l'Afrique. Est-ce que vos ancêtres sont allés en Afrique ?

— Je n'en sais rien.

— Est-ce que vous reconnaissez cette chose ? demanda le colonel Saba en pointant un doigt osseux vers le dessin tracé dans la poussière.

— Oui, répondit Wilson.

Il entendait à peine sa propre voix.

— La bête pénètre votre esprit par une déchirure, comme une plaie, souvent causée par une tragédie de l'enfance. Avez-vous subi une telle tragédie ?

— Oui.

Sa voix n'était plus qu'un murmure.

L'Iwo posa sa main sur le bras de Wilson. Sa paume avait la consistance de l'écorce. Wilson se tourna et le regarda dans les yeux. Ceux-ci étaient vieux et noirs, mais illuminés en profondeur, très loin, par des éclairs de couleur. Le petit homme soupira et montra le nez de Wilson. Il fouilla dans son sac, d'où il sortit un petit tube de bois noir lustré et deux boulettes vertes semblables à des crottes.

— Yonowpe, dit le colonel Saba, impressionné. C'est un véritable honneur. Il veut vous l'offrir. Yonowpe est un remède spirituel très puissant et très rare. Il vous aidera à lutter contre la bête.

Wilson loucha vers l'éclat aveuglant du soleil africain. Le gardien s'agita dans son sommeil. Le chien jaune se leva et s'éloigna en trottinant. Wilson sentit un curieux malaise se répandre dans son corps, comme la grippe – mais ce n'était rien d'autre que le malaise que connaissent les condamnés dans le monde entier.

Il se tourna vers l'Iwo.

— À quoi cela pourrait-il foutrement bien servir? Aujourd'hui, demain ou après-demain, je serai mort. Écorché vif, à ce qu'il paraît. Il faut voir le bon côté des choses : quand je serai mort, la bête mourra avec moi.

L'Iwo s'éclaircit la gorge et projeta entre les barreaux un gros crachat sec et verdâtre.

— L'Iwo dit que l'opéra n'est pas fini tant que la grosse dame chante, expliqua le colonel Saba. Il dit que dans le combat entre vous-même et la vie, c'est la vie qu'il faut encourager.

Wilson laissa l'Iwo le pousser en arrière, dans la saleté. Le petit homme fixa une des boulettes vertes à une extrémité du tube et bourra. Il amena le tube à ses lèvres et plaça l'autre extrémité dans la narine de Wilson.

— Attendez une minute!

Trop tard. L'Iwo gonfla ses poumons et souffla. La crotte verte frappa la narine de Wilson, et ce fut comme une explosion. Il bascula en arrière, un goût amer dans la bouche. Il eut l'impression que le bord osseux, derrière ses oreilles, se dilatait. Puis il éternua deux fois.

Il ouvrit les yeux après le second éternuement. Il se trouvait au fond du lac Tsuwanga, dont l'eau n'était pas du tout de l'eau, mais une vase gélatineuse faite de glace et de quelque autre matière. Il attendit un instant, dans la vase et le froid – les ossements du grand Carew étaient là, à côté de lui –, jusqu'au moment où il les vit arriver. D'étranges poissons phosphorescents qui devaient à la pression de l'eau leur extrême dureté, et qui éclairaient les ténèbres de leur propre lumière, comme un secret.

6

Wilson se déplaçait lentement dans la foule des piétons qui remontait Commerce Avenue. Les coups réguliers du chantier de construction retentissaient à deux pas de là. Il sentait le bruit sourd des marteaux-piqueurs le long du trottoir de ciment. Le ciel, au-dessus de l'aiguille d'argent du Rubicon Building, était d'un bleu absolu, sans aucun nuage. Une belle journée de début de printemps.

Il lui fallut plusieurs minutes pour remarquer les grosses voitures qui attendaient aux feux rouges du carrefour de Commerce et Rubicon. Puis il réalisa que les rues étaient pleines de ces véhicules anachroniques. C'étaient les monstres rutilants, à larges ailes, rescapés d'une autre époque – les énormes Cadillac et De Soto, les Rambler et les breaks Nash et les Studebaker, toutes de chrome et d'acier, carrosserie pastel et intérieur rembourré de vinyle écossais – qui avançaient en haletant sur le macadam le long du trottoir. Quelques instants plus tard, il remarqua les passants : hommes d'affaires à chapeaux mous, cravates étroites et costumes lustrés à trois boutons ; secrétaires avec du rouge à lèvres vif, des coiffures en ruche (ou gonflantes, ou en chignon), talons aiguilles et robes de petite fille, gants blancs courts et gros sacs à main en cuir verni.

Wilson commença à éprouver une épouvantable sensation de déjà-vu. Il était persuadé de s'être déjà trouvé là, par le même après-midi, à la même minute, à la même seconde. Il leva les yeux et vit la charpente nue de la Maas Tower suspendue au-dessus de lui, comme un squelette, il vit la grue rouge, et la poutre qui se balançait au bout de ses câbles, vingt étages plus haut. Puis il vit un des câbles se détacher, et il y eut un claquement inouï que personne d'autre ne sembla entendre, et qui se répercuta tout au long du canyon de verre et d'acier.

La femme au manteau imprimé de motifs léopard et le petit garçon marchaient en se tenant la main, juste devant, et l'ombre de la poutre tombait sur eux comme un long doigt noir. L'enfant leva les yeux du pistolet à rayons qu'il tenait à la main et vit la poutre arriver avec toute la violence du destin. Son petit visage exprima une indicible stupéfaction. Il portait de lourds souliers noirs, une veste de tweed trop grande pour lui et un chapeau ridicule avec des rabats pour les oreilles. Il n'y avait pas assez de temps – rien que quelques secondes qui le paralyseraient à jamais, qui épingleraient ses ailes comme celles d'une phalène rose et jaune fixée sur un carton.

Wilson plongea. D'un coup d'épaule, il poussa la femme dans le dos. Elle s'étala tandis que lui-même heurtait le trottoir sous l'ombre mortelle de la poutre. Il pivota et vit l'objet au-dessus de lui, qui approchait en hurlant, sa vitesse s'accroissant à chaque centimètre selon une progression géométrique, la force de gravité lui donnant le poids d'une montagne. Tout à coup, la rue fut silencieuse. La poutre ne faisait plus aucun bruit. La circulation était paralysée.

— Regarde ce que tu as fait ! Tu as fait filer mes bas neufs !

C'était la voix de sa mère.

Wilson se releva en faisant craquer ses articulations. Il se souvint tout à coup du jour (à l'âge de trois ans) où il avait dérobé une lame de rasoir dans l'armoire à pharmacie de son père. Sans aucune raison, il avait entrepris de taillader systématiquement tous les abat-jour de la maison. En cet instant précis, sa mère avait exactement le même air que lorsqu'elle l'avait surpris en train d'en finir avec l'abat-jour jaune du salon.

— Viens ici, Wilson. Tu te donnes en spectacle !

— Maman…

La voix de Wilson monta jusqu'au gémissement de petit garçon. Il montra la poutre qui planait comme un gigantesque oiseau noir, à moins de cinq mètres au-dessus de sa tête.

— Je sais tout, dit-elle, ce n'est pas la peine de se fatiguer à lever la tête. Il faut que tu t'écartes de là-dessous. Elle ne t'est pas destinée.

Wilson s'approcha d'elle, l'air penaud. Elle l'embrassa sur la joue. Puis elle fronça les sourcils.

— Redresse-toi.

Il se redressa et elle ôta son court gant blanc, humecta son pouce et essuya une tache sur la joue de Wilson. Puis elle prit une towelette parfumée dans le petit paquet qui se trouvait dans son sac à main. Elle déchira l'emballage et lui frotta vigoureusement le visage. Wilson plissa le nez en réaction à la forte odeur de médicament et essaya de se dégager. Il avait toujours eu horreur de ce genre de choses.

— Pas de ça avec moi, petit monsieur, vous êtes dans un état lamentable, dit sa mère.

Wilson vit que ses vêtements n'étaient que des loques déchirées et tachées, et qu'il était couvert du sang séché et des ordures de la cage aux esclaves. Il regarda sa mère et réalisa, pour la première fois, combien elle était jeune et belle le jour de sa mort. Elle avait des yeux d'un bleu saisissant, et les cheveux noirs et luisants comme une aile de corbeau. Grâce à sa toque et à son manteau en imitation léopard, sa ressemblance avec Jacqueline Kennedy à l'époque de Camelot était stupéfiante. Peut-être que toutes les femmes, à l'époque, ressemblaient d'une manière ou d'une autre à Jacqueline Kennedy.

— Quel âge as-tu, Maman ? demanda-t-il tout à coup. Vingt-sept, vingt-huit ans ?

Elle fronça les sourcils.

— Quelle drôle de question, pour un petit garçon !

— Je ne suis plus un petit garçon. J'aurai trente-quatre ans cette année.

Sa mère le prit de nouveau par les épaules, et elle sourit.

— Oui, et j'en suis ravie. Au moins tu es fort et en bonne santé. Mais... (Elle fronça de nouveau les sourcils.) Tu as fait parfois de mauvais choix, Wilson. Tu as des rides de tristesse autour des yeux. Tu devrais sortir et jouer dehors plus souvent, et respirer du bon air frais. J'ai toujours dit à ton père que tu lisais trop. Toujours le nez dans un bouquin, même à l'âge de deux ans. Mike Mulligan et sa pelleteuse à vapeur, tu t'en souviens, de celui-là ?

— Oui. Et je me souviens de ces livres pour mômes... Curious George, l'homme au chapeau jaune. Je voulais ressembler à l'homme au chapeau jaune...

— Il avait l'air gentil, et certainement très patient, dit la mère de Wilson. Toujours à prendre soin de ce casse-pieds de singe.

Elle s'interrompit, et détourna les yeux.

— Maman…

— Oui ?

— Je n'ai pas pu te sauver. Je n'avais que dix ans. J'ai regardé en haut, je l'ai vue arriver, et j'étais paralysé. Je ne savais que dire, je ne savais comment te dire de courir. Et puis… Vlan ! Je suis tellement désolé…

Les larmes coulaient sur ses joues.

Sa mère fouilla dans son sac à main de cuir verni, en sortit un Kleenex et lui pinça le nez.

— Souffle !

Wilson souffla.

— Tu ne pouvais rien faire de plus que ce que tu as fait, mon petit Wilson, dit-elle d'une voix douce et maternelle, en caressant sa joue humide. Cette poutre a toujours été en train de tomber, elle a toujours été sur le point de tomber, et j'ai toujours marché dessous. Mon seul regret, c'est que tu aies dû te trouver à mes côtés. Il semble cruel pour un enfant d'assister à des choses pareilles. Mais pense à Nietzsche et à son histoire de portail, ça t'aidera peut-être : deux routes mènent à l'infini, dans des directions opposées, et se croisent au portail du moment présent. Et qu'en disait-il ? « Est-ce que tout ce qui se déplace n'a pas déjà descendu cette route ? Est-ce que tout ce qui advient ne doit pas être déjà advenu ? » Bien entendu, il décrit un univers circulaire. Et si l'on ne croit pas en un univers circulaire, je suppose qu'il faut croire en Dieu. Wilson, je pense que tu crois en Dieu. C'est charmant, et ça te va bien.

Wilson était stupéfait.

— Tu as lu Nietzsche, Maman ?

Elle mit une main gantée devant ses lèvres rouges et fit entendre un rire délicat.

— Il y a des tas de choses que tu ignores, à propos de ta vieille mère…

— Je m'en doute, dit Wilson.

— C'était très agréable, mais tu dois t'en aller, maintenant, dit-elle, soudain impatiente.

Elle le serra dans ses bras, écrasa une larme, s'écarta et reprit sa place dans l'ombre de la poutre.

— Où vais-je aller, maintenant ?

— Ton père veut te voir une minute.

— Attends, Maman ! (Wilson ne put réprimer le tremblement de sa voix.) Est-ce que tu n'as pas un conseil à me donner ? Une pépite de sagesse ? N'importe quoi ?

— Nietzsche, ce n'est pas assez ? (Wilson haussa les épaules.) Alors, mon conseil est très simple. Arrête de musarder. Vis pour de bon.

Une seconde plus tard, le monde se remettait en mouvement. Le trottoir se couvrit de passants, les grosses autos avancèrent en grondant, l'air retentit d'un terrible sifflement et la poutre atteignit sa cible avec un rugissement, fracassant le trottoir et réduisant la mère de Wilson à l'état de tache sanguinolente. Wilson se sentit emporté vers le haut, puis il reconnut le rythme d'un train et entendit les roues sur les rails. Il se trouvait dans une voiture Pullman, à côté d'un homme portant un feutre gris et un costume de tweed anglais de belle coupe. Un mouchoir de soie jaune dépassait de la poche de l'inconnu, qui portait des chaussettes jaunes et des souliers à bout pointu brun et blanc. Il tenait délicatement de la main gauche une pipe éteinte, et un exemplaire des Racing News *se trouvait sur ses genoux, proprement plié, sur une édition cartonnée de* La Rose noire *de Thomas B. Costain. Il contemplait le paysage par la fenêtre du train, perdu dans ses pensées, tandis que le soleil se couchait sur le lagon de la Potswahnamee. Le fleuve, sombre et gelé, s'enroulait comme un serpent quelques kilomètres en avant.*

— Tu as eu de la chance de trouver un siège, dit l'homme. L'express est souvent bondé…

Il se tourna vers Wilson et lui adressa un sourire triste et familier.

— C'est toi, Papa ?

L'homme hocha la tête.

— Je suppose que c'est ta mère qui t'envoie.

Wilson haussa les épaules.

— Je ne suis pas sûr. Peut-être est-ce Yonowpe.

— Tu sais à quoi je pensais ? Je me disais que ce crépuscule est peut-être la plus belle chose que j'aie vue de ma vie. Regarde

ces oiseaux qui s'élèvent au-dessus du lagon, dans cette lumière rouge. Ils descendent vers le sud, j'imagine.

Il coinça sa pipe entre ses dents et garda le silence.

Wilson entendait les bruissements, les toux des autres passagers, le murmure discret des conversations. Il jeta un coup d'œil à la montre de son père, une très belle Elgin automatique en or avec une flèche rouge sur la trotteuse. Il était cinq heures et quart.

— C'est l'express de seize heures quarante-cinq, Papa ?

— Tu sais, je devais prendre celui de dix-sept heures trente, mais je suis arrivé en avance à la gare, juste pour attraper le seize heures quarante-cinq. C'est ce qui s'appelle avoir de la chance, non ?

— Il faut arrêter le train, Papa, dit Wilson d'une voix aussi calme que possible. Il va dérailler.

— Parle moins fort. Les gens vont t'entendre.

Wilson se leva et tendit le bras vers la poignée rouge d'arrêt d'urgence fixée dans l'encadrement de la fenêtre. Mais avant qu'il puisse l'actionner, son père le ramena sur son siège en le tirant par les boucles de sa ceinture.

— Je sais tout à propos de ce train, fiston, dit-il à voix basse. Il n'y a rien à faire. Tu le sais. Je voulais juste rester un moment assis tranquillement avec toi, avant qu'il ne déraille. Ça ne te dérange pas si je te serre contre moi ?

Wilson répondit que cela ne le dérangeait pas. Son père passa un bras autour de son épaule, et ils restèrent tous les deux l'un contre l'autre, tranquillement, en contemplant le crépuscule magnifique.

— À mon retour de ce voyage d'affaires, dit le père de Wilson, je disposerai d'un petit pécule. Et je te promets de m'installer avec ta mère et toi, et de ne plus jamais partir. Tout bien considéré, je n'ai pas été très chic avec elle. Elle est si belle qu'elle aurait pu avoir n'importe qui, mais, Dieu sait pourquoi, c'est moi qu'elle a épousé. Le jeu, ce n'est pas une vie pour un père de famille. Rappelle-toi bien cela, fiston. Toujours sur les routes, toujours acharné à défier le sort. Mais je crois avoir trouvé ma chance, en la personne de deux poneys qui doivent courir aux Fairgrounds, là-bas, à La Nouvelle-Orléans. C'est du tout cuit, il n'y a aucun risque… Après cela, je rentre à la maison pour de bon. Et sais-tu ce que je ferai ?

— Non, dit Wilson.

— Je vais reprendre mes études de droit. Je vais passer mon diplôme et ouvrir un cabinet. Bon Dieu, comme ta mère sera contente ! Elle a toujours pensé que je pouvais faire un bon avocat et, tu sais, je crois qu'elle a raison. Mais ne lui dis rien, tu m'entends ? Ça doit rester notre petit secret, jusqu'à mon retour, d'accord ?

— D'accord, Papa.

Quelques instants plus tard, ils passèrent la brèche dans le treillis du pont de Trohog, et il y eut le long cri des freins, comme un ululement, et le train fut parcouru d'un frisson. Des valises aux coins renforcés commencèrent à basculer des porte-bagages sur les sièges.

— Nous y sommes, dit le père de Wilson.

Il se pencha et embrassa son fils sur le front. Puis il se leva d'un bond et, au moment où le wagon s'inclinait au-dessus du fleuve, il agrippa le porte-bagages et frappa la fenêtre des talons durs de ses souliers deux tons. La vitre vola en éclats.

— Contrairement à ta mère, je ne suis pas très bon pour donner des conseils. J'ai toujours pensé qu'un homme fait ce qu'il doit faire, s'il est un homme bien. Tu es quelqu'un de bien, Wilson. À toi de découvrir ce que tu dois faire, et fais-le.

— D'accord, Papa, dit Wilson.

— Saute, maintenant, lui dit son père.

Wilson regarda le fleuve, tout en bas, que les ultimes rayons du soleil teintaient de rouge. Le train commençait à quitter ses rails. On entendit le bruit du métal qui se déchirait, et un terrible hurlement.

— Je ne crois pas en être capable, dit Wilson, terrifié.

— Il le faut, lui dit son père. Allez, vas-y ! Saute !

Wilson retint son souffle. Une seconde plus tard, il tombait vers l'eau noire.

7

— Pour l'amour de Dieu, monsieur Wilson, donnez-moi la main !

Wilson entendit la voix au moment où il coulait pour la seconde fois. Il lutta pour rester à la surface et entraperçut la jungle avant d'être à nouveau entraîné vers le fond. Mais cette eau était brune et chaude comme le sang, à des lieues de l'immobilité noire et glacée de la Potswahnamee.

Il leva le bras. Une main vigoureuse lui agrippa le poignet et le tira vers la lumière du soleil. Il s'écroula, suffoquant comme un poisson, sur une surface de bois rugueuse. Quand il eut repris son souffle, il s'assit et frotta l'eau de ses yeux. Il se trouvait à bord d'une pirogue bupu à fond plat, qui descendait un cours d'eau rapide bordé de part et d'autre par la jungle.

— Si vous avez encore l'intention de sauter, monsieur Wilson, nous allons devoir vous attacher les pieds et les mains jusqu'à la fin du voyage. Ce ne sera pas très agréable, car nous avons du chemin à parcourir.

C'était Tulj. Il était assis à l'arrière. Sa pagaie levée gouttait par-dessus bord.

— Je rédigerai une note pour le *Bupandan Journal of Medicine*, fit une autre voix. Quand le patient est blanc, une demi-dose de Yonowpe suffit pour tuer la bête mentale.

Wilson pivota. Depuis la proue, le colonel Saba lui adressait un grand sourire. Il essaya de parler, mais ne parvint qu'à émettre une toux étranglée. Pendant quelques minutes, il fixa sans mot dire la profusion de verts qui défilait le long des rives. Il chercha, dans les zones sombres entre les arbres, les pâles faisceaux lumineux des Iwos, mais il ne vit que les ténèbres. Des animaux inconnus s'agitaient dans la pénombre verte, comme des bêtes de cauchemar.

— Ce n'est pas le Mwtutsi, dit-il dès qu'il eut recouvré ses esprits.

Il leva les yeux et, au même moment, un rayon de soleil lui toucha le front.

— Je crois que notre ami est de retour parmi nous.

Le colonel Saba lui sourit par-dessus son épaule.

— Vous avez raison, monsieur Wilson, dit Tulj. Ce n'est pas le Mwtutsi, mais le Hilenga.

— Que s'est-il passé ? Comment sommes-nous arrivés ici ?

— Vous ne vous souvenez de rien ? demanda Tulj.

Une libellule vert et rouge dansait autour de sa tête, formant une sorte de halo.

— La dernière chose que je me rappelle, c'est que ces fils de putes allaient m'écorcher vif.

— Oui, vous avez eu de la chance, dit Tulj.

— Où est l'Iwo ?

Tulj agita sa pagaie vers la jungle.

— Qui sait ? Retourné auprès des siens. Autant demander où vont les oiseaux quand ils prennent leur envol.

— Et vous, êtes-vous un homme neuf ? demanda le colonel Saba. Est-ce que le remède spirituel a fait de l'effet ?

— Je ne suis pas sûr, dit Wilson. (Il se sentait un peu vaseux. Il regarda Saba plonger la pagaie et la ressortir de l'eau.) En fait, je ne me souviens de rien. Nous avons échappé à M'Gongo epo ?

— Oui, dit Saba en l'éclaboussant. Ce fleuve est réel. Il n'a rien d'un fantasme inspiré par Yonowpe.

— Comment est-ce arrivé ?

— De la manière habituelle, dit Tulj. Un peu d'argent, une ou deux cartouches de cigarettes. J'ai bien peur qu'une vie humaine ne coûte guère plus, par ici.

— Mais vous avez failli tout gâcher, monsieur Wilson, dit Saba. Impossible de vous faire taire. Hier soir, il a fallu vous bâillonner pour vous faire tenir tranquille. Vous divaguiez. En plein délire. Qui est Curious George ?

— Un ami. (Wilson se tourna vers Tulj.) Comment nous avez-vous retrouvés ?

— J'attendais des nouvelles à Ulundi, comme convenu. Puis un Iwo a parlé d'incidents. Il y a deux jours, j'ai entamé la remontée du fleuve. Ce que vous avez fait là-bas est stupide, monsieur Wilson. Vous avez grillé votre couverture. Nous ne pouvons plus vous utiliser comme agent, désormais.

— Je ne pouvais plus attendre, dit doucement Wilson. Pas une seconde de plus.

— Vous n'avez pas pensé qu'ils pouvaient vous tuer ?

— Je ne sais pas. Je n'ai pensé à rien. Je suis simplement allé les libérer, tous les Iwos, jusqu'au dernier.

Il était incapable d'aller plus loin.

Tulj hocha la tête, en signe de compréhension.

Une ou deux heures plus tard, Wilson avait retrouvé assez de lucidité pour les aider à pagayer. Il prit place à la proue tandis que le colonel, épuisé, allait dormir. L'action lui fit du bien. Il fit travailler les muscles de ses bras et de ses épaules, et le soleil lui mouchetait le dos à travers les arbres. Mais ce n'est que beaucoup plus tard, lorsque le crépuscule teinta le fleuve de lavande foncée, qu'il fut frappé par la singularité de la situation. Il cessa de pagayer et se retourna. Une brume de lumière, légère comme la poussière, passait à travers le toit de feuilles comme à travers un tamis. Le colonel Saba dormait, la bouche ouverte, une main traînant dans l'eau. Ses lèvres laissaient échapper un léger ronflement. Dans la pénombre, Wilson distinguait à peine le visage de Tulj.

— Vous deux… commença-t-il.

— Oui, dit Tulj en souriant.

— Il est anda, et vous êtes bupu.

— Oui, dit Tulj.

— Comment est-il possible que vous ne vous soyez pas tranché mutuellement la gorge ?

Tulj posa sa pagaie et réfléchit un moment.

— La nuit dernière, quand je suis venu vous libérer, j'ai trouvé un officier anda et un Iwo dans la crasse à côté de vous. Je leur ai dit : « Est-ce que nous ne sommes pas tous frères ? » Je leur ai serré la main et je les ai aidés à s'échapper. Le colonel Saba en a assez de la guerre et des tueries, tout comme moi. Il a décidé de quitter le FPA et de rallier le parti que je suis en train de fonder avec le soutien de certains de mes amis. Le PUB. Le Parti de l'Unité bupandaise. Et un jour, quand le trafic d'esclaves aura cessé, nous mettrons fin à toute cette folie. Bupus et Andas reconstruiront le Bupanda comme il était à l'époque glorieuse de Sequhue, lorsque la campagne regorgeait de fleurs et que les rues de Rigala étaient pleines de musique et de chants, et qu'il y avait des jolies femmes devant chaque porte…

— Oui, ce serait merveilleux, dit Wilson.

Quand il fit presque trop sombre pour voir où ils allaient, ils poussèrent jusqu'à la rive et dissimulèrent la pirogue dans les roseaux. Par prudence, Tulj décida de ne pas faire de feu. Ils mangèrent un repas froid de viande en conserve, dans le bruissement discret de la jungle. Puis ils s'installèrent pour dormir dans les roseaux. Wilson ne voyait aucune étoile. Rien que l'obscurité absolue sous la voûte de la jungle. Il fixa les ténèbres et resta éveillé, écoutant les ronflements du colonel Saba et le murmure du fleuve courant on ne savait où. Il entendit Tulj qui remuait et se grattait, de l'autre côté du massif de roseaux.

— Tulj, vous dormez ?

L'autre grogna.

— Où diable allons-nous ?

— Nous descendons le Hilenga. Dormez, maintenant.

— Et où va le Hilenga ?

Il y eut une ou deux secondes de silence, et il crut que Tulj ne lui répondrait pas.

— À la mer, dit-il enfin. Tôt ou tard, tous les fleuves vont à la mer.

— Tulj…

— Nous allons retrouver des amis à moi, dans trois jours, à un certain endroit du delta. Ils veulent nous parler, et ils ont très envie de vous parler, à vous. Ils veulent savoir tout ce que vous avez appris sur les hommes qui font le commerce d'esclaves. Vous le leur direz ?

— Bien sûr. Qui sont vos amis ? Dites-le-moi, pour que je sache à quoi m'en tenir.

— Non. À ce stade, il ne serait pas prudent de vous en dire plus. Supposons que nous soyons capturés ? Soyez patient. Attendez, et vous verrez.

8

Ils pagayèrent pendant trois jours entiers, sans mettre le pied sur une terre sèche. Le fleuve se transforma, devint l'immense marécage du delta du Hilenga. Le soleil de midi traversait à peine l'épaisse couverture de feuilles au-dessus de leurs têtes. Des moustiques volaient en nuages aussi épais que l'air lui-même. Wilson protégeait chaque centimètre carré de sa peau avec un produit insecticide parfumé au citron. Des singes orange se balançaient paresseusement aux arbres à demi immergés. Des serpents d'eau et des rats musqués grands comme des colleys grouillaient dans les racines monstrueuses des baobabs. Des vols d'aras bleu ciel se déployaient dans le lointain.

Un jour, Wilson laissa sa main traîner dans l'eau verte. Quand il la retira, elle était couverte de sangsues. Il décolla de sa chair les précieuses petites bestioles, et les rejeta soigneusement dans l'eau boueuse.

À l'aube du quatrième jour, Tulj les mena à une petite île totalement masquée par les enchevêtrements des racines de palétuviers. Dans une clairière, au centre de l'île, un appentis recouvert d'une bâche de toile et protégé par une moustiquaire abritait des caisses de boîtes de conserve et des fûts de plastique pleins d'eau douce. Wilson put se laver le visage et le cou, appliqua sur sa peau une nouvelle couche d'insecticide et ouvrit une boîte d'aluminium portant l'étiquette *Yorkshire Pudding* et une date (d'expiration ?) : *30/10/2037*. Elle contenait une substance gélatineuse recouverte d'un liquide visqueux – une pâte jaune-brun qui se révéla comestible, bizarrement, en dépit de son aspect si peu ragoûtant.

Quand Wilson eut fini de manger, Tulj le conduisit à la pointe ouest de l'île, et lui montra une trouée dans les arbres.

— C'est l'endroit idéal pour guetter, dit-il. Mes amis doivent arriver plus tard dans la journée, peut-être demain.

— Que dois-je guetter, précisément ?

Tulj eut un rire bref.

— Vous le saurez quand vous les verrez.

Puis il alla faire une petite sieste sous la moustiquaire de l'appentis.

Wilson surveilla le fleuve pendant plusieurs heures.

Il lui semblait que la lumière verte de la jungle ne se modifiait pas. Il n'avait aucune idée de l'heure qu'il était. Sa vieille montre digitale avait cessé de fonctionner pendant la saison des pluies, à Quatre-Sables. Au-dessous de lui, le fleuve s'échappait des canaux encombrés et s'élargissait. Wilson eut l'impression de sentir un souffle d'air frais sur son visage – une odeur légèrement salée qui lui fit penser à la mer. Il se détourna une demi-seconde, en entendant un claquement quelque part dans les arbres. Quand il reprit sa position, il vit que le chenal avait subi une transformation remarquable. Le soleil était exactement à la verticale. Il diffusait de véritables colonnes d'une lumière dense, vaporeuse, à travers les brèches dans la voûte des feuilles. L'effet en était presque religieux, comme celui de la lumière traversant des vitraux. Des oiseaux blancs décollaient de la surface de l'eau et traçaient des arcs de cercle ascendants dans la lumière vaporeuse. Quelques minutes plus tard, Wilson vit vaguement une forme se dessiner, au loin, sur le fleuve.

Il lui fallut encore une heure pour distinguer le navire qui s'approchait. Il semblait progresser avec une lenteur extraordinaire – mais les distances sont trompeuses, en Afrique. Pendant longtemps, il ne grandit pas à l'œil nu. Puis Wilson entendit le martèlement régulier d'un vieux moteur in-board. Puis il fut enfin là, traçant sa route sur la saleté du chenal autour de l'île. Wilson eut du mal à en croire ses yeux. Sur cet étrange navire ventru de couleur turquoise se tenaient trois officiers de marine aux uniformes blancs immaculés, sortis tout droit de *Madame Butterfly*. Ils étaient aussi raides que des statues. La brise humide ne parvenait pas à agiter leurs cheveux ras. Derrière eux, assis sur deux rangées de bancs matelassés, il y avait une demi-douzaine de fusiliers marins dans des tuniques de cérémonie bleu et rouge. À la poupe flottait le pavillon blanc de la Royal Navy.

Wilson suivit des yeux cette stupéfiante apparition, jusqu'à ce qu'elle dépasse son poste d'observation. Le fond plat de l'embarcation était de verre, semblait-il. Sous les pieds des officiers, on voyait évoluer des carpes monstrueuses, dont l'écaille granitique jetait des éclairs dans l'eau verte du fleuve. Une minute plus tard, le navire disparaissait dans le chenal encombré par les roseaux.

Accroupis devant l'appentis, dans la clairière, Tulj et le colonel Saba jouaient aux dés sur un morceau de toile crasseuse.

— Une mauvaise habitude contractée à l'armée, dit Tulj quand Wilson émergea de sous les arbres. Mais commune à tous les soldats, de tous les pays. Pensez aux légionnaires romains, qui jouaient aux dés les vêtements du Christ... (Voyant l'expression de Wilson, il se leva.) Alors ?

— Vous n'allez pas me croire... dit Wilson en reprenant son souffle. Sur le fleuve, un navire turquoise avec un fond transparent, plein d'officiers de marine en uniforme blanc...

Tulj hocha gravement la tête.

— Ils sont un peu en avance.

9

Sur le pont de la grosse vedette, Wilson regarda en arrière, vers l'endroit où les eaux brunes du Hilenga se mêlaient aux remous bleus de l'océan. La dernière boue africaine tachait de rouge la surface de l'eau, à plus de cinq kilomètres de la côte, puis tombait au fond, en guise de sédiment, sur la plate-forme continentale. Quelques nuages pâles et décharnés coloraient le ciel de l'après-midi, à l'horizon. Des oiseaux de mer tournoyaient au-dessus de leurs têtes. L'Afrique gisait dans leur sillage, vaste et incompréhensible.

Ce n'est qu'alors que Wilson s'abandonna à la pensée de ce qu'il laissait derrière lui. Il pensa à Criquet, il pensa à l'intérieur sombre de la jungle, à ces clairières sans soleil dont aucun Blanc ne foulerait jamais le sol, et il pensa aux Iwos, qui vivaient cachés loin du monde, avec leur langage bizarre et leur science ésotérique... Puis il détourna son cœur du passé, respira à pleins poumons l'air salé de l'océan et se tourna pour faire face au gros navire qui chevauchait les flots, juste devant lui.

C'était le HMS *Gadfly*[1], un nouveau croiseur compact de la classe Somerset. Plus petit qu'un destroyer classique, mais plus gros qu'un démineur, il portait deux tourelles de canons de marine de 118 mm, un jeu de missiles Stinger mer-air et une grande plate-forme de poupe où étaient installés trois Sea Harriers à décollage vertical, les ailes repliées comme des oiseaux au repos. Une antenne radar tournait sans interruption au sommet de la superstructure. Wilson pouvait presque

1. « Taon » ou (au figuré) « mouche du coche ». *(N.d.T.)*

voir les signaux lancés dans l'atmosphère, un million de fois plus vite que les pigeons voyageurs du grand Carew. Le pavillon blanc et la flamme du capitaine (un hippocampe jaune sur fond bleu) étaient en berne, aux mâts de flèche.

Wilson se tourna vers l'officier le plus proche de lui, un enseigne de vaisseau à l'air peu aimable, que son badge identifiait sous le nom de Bunsen.

— Que se passe-t-il ? demanda-t-il en montrant les pavillons.

— Monsieur ? rétorqua l'enseigne.

— Les pavillons en berne.

— Je ne suis pas autorisé à le dire, monsieur, dit-il, très raide.

— Oh, par l'enfer, Bunsen ! Il est des nôtres !

C'était un autre officier, dont le badge annonçait *Lieutenant de vaisseau Peavy*. Celui-là avait les cheveux jaune paille et les mêmes incroyables yeux bleus que Peter O'Toole dans *Lawrence d'Arabie*. Il s'avança, serra la main de Wilson et lui offrit une cigarette.

— Non, merci, dit Wilson.

Puis il changea d'avis. C'étaient des Westminster Navy Cut, en boîte dorée. Le lieutenant Peavy lui tendit un vieux briquet à silex, et il alluma sa cigarette. Elle était forte, avec le parfum caractéristique du tabac turc. Wilson était en train de devenir un vrai fumeur. Il souffla la fumée vers le ciel, par-dessus son épaule. Elle dériva vers l'Afrique.

— Il s'agit de notre capitaine, voyez-vous. (Peavy alluma sa cigarette et déboutonna le haut de son col de cérémonie.) Le pauvre homme est mort la semaine dernière, au beau milieu de la mission.

— Que lui est-il arrivé ?

— Ce qui arrive aux Anglais depuis des siècles, dans cette misérable partie du monde. Une sorte de fièvre. À Zanda, il est allé à terre, et il a attrapé quelque chose. Personne ne savait qu'il était malade. Un matin, il n'est pas venu au petit déjeuner. Nous sommes allés dans sa cabine, il était mort.

— Je suis navré de l'apprendre, dit Wilson.

Peavy haussa les épaules.

— Le premier officier Worthington est notre capitaine par intérim. C'est un homme bien. Vous aurez bientôt l'occasion de bavarder avec lui.

Il mit le doigt à sa casquette et partit vers l'arrière, mais Wilson le rappela.

— Je voudrais vous poser une question…

L'officier se retourna.

Wilson montra le bateau turquoise à fond transparent, suspendu à des haussières comme un dinghy, à la poupe.

— Le bateau bleu, les uniformes blancs. C'est votre manière habituelle d'envahir l'Afrique ?

Le lieutenant Peavy eut un sourire pincé.

— Ce n'était pas exactement une invasion. Plutôt une sorte de reconnaissance. Sur ordre du capitaine par intérim. Nous sommes plus ou moins clandestins, ici, toujours à fureter sans la permission du gouvernement local. D'ailleurs, il n'y a pas de gouvernement local, bien sûr. Rien qu'une bande de tribus qui se chamaillent. Mais si nous sommes capturés en uniforme, il leur sera plus difficile de nous fusiller pour espionnage. Quant au bateau… eh bien, c'est le Hilenga, vous voyez. Aucune de nos embarcations ne nous permet de remonter ce damné fleuve. Pas assez profond pour la vedette, trop encombré de saletés pour les canots pneumatiques. Nous avons trouvé près d'une douzaine de ces trucs à fond transparent abandonnés dans un entrepôt, à Port Luanga, l'année dernière. Importés de Disneyland, en Amérique, dans les années soixante, pour je ne sais quel projet de safari aquatique. L'idée d'un millionnaire texan, apparemment. Le problème, c'est que le Hilenga est trop vaseux pour qu'on y distingue autre chose qu'une carpe de temps en temps. Le millionnaire a fait faillite, et il est retourné au Texas en laissant ses bateaux sur place. Nous en avons fait équiper deux ou trois par nos ingénieurs, pour notre usage. Ces petits rafiots sont tout à fait renversants, vraiment. Et d'une couleur merveilleuse.

— Parfaitement inattendue, dit Wilson.

— C'est exactement le but recherché, dit le lieutenant Peavy. Si nous étions pris par le FPB, ou le FPA, ou par n'importe lequel de ces types, nous pourrions leur dire que nous sommes en vacances, dans nos beaux uniformes de cérémonie, à bord de notre bateau bleu à fond transparent… en espérant qu'ils nous prendront pour des Anglais excentriques et qu'ils en resteront là. Joli plan, non, qu'en dites-vous ?

La question n'appelait pas de réponse. Le lieutenant se retira à la poupe. Wilson descendit prendre des nouvelles de Tulj et du colonel Saba. Il les trouva dans la cale, allongés sur des lits de camp. Ils avaient le visage terreux, et l'étroit compartiment sentait très fort la bile.

— Je suis un officier d'infanterie, dit le colonel d'une voix faible. Je n'ai rien d'un marin…

Tulj gémit et roula des yeux.

— Je suis d'accord avec Saba. La marine, très peu pour moi.

Wilson alla au poste de secours, où il trouva de la Dramamine. Il agita le petit flacon vert dans leur direction.

— Essayez cela ! leur dit-il.

— Je préfère les remèdes naturels, dit le colonel Saba. La médecine occidentale ne vaut rien pour l'esprit.

— Je suis végétarien depuis l'année dernière, dit Tulj. Est-ce que ces pilules contiennent de la graisse animale ?

— Voyons les choses ainsi, dit Wilson. Ce truc ne fera rien à votre âme. De même que Yonowpe n'a aucun effet sur votre estomac…

10

Au moment d'embarquer sur le croiseur, les deux Africains se sentaient mieux. Mais il n'y eut ni coups de sifflet du bosco ni comité d'accueil officiel. Les trois hommes furent poussés à la hâte devant quelques marins curieux, ils passèrent une écoutille et empruntèrent une échelle métallique pour accéder à une salle de réunions sans fenêtres située au plus profond du navire. Une grande carte de l'Afrique transpercée de punaises de couleur était épinglée sur une des parois. Sur une autre, on voyait une photographie récente de la reine. Elle avait l'air d'une grand-mère – ce qui était le cas, bien entendu. Au centre de la cabine, une table grisâtre marquée par les traces circulaires des tasses à café.

Tulj s'effondra à la table et mit sa tête sur ses bras. Wilson étudia la carte de l'Afrique, puis le portrait d'Elizabeth, et arpenta la cabine. Il n'y avait pas grand-chose d'autre à voir. Les moteurs à propulsion nucléaire bourdonnaient quelque part sous eux. Le colonel Saba semblait nerveux. Il s'assit, se leva, puis se rassit. Il alluma une cigarette qu'il écrasa tout de suite.

— Je n'aime pas cela du tout, dit-il. Pourquoi mettent-ils si longtemps ?

Tulj leva la tête. Il avait les yeux rouges, l'air fatigué.

— Ne vous inquiétez pas, Saba. Ces gens travaillent à l'unification du Bupanda, comme nous.

— Et pourquoi donc ? (Saba parlait d'une voix tendue.) Vous êtes-vous demandé pourquoi, Ra'au ? Que veulent-ils ?

— Ils veulent la même chose qu'il y a un siècle, dit Tulj d'un ton las. Ils veulent un marché disponible pour leurs produits manufacturés. Ils veulent nos matières premières, l'étain, les diamants, ce genre de choses. Et en échange, ils veulent qu'on arrête de s'entre-tuer et qu'on travaille de bon cœur dans leurs usines pour des salaires de misère. Est-ce qu'on ne vous faisait pas lire Karl Marx, au FPA ?

— Vous confondez avec le FPM, dit Saba en agitant le doigt vers lui. Le Front patriotique anda n'a jamais été marxiste. Nous étions sociaux-démocrates…

— Je me fiche de ce que vous étiez, dit Tulj. Et ce que les Britanniques veulent cette fois ne m'intéresse pas… Pas vraiment. Appelez-les néo-impérialistes, postcolonialistes, tout ce que vous voudrez. Du moment qu'ils peuvent nous aider à en finir avec l'esclavage et à mettre fin aux massacres…

Quelques minutes plus tard, le lieutenant Peavy entra. Il était accompagné d'un officier élégamment vêtu, qui arborait sur son col un caducée doré.

— Voici le premier officier par intérim Tombs, notre médecin officier, dit Peavy. On va vous épouiller, et il vous examinera. Puis chacun d'entre vous fera son rapport au capitaine par intérim Worthington.

Peavy sortit, et Tombs se mit au travail.

— Nous ne voulons pas embarquer la moindre saleté de maladie tropicale, expliqua-t-il.

Les trois hommes furent désinfectés et douchés, examinés sous toutes les coutures, et on leur distribua des sous-vêtements neufs et des combinaisons de saut en coton fraîchement amidonnées.

Par déférence pour son grade, le colonel Saba fut appelé le premier.

— Je n'aime pas cela, dit-il, avant de suivre le lieutenant Peavy vers l'écoutille. Et s'ils m'interrogent sur le stade de Bandali ?

— Allez-y. (Tulj fit un geste insouciant.) Contentez-vous de répondre poliment à leurs questions. Ce sont des Britanniques. Après quoi, je vous assure qu'ils vous offriront du thé.

Saba s'en alla, apaisé.

— La nuit, pendant son sommeil, il entend toujours les hurlements des femmes et des enfants, dit Tulj. Il est temps que chacun d'entre nous oublie les hurlements qui résonnent dans sa tête, et que nous tentions de repartir de zéro.

— Pour ça, dit Wilson, je recommande Yonowpe.

Tulj sourit.

Une heure plus tard, quand le lieutenant Peavy vint le chercher, il contourna la table et prit les mains de Wilson dans les siennes. Il voulut parler, mais ses yeux se brouillèrent. Il serra Wilson dans ses bras, à la manière d'un grand ours africain.

— Merci d'avoir sauvé ma peau, là-bas, dit Wilson.

— Où irez-vous, après avoir parlé aux Britanniques ?

— Je ne sais pas. (C'était la première fois que Wilson pensait à ce qu'il ferait du reste de sa vie. Cette idée lui parut bizarre.) Je vais sans doute rentrer chez moi… Écoutez, je vais vous donner mon adresse. Écrivez-moi pour me dire où en est la guerre.

Wilson emprunta au lieutenant Peavy un crayon à mine et une pochette d'allumettes. Il écrivit l'adresse de son vieil appartement au-dessus du Harvey Channel – celui qui abritait toujours, à sa connaissance, une sorcière.

Tulj plia le morceau de carton dans la poche de sa combinaison toute neuve.

— Mon ami, lui dit-il, Dieu m'a donné l'occasion de vous payer ma dette pour ma vie et celle de mon frère. Je Lui en suis reconnaissant. Je ne vous reverrai peut-être plus en ce monde. Mais je garde fermement l'espoir de vous offrir un jour un bon repas, kif, nakif, kif-tu, et le reste, et des tas de bouteilles de tejiyaa, dans un Bupanda libéré de la guerre et de ses souffrances…

— J'attends ce jour avec impatience, dit Wilson.

Resté seul après le départ de Tulj, il contempla la carte de l'Afrique. Machinalement, il arracha les punaises et les réarrangea de sorte qu'elles dessinent un grand point d'interrogation – à partir de l'ouest, à travers le Congo, à travers le delta du Hilenga, au-delà des fleuves et des lacs, des marais et des chaînes de montagnes, de la savane et du désert –, comme si le continent portait en lui la clé de son avenir.

II

La cabine du capitaine était spacieuse. Le sol était recouvert d'un tapis, il y avait trois hublots de cuivre, un bureau imposant en teck ciré, des rayonnages encastrés fermés par un filet et pleins de livres volumineux. Des peintures représentant des scènes de l'histoire de la marine, ternies par le temps, étaient fixées à la cloison. Wilson vit Nelson agonisant dans les bras de Hardy à Trafalgar, la bataille du Jutland, et le *Revenge* de Sir Richard Grenville affrontant seul une centaine de navires espagnols au large des côtes de São Miguel, aux Açores.

Le capitaine par intérim était un jeune homme dégingandé, qui avait à peine un ou deux ans de plus que Wilson. La position d'autorité où le destin et les virus venaient de le propulser semblait le mettre mal à l'aise. Il était tout en os, son uniforme ne lui allait pas, et ses cheveux se dressaient sur sa tête comme les plumes d'un oiseau. L'ensemble aurait été comique s'il n'y avait eu ses yeux – larges et pénétrants, et emplis d'une intelligence féroce.

— Monsieur Wilson ? Je me présente : Worthington, capitaine par intérim, HMS *Gadfly*, Flotte d'intervention.

Il contourna son bureau et serra la main de Wilson.

— Mon nom est Lander, monsieur. Wilson Lander.

— Hein ? (Pendant un instant, le capitaine sembla hésiter.) Lander... Je connais votre nom... Où donc l'ai-je entendu ?

— On m'a déjà posé la question récemment. Je l'ignore. Il est relativement peu répandu.

— Ah oui ? demanda distraitement le capitaine par intérim.

— Capitaine, j'ai une requête qui vous semblera bien peu militaire. J'ai beaucoup de choses à vous dire, et pas des plus faciles. Un remontant me faciliterait la tâche.

— Bien sûr. Nous allons mener cet entretien comme des gens bien élevés.

Il alla chercher une bouteille de scotch, de l'eau de Seltz et des verres, et prépara deux whisky-soda. Wilson prit son verre, se carra dans un fauteuil de cuir rouge aux clous de laiton, et commença son récit. Il parla pendant deux heures. Il raconta tout ce qu'il se rappelait sur le *Compound Interest* et Criquet, sur Quatre-Sables et le trafic d'esclaves, sur les Bupus et les Andas, sur les Iwos, sur la station de M'Gongo epo.

Le capitaine Worthington l'écouta dans un silence grave. Il prépara une autre tournée de whiskies. Quand Wilson se tut, il lui offrit une cigarette qu'il prit dans un étui d'argent ciselé, et les deux hommes fumèrent en silence. Derrière les hublots, au-dessus de l'Afrique, la lumière passait du vert au lavande. Une tempête se préparait. Le *Gadfly* se balançait nerveusement sur la houle, comme un pur-sang au départ de la course.

— Parlez-moi encore du… de l'incident de M'Gongo epo, dit enfin Worthington. Essayez de vous rappeler le moindre détail.

Wilson avala ce qui restait dans le fond de son verre et décrivit une fois de plus les atrocités de l'endroit. Le capitaine par intérim s'empara d'un bloc-notes jaune et prit quelques notes. Puis il écrasa sa cigarette dans un cendrier en forme de biscuit de marins, il contourna le bureau de teck et se mit à faire les cent pas dans la cabine qu'envahissait peu à peu une vilaine lumière lavande. Derrière les hublots, les moutons s'agitaient, annonçant la tempête à venir.

— Il s'agit là, je suppose, d'une violation grave de la sécurité, dit-il enfin. (Il cessa ses allées et venues et se tourna vers Wilson.) Il va de soi que vous devrez garder le secret absolu sur toutes les informations que je m'apprête à vous fournir…

— Bien sûr.

— Avez-vous entendu parler des activités de la Flotte d'intervention ?

— Non, dit Wilson.

Le capitaine par intérim prit une profonde inspiration.

— À l'origine, au siècle dernier, il s'agissait d'une escadre de navires de guerre britanniques chargée de mettre fin au trafic d'esclaves. Elle interceptait les vaisseaux suspects venant d'Afrique et les fouillait de fond en comble. Si on y trouvait des esclaves, ils étaient confisqués et remis en liberté au Sierra Leone. Les hommes d'équipage étaient arrêtés et pendus. Les navires négriers étaient sabordés. En 1840, des milliers d'esclaves étaient exportés illégalement d'Afrique de l'Ouest vers les Amériques. En 1860, grâce aux efforts et au zèle de la Flotte d'intervention, ce chiffre avait été réduit au minimum. À la fin du siècle, le commerce des esclaves était totalement éradiqué. Pour toujours, espérions-nous. Officiellement, voyez-vous, l'escadre n'avait jamais été décommissionnée. Simple précision technique, mais qui a son importance, car c'est là une des raisons de notre présence ici, au large des côtes bupandaises. Les ordres de commission, signés par la reine Victoria en personne, n'ont jamais été abrogés. Par conséquent, ils existent toujours, au fond des coffres de l'Amirauté, à Londres. Ils spécifient que des navires de guerre britanniques doivent se tenir prêts à intervenir contre toute activité esclavagiste renaissante – et qu'ils peuvent être envoyés à tout moment sans un acte direct du Parlement. Or, il y a quelques années, nos services de renseignement ont commencé à recevoir d'étranges rapports de nos agents au Bupanda, comme votre ami Tulj Ra'au…

— Attendez une minute ! Tulj est un espion ?

— « Espion » est un bien vilain mot. M. Ra'au n'est pas un traître à son pays, si c'est ce que vous voulez dire. Par notre intermédiaire, il passe des informations au MI5, à Londres. Je crois que vous connaissez ses motivations. Il veut arrêter la guerre au Bupanda. Vous admettrez peut-être que la meilleure façon d'arrêter la guerre est de mettre fin au trafic d'esclaves…

— Oui, je crois.

Le capitaine Worthington ouvrit la bouche pour continuer… Mais il s'interrompit et regarda fixement par le hublot où le ciel avait encore foncé : de lavande, il était devenu pourpre. Il se détourna de cette couleur fascinante, revint derrière le bureau et alluma une autre Navy Cut. Quand il fit la lumière dans la cabine, Wilson découvrit avec surprise que ses yeux exprimaient la colère et la frustration.

— Les réalités politiques modernes sont pour nous une source de déception. En dépit de notre commission initiale, la Flotte d'intervention n'a pas de mandat permanent pour le combat. L'interprétation courante du mot « intervenir » a été plutôt expurgée, je le crains. Nous avons le droit de rôder et d'observer ce qui se passe. Nous ne pouvons absolument rien faire. Si je tire un seul coup de pistolet sans l'autorisation préalable de Whitehall, l'escadre sera rappelée sur-le-champ et ses officiers traînés en cour martiale, jusqu'au dernier. Croyez-moi, monsieur Lander, je suis horrifié par les atrocités dont vous avez été le témoin. Ce genre de choses déprécie la valeur de la vie humaine, pour tout le monde et en tout lieu. Mais mon gouvernement considère le Bupanda comme une nation souveraine. Tout projet d'action militaire sur le sol bupandais doit être soumis aux Nations unies et entraîner des débats interminables au Conseil de Sécurité. Quand les hommes politiques se seront résolus à passer à l'action (il fit un geste désespéré), les pirates et les négriers auront plié bagage et se seront installés ailleurs.

Sa gorge se serra. Wilson observait les mouvements de sa pomme d'Adam. Un instant plus tard, Worthington se tordait littéralement les mains de désespoir.

— Nous sommes pratiquement impuissants contre ce fléau, dit-il, si bas que Wilson l'entendait à peine. Je ne suis que capitaine par intérim. La semaine dernière, j'étais un modeste premier officier. Je ne dispose même pas de l'autorité nécessaire pour cracher par ce hublot. Il y a plusieurs années que je suis de la partie, mais je vous avouerai que je ne me suis jamais vraiment fait à la vie de marin. J'ai étudié Shakespeare à Oxford, vous savez. Je ne voulais pas enseigner. « Pourquoi ne t'embarquerais-tu pas un an ou deux, comme ton père, le temps de voir venir ? » m'a dit ma mère… Je me suis donc engagé dans la marine. Et me voici, aujourd'hui, comme un crétin impuissant…

Wilson resta silencieux une bonne minute. Il regardait Nelson, borgne et manchot, qui rendait l'âme à la lueur des lanternes sur le *gundeck* du *Victory*. Qu'est-ce que Nelson aurait fait, lui ?

— Combien de bâtiments compte la Flotte d'intervention ?

— Deux. Le *Gadfly* et *l'Hyperion*.

— Combien d'hommes en tout ?

— À peine six cents.

— Écoutez, capitaine... (Wilson souhaita que sa voix fût capable d'exprimer ses convictions avec la force nécessaire.) Quatre-Sables n'est pas une nation souveraine. Cette île n'appartient pas au Bupanda. Il y a très longtemps, bien avant que le Bupanda existe, elle a été offerte par le roi du Portugal à l'homme qui l'avait découverte. Elle appartient encore à un descendant de cet homme, qui la loue comme base d'opérations pour le trafic d'esclaves, la piraterie et autres atrocités. Dites-vous que Quatre-Sables est un rafiot pourri, plein de rats et de maladies, à la dérive, emporté par les courants. Allez-vous le saborder, ou le laisser s'écraser sur la plage la plus proche ?

— Quatre-Sables...

— Oui.

Le capitaine par intérim se remit à arpenter la cabine. Quand il cessa de tourner en rond, ses yeux montraient qu'il tenait la réponse.

— Lander, dit-il d'un ton léger... Je sais où j'ai entendu ce nom. C'est le type qui a suivi le Niger, de sa source à la mer. Richard Lander. Une espèce d'intellectuel tranquille de Cornwall qui s'est simplement réveillé, un jour, et qui s'est embarqué pour l'Afrique. Il a réussi là où des dizaines d'autres avaient échoué. Parti de Sokoto avec Clapperton en 1832. Après la mort de Clapperton, il a atteint la côte tout seul. Le capitaine Morris avait son bouquin, quelque part...

Le capitaine se dirigea vers la bibliothèque. Il en tira un gros volume relié de cuir rouge, à la couverture marbrée. Wilson le reconnut presque immédiatement. Cela remontait à son enfance. C'était un des livres poussiéreux de la bibliothèque de la maison de sa grand-tante. Il l'ouvrit à la page de titre. *Le Voyage de Richard Lander de Kano à la mer, suivi d'un Récit de la dernière expédition du capitaine Clapperton en Afrique, et des Aventures subséquentes de l'Auteur*. Le volume était agréable dans la main de Wilson. Il essaya de retrouver ce que sa grand-tante lui avait dit, à propos d'un aïeul qui avait voyagé et écrit un livre, mais la voix de la vieille dame s'évanouit, noyée dans le brouillard des années. Peut-être l'Afrique avait-elle toujours été dans son sang, finalement.

— Ce serait tout de même extraordinaire si vous étiez parent de ce type, dit le capitaine Worthington. Quelle ironie, n'est-ce pas…

Il y eut un éclair de lumière blanche dans l'obscurité, derrière le hublot, suivi quelques secondes plus tard du fracas lointain du tonnerre. Des vagues de dix mètres frappèrent le flanc du navire, tandis que la tempête approchait, venant d'Afrique. Mais le HMS *Gadfly* était vigoureux et rapide. Ils levèrent l'ancre et filèrent loin du mauvais temps, vers le grand large.

12

Dans la lumière du matin, Quatre-Sables apparut sous la forme d'un gros tas sombre se découpant sur l'horizon. Juste avant l'aube, une brise légère souffla de l'île. Wilson reconnut la puanteur, et ce fut comme si une main glacée lui empoignait les tripes, entre le pubis et le nombril.

À cent mètres par bâbord devant, l'HMS *Hyperion* était une sorte d'image inversée, sombre, du *Gadfly*. Les deux vaisseaux échangeaient des signaux codés. Leurs pavillons claquaient sous la brise. Les réacteurs des Sea Harriers démarrèrent dans un sifflement qui se transforma, avec l'échauffement, en un hurlement continu. Des hommes en treillis de camouflage et tenue de combat allaient et venaient sur le pont, très affairés. En dépit du bruit et de l'agitation, Wilson avait du mal à garder les yeux ouverts – il n'avait jamais été très matinal – et puis, tout à coup, il fut parfaitement éveillé, le vent était frais et pénétrant dans ses narines, il était prêt à affronter les événements.

À cinq heures du matin, le ciel commença à s'éclaircir à l'est. Le capitaine par intérim Worthington rassembla son équipage sur le pont principal, sous la superstructure. Il portait un treillis de combat et de la peinture de camouflage sur le visage, mais il se passait de l'armement lourd de ses fusiliers : il portait un simple revolver au côté. Il parlait dans un petit micro fixé à sa tunique, et ses paroles, par la grâce de l'électronique, étaient diffusées simultanément sur l'*Hyperion*, qui dansait sur les vagues à quelque distance de là.

— Matelots et fusiliers de la Flotte d'intervention, je serai bref, car aujourd'hui nous avons une mission à accomplir.

Nous regardons autour de nous, et nous voyons un monde qui retourne à la ruine et à la barbarie. Cinq mille ans de civilisation, disent les intellectuels, touchent à leur fin. Nos croyances sont épuisées, nos réussites appartiennent au passé. Ils nous disent que nous devenons un simple aléa de l'Histoire, que nous allons disparaître avec nos talents et nos machines, sombrer dans les profondeurs avec notre Dieu et nos lois, nos académies de sciences naturelles et humaines, nos présidents et nos rois, notre littérature et nos légendes, nos poètes, nos peintres et nos musiciens, nos critiques et les critiques de nos critiques. Peut-être est-ce vrai, peut-être notre heure a-t-elle sonné, peut-être le monde prend-il un nouveau chemin, peut-être enfin pouvons-nous espérer connaître un meilleur destin. Ce n'est pas à moi de le dire. Je suis un soldat. C'est l'affaire de demain, et nous sommes ici et aujourd'hui. Mais je peux vous faire une promesse… (Il se retourna et montra d'un geste théâtral le pavillon blanc de la Royal Navy qui flottait au mât de flèche.) Aussi longtemps que ce drapeau sera hissé chaque matin pour claquer dans le vent qui se lève, le chaos aura à qui parler !

Il s'interrompit pour tousser derrière sa main. Des quintes de toux et des reniflements lui firent écho, en bas, là où les hommes étaient rassemblés.

— Comme toujours, l'Angleterre ne vous demande qu'une chose. Que chacun d'entre vous fasse son devoir. Bonne chance.

Il tourna les talons. Mais avant qu'il n'atteigne l'écoutille, quelqu'un s'exclama :

— Trois hourras pour le capitaine par intérim !

Les acclamations de l'équipage montèrent dans un ciel de plus en plus brillant.

13

À cinq heures trente, les Sea Harriers quittèrent leurs rampes de lancement. Ils filèrent, très bas au-dessus des flots, dans la direction de Quatre-Sables. Durant l'heure qui suivit, ils grondèrent et bourdonnèrent au-dessus du bastion pirate comme des guêpes en colère. Des tourbillons de feu s'élevaient dans le ciel. Des panaches de fumée rouges et verts s'épanouissaient, tels des dragons. À sept heures quinze, les vaisseaux pirates présents dans le port avaient été expédiés par une demi-brasse de fond, le hangar et les quais étaient la proie des flammes, et un feu verdâtre s'élevait de la corniche où s'alignaient désormais les ruines des belles maisons des Trente Capitaines.

À huit heures, le *Gadfly* fit mouvement pour procéder à des tirs rapprochés de ses canons de 118. Wilson embarqua sur la vedette avec la seconde vague de fusiliers placés sous le commandement du lieutenant Peavy. Il plaisanta avec les hommes. Tous semblaient d'excellente humeur, impatients de se battre après des mois de patrouille de routine. Lorsque la vedette entra dans le port, Wilson vit quelque chose qu'il aurait préféré ne pas voir. La *Terreur* gisait par le fond, à son mouillage, près du chantier naval. Seule la section étanche contenant l'octogone de navigation était encore à flot : elle se consumait doucement, et les flammes se réfléchissaient dans l'eau huileuse.

Les quais n'étaient plus qu'un fouillis de débris fracassés. Partout les incendies faisaient rage. Des cadavres de pirates et de dockers gisaient en sang dans les décombres, innocents et coupables mêlés. Wilson rattrapa les fusiliers du lieutenant Peavy qui se dirigeaient vers le haut de la côte. Ils progressaient au petit trot à travers le bidonville, qui avait été épargné par les raids aériens du matin. Il vit les mêmes enfants au ventre gonflé les fixer avec des yeux que la faim privait de tout éclat, les mêmes masures de carton, les mêmes cadavres desséchés à demi enfouis sous les ordures, le long des rues. La puanteur de cette ignoble cité était celle d'un désespoir qui ne finirait jamais.

— Les pauvres sont toujours avec nous, murmura le lieutenant Peavy.

Wilson resta silencieux.

Les portails du village de la corniche avaient été arrachés de leurs gonds. Aucune des maisons des Trente Capitaines n'était encore debout. Wilson descendit en hâte l'allée de coquillages menant à celle de Criquet. Elle n'était plus qu'un tas fumant et irrégulier de briques et de poutres carbonisées. Il se hissa péniblement sur ce fouillis, inquiet de ce qu'il allait y trouver. Il découvrit un fragment de baignoire de marbre, des morceaux encore chauds d'étoffe brûlée, la guitare de Criquet parfaitement intacte. Il dénicha son exemplaire du Gibbon, *Le Déclin et la Chute de l'Empire romain*, à moitié consumé, sous l'épave tordue d'un meuble de jardin. C'était sans espoir. Impossible de dire si Criquet se trouvait sous ces décombres noircis. Peut-être cette maison était-elle son tombeau.

Ses genoux le lâchèrent. Il s'assit sur un bloc de fondation et prit sa tête dans ses mains. Est-ce que cela avait été la faute de Criquet? Que pouvait-on attendre d'une fille qui avait été élevée comme un pirate? Elle était aussi belle et aussi mortellement dangereuse qu'un requin. Et le danger faisait partie de sa beauté. Ils étaient indissociables. Le vent poussa devant le soleil un nuage de fumée noire. Il sentait le kérosène et le caoutchouc brûlé. Le bruit des lamentations montait du bidonville.

— Est-ce là votre œuvre, Lander?

Wilson se retourna. Le docteur Boursaly était en train d'escalader le tas de gravats en trébuchant. Sa veste blanche était déchirée et tachée de graisse, son visage était couvert de crasse. Il avait l'air de s'être caché sous une voiture. Il tenait de la main gauche une bouteille de gin au goulot cassé. Il s'était coupé les lèvres et le sang coulait sur son menton. Wilson savait que l'homme était un ivrogne, mais il ne l'avait jamais vu aussi saoul.

— Il a fallu que vous le fassiez, Lander, bafouilla-t-il en pointant un doigt accusateur sur la poitrine de Wilson. Comme un bon petit connard de boy-scout. Il est allé chercher la cavalerie, cet imbécile satisfait !

Wilson eut envie de le frapper. En bas, il y eut une explosion. Ils retinrent leur respiration. Un souffle chaud leur parvint du bas de la côte.

— Nous avions pourtant une bonne planque, reprit le docteur Boursaly quand la fumée se fut dissipée. Loin des fichues règles de la fichue société bourgeoise. Est-ce que vous connaissez un autre foutu endroit où un ivrogne pourrait trouver du boulot ? Je vous ai dit de faire quelque chose, mais je n'y croyais pas. C'était juste histoire de parler. Et vous aviez épousé les Trente Capitaines ! Vous étiez riche !

— L'esclavage. Vous vous souvenez, docteur ? La piraterie et le meurtre. Ces choses auxquelles il fallait mettre fin.

— Vous y revoilà ! Appliquer vos critères de boy-scout à une autre culture ! Boy-scout ! Fasciste !

— Seul le fait d'être un boy-scout m'empêche de vous foutre mon poing sur la figure, dit Wilson.

Le docteur eut un sourire amer. Il avala une lampée de gin et se coupa de nouveau la lèvre. Il bavait un mélange de sang et d'alcool. Le spectacle était dégoûtant. Wilson lui arracha la bouteille des mains et la jeta dans les décombres.

Le docteur Boursaly en eut le souffle coupé.

— C'était la dernière bouteille de gin de l'île, dit-il d'une voix théâtrale.

Wilson crut qu'il allait se jeter à quatre pattes pour lécher les gouttes qui scintillaient sur les morceaux de verre. Au lieu de quoi il émit un gargouillis désespéré et roula des yeux. Wilson s'écarta et le docteur chut dans la saleté, face contre terre.

— Besoin d'un coup de main, monsieur Lander ?

C'était le lieutenant Peavy. Suivi de deux fusiliers, il s'approcha du tas de tuiles et de gravats qui restait du patio de Criquet.

— J'ai quelqu'un pour vous. Un médecin. Il pourrait vous être utile pour les blessés.

Le lieutenant donna un ordre. Les fusiliers soulevèrent le docteur Boursaly par les aisselles et le traînèrent jusqu'à la route de coquillages.

— Mon Dieu, dit le lieutenant Peavy. Vous dites que cet homme est médecin ?

— Oui. À jeun, il est très bon. Mais il boit comme un trou. Arrangez-vous pour qu'il reste sobre.

Quand les fusiliers soulevèrent le docteur Boursaly pour le placer sur un brancard, il laissa pendre sa tête d'un côté et sa voix s'éleva, suraiguë, aussi artificielle que celle d'une poupée de ventriloque :

— Vous vous imaginez que votre femme est ensevelie sous ces saloperies ? Erreur, boy-scout ! À la minute où elle est revenue, elle s'est remise avec lui. À l'heure qu'il est, elle est probablement en train de se faire sauter par ce salopard !

Il éclata d'un rire qui fit naître une bulle de sang sur ses lèvres, et il perdit connaissance, les yeux grands ouverts. Les fusiliers l'évacuèrent.

En bas, une autre explosion illumina le ciel d'une flamme blanche. Le lieutenant Peavy se couvrit les yeux. Le souffle chaud de l'explosion aspira l'oxygène environnant pendant plusieurs infernales secondes.

— Les gars de l'équipe de démolition font un sort aux réservoirs d'essence, dit le lieutenant. Il semble qu'ils fassent un travail en profondeur.

— Sèment le sol de sel… dit Wilson, presque en aparté.

— Pas une mauvaise idée, vu la situation. Mais qu'est-ce que c'est que cette histoire à propos de votre femme ?

Wilson ne répondit pas tout de suite. Il regardait la route de coquillages, vers la jungle, en fronçant les sourcils.

14

Wilson descendait la côte envahie par la jungle qui menait à la vallée labourée du Portos. Sa progression était difficile. Quand il atteignit la villa Real, écorché et épuisé, le soleil indiquait près de quatre heures de l'après-midi. Dans la lumière paresseuse, la façade baroque de la villa était rose comme celle d'un palais de conte de fées. Wilson frissonna en traversant le jardin classique désert, en dépassant les ombres allongées des haies sur l'immense pelouse. Quand il franchit le pont au-dessus des douves, il vit les moutons, tapis dessous. Une des bêtes gisait morte, deux autres reniflaient stupidement autour de sa carcasse boursouflée.

Les pas de Wilson résonnèrent dans la cour jonchée de palmes sèches. La Coccinelle de Criquet était garée à côté de la grosse Lagonda bleue, près de la fontaine désormais tarie. Sous cette lumière, la belle voiture lustrée du Portos avait l'air minable et décrépite. Elle penchait d'un côté : deux pneus étaient à plat. Le chrome de ses enjoliveurs était taché de rouille. Wilson monta les marches. La porte s'ouvrit sous sa poussée. La villa était pleine de la même odeur oppressante de poussière, de vieille cire, de moisi et de vernis. Mais il y avait autre chose, cette fois – un arôme douceâtre, pénétrant, comme celui du parfum brûlé.

— Criquet? cria-t-il.

Le son de sa voix se répercuta dans la villa.

Les Goya et les Murillo du hall d'entrée avaient disparu. Le salon était vide de ses meubles. Wilson chercha en haut et en bas, suivit des corridors blanchis qui conduisaient à des pièces abandonnées. Il se dit que dans cette maison on pourrait chercher quelqu'un pendant une semaine… Puis il revint au rez-de-chaussée, et l'odeur de brûlé le mena à la bibliothèque.

De grandes fenêtres donnaient à l'ouest. Le pâle soleil de l'après-midi entrait à flots par les vitraux colorés. La bibliothèque baignait dans une pénombre rose et bleu, comme la chapelle qu'elle avait été jadis. Criquet était affalée devant la grande table, une jambe par-dessus le bras du fauteuil du Portos, son peignoir de soie largement ouvert dévoilant ses seins. Elle portait un slip rouge, et ses orteils (que des morceaux de coton maintenaient écartés) étaient recouverts d'un vernis rouge à peine sec. Wilson vit sur la table une longue pipe encore fumante et une moitié d'orange évidée. Un pot d'opium et un flacon de vernis à ongles rouge se trouvaient sur le recueil de Byron que Wilson reconnut tout de suite.

Il s'approcha lentement de la table. Criquet avait le teint congestionné, les yeux vitreux et injectés de sang. Elle planait tout à fait et n'eut pas l'air surprise de le voir.

— Hé, Wilson, bébé, dit-elle d'un ton paresseux. Contente de voir que tu as toujours ta peau !

Wilson alla jusqu'à la table. Il la contempla, les mains dans les poches.

— C'est la fin, Criquet. La partie est finie. Une compagnie de fusiliers anglais sera là d'une minute à l'autre. Tu ferais mieux de t'habiller.

Criquet lui jeta un regard paresseux, puis elle gloussa et fit jouer ses doigts de pied.

— Qu'est-ce que tu en penses ? Jungle Red.

— Si tu veux savoir la vérité, je n'ai jamais aimé le rouge.

— Tu es un vrai salaud.

Elle balança sa jambe sur le fauteuil. Puis, en une fraction de seconde, son humeur changea et elle se mit à pleurer comme une petite fille. Elle pleurait à gros sanglots, la bouche ouverte, au point qu'elle en perdit le souffle et commença à hoqueter et à haleter. Wilson contourna la table et essaya de la relever. Mais elle tomba dans ses bras, toute molle, par-dessus le bord du fauteuil.

— Ça suffit comme ça, dit Wilson.

— Non.

Elle renifla.

— Depuis quand fumes-tu de l'opium ?

— Des jours et des jours, depuis que nous sommes rentrés de M'Gongo epo, dit-elle rapidement, d'un ton monocorde. Je ne voulais pas vivre sans toi. Ils allaient t'écorcher vif. Je n'ai rien fait pour les en empêcher. Je suis un monstre. Un démon sans cœur. Je t'aime.

Elle se remit à sangloter. Wilson la lâcha, elle glissa du fauteuil et roula sous la table.

— Relève-toi. Il faut vraiment sortir d'ici.

— Laisse-moi tranquille, dit-elle sous la table. Je suis très bien, ici. C'est plutôt de Luis qu'il faut s'inquiéter. Il a rangé ses tableaux bien-aimés et un tas de machins artistiques dans une grande caisse, et il a expédié le tout à Paris, la semaine dernière, à cette famille qui ne peut pas le sentir. Ce matin, quand ils ont commencé à bombarder le port, il m'a demandé de baiser avec lui une dernière fois, et il était si pathétique que je l'ai laissé faire, puis il m'a baisée encore, juste ici, dans ce fauteuil, et il a fumé un peu de cette saloperie avec moi, alors qu'il avait cessé il y a près de dix ans, et il m'a donné un baiser d'adieu, et il est monté… Il vaudrait mieux voir ce qui se passe là-haut.

— Où est-il ?

— Essaie sa chambre. Deuxième étage, deuxième couloir à droite, deuxième porte à gauche. J'attends ici.

Wilson sortit de la bibliothèque et emprunta le grand escalier. La chambre du Portos était une pièce austère, avec pour tout mobilier un crucifix d'or sur pied du XVIe siècle et un lit d'une personne qui aurait pu convenir à un moine. Le sol de carrelage noir était aussi poli qu'un miroir. Wilson suivit son propre reflet jusqu'à la salle de bains.

Le corps de Don Luis flottait sur le dos dans la grande baignoire de marbre, qui contenait plus de sang que d'eau. De la vapeur s'en échappait encore : c'était récent, mais il était trop tard. Un rasoir droit à l'ancienne, au manche de nacre incrusté de caractères hébreux d'argent, reposait sur le bord de la baignoire, replié avec soin.

— Si tu devais le faire, dit Wilson, c'était avec ça, et rien d'autre…

Les yeux du Portos étaient grands ouverts, mais sans vie. Il ne fit aucune réponse que Wilson pût entendre. Wilson s'immobilisa, dit une courte prière pour son âme, puis il sortit et ferma la porte derrière lui.

Dans la bibliothèque, sous la table, Criquet avait perdu connaissance. Wilson lui prit le pouls. Elle allait bien. Elle était complètement défoncée, tout simplement. Il la souleva non sans mal et la hissa sur son épaule. Il la porta le long du corridor, franchit la porte d'entrée et traversa la cour, la jeta sur le siège arrière de la Coccinelle, démarra et passa le pont – juste pour tomber sur le lieutenant Peavy qui remontait la route calcaire avec une colonne de fusiliers. Wilson s'arrêta et descendit de voiture. Criquet s'agita sans reprendre conscience. Peavy offrit une Navy Cut à Wilson, et ils contemplèrent la villa Real dans le jour déclinant.

— On dirait Buckingham Palace, dit Peavy.

— Ce n'est pas le cas, dit Wilson. Comment se déroule la bataille ?

— Pas trop mal. Quelques poches de résistance çà et là. Liquidées avant midi. On a commencé à distribuer de la nourriture aux indigènes. Avaient l'air foutrement contents de nous voir.

Wilson réfléchit un moment.

— Que feront-ils quand les pirates ne seront plus là ? demanda-t-il lentement. J'imagine que l'économie est anéantie, ici.

— Ce n'est pas notre problème. (Peavy haussa les épaules.) Plutôt celui de l'ONU, je suppose.

— Je me le demande, dit Wilson.

Au même moment, Criquet laissa échapper un faible gémissement irrité.

— Votre femme ?

— Oui, c'est elle.

— Elle va bien ?

— Plus ou moins.

On entendait crisser les bottes des fusiliers. Une longue pénombre tropicale s'étirait sur la jungle, derrière eux, et le soir tombait, pourpre et rouge comme du sang frais. Le lieutenant Peavy acheva sa cigarette et jeta à Wilson son regard à la Peter O'Toole.

— Il y a encore quelqu'un, là-bas ?

— Non.

— Simple curiosité : quelle sorte d'intervention suggérez-vous ?

Wilson se tourna encore une fois vers la villa Real – menaçante dans l'ombre, pleine de fantômes –, et il pensa à ses quatre siècles de pierres et de mortier, de jardins sculptés et de champs labourés – tous édifiés sur l'esclavage, la piraterie et le meurtre. Il pensa à la centaine de pièces, aux halls décorés des portraits d'ancêtres qui n'étaient que des négriers, des criminels et des pirates, même s'ils portaient des collerettes, des pourpoints de velours ou d'élégantes perruques poudrées et des tricornes, le doigt marquant la page d'un volume de Voltaire. Il pensa au Portos baignant dans le sang jusqu'au cou – flottant maintenant dans son propre sang comme un embryon dans du formol… Puis il haussa les épaules et se détourna. Quatre cents ans, ce n'est pas si long, si l'on pense à l'âge de la plus petite pierre. Le moment était venu d'y mettre fin.

— Je demanderais un raid aérien, dit-il tranquillement.

— Ce serait dommage, dit Peavy.

— Non. Ce ne serait que justice. Il ne devrait rien en rester.

Wilson remonta dans la Coccinelle. Il descendit la route calcaire en cahotant, vers la ville. Juste avant qu'il n'atteigne la ligne des arbres, les Sea Harriers passèrent en hurlant au-dessus de sa tête, en route pour la villa Real. D'une chiquenaude, il alluma ses phares et ne se retourna pas. Le bruit des explosions le rattrapa, assourdi par l'épaisseur du feuillage et le silence moussu de la jungle.

15

La petite île avait à peine deux cents mètres de large. Elle n'en ferait que trente à marée haute. Il y avait quelques bouts de bois, deux ou trois boîtes de conserve rouillées, une bouteille de plastique écrasée, c'était à peu près tout. De tout petits crabes au dos bigarré couraient dans le ressac. La seule dune de l'île offrait un point de vue sur le continent africain, à dix milles à l'est, de l'autre côté du golfe du Bénin.

Ils débarquèrent Criquet avec trois jours de provisions et d'eau douce, à tout hasard, et un petit canot pneumatique pour la traversée. Elle mit le pied sur le sable comme un chat sortant sous la pluie.

— Ce n'est pas juste, dit-elle. M'abandonner sur une île déserte !

— Ordres du capitaine, madame, dit le lieutenant Peavy.

Criquet fixa le ciel bleu pâle où les mouettes dessinaient des cercles.

— Donnez-moi quelques minutes, dit Wilson au lieutenant. C'est encore ma femme, après tout.

Peavy hocha la tête.

— Un quart d'heure. Pas une minute de plus. Ils nous attendent, à bord du *Gadfly*.

Wilson débarqua. Il aida Criquet à tirer le canot pneumatique sur la dune et à le porter de l'autre côté de l'île, face au continent. Ils restèrent là, un peu mal à l'aise, les yeux fixés sur la ligne sombre et indistincte qui se dessinait sur l'horizon : le Bénin.

— Ce n'est pas si terrible, dit Wilson. Ça ne devrait pas te prendre plus de quelques heures. Et même si c'était le cas, tu as des provisions sur le canot, et de quoi purifier l'eau. Quand tu toucheras la côte, Porto Novo ne sera plus qu'à une quinzaine de kilomètres vers l'intérieur. J'ai vérifié sur la carte. Et tu as des amis là-bas, non ?

Criquet s'assit sur le sable et posa sa tête sur ses genoux. Wilson contempla les cheveux cuivrés qui s'agitaient dans le vent marin, puis il s'accroupit à côté d'elle.

— Il ne peut en être autrement, Criquet, dit-il d'une voix calme. Ils voulaient te livrer aux Nations unies pour que tu sois jugée avec les autres. J'ai dû pas mal argumenter…

Sa voix s'évanouit.

— Je m'en fous. Je veux que tu viennes avec moi.

Elle releva la tête d'un air de défi.

— Je ne peux pas, dit Wilson.

Mais il n'osait pas la regarder.

— Pourquoi ?

Il fit un geste excédé.

— C'est difficile, Criquet.

— Dis-le-moi quand même.

— Je pense à Webster. J'ai failli connaître le même sort que lui. Écorché vif et abandonné sur un pieu, comme une pièce de bœuf.

— J'en suis navrée. Mais tu as tiré sur Papa. Tu as tué mon père ! On a tous les deux des choses à se pardonner mutuellement. J'ignorais alors combien j'avais besoin de toi…

Wilson l'interrompit :

— Que dois-je faire pour obtenir un divorce pirate ?

— Mais *ceci* est un divorce pirate ! Tu m'abandonnes sur une île déserte !….

Wilson voulait se lever pour aller retrouver les hommes qui l'attendaient sur la plage. Mais un reste de tendresse le poussait à rester à côté d'elle. Il eut un ultime pincement au cœur. Il prit sa main, dure et calleuse, et la serra. Il avait envie de l'embrasser.

— Tu m'aimes, dit Criquet. Je le sens.

La mâchoire de Wilson se crispa. Il lâcha sa main et fixa la mer.

— Tu as raison. Oui, je t'aime. Je t'aime de la façon dont les hommes aiment la guerre, l'ivresse, et tout ce qui leur fait du mal…

Criquet ne répondit pas.

Wilson resta immobile pendant une bonne minute, tandis que la mer s'agitait, frémissante, comme un muscle sur l'os de l'Afrique. Quand il se tourna vers elle, Criquet avait ôté son short et son T-shirt, et elle était allongée sur le sable, nue et sensuelle.

— Fais comme tu voudras, dit-elle. Mais je veux que tu me fasses l'amour. Je veux que tu te rappelles, plus tard, ce que tu as perdu.

— Non.

Mais elle le regarda, et ses yeux étaient d'un bleu-vert pâle dans la lumière réfléchie par l'océan, ses cheveux cuivrés s'agitaient dans le vent et ses seins étaient couverts de taches de rousseur. Et Wilson fit ce qu'elle lui demandait. Il défit son pantalon. Il prit ses seins. C'était une mauvaise idée. Quand ils eurent fini, ils étaient aussi mal à l'aise l'un que l'autre, ils pleurèrent et s'enlacèrent.

Enfin, leur parvint du *Gadfly* un long et lugubre coup de sifflet. Quelques instants plus tard, la voix du lieutenant Peavy s'élevait de l'autre côté de la dune.

— Nous devons filer, monsieur Lander!

Wilson se leva, remonta son pantalon, remit ses lunettes de soleil et se passa la main dans les cheveux.

— Je dois y aller.

Criquet cligna des yeux vers lui. Du sable restait collé à son corps nu.

— Je dois y aller, répéta-t-il.

— Vas-y.

— Prends soin de toi.

— Ouais.

Pour la dernière fois, Wilson se détourna d'elle. Il sentit le regard de Criquet le suivre tandis qu'il gravissait la dune pour rejoindre les marins.

Plus tard, la dernière lueur s'évanouit dans le ciel, à l'est, et la grosse proue d'acier du HMS *Gadfly* vira au nord, en direction de l'Angleterre. Wilson monta seul sur le pont supérieur. Il fuma une Navy Cut et essaya de donner un sens aux événements qu'il avait vécus depuis qu'il avait embarqué sur le *Compound Interest*, il y avait si longtemps. Il revit son passé récent en une série d'images théâtrales, comme autant de diapositives de la vie de quelqu'un beaucoup plus intéressant que Wilson Lander. Il les examina une par une, les leva à la lumière de sa mémoire, jusqu'au dernier tableau, triste et érotique. Criquet étendue, nue, sur le sable d'une île disparaissant de sa vue avec, sur ses lèvres, une énigme qu'il ne pourrait jamais résoudre.

Il y pensa longtemps. Le temps de quatre cigarettes, en fumant lentement. Le vent lui soufflait au visage. Il commença à avoir froid aux doigts et au nez. Les ténèbres de la mer étaient un masque recouvrant le monde.

ÉPILOGUE

Le retour

1

La ville n'avait pas changé. C'était la même circulation, le même ciel, le même genre d'après-midi d'automne poussiéreux, les mêmes jeunes gens bohèmes, dans le Bend, passant d'un café à l'autre en trébuchant, les mêmes pétroliers rouillés encombrant le Harvey Channel, les mêmes collines bleues se dessinant dans le lointain brumeux du comté de Warinocco, par-delà l'autoroute.

Wilson se rendit à un hôtel bon marché, le Rialto, en bas de Commerce Street, non loin de Buptown. Il se fit servir un hamburger au bacon et fromage, avala le tout (sauf le chou cru), puis il dormit quatorze heures d'affilée. Quand il s'éveilla, au petit matin, c'était samedi. Il s'habilla, sortit dans la rue, et marcha au hasard au milieu d'une foule indifférente. À dix heures trente, il prit un petit déjeuner dans une cafétéria qu'il fréquentait jadis, mais il ne reconnut personne. Puis il se rendit dans une librairie. Il acheta un calendrier perpétuel – une petite carte de plastique avec une roue – et il compta les mois et les jours. Il avait été absent deux ans, deux mois, six jours et quelques heures. Puis il marcha sans but, un peu égaré, comme un soldat démobilisé à qui personne ne s'intéresse. Il pensa appeler Andrea. Puis il se dit que ce n'était pas une bonne idée. Elle s'était sans doute mariée, elle avait des enfants, elle menait la vie qu'ils auraient pu mener ensemble. Il eut tout de même un pincement au cœur en envisageant l'avenir sans elle, dans cette ville.

Un peu après midi, il réalisa qu'il se trouvait dans le quartier d'entrepôts où se tenait jadis la boutique de Criquet, et son cœur s'emballa. Il retrouva la rue sans difficulté. Et il retrouva la boutique, toujours coincée entre l'entrepôt d'élastiques et le restaurant français (devenu entre-temps un restaurant créole-japonais : le Sushi New Orleans). Le singe empaillé n'était plus dans la vitrine, et le chat orange n'était plus à sa place sur l'oreiller près de la porte, mais les mêmes livres funestes, philtres d'amour, paquets d'herbes menaçants et lourds chaudrons noirs en décoraient toujours les murs.

Une femme d'une quarantaine d'années, aux cheveux filandreux teints en noir et au visage antipathique, se tenait derrière le comptoir. Il y avait un client, cette fois – un vieil homme en survêtement bleu qui s'en alla promptement dès que Wilson s'approcha.

— Puis-je vous aider? lui demanda la femme.

— Vous êtes Nancy?

— Oui, dit-elle, le regard immédiatement soupçonneux.

— Je veux récupérer mon appartement.

— Qui diable êtes-vous?

Wilson le lui dit. Il lui expliqua comment Criquet, deux ans plus tôt, avait arrangé la sous-location.

— Et où est Criquet maintenant?

— En Afrique, je pense.

— Et vous comptez récupérer votre appartement, après deux ans, juste comme ça? dit-elle avec un claquement de doigts.

— Ça arrive tout le temps, dans cette ville. On appelle ça « le Retour du Locataire en Titre »...

— Une amie d'une de mes amies l'occupe, pour le moment, dit Nancy. Quelqu'un de la loge. Si vous voulez la mettre dehors, je vous souhaite bonne chance.

Wilson prit le bus d'Overlook et passa le pont. Le quartier avait gardé son odeur mi-industrielle, mi-pharmaceutique. Il en émanait la même sensation d'oubli et de mélancolie. De gros camions fonçaient en grondant par les rues défoncées, conduits par des costauds en chemise écossaise et brodequins à bout renforcé.

Il arriva devant son immeuble, au numéro 12. Il sonna, et attendit. Il aperçut, aux fenêtres de son appartement, des rideaux rouges qu'il ne connaissait pas. Après plusieurs minutes, une fille pâle et maigrichonne de vingt ans à peine vint ouvrir la porte. Elle était pieds nus. Elle portait une longue jupe paysanne, un corsage vert bizarre et de grands anneaux aux oreilles, comme si elle avait appris à s'habiller dans un manuel de la parfaite sorcière.

— Ouais ?

Elle avait le même regard soupçonneux que Nancy.

— Cela va vous paraître un peu surprenant, lui dit Wilson, mais vous occupez mon appartement…

La fille fronça les sourcils et écouta ses explications avec impatience. Il était le locataire en titre, lui dit-il, le bail était à son nom, il avait passé un certain temps à l'étranger, et il était de retour.

— Ne vous inquiétez pas, je vous laisserai le temps de trouver un autre logement. Prenez un mois, deux mois si nécessaire. Mais je veux absolument récupérer l'appartement avant novembre.

Il était persuadé que son offre était généreuse. Mais dès qu'il eut fini, elle lui claqua la porte au nez. Il entendit glisser le verrou, de l'autre côté.

— Foutez le camp d'ici avant que j'appelle les flics ! s'écria la fille à travers la porte verrouillée.

Wilson sonna de nouveau. Elle ne répondit pas. Il traversa la rue et se dissimula derrière le Dumpster. Il attendit plusieurs heures, accroupi dans la pénombre puante et infestée de rats.

Vers sept heures et demie, de la lumière apparut derrière les rideaux rouges décolorés, et la pleine lune se leva sur le quartier de Rubicon. Une heure plus tard, la blonde sortit. Elle avait la tête enveloppée dans une écharpe noire, et elle portait un sac à dos de cuir noir. Wilson traversa la rue et entra dans le vestibule. Il compta les carreaux sur le sol. Sous le troisième carreau à partir du mur, dans la troisième rangée, il trouva son jeu de clés de rechange dans un sac étanche Ziploc, à l'endroit précis où il l'avait caché, deux ans plus tôt.

Il ouvrit la double serrure de la porte d'entrée, mit le verrou derrière lui, monta l'escalier, ouvrit la double serrure de la porte de l'appartement et entra. Il passa l'heure qui suivit à entasser sur le trottoir, devant l'immeuble, les affaires de la jeune sorcière. Il n'y avait pas grand-chose. Le contenu d'un placard à vêtements : longues robes gitanes et capes à capuche, étranges bustiers à lacets, deux harnachements de cuir pour rites sadomasochistes, un rouge et un noir avec un anneau d'acier à l'entrejambe, positionné pour s'adapter directement au vagin. Les obscurs disques compacts habituels. Des produits de beauté. Des tarots. Une affiche de Satan. Un poster des années soixante-dix représentant un chaton suspendu à une barre avec la légende *Accroche-toi, Bébé*, dont Wilson pensa qu'elle était ironique. Les rares meubles délabrés appartenaient à Wilson, ainsi que la literie, le linge de toilette et le téléviseur.

Le réfrigérateur était quasiment vide, mais il trouva de quoi se préparer une quesadilla et une salade. Puis il regarda un peu la télévision, changea les draps et se mit au lit. Le lendemain matin, il fut réveillé par un effroyable tumulte et une voix de femme suraiguë hurlant des obscénités. Il se gratta, bâilla, se rendit à la fenêtre du palier, écarta le rideau et passa la tête à l'extérieur. La fille se tenait sur le trottoir, au milieu de ses possessions.

— Je vous ai donné une chance ! lui cria Wilson. Je pensais que deux mois, c'était une offre généreuse. Maintenant, tant pis pour vous !

La fille leva la tête vers lui, verte de rage.

— Espèce de salaud ! hurla-t-elle. Espèce de minable salaud ! Je suis une sorcière, tu ne savais pas ? Je te maudis ! Je vais te jeter un sort pour que ta minable petite saucisse tombe par terre ! Tu as intérêt à courir vite, parce que quand j'en aurai fini avec toi, ta chance sera si foutrement négative que tu souhaiteras ne pas avoir de chance du tout !

Wilson éclata de rire – d'un rire si violent qu'il eut du mal à s'arrêter. Il ferma la fenêtre et s'écroula par terre, plié en deux par l'irrépressible jubilation du gamin de dix ans qui a glissé une grenouille dans le lit de sa sœur. Quand il fut capable de s'arrêter, il s'essuya les yeux et alla dans la cuisine se préparer du café et deux toasts à la cannelle – la bouilloire, le grille-pain et la vaisselle lui appartenaient. Puis il se lava et enfila un jean et un tee-shirt. Il se mit à la recherche de ses livres, de ses vêtements d'hiver et de ses photos, qu'il finit par trouver, moisissant au sous-sol. Il passa le reste de la matinée à remettre de l'ordre dans l'appartement. À trois heures de l'après-midi, une camionnette vint chercher les affaires de la sorcière. Wilson la regarda, par la fenêtre de la kitchenette, charger l'arrière du véhicule avec un grand jeune homme en combinaison de moto en cuir. Quand ils s'en allèrent, le jeune homme passa la main par la fenêtre de la camionnette et agita un doigt levé dans la direction de Wilson. Mais ils étaient déjà loin, et cela n'avait plus aucune importance.

Le dimanche soir, Wilson regarda la télévision et fit tremper ses vêtements moisis dans de l'eau de Javel, dans la baignoire. Le lundi matin, au réveil, il fit venir un serrurier qui changea tous les verrous. Puis il sortit à la recherche d'un boulot. Il était de retour.

2

Deux mois plus tard, par un chaud vendredi soir de fin septembre, une nostalgie tenace conduisit Wilson sur le ferry de Blackpool Island. Il erra sur la promenade et se mêla à la foule des vendredis soir : jeunes durs du Spanish Bend et leurs sévères *señoritas* ; solides vieillards en short, sandales et chaussettes lisant les pages sportives sur des bancs dominant l'océan ; gamins calmes des banlieues venus de Glizzard et de Point Broome, faisant la queue pour un tour de Tilt-a-Whirl. Vers dix heures, il se retrouva à la terrasse de Bazzano's.

Comme le reste de la ville, Bazzano's n'avait pas beaucoup changé. Wilson était seul, à une table sous les lampes. Il commanda un cappuccino et un whisky. Il écoutait le vent de l'océan et le bruit des vagues contre la digue, et sa gorge se serra... Il était pris d'un désir qu'il était incapable de définir. Les jeunes bohèmes allaient et venaient sur la jetée, avec leurs compagnes souples et belles. L'air était plein du parfum de leurs cigarettes étrangères, de leurs rires et de leurs voix semblables à des chants, tandis que les étoiles pâles scintillaient au-dessus de la silhouette sombre de la ville, de l'autre côté des canaux.

Wilson les observait en buvant son cappuccino et en sirotant son whisky. Il les enviait de pouvoir mener une existence si libre, si peu banale... C'étaient des peintres et des musiciens, ils n'avaient pas d'argent, mais ils avaient du talent, de belles femmes et des amis... Soudain, Wilson regarda sa montre : minuit. Il demanda l'addition. Il attendit un moment. Comme on ne la lui apportait pas, il se tourna et jeta un regard impatient vers le comptoir. La fille qui l'avait servi – une grande blonde tout en jambes, avec un anneau dans le nez – était en grande conversation avec une de ses collègues, une brune plus petite, qui tournait le dos à la table de Wilson.

— J'ai déjà vu ce dos quelque part, marmonna-t-il.

Puis la brune s'approcha et s'assit à sa table. Il resta un long moment sans pouvoir prononcer un mot.

Andrea semblait totalement différente de la femme d'affaires ambitieuse, angoissée et querelleuse qu'il avait connue. Elle ressemblait plutôt à la jeune ingénue qui était arrivée en ville huit ans plus tôt, fraîche émoulue de son école de province. Mais elle avait près de trente-deux ans, et il émanait d'elle une séduction triste et courtoise qu'elle devait à ses grands yeux humides et expressifs. Ses cheveux bruns formaient une huppe sexy à la mode des années 1920, avec des mèches soigneusement bouclées autour des oreilles. Bazzano's n'imposait pas le port de l'uniforme à son personnel de salle. Andrea portait un corsage serré blanc dont deux boutons ouverts laissaient voir un soutien-gorge noir de dentelle, une minijupe noire et un collant noir. Son rouge à lèvres, d'une couleur luminescente indéfinie, luisait dans la lumière jaune de la terrasse.

— Tu es revenu, dit-elle.

Wilson cligna des yeux. Leur vie commune lui revint en mémoire, en éclairs vifs et rapides.

— Tu as l'intention de rester là sans rien dire ?

— Comment vas-tu, Andrea ? finit-il par articuler.

— On fait aller, dit-elle avec un hochement de tête solennel. Et toi ?

— Tu travailles ici ?

Elle hocha de nouveau la tête, sans cesser de le regarder fixement.

— Qu'est-il arrivé à Tea Exchange ?

— J'ai démissionné.

— Tu étais vice-présidente. Pourquoi avoir démissionné ?

Andrea hésita, jeta un coup d'œil vers les bohèmes installés au bar, à l'intérieur. Un jeune homme à queue de cheval montait sur une table, un saxophone à la main. Une seconde plus tard, il attaqua un air lent et mélancolique.

— Ça ne marchait pas, dit-elle d'une voix si basse que Wilson dut se pencher pour l'entendre. Après ton départ, plus rien n'avait de sens. Je ne supportais plus ce boulot, et j'ai réalisé que j'étais en train de rater ma vie. Je ne faisais rien d'autre que travailler, rappelle-toi. Beaucoup trop de journées de douze heures. Alors j'ai démissionné, j'ai vendu l'appartement en résidence de Pond Park Tower, et j'ai acheté un petit loft dans le Bend.

— Dans le Bend ? Tu plaisantes.

Wilson riait presque.

— Exactement, dit-elle, en souriant pour la première fois. En fait, j'adore le quartier. Je peins, maintenant, et j'y ai beaucoup de lumière et d'espace. (Elle s'interrompit et détourna les yeux.) Mais je n'ai pas le temps de bavarder. Je suis au milieu de mon service. Je me demandais si tu accepterais d'aller boire un verre, plus tard, dans un endroit ouvert tard la nuit. Sauf si cela pose un problème à ta petite amie ou à ta femme.

— Je n'ai ni femme ni petite amie. Il n'y a que moi.

Le regard d'Andrea s'éclaira.

— Alors, tu veux bien ? On peut se retrouver. J'aimerais savoir ce qui t'est arrivé…

— Bien sûr, dit Wilson.

À deux heures quinze, ils prirent le bac pour le Bend et se rendirent dans un petit bar enfumé en sous-sol, le Last World. L'établissement avait de fausses têtes réduites pendues au plafond et une licence qui l'autorisait à servir jusqu'à quatre heures du matin. Ils burent quelques daiquiris, mais le bruit les empêchait de s'entendre, et les têtes réduites rendaient Wilson nerveux. Un peu après trois heures et demie, ils se retrouvèrent dans la rue. Les lueurs annonçant l'aube étaient visibles dans le ciel.

— Je ne vois pas où l'on peut aller à cette heure, dit Andrea. Tony's est fermé. Le seul autre bar ouvert jusqu'à cinq heures, c'est celui de l'hôtel Orion, et c'est un drôle d'endroit…

— Non, pas l'Orion.

— J'habite à deux pas d'ici. Et si tu venais chez moi prendre un dernier verre ?

Le « petit loft » selon Andrea, c'était tout l'étage supérieur du vieux Castle Lock Building, refait par un architecte qu'elle avait fait venir d'Italie. Il y avait un parquet de bois de feuillu de la taille d'un terrain de basket, des murs de brique nue, un million de pavés de verre et toute une rangée de fenêtres cintrées surplombant les lumières du Bend et, au sud, les cales de la marina. La moitié de l'appartement faisait fonction de studio, où vingt ou trente grandes toiles étaient appuyées contre les murs : nus héroïques aux couleurs vives, paysages urbains, une pomme, un serpent... Wilson aima tout de suite ce qu'il vit. Sur un chevalet trônait le portrait encore inachevé d'une femme nue jusqu'à la taille, vêtue d'une longue jupe rose.

— Voici ma nouvelle amie, Pam. Elle a des seins parfaits. Tu ne trouves pas que ses seins sont parfaits ?

Wilson contempla un moment le portrait et dut admettre qu'elle avait raison. Puis il parcourut la pièce et examina les toiles.

— Bon sang, mais c'est vraiment bien, dit-il après les avoir toutes regardées. Quand t'es-tu mise à la peinture ?

Andrea haussa les épaules.

— Je ne te l'avais jamais dit, mais je peignais déjà à l'université. En fait, je devais me spécialiser en art, mais mon père m'a obligée à faire économie. « Étudie la finance, disait-il, et peins durant tes loisirs. » Par la suite, bien entendu, je n'ai rien fait d'autre que de la finance. J'ai essayé de ne plus penser à l'art, parce que ça me déprimait d'avoir laissé tomber...

— Merde, mais c'est excellent ! (Wilson s'arrêta devant la toile au serpent.) J'adore celle-ci.

— Quelques-unes sont pas mal. (Andrea rougit. Elle passa dans la cuisine, qu'une cloison de pavés de verre séparait du séjour, et prépara deux vodka-orange.) Je croyais qu'il me restait du gin et une bouteille de tonic. Mais je n'en ai plus. J'ai trouvé de la vodka et du jus d'orange.

— C'est parfait.

Wilson prit le verre qu'elle lui tendait. Ils s'assirent sur le canapé de cuir devant les fenêtres et burent sans mot dire. Puis Andrea brisa le silence :

— Où étais-tu passé, depuis deux ans ?

Wilson posa son verre sur la table basse recouverte d'une plaque de verre.

— Si je te le dis, tu ne me croiras pas.

— Essaie toujours.

— En Angleterre, aux Açores. Mais surtout en Afrique. Au Bupanda. J'ai même vu le lac Tsuwanga. Et descendu le Hilenga en pirogue.

— Ce n'est pas rien. Alors que j'avais du mal à te faire prendre l'avion pour la Pennsylvanie!

— Je sais.

— Alors, qu'es-tu allé faire en Afrique? Planter du café?

— J'étais marié.

— Oh… (Elle essaya de rester impassible.) Et tu ne l'es plus?

— Non. C'était une erreur.

Andrea fit un mouvement brusque et renversa son verre sur la table basse. Elle courut dans la cuisine, d'où elle rapporta des serviettes en papier. Elle s'agenouilla et commença à essuyer le jus d'orange, puis elle s'interrompit. Le jus de fruit coulait de la table et faisait une flaque jaune sur le plancher.

— En vérité, dit-elle d'une petite voix, j'ai pris ce boulot chez Bazzano's parce que cet endroit, bizarrement, me faisait penser à toi. C'est de là que tu m'avais appelée la dernière fois. J'y suis depuis presque un an et demi, et j'essaie toujours d'imaginer à quelle table tu te trouvais quand tu m'as téléphoné. Ou bien étais-tu au bar?

— Non, j'étais à une table, sur la loggia.

— C'est bien ce que je pensais. Et tu étais avec elle, n'est-ce pas? Ta femme. Je devinais, à ta voix, que quelqu'un t'attendait.

Wilson était impressionné.

— Oui. Elle était là.

Andrea resta un instant silencieuse, puis elle se pencha, leva les yeux vers lui, et ses joues s'empourprèrent.

— J'ai quelque chose à te dire. Tu dois me promettre de ne pas rire.

— Promis, dit Wilson.

— Je suis sortie, bien sûr, j'ai même vécu avec un peintre pendant quelques mois, mais personne ne m'a jamais émue comme tu l'as fait. Tu étais peut-être un peu perdu, mais tu étais doux et gentil. Puis-je dire ceci ? J'ai fini par découvrir que la gentillesse est très rare en ce monde. J'ai toujours cru que nous étions condamnés à être ensemble. Sans doute avais-je tort.

Wilson s'éclaircit la gorge. Il commença une phrase, puis secoua la tête.

— La manière dont je t'ai laissée tomber… c'était ignoble, finit-il par articuler. Et je veux te demander pardon. Pendant mon absence, je n'ai jamais cessé de penser à toi, de temps à autre. Mais ce n'est qu'à mon retour en ville, il y a quelques mois, que j'ai réalisé à quel point tu me manquais. Voilà la vérité. Nous menions tous les deux une vie agréable, confortable. Il a fallu que je fasse la moitié du tour du monde pour me rendre compte à quel point c'était bon. Je suis désolé d'avoir tout gâché.

— J'ai envie de t'embrasser, dit doucement Andrea. Qu'en penses-tu ?

Wilson sentit que le sang lui montait aux oreilles. Andrea contourna la table basse à quatre pattes, tendit le bras vers lui et lui caressa le visage. Ses doigts sentaient le jus d'orange. Au moment où elle l'embrassa, le goût de ses lèvres lui revint en mémoire.

3

Un an passa.

Wilson tenta d'oublier tout ce qu'il savait de Criquet et de l'Afrique. Puis, un jour, il eut envie de s'en rappeler le moindre détail. Cela arriva à l'époque où, grâce à des fuites, la presse fut informée de l'attaque britannique sur Quatre-Sables. Un mercredi soir, Wilson alluma la télévision et vit le capitaine par intérim Worthington, à Londres, interrogé par CNN. Worthington et d'autres officiers du *Gadfly* avaient été renvoyés de la Royal Navy pour le rôle qu'ils avaient joué dans cette affaire. Mais l'ampleur réelle du trafic d'esclaves de Quatre-Sables était désormais connue. Sous la pression de l'opinion publique, ces hommes furent réintégrés. Selon le présentateur, Worthington et le lieutenant Peavy venaient d'être décorés de la Navy Cross. Ils allaient être affectés à une nouvelle Flotte d'intervention étendue à six navires de ligne.

Après le journal, Wilson éteignit le téléviseur, le corps parcouru d'un picotement. Il prit un stylo et une feuille de papier, et écrivit ces mots : « La guerre civile au Bupanda est à l'origine de beaucoup d'histoires surprenantes. Celle que voici en fait partie. » Il travailla toute la nuit. Au matin, il avait écrit soixante-cinq feuillets. Il abandonna les emplois de bureau temporaires, emprunta de l'argent à Andrea et s'enferma pendant quatre mois dans son appartement. Il écrivit un livre sur ce qu'il avait vécu en Afrique, comme l'avait fait avant lui son célèbre aïeul. *Vers le Continent noir. Récit d'une expérience vécue avec les pirates et les négriers des Frères de la Côte, y compris le Compte Rendu détaillé d'un périple de la Mer jus-*

qu'au lac Tsuwanga et retour figura dans la liste des meilleures ventes publiée par le *New York Times*. Une compagnie hollywoodienne, True Steel Pictures, lui versa une coquette somme d'argent pour se réserver les droits d'adaptation.

Bien que Wilson hésitât à sauter une seconde fois pardessus le balai, son succès ne lui laissa pas beaucoup le choix. En juin, il épousait Andrea. Avec ses droits d'auteur et une bonne partie des économies d'Andrea, ils achetèrent une ferme restaurée dans le comté de Warinocco, à quatre-vingts kilomètres au nord de la ville, sur une hauteur offrant un joli point de vue sur les eaux noires de la Potswahnamee. La vieille bâtisse avait été édifiée en 1790 en pierre de taille, et ses six chambres à coucher à poutres apparentes leur promettaient de disposer d'assez de place, selon Andrea, pour loger une famille nombreuse. Il y eut bientôt des chevaux dans les vieilles écuries, quelques champs plantés de maïs d'hiver, de fraîches soirées de début d'automne, puis de la gelée blanche sur l'herbe au matin. Andrea installa son studio dans une grange aménagée. On demanda à Wilson de dispenser un cours sur l'Afrique au Jerome Martin Community College. Plus tard, il accepta la présidence de la Commission internationale pour un Bupanda unifié (CIBU), qui cherche à mettre fin à l'exploitation de ce malheureux pays où – hélas ! – la guerre continue de faire rage.

4

Après un an environ de cette vie rangée, un matin de la mi-novembre, Wilson se rendit à la boîte aux lettres sur la grand-route. Au milieu de l'habituel magma de publicité et de courrier professionnel, il trouva une lettre inhabituelle, que son éditeur lui faisait suivre. Elle se trouvait dans une fine enveloppe de papier bleu grossier, déchirée sur les bords et recouverte d'une demi-douzaine de timbres multicolores de la république de Madagascar, cette île bizarre en forme de paramécie qui flotte dans l'océan Indien, au sud-est du continent africain. Elle ne portait aucune adresse d'expéditeur.

Au moment où Wilson, le cœur battant, étalait le courrier sur la table de la cuisine, dans la ferme, une pluie froide se mit à tomber sur les champs d'éteule. Il prit la lettre bleue, la retourna entre ses mains. Dans l'évier, derrière lui, le robinet gouttait. Le vent faisait craquer la vieille demeure. Une agréable lumière jaune venait de la fenêtre du studio d'Andrea, dans la grange. Wilson ouvrit l'enveloppe avec un couteau de cuisine. Son cœur ne l'avait pas trompé : elle venait de Criquet. Elle contenait également un petit cliché de photomaton de Criquet, tenant sur ses genoux un garçonnet de trois ans environ. L'enfant, c'était évident, avait le nez et la bouche de Wilson. Il avait aussi les yeux verts, les pommettes saillantes et la tignasse cuivrée de Criquet. La pluie martelait le vieux toit d'ardoise et le grenier se mit à prendre l'eau, tandis que Wilson louchait sur l'écriture obscure, en pattes de mouche, de Criquet.

Tananarive, le 16 mai,

Cher Wilson,

J'ai vu ton livre chez Battingly & Sons, la librairie anglaise de Nairobi, la semaine dernière. Je ne l'ai pas acheté, et je n'ai pas envie de le lire. Mais j'ai pris l'adresse de l'éditeur, et j'espère qu'il te fera suivre cette lettre, car j'ai des nouvelles intéressantes. Tu as un fils, que j'ai baptisé Elzevir en hommage à mon père et à mon aïeul, le grand pirate. Il est né le 3 mars, environ neuf mois après la nuit où nous avons fait l'amour à bord de la Terreur, *sur le lac Tsuwanga. Quand tu m'as abandonnée sur ce misérable banc de sable, j'étais enceinte, mais je ne le savais pas encore.*

Ce garçon est merveilleux, il est fort, et il te ressemble beaucoup. Il a déjà tes manies, en dépit du fait qu'il ne t'a jamais vu. Et j'ai bien peur qu'il n'ait aussi tes scrupules. Mais il a des années devant lui, et nous en ferons un bon petit pirate. Je voulais que tu comprennes cela, non pour te blesser, mais pour que tu saches qu'en dépit de ta trahison notre mode de vie a survécu. Lors de l'attaque des Britanniques, une demi-douzaine de nos navires se trouvaient en mer. Six capitaines et cinq cents hommes. Nous avons fondé une nouvelle colonie, quelque part du côté de Madagascar – je ne vais évidemment pas te dire où – et chaque jour de nouveaux venus nous rejoignent pour servir sous le bon vieux pavillon du crâne et des tibias croisés. Tu as toujours aimé l'ordre et les charmes ennuyeux de la vie bourgeoise. Cela n'a jamais été mon cas. La seule façon de supporter cette existence est d'avaler assez de Prozac pour ne plus sentir sa propre colère et ses propres espoirs. Je préfère le feu et l'épée, pour ainsi dire, et toujours une voile sur l'horizon.

Tout cela étant dit, je veux que tu saches que tu me manques vraiment – tu peux me traiter de folle – et que j'aimerais te revoir un de ces jours. Et j'aimerais que tu voies ton fils. Trois mois par an, durant la saison des pluies, je me trouve à Paris, habituellement à partir du 1er avril. J'ai acheté l'appartement sinistre sur l'île Saint-Louis. Il y a là plein de place pour toi et tes livres. Tu peux me contacter à tout moment par l'intermédiaire de mon notaire, maître Gustave Leconte, 8 bis, rue Jean-Valjean, Paris 75021 France. Penses-y.

Baisers,

Criquet

P.-S. : Tu te rappelles cette marque sur ton épaule ? Selon les Articles de la confrérie, et selon mon cœur, elle signifie que tu es à moi pour toujours.

Wilson lut quatre fois la lettre de Criquet. Il étudia la photo, de manière obsessionnelle, pendant une demi-heure. Ses mains tremblaient, son cou était glacé par la sueur. Soudain, ses narines s'emplirent d'une odeur légèrement salée. Il ferma les yeux, et il vit les vagues vertes s'écraser contre le flanc d'un navire, l'horizon secoué par la tempête, le drapeau noir flottant au mât de flèche comme une malédiction, tandis qu'un vent pirate se levait du sud. Il se secoua pour se libérer de cette vision, et sortit dans la cour. Il y resta jusqu'à ce qu'il soit bien trempé, capable de sentir l'odeur de la terre humide et des chevaux dans l'écurie. Jusqu'à ce qu'une pluie propre et miséricordieuse l'ait rincé de toutes les pensées le ramenant vers Criquet et vers la mer.

Wilson n'alla pas à Paris cette année-là. Ni la suivante. Il est vrai que certaines nuits, allongé à côté d'Andrea sous le plafond à poutres apparentes de la ferme, il s'éveillait, après avoir rêvé de la peau de Criquet contre la sienne. Il est vrai aussi qu'il devait alors faire appel à toute sa volonté pour rester là, pour résister au désir d'emprunter les routes nocturnes du comté de Warinocco, de se précipiter à l'aéroport pour prendre le premier vol pour Paris et, de là, pour les régions sauvages de Madagascar. Et pourtant, il n'est pas parti. Il est presque sûr qu'il ne partira jamais. Mais qui peut l'affirmer?

La roue tourne en grinçant. L'avenir reste incertain.

6151

Composé par Chesteroc International Graphics
Achevé d'imprimer en Europe (France)
par Brodard et Taupin à La Flèche - Sarthe
le 22 février 2002. 11522
Dépôt légal février 2002. ISBN 2-290-31744-6

Éditions J'ai lu
84, rue de Grenelle, 75007 Paris
Diffusion France et étranger : Flammarion